Lotte Minck

Ein Männlein liegt im Walde

»Du kannst den Menschen aus dem Ruhrpott holen, aber niemals den Ruhrpott aus dem Menschen«, sagt Lotte Minck, und sie muss es ja wissen: 1960 im Schatten der Zeche General Blumenthal in Recklinghausen geboren, war sie viele Jahre in Bochums Veranstaltungs- und Medienbranche tätig. Nach 50 Jahren im turbulenten Ruhrgebiet entschied sie sich fürs andere Extrem: Heute lebt sie an der friesischen Nordseeküste, wo sieben Autos an einer Ampel bereits als Stau gelten.
Ihre Heldin Loretta Luchs und alle Personen in Lorettas Universum sind eine liebevolle Huldigung an Lotte Mincks alte Heimat.

Besuchen Sie Lotte Minck im Internet:
www.lovelybooks.de/autor/Lotte-Minck/
www.roman-manufaktur.de
www.lotteminck.de

Ruhrpott-Krimödien mit Loretta Luchs bei Droste:
Radieschen von unten
Einer gibt den Löffel ab
An der Mordseeküste
Wenn der Postmann nicht mal klingelt
Tote Hippe an der Strippe
Cool im Pool
Die Jutta saugt nicht mehr
Voll von der Rolle
Mausetot im Mausoleum
3 Zimmer, Küche, Mord
Darf's ein bisschen Mord sein?
Ringelpietz mit Abmurksen
Schach mit toter Dame

Ruhrpott-Krimödien mit Stella Albrecht bei Droste:
Planetenpolka
Venuswalzer
Sonne, Mord und Sterne

Lotte Minck

Ein Männlein liegt im Walde

Eine Ruhrpott-Krimödie mit Loretta Luchs

Droste Verlag

Figuren und Handlung dieses Romans sind frei erfunden. Ähnlichkeiten mit lebenden Personen sind rein zufällig und nicht beabsichtigt.

Bibliografische Informationen der Deutschen Nationalbibliothek
Die Deutsche Nationalbibliothek verzeichnet diese Publikation in der Deutschen Nationalbibliografie; detaillierte bibliografische Daten sind im Internet über http://dnb.d-nb.de abrufbar.

Umschlaggestaltung: Droste Verlag unter Verwendung einer Illustration von Ommo Wille, Berlin
Druck und Bindung: CPI books GmbH, Leck
ISBN 978-3-7700-2127-7

www.droste-verlag.de

Prolog

Allmählich wurde ich ungeduldig.

Es regnete in Strömen, und Dennis war vor mittlerweile über einer Stunde aus dem Haus gegangen, um einer Autofahrerin zu helfen, die mit einer Reifenpanne an der Landstraße gestrandet war – genau in Höhe der Abzweigung zu Dennis' Grundstück.

Es hatte geklingelt, und Dennis war zur Tür gegangen. Unverständliches Stimmengemurmel, dann war er kurz in die Küche zurückgekehrt, um mich zu informieren.

»Sie ist völlig durchnässt, aber sie will ums Verrecken nicht reinkommen«, hatte Dennis gesagt. »Sie hat es wohl eilig. Ich helfe ihr rasch beim Reifenwechsel.«

»Guter Junge. Soll ich mitkommen?«

»Unsinn, du wirst mal schön im Trockenen bleiben und mit dem Kochen weitermachen. Verträgt das Essen eine halbe Stunde Verzögerung?«

»Ein großer Topf Gulasch verträgt beinahe alles«, hatte ich erwidert. »Ich wollte gerade die Kartoffeln aufsetzen, aber dann warte ich damit, bis du zurück bist. Du wirst dann ohnehin erst einmal duschen wollen, schätze ich.«

Er schmatzte mir einen Kuss auf die Wange, und schon war er zur Tür hinaus.

Ich hatte die Herdplatte unter dem Gulasch heruntergedreht und es mir dann auf der Couch gemütlich gemacht. In der Glotze hatte gerade eine dieser romantischen Komödien begonnen, bei denen auch der Begriffsstutzigste bereits nach zehn Minuten weiß, wer wen am Ende abkriegt.

Offenbar hatte mich das banale Filmchen nicht gerade gefesselt, denn ich war eingenickt und wachte auf, als Geigenklänge gerade zu einem furiosen Crescendo anschwollen, während sich das höchst attraktive Paar an einem Strand leidenschaftlich küsste. Also war der Film zu Ende und Dennis seit beinahe anderthalb Stunden weg.

Das erschien mir nun doch ein wenig lang, also wählte ich seine Handynummer. Mist – ich erreichte nur die Mailbox, nachdem es ein paarmal geklingelt hatte.

Und nun?

Einige Minuten lang starrte ich vor mich hin, dann stand ich kurz entschlossen auf. Es war Zeit, nach dem Rechten zu sehen, fand ich.

Ich zog Regenmantel und Gummistiefel an, dann trat ich vor die Haustür. In diesem Jahr hatten wir einen April, wie er im Buche stand; seit einigen Tagen änderte sich das Wetter alle paar Minuten. Nur heute schien es sich ganz auf Regen eingestellt zu haben. Ich verzog das Gesicht und sprintete zu meinem Auto, das ich neben dem von Dennis abgestellt hatte.

Da es dort nach wie vor stand, musste er mit der Frau die paar Hundert Meter zu deren Wagen zu Fuß gegangen sein. Nun, dazu war ich nicht bereit. Als Brillenträgerin hatte ich jedes Recht der Welt, bei diesem Wetter zimperlich zu sein; nasse Brillengläser standen auf meiner Hassliste ganz weit oben. Außerdem würde er sich bestimmt darüber freuen, dass ich ihn abholte und er nicht noch einmal durch den Regen marschieren musste.

Vorsichtig manövrierte ich mein Auto über die Schotterpiste, die zur Landstraße führte, während die Scheibenwischer das Regenwasser mühsam von rechts nach links und wieder zurück schaufelten. Und jetzt beschlugen auch noch meine Brillengläser, verdammt. Hatte ich ein Brillenputztuch dabei? Natürlich nicht. Ich schimpfte wie ein Rohrspatz, aber die Worte blieben mir im Halse stecken, als ich das Ende des Weges und damit die Landstraße erreichte.

Keine Spur von Dennis oder einem havarierten Auto.

Was hatte das denn bitte zu bedeuten?

Klar, es konnte sein, dass der Reifenwechsel längst erledigt war und die Fahrerin ihren Weg fortgesetzt hatte. Aber hätte Dennis mir dann nicht begegnen müssen?

Oder nein – es gab noch eine andere Möglichkeit: War er vielleicht im selben Moment hinten durch die Küchentür ins Haus gekommen, als ich vorne das Haus verlassen hatte, um nach ihm zu sehen? Und jetzt fragte er sich verdutzt, wo ich abgeblieben war?

Natürlich – so musste es sein.

Ich wendete und holperte zurück zum Haus, rannte hinein und rief nach ihm – keine Antwort. Ich fand keine Spur von Dennis, weder oben im Schlafzimmer noch im Bad noch unten. Durch die Hintertür ging ich hinaus in den Garten, brüllte seinen Namen immer lauter – und erhielt keine Antwort.

Dennis war verschwunden, und ich geriet langsam in Panik.

Wir befanden uns hier auf dem Land; hier war kein Geschäft oder dergleichen, in das er spontan gegangen sein konnte, um etwas einzukaufen. Ganz abgesehen davon war Sonntag und nichts hatte geöffnet außer der Tankstelle, die man nach circa zwei Kilometern passierte, wenn man stadteinwärts fuhr. Die unmittelbare Umgebung: An einer Seite grenzte sein Grundstück an den Wald, auf der anderen Seite waren Felder.

Ob er aus einer verrückten Laune heraus einen Spaziergang gemacht hatte?

Mehr als unwahrscheinlich, denn erstens lud das Wetter schwerlich dazu ein, und zweitens wartete ich zuhause mit seinem Lieblingsessen, das er sich für heute ausdrücklich von mir gewünscht hatte.

War er mit der unbekannten Autofahrerin durchgebrannt, weil die Liebe die beiden getroffen hatte wie ein Blitz?

Bei dieser Vorstellung überkam mich der Drang zu kichern, aber heraus kam nur ein hysterisches Schnauben.

Reiß dich zusammen, Loretta, dachte ich, aber meine Gedanken waren wirr und schossen mir wie Pingpongbälle kreuz und quer durch den Kopf. So sehr ich mich auch bemühte – ich fand keine vernünftige Erklärung für Dennis' Ausbleiben.

Ich war drauf und dran, die Polizei anzurufen, um ihn als vermisst zu melden, aber dann wählte ich doch lieber Erwins Nummer.

Er hörte mir zu, dann sagte er: »Du bleibst, wo du bist. Ich werde Frank mitbringen, und dann suchen wir ihn gemeinsam. Hast du schon versucht, ihn anzurufen?«

»Selbstverständlich habe ich das!«, blaffte ich ihn an. »Es klingelt, und dann geht die Mailbox ran. Hältst du mich für so beschränkt, dass ich diese Idee noch nicht hatte?« Ich atmete tief durch. »Erwin, tut mir leid … Ich mache mir solche Sorgen.«

»Schon gut. Versuche, dich zu beruhigen, okay? Bestimmt gibt es eine ganz einfache Erklärung. Vielleicht ist er mit dieser Frau noch zur Tankstelle gefahren oder …«

»Ohne mir Bescheid zu sagen?«, kreischte ich los. »Er weiß doch, dass das Essen auf dem Herd steht und ich auf ihn warte! Es gibt Gulasch! Das hat er sich von mir gewünscht!«

»Nicht durchdrehen, Liebes. Ich mache mich sofort auf den Weg«, sagte Erwin. »Und bis Frank und ich bei euch sind, hockst du ganz sicher schon mit Dennis am Küchentisch, und ihr genießt dein wunderbares Gulasch. Dann setzen wir uns dazu und lachen über die ganze Sache. Alles wird gut, vertrau mir.«

Bis zu ihrem Eintreffen tigerte ich ruhelos durchs Haus und drückte mir an allen verfügbaren Fensterscheiben die Nase platt. Meine amoklaufende Fantasie versorgte mich mit einem Horrorszenario nach dem anderen.

War er an der Landstraße von einem Auto angefahren und in den Graben geschleudert worden? Rang er um sein Leben, während ich hier auf Erwin und Frank wartete? O mein Gott –

warum hatte ich nicht im Straßengraben nach ihm gesucht, ich dumme Kuh? In dem er vermutlich gerade mit gebrochenen Knochen lag und um sein Leben rang? Weil ich Schiss gehabt hatte, dass meine Brillengläser nass wurden? Ich war ein egozentrisches Monstrum, das nur an sich dachte.

Oder gab es im Wald ein Wolfsrudel, das ihn angegriffen und weggeschleppt hatte? Wilde Bestien, die so ausgehungert waren, dass sie ihre Angst vor den Menschen vergessen und ihn als Beute auserkoren hatten? Ich sah buchstäblich vor mir, wie sie ihn knurrend umkreist hatten, bis der erste losgesprungen war und ihn umgerissen hatte. Und dann hatten sich die anderen auf ihn gestürzt und ihm die Kehle aufgebissen …

Ich fuhr zusammen, als es Sturm klingelte, raste los und riss die Haustür auf. Mein Gesicht schien Bände zu sprechen, denn Erwin sagte: »Er ist noch nicht zurück?«

»Nein«, wimmerte ich, dann brach ich in Tränen aus.

Frank nahm mich in den Arm. »Nich weinen, Loretta. Wir sind ja jetz da. Allet wird gut, wirst schon sehn.«

Das reichte nicht aus, um mich zu beruhigen – bei Weitem nicht.

Auch die ständige Wiederholung des Alles-wird-gut-Mantras konnte nicht verhindern, dass mir Böses schwante.

Wir hatten beschlossen, die Umgebung noch einmal sorgfältig abzusuchen, denn vielleicht hatte ich ja tatsächlich etwas übersehen. Der Regen hatte nachgelassen; er rauschte nicht mehr vom Himmel wie die Niagarafälle, sondern war in ein moderates Tröpfeln übergegangen. Dennis' Namen brüllend, marschierten wir den Weg in Richtung Landstraße, wobei wir nun am Wegesrand hinter jeden Busch guckten.

»Hast du ihn auch von hier draußen mal angerufen?«, fragte Erwin plötzlich.

Ich schüttelte den Kopf. »Nur vom Haus und vom Auto aus. Wieso fragst du?«

»Du hast gesagt, es klingelt, bevor die Mailbox drangeht. Und das ist gut, denn wenn er momentan in der Nähe ist, hören wir es vielleicht. Versuch es.«

Meine Hände zitterten so sehr, dass ich nicht dazu imstande war.

»Ich mach schon«, sagte Frank und zog sein Handy aus der Jackentasche. Wischwischwisch, tipptipp …

Es bimmelte. Ganz leise, irgendwo im Wald.

Wir erstarrten, glotzten uns an, dann rannte ich als Erste los, gefolgt von den anderen. Ich stolperte und strauchelte, rutschte immer wieder auf dem nassen Waldboden aus, Äste peitschten mir schmerzhaft ins Gesicht und rissen mir die Haut auf – und dann stoppte das Klingeln.

»Noch mal, Frank«, keuchte ich, »immer wieder, bis wir ihn gefunden haben!«

Als ich es wieder bimmeln hörte, rannte ich weiter in die Richtung, aus der wir das Geräusch hörten. Es wurde immer lauter … und dann sah ich ihn.

Ich blieb so abrupt stehen, dass Frank gegen meinen Rücken prallte, was uns beide zu Fall brachte. Von hinten kam Erwin angeschnauft.

Ich rappelte mich auf und taumelte auf meinen Liebsten zu, der bewegungslos auf dem Rücken auf dem Waldboden lag, als würde er schlafen.

»Dennis! Nein!«, kreischte ich entsetzt.

Ich ließ mich neben ihm auf die Knie fallen, und zu meiner grenzenlosen Erleichterung schlug er die Augen auf.

»Was …?«, murmelte er und blickte mich verwirrt an. Langsam hob er die rechte Hand, die ein blutbeflecktes Messer hielt. Sein Blick irrte zum Messer. »Was …?«, wiederholte er, dann ließ er es fallen.

»Wat is hier denn bloß passiert?«, fragte Frank und ging zu Dennis, um ihm auf die Beine zu helfen.

Erwin sah sich um und murmelte: »Ach du liebe Güte. Das gibt Ärger …«

Erst jetzt nahm ich die vollständige Szenerie auf: An Dennis' giftgrüner Jacke klebte Blut, und einige Meter entfernt lag ein Mann, den Erwin sich bereits genauer ansah, ohne ihn anzufassen.

Er richtete sich auf, seufzte und kam wieder zu uns. »Er ist tot. Offenbar erstochen. Was ist hier passiert, Dennis?«

Mein Liebster, der von Frank gestützt wurde, schwankte. »Ich … ich habe keine Ahnung. Das Messer …« Er schüttelte den Kopf und wischte sich mit der Hand über die Stirn, was einen breiten, blutigen Streifen hinterließ, der wie eine absurde Kriegsbemalung aussah. »Das Messer … woher …? Hab ich etwa …?«

»Das werden wir alles herausfinden«, sagte ich mit fester Stimme, ging zu Dennis und küsste ihn. »Keine Sorge – alles wird sich aufklären.«

»Ich fürchte, wir kennen den Mann. Du wirst nicht begeistert sein, Loretta«, murmelte Erwin mir zu.

Mir wurde spontan übel.

Ich nahm allen Mut zusammen und stapfte hinüber zu der Leiche. Innerlich betete ich darum, den Mann nicht zu kennen. Vielleicht hatte Erwin sich geirrt?

Alle Hoffnung war schlagartig vorbei, als ich ihn von Nahem sah: Es war Kevin. Genau der Kevin, dem Dennis erst gestern Prügel angedroht hatte. Gar nicht gut.

Stumm und voller Entsetzen ging ich zu den anderen zurück, die mich fragend ansahen.

»Und?«, fragte Erwin nach einiger Zeit, in der ich kein Wort über die Lippen gebracht hatte.

»Du hast recht, es ist …«, krächzte ich heiser und brach ab. Ich musste mich räuspern, erst dann konnte ich sprechen. »Es ist Kevin. Miriams Stiefvater.«

»Was?«, japste Dennis und wurde noch bleicher, als er ohnehin schon war.

»Dat gibt *richtich* Theater«, sagte Frank mit Grabesstimme. »Dat is mir auch schomma passiert. Wisster noch? Damals, anne Nordsee. Ich werd wach, und neben mir liegt 'ne Leiche. Dat war am Strand. Und ich kannte den Kerl nich nur, ich hatte auch noch richtich Streit mit dem gehabt, genau wie du mit diesen Kevin gestern auffe Party, Dennis. Zieh dich warm an, Alter, die Bullen werden ...«

»Frank, es reicht!«, brüllte ich ihn an. »Das interessiert gerade keine Sau! Wir sollten lieber herausfinden, was passiert ist. Und zwar, *bevor* die Polizei kommt.«

Erwin nickte. »Dennis, an was erinnerst du dich?«

»An nichts.« Dennis atmete tief durch.

»Okay.« Erwin runzelte die Stirn. »Dann frage ich anders: Was ist das Letzte, an das du dich erinnerst?«

»Ich habe den Reifen gewechselt, und mir war kalt«, murmelte Dennis. »Die ... diese Frau hat mir einen Schluck Tee angeboten, den sie in einer Thermoskanne dabeihatte. Ich ... ich habe erst abgelehnt, weil Loretta doch mit dem Gulasch auf mich gewartet hat. Aber die Frau wollte sich unbedingt irgendwie bedanken. Also habe ich mich zu ihr ins Auto gesetzt und zwei oder drei Schlucke getrunken. Aus reiner Höflichkeit. Und das Nächste ist, dass ich im Wald aufwache und euch sehe. Tut mir leid.«

»Dir muss gar nichts leidtun, mein Junge«, sagte Erwin grimmig. »Klingt ganz so, als hätte man dich in eine Falle gelockt.«

Ja, danach klang es.

Blieb nur zu hoffen, dass die Polizei sich ebenfalls davon überzeugen lassen würde.

Leider war ich mir da nicht besonders sicher.

Kapitel 1

Manchmal flattert Post ins Haus, die das Potenzial hat, alles auf den Kopf zu stellen

»Also, das ist doch …«

Dennis klang so verdattert, dass ich von meiner Tageszeitung hochblickte. Es war Samstagmorgen, und wir saßen am Frühstückstisch. Gerade hatte er seine Post hereingeholt, die größtenteils aus Werbung bestand. Darunter war allerdings auch ein brauner, A5 großer Umschlag ohne Absender, den Dennis neugierig geöffnet hatte.

Jetzt ließ er den handgeschriebenen Brief sinken, den er herausgezogen und rasch überflogen hatte. Dann griff er mit der freien Hand zum Kuvert und schüttelte einige Fotos heraus.

»Was ist los?«, fragte ich. »Das ist doch nicht etwa ein Erpresserbrief? Plus Beweisfotos? Was hast du angestellt, hm?«

Mein kleiner Scherz verpuffte wirkungslos im Nirgendwo. Dennis war derart auf den Brief konzentriert, dass er gar nicht darauf reagierte. Schließlich legte er das Blatt auf den Tisch und strich immer wieder mit der flachen Hand darüber, als wolle er es bügeln.

Klarer Fall von Übersprunghandlung, konstatierte ich messerscharf.

Aber warum? Als Reaktion worauf? Was stand in dem Brief? Er musste privat sein – hätte man ihn sonst mit der Hand geschrieben? Der Verfasser hatte kein Briefpapier, sondern ein Blatt von einem linierten Block benutzt. An der Abrisskante war es ausgefranst, als hätte man es mit großer Ungeduld abgetrennt.

Kopfschüttelnd schob Dennis die Fotos zu einem flachen Stapel zusammen, nahm ihn in die Hand und sah sich ein Bild nach dem anderen an.

Ich platzte fast vor Neugier, aber ich hielt mich zurück. Wenn er mir etwas mitzuteilen hatte, würde ich es erfahren.

Endlich blickte er hoch; sein Gesicht war ernst. »Das glaubst du nicht«, sagte er. »Ich kann es ja selbst nicht glauben.« Er deutete auf den Brief und die Fotos. »Das ist Post von meiner Tochter.«

»Du hast eine Tochter?« Die unzähligen Fragenzeichen, die an meiner Frage hingen, tanzten um uns herum wie Seifenblasen. Ich hätte nicht schockierter sein können, wenn er mir so was eröffnet hätte wie: »Ach übrigens, was ich dir immer schon sagen wollte: Ich bin ein Alien von Alpha Centauri und habe 14 Penisse. Es wird Zeit, dass du die 13 anderen kennenlernst.«

Mein Freund war Vater einer Tochter?

Ich hatte keine Ahnung, wie ich auf diese Neuigkeit reagieren sollte. Gab es irgendwo ein Handbuch für so etwas? Ich konnte dringend eins gebrauchen, denn auf diesem Gebiet fehlte mir jegliche Erfahrung.

Warum hatte er mir nie davon erzählt? Und welche weiteren, ähnlich *belanglosen* Details aus seinem Leben hatte er mir noch verschwiegen?

»Scheint so«, sagte Dennis nachdenklich.

Ich war baff. »*Scheint so?* Soll das vielleicht heißen, du wusstest nichts von ihr?«

Stirnrunzelnd sah er mich an. »Denkst du etwa, ich hätte dir nicht schon längst von ihr erzählt?«

Ups. Genau das hatte ich gedacht, und prompt schämte ich mich dafür halb zu Tode. »Öh … natürlich nicht«, versicherte ich hastig.

Wäre ich Pinocchio, würde meine Nase jetzt bis Alpha Centauri reichen, wo die Männer mit 14 Penissen leben, dachte ich und hoffte, dass er mir die dicke, fette Lüge nicht ansah.

Aber er war ohnehin zu sehr mit der Bombe beschäftigt, die ihm gerade eben mitten ins Gesicht explodiert war. Bewegungslos hockte er auf seinem Stuhl und starrte die Fotos an. Was wohl in ihm vorging? Er musste bis ins Mark erschüttert sein.

Um mich zu beschäftigen, räumte ich den Tisch ab; mit dem Frühstück waren wir ohnehin fertig gewesen. Normalerweise würde nun die gemütliche Stunde folgen, in der wir diverse Tageszeitungen durchblätterten, uns gegenseitig auf interessante Artikel aufmerksam machten und noch eine frische Tasse Espresso mit heißer Milch tranken.

Obwohl dieser Morgen nicht gerade ›normal‹ war, befüllte ich die große Espressokanne und stellte sie auf eine Herdplatte, dann setzte ich einen kleinen Topf mit Milch auf. Den Tisch hatte ich mittlerweile – bis auf den Brief und die Fotos – abgeräumt, ohne dass Dennis darauf irgendwie reagiert hatte. Als ich ihn bat, seine Post kurz hochzunehmen, damit ich den Tisch abwischen konnte, blickte er mich so verwirrt an, als hätte ich ihn aus tiefstem Schlaf geweckt.

»Das ist so verrückt«, sagte er langsam. »Ich habe keinen Schimmer, wie ich damit umgehen soll. Ich … Loretta, du hilfst mir doch, oder?«

»Hat der Papst ’nen lustigen Hut auf?«, gab ich flapsig zurück – einer meiner Standardsprüche, die ihn normalerweise zum Lachen brachten. Oder doch wenigstens zum Kichern, wenn auch nur aus Höflichkeit.

Aber, wie ich bereits festgestellt hatte, war dieser Morgen alles andere als normal. Und so erwies sich meine gedankenlos abgefeuerte, schnoddrige Antwort auf seine sehr ernste Frage, wie ich von seinem Gesicht ablesen konnte, als veritabler Griff ins Klo.

Aber die Situation überforderte mich nun einmal genauso sehr wie ihn.

Immer noch fragte ich mich, was wohl die korrekte Reaktion der liebenden Partnerin auf eine derartige Neuigkeit sein mochte. Sanftes Verständnis? Oder doch eher eine zupackende

Das-kriegen-wir-schon-hin-Attitüde? Beherzte Übernahme der Zügel? Gleichmütiges Achselzucken? Herrje, ich hatte doch auch keine Ahnung.

Ich bereitete zwei Becher Milchkaffee für uns zu. Auf das Aufschäumen der Milch verzichtete ich; irgendwie hatte ich das dumpfe Gefühl, das laute Geräusch würde Dennis ausrasten lassen.

Ich atmete tief durch, stellte die dampfenden Becher auf den Tisch und setzte mich wieder ihm gegenüber hin.

»Hör zu, Dennis«, sagte ich. »Ich bin deine Gefährtin. Was dich betrifft, betrifft mich ebenfalls, ob direkt oder indirekt. Selbstverständlich bin ich an deiner Seite und helfe dir. Ohne Wenn und Aber. Egal, was passiert.«

Zugegeben, das war reichlich dick aufgetragen, aber es verfehlte seine Wirkung nicht.

»Ich bin so froh, dass ich dich habe«, flüsterte Dennis mit erstickter Stimme.

Okay, jetzt wurde es mir entschieden zu sentimental. Es fehlte nicht mehr viel, und wir würden uns schluchzend in den Armen liegen.

»Darf ich den Brief lesen?«, fragte ich.

Er reichte mir das Blatt, und ich blickte auf eine etwas ungelenk wirkende Schrift, die zum Teil aus Druckbuchstaben bestand. Das schien jemand verfasst zu haben, der nicht häufig mit der Hand schrieb. Die aufgedruckten Linien schien Dennis' Tochter allenfalls als Empfehlung aufgefasst zu haben, denn die Zeilen torkelten munter über das Papier. Die Nachricht bestand nur aus einigen Zeilen.

»Hallo, Dennis«, las ich, *»meine Mutter sagt, dass du mein Vater bist. Da staunst du, was? Ich soll dich von ihr grüßen. Sie heißt Angelika, aber du kennst sie als Angie. Erinnerst du dich? Ihr seid euch vor 19 Jahren auf Ibiza begegnet. Ich würde dich gerne kennenlernen. Keine Sorge, ich will nichts von dir, nur mal*

treffen. Ruf mich einfach an. Viele Grüße, deine Miri (Miriam).« Es folgte eine Handynummer.

Ernsthaft? ›Da staunst du, was?‹

Etwas zu lapidar für so eine Neuigkeit, fand ich. Eine derartige Formulierung passte vielleicht zu ›Ich habe mir die Haare abgeschnitten – da staunst du, was?‹ oder auch ›Ich habe meine Küche pink gestrichen – da staunst du, was?‹. Aber bestimmt nicht zu der Eröffnung, jemandes Tochter zu sein, der bisher überhaupt nichts von seinem Glück wusste.

Plötzlich bemerkte ich, dass Dennis mich anstierte wie ein Kaninchen, das von einer Schlange hypnotisiert wurde; er wartete eindeutig auf meine Reaktion.

Ich atmete tief durch und bemühte mich, meine Stimme neutral klingen zu lassen. »Stimmt das mit Ibiza vor 19 Jahren? Kennst du diese Angie?«

Er nickte langsam. »Angie«, murmelte er. »Ja. Ich … äh … ich kannte sie. Aber es war nur …« Dennis brach ab und warf mir einen Blick zu, der irgendwie ängstlich wirkte.

Aber es war nur … Moment mal: Befürchtete er etwa, ich könnte eifersüchtig reagieren? Auf eine Frau namens Angie und seine Liebe zu ihr, die vor fast 20 Jahren in seinem Leben stattgefunden hatte? Da hatte ich noch nicht einmal gewusst, dass Dennis Karger überhaupt existierte! Kannte er mich denn überhaupt nicht? Wie konnte er von mir glauben, dass … Stopp.

Loretta, reiß dich gefälligst zusammen, du musst ihm zugestehen, dass er momentan höchst verwirrt ist, dachte ich verlegen.

»Erzähl mir von Ibiza«, sagte ich sanft.

Dennis seufzte und stand auf. Er ging zum Küchenfenster und blickte hinaus in den Garten. Ich ließ ihn nachdenken und wartete ab. Natürlich war ich neugierig, und nur zu gern hätte ich mir die Fotos angesehen, aber ich wollte ihm nicht vorgreifen: Er sollte sie mir von sich aus geben, vorher waren sie tabu für mich. Geduldig zu warten war nicht gerade meine Paradedisziplin, aber da musste ich jetzt durch.

Nach einer gefühlten Ewigkeit kam er zurück an den Tisch und setzte sich wieder. »Also gut«, sagte er, »reden wir über Ibiza. Und über Angie. Es war ein Sommerflirt, weißt du? Ich war dort, um mir über ein paar Dinge klarzuwerden.«

Als er nicht weiterredete, fragte ich: »Was für Dinge?«

Dennis zuckte mit den Schultern. »Wie alt war ich damals? Ende 20 oder so. Bis dahin hatte ich ziemlich sorglos in den Tag hineingelebt. Ich war ungebunden, hatte keine Verpflichtungen. Ich hatte einen Job als DJ und hab gar nicht mal schlecht verdient.« Er grinste. »Eigentlich habe ich sogar so gut verdient, dass ich einiges angespart hatte. Ich teilte mir mit einem Kollegen eine billige Wohnung in einem Altbau und lebte praktisch nachts. Wie das so ist, wenn man im Nachtleben arbeitet. Schichtbeginn um 21 Uhr, und dann durch bis morgens. Danach noch einen oder zwei Absacker in einer Kneipe trinken und irgendwann am Vormittag ins Bett. Ich hatte immer Kohle in der Tasche. Meine einzige vernünftige Mahlzeit war das abendliche Frühstück; ansonsten habe ich von Currywurst, Döner und Burgern gelebt. Ich hatte reichlich Spaß, das muss ich zugeben. Aber mir war klar, dass es nicht ewig so weitergehen konnte, wenn ich in meinem Leben noch etwas erreichen wollte.«

»Och«, warf ich ein, »es gibt durchaus Leute, die ewig so weitermachen.«

»Genau.« Dennis schnaubte. »Und diese Jammergestalten siehst du dann Tag für Tag am Kneipentresen kleben, weil sie nie den Absprung geschafft haben und das ihr einziges soziales Umfeld ist. So wollten Zorro und ich dann doch nicht enden.«

Es folgte eine Pause. Wieder strich er mit der Hand über den Brief, der zwischen uns auf dem Tisch lag.

»Also seid ihr auf Abstand zur Szene gegangen«, sagte ich.

»Genau. Zorro und ich beschlossen eines frühen Morgens

angesichts besagter Jammergestalten an irgendeinem Kneipentresen ganz spontan, für zwei oder drei Monate wegzufahren, um über unsere Zukunft nachzudenken.«

»Und dafür habt ihr euch ausgerechnet Ibiza ausgesucht? Die Hochburg des Partyvolks? Spiekeroog wäre vermutlich schlauer gewesen.«

»Na ja, ein *bisschen* Spaß wollten wir dann doch noch haben«, erwiderte Dennis grinsend. »Der Wechsel vom wilden Nachtleben zu einem einsamen Nordseestrand wäre für uns zu krass gewesen. Wie auch immer – auf Ibiza lernten wir schon am zweiten Tag ein paar Leute aus einer Clique von Aussteigern kennen. Eine bunte Mischung aus Althippies, Söhnen und Töchtern reicher Eltern und sonst wie Gestrandeten. Sie verkauften selbst gebastelten Schmuck oder selbst genähte Klamotten an Touristen, und ansonsten hingen wir am Strand rum, kifften und glotzten Abend für Abend den Sonnenuntergang an. Melancholische Romantik am Lagerfeuer, und irgendwer hatte garantiert eine Klampfe dabei und zupfte *Blowing in the Wind.*« Er sah mich an und lächelte. »Ja, es war exakt so klischeehaft, wie du es gerade vor dir siehst.«

Ups – erwischt. Wahrscheinlich hatte ich bei der Vorstellung dieser harmonietriefenden Love-and-Peace-Idylle nicht nur *innerlich* die Augen verdreht. Nun ja.

Er schob den kleinen Stapel Fotos in meine Richtung, und ich fand wirklich jedes meiner kleinbürgerlichen Vorurteile ratzfatz bestätigt, als ich sie mir ansah: Althippies mit langen grauen Haaren in gebatikten Klamotten, hübsche junge Menschen am Strand, lachend und braun gebrannt, große Joints, Lagerfeuer, Sonnenuntergang – das ganze Programm.

Und mittendrin: Dennis. Ein anderer Dennis, als er heute war, aber dennoch unverkennbar. Groß und sehnig, in ausgefranster Jeans und löchrigem T-Shirt, relativ kurze Haare, keine Koteletten. Auf einem Bild hielt er ein Mädchen im Arm. Sie war hübsch, mit langen glatten Haaren, und sie trug ein geblümtes Flatterkleidchen.

»Angie gehörte also auch zu dieser Clique?«, fragte ich. Dennis nickte, und ich fuhr fort: »Kein Wunder, dass du dich in sie verknallt hast. Sie ist echt ein Hingucker.«

»Ja, aber es war nichts Ernstes, wirklich nicht. Nur eine Liebelei. Ich hatte ohnehin nicht den Eindruck, ein Exklusivrecht auf sie zu haben. Sie war ziemlich umschwärmt, musst du wissen. Aber natürlich habe ich sie nicht von der Bettkante geschubst, ich bin ja nicht blöd.«

»Ach nein? Da ihr keine Kondome benutzt habt, wart ihr offenbar *sehr* blöd, mein Lieber«, sagte ich schmallippig.

»Daran, dass sie schwanger werden könnte, habe ich nicht gedacht.«

»Schwanger? Ich rede von Aids, du Honk. Selbst auf Ibiza sollte man davon gehört haben.«

»Oh.« Sein Gesicht lief rot an. »Ich bin nicht stolz darauf. Aber … Wie soll ich es sagen? Die reale Welt war unendlich weit weg. Wir lebten von einer Minute zur nächsten. Und für mich war die Liebelei mit Angie nichts weiter als unverbindlicher Sex ohne Besitzansprüche.«

»Das macht es nicht besser. Wie hat sie die Sache gesehen?«

»Keine Ahnung.« Er zuckte mit den Achseln. »Aber es gab niemals auch nur das kleinste Anzeichen dafür, dass sie auf etwas Festes aus war.«

»Oder hast du vielleicht die Augen davor verschlossen, weil *du* es nicht wolltest?«

Dennis schüttelte heftig den Kopf. »Auf keinen Fall. Sie ist auch mit anderen Typen losgezogen. Auch mit Zorro. Und sie hat bei Weitem nicht jede Nacht mit mir verbracht. Ich dachte, sie ist dann halt mit jemand anderem zusammen.«

Ich konnte es kaum fassen. Wie leichtsinnig konnte man sein? Oder führte exzessiver Konsum von Gras tatsächlich dazu, dass einem alles egal war – selbst die akute Gefahr, sich HIV einzufangen? Und: War Angie die offizielle Cliquenmatratze gewesen, oder wie musste ich mir das hirnrissige Bäumchenwechsel-dich-Spiel auf Ibiza vorstellen?

»Und das hat dich überhaupt nicht gestört?«, fragte ich ungläubig.

»Nee, echt nicht«, sagte Dennis. »Diese Unverbindlichkeit war genau das, was ich in dieser Phase meines Lebens brauchte. Herrje, ich hatte schließlich nicht vor, sie zu heiraten und mit ihr eine Familie zu grün...« Er zuckte leicht zusammen. »Also. Ich habe die Zeit genossen, die wir zu zweit miteinander verbracht haben, und ansonsten war ich mit mir selbst beschäftigt. Genauer gesagt: mit Grübeln.«

Soso, er hatte also nicht geplant, mit ihr eine Familie zu gründen. Und doch hatte er es getan – wenn auch nicht wissentlich.

Welche Ironie des Schicksals.

»Und am Ende deines Aufenthalts auf Ibiza wusstest du, was du mit deinem Leben anfangen wolltest?«

»Zumindest wusste ich, was ich *nicht* wollte.« Dennis grinste schief. »So unterhaltsam die Zeit mit Angie und den anderen auch war – sie war nur eine andere Variante dieser trügerischen Sorglosigkeit, die ich hinter mir lassen wollte; nichts weiter als eine oberflächliche Ablenkung von der Realität. Klar hätte ich dort bleiben können, auch auf Ibiza werden DJs gebraucht. Und das Leben ist dort noch billiger als in einer schäbigen Altbauwohnung im Ruhrpott. Aber bei der Vorstellung, dass ich heute noch dort am Strand herumhänge und mir einbilde, ein alternatives und damit *besseres* Leben zu führen als die angeblichen Spießer, die sich etwas aufbauen wollen ... puh. Nee, wirklich nicht. Ich habe dort gemerkt, dass ich etwas erreichen will.«

»Und das hast du. Sieh dich nur um.« Liebevoll lächelte ich ihn an. »Du kannst stolz auf dich sein. Nicht jeder hätte diesen

Schritt geschafft und dann auch noch wirklich was aus sich gemacht. Wie viel einfacher wäre es für dich gewesen, dich einfach treiben zu lassen.«

»Auf Dauer hätte es mich nicht ausgefüllt. Auch ein schöner Sonnenuntergang wird stinklangweilig, wenn du ihn jeden gottverdammten Abend siehst.«

»Also bist du eines Tages wieder abgezischt. Wie hat Angie darauf reagiert?«

Dennis zuckte mit den Schultern. »Sie hat ein paar Tränchen verdrückt, aber sonderlich viel schien es ihr nicht auszumachen, was ganz in meinem Sinne war. Und sie hat kein Wort von einer Schwangerschaft gesagt.«

Ich dachte einen Moment lang nach, dann sagte ich: »Weißt du, was ich mich frage? Wenn sie nicht nur mit dir geschlafen hat – wie kann sie sicher sein, dass ausgerechnet du Miriams Vater bist?«

Kapitel 2

Ein Kaffeeklatsch, ein vermuteter Tauchgang in Spülwasser und fieses Fastfood – dieser Tag hat Loretta noch einiges zu bieten

In der abgrundtiefen Stille, die auf meine Frage folgte, hätte man den Aufprall einer Flaumfeder auf einen Wattebausch hören können. Aus aufgerissenen Augen starrte Dennis mich fassungslos an.

Schlagartig kam ich mir abgrundtief gemein vor, aber wer, der einigermaßen bei Verstand war, würde sich diese Frage nicht stellen?

»Warum sollte Angie lügen?«, fragte Dennis.

Ungeachtet der Tatsache, dass mir dafür spontan eine Menge Gründe einfielen, erwiderte ich: »Das will ich ihr nicht unterstellen, Dennis, wirklich nicht. Aber wie kann sie so *sicher* sein? Ich sage ja gar nicht, dass sie mit jedem gepoppt hat, der nicht bei drei auf dem Baum war, das kannst du besser einschätzen. Dass du kein Kondom benutzt hast, haben wir ja bereits geklärt. Neben allem anderen ist mir echt unbegreiflich, dass du keine Angst davor hattest, sie zu schwängern.«

»Irgendwie dachte ich wohl, dass sie die Pille …« Dennis verstummte.

»Offenbar nicht.« Ich verdrehte die Augen. »Wieso gehen Männer eigentlich immer davon aus, dass die Frau sich darum kümmert? Aber wie auch immer: Es könnte also einen oder vielleicht auch zwei … äh … *Mitbewerber* um die Vaterschaft geben. Tut mir leid, aber mir fällt gerade keine bessere Bezeichnung ein.«

»Vielleicht sieht Miriam ja so aus wie ich?«

Das war wohl kaum möglich, denn Dennis sah mit dicken Koteletten und Pornoschnauzbart aus wie ein Lude aus den

Siebzigern. Gerade noch konnte ich ein Kichern unterdrücken; eine weibliche Version konnte und wollte ich mir nicht vorstellen. Außerdem war diese Fantasie natürlich kompletter Blödsinn, denn es ging darum, wie er vor knapp 20 Jahren ausgesehen hatte, also um den Dennis von den Fotos.

Apropos Aussehen …

»Eine Sache wundert mich übrigens«, sagte ich. »Ich frage mich, warum Miriam kein Foto von *sich* mitgeschickt hat.«

Dennis stutzte sichtlich, dann nahm er das Kuvert und spähte hinein. »Nichts mehr drin«, murmelte er. »Du hast recht, das ist seltsam, oder?«

»Also, ich weiß ja nicht, ob es für derlei Benachrichtigungen irgendwelche allgemeingültigen Regeln gibt, aber ein Foto deiner Tochter hätte ich definitiv erwartet. Sieht so aus, als wollte sie sich dir lieber persönlich vorstellen.«

Er schnappte nach Luft – so weit, konkret an ein Treffen mit seiner Tochter zu denken, war er wohl noch nicht.

»Ich habe keine Ahnung, wie ich auf diesen Brief reagieren soll.« Dennis klang verzagt.

»Miriam hat dir ihre Telefonnummer mitgeschickt«, erwiderte ich. »Damit liegt der Ball wohl in deinem Spielfeld.«

»Und wenn es nicht ihre Nummer ist, sondern Angies?«

Ich zuckte mit den Schultern. »Das wissen wir erst, wenn du anrufst. Hättest du ein Problem damit, wenn du zuerst mit Angie reden müsstest? Immerhin könnte sie dir einige Fragen beantworten, nicht wahr?«

»Hm …« Dennis nickte langsam, dann sah er mich an. »Darüber muss ich mal in Ruhe nachdenken.«

Ich lächelte. »Ich erkenne einen Rausschmiss, wenn ich ihn höre, Schatz. Ich bin ohnehin später mit Bärbel und Doris zum Kaffeeklatsch verabredet und muss noch einen Kuchen backen. Wenn du willst, kommst du heute Abend zu mir. Oder ich zu dir. Melde dich einfach, okay?«

»Du bist also nicht sauer, weil ich jetzt lieber alleine wäre?« Die Erleichterung stand ihm ins Gesicht geschrieben.

»Auf keinen Fall. Ich verstehe absolut, dass du alles in Ruhe sortieren möchtest.«

»Du bist die Beste«, sagte er liebevoll.

Ich grinste. »War ich immer – werde ich immer sein.«

Wie erwartet fielen meine beiden Freundinnen fast von ihren Stühlen, als ich ihnen einige Stunden später nicht nur den Kuchen, sondern auch die brandheißen Neuigkeiten servierte. Dennis hatte mich nicht um Stillschweigen gebeten, also hatte ich dabei kein schlechtes Gewissen. Früher oder später würden es ohnehin alle erfahren.

Zunächst hatte ich mich allerdings für meinen lauwarmen Apfelkuchen feiern lassen, den wir uns mit schneeweißen Bergen herrlicher Schlagsahne schmecken ließen. Viel zu lange hatten wir nicht mehr in dieser Konstellation zusammengesessen, denn Bärbel hatte selten Zeit für so etwas, seit sie und Frank den kleinen Lebensmittelladen betrieben.

Wir waren schon ein seltsames Trio, aber unsere Freundschaft funktionierte jenseits von Altersgrenzen – immerhin war Doris mit über 70 doppelt so alt wie Bärbel, und ich hing altersmäßig irgendwo dazwischen. Aber die vielen Dinge, die wir während der letzten paar Jahre gemeinsam erlebt und durchgestanden hatten, schweißten uns in unzerbrechlicher Freundschaft zusammen.

»Dennis hat eine *Tochter?*«, fragten die beiden absolut lippensynchron, nachdem ich ihnen von dem Brief berichtet hatte.

»Scheint so«, erwiderte ich.

»Scheint?« Doris hob die Brauen. »Was meinst du damit?«

Jetzt wurde es kitzelig, denn ich wollte keinesfalls eifersüchtig erscheinen, wenn ich über Angie redete. »Also, laut Dennis war die kurze Beziehung zwischen ihm und der Mutter der jungen Frau nicht unbedingt exklusiv, wenn ihr versteht, was ich meine.«

Natürlich verstanden sie, wie ich dem Blick entnahm, den Doris und Bärbel sich zuwarfen.

»Es war ein mehr oder weniger unverbindlicher Sommerflirt«, fuhr ich fort. »Es gab nicht einmal so etwas wie eine offizielle Trennung; er ist einfach irgendwann wieder abgereist, das war alles. Seitdem gab es keinen Kontakt.«

»Tss – Sodom und Gomera«, murmelte Doris mit einem Hauch von Missbilligung in der Stimme. »Und das alles ohne Verhütung, möchte ich wetten. Hatte Dennis keine Angst vor HIV? Na, dem werde ich was erzählen. Wie kann ein Mensch so dumm sein?«

»Schon erledigt, Doris«, sagte ich.

»Und Dennis hatte bis heute keine Ahnung davon, dass diese Frau damals schwanger wurde?«, fragte Bärbel.

Ich schüttelte den Kopf.

Doris hob den Finger. »Du hast gesagt, ihr Verhältnis war nicht exklusiv – von seiner oder von ihrer Seite?«

»Von ihrer«, erwiderte ich. »Dennis war für einige Wochen auf Ibiza, um über seine berufliche Zukunft nachzudenken. Den Flirt mit Angie hat er zwar genossen, aber nicht unbedingt gesucht. Sommer, Strand, Lagerfeuer, Joints, Sonnenuntergänge und ein hübsches Mädchen ... Ihr wisst schon. Dass sie sich wohl auch mit anderen Männern traf, hat ihn nicht weiter gestört, sagt er.«

Bärbel musterte mich neugierig. »Wie geht es dir damit?«

»Mir? Keine Ahnung. Darüber habe ich noch gar nicht nachgedacht. Ich dachte zuerst, er hätte mir die Tochter bisher *verschwiegen,* und das fand ich nicht so prickelnd. Aber die Neuigkeit hat ihn derart aus den Klotschen gehauen ... Seine Überraschung war nicht gespielt. Und dann wollte ich ihn natürlich unterstützen; um mich ging es ja nicht.«

»Na ja«, sagte Doris, »irgendwie schon, finde ich. Es ändert etwas in eurer Beziehung. Ihr wart zu zweit, und jetzt gibt es plötzlich eine Tochter. Nicht nur das: Zur Tochter gehört auch eine Mutter.«

»Jesses, willst du mir Angst machen?«, fragte ich. »Bärbel, du hast doch auch Kinder. Waren sie ein Problem für Frank, als ihr ein Paar wurdet?«

»Natürlich nicht«, erwiderte Bärbel. »Ihr wisst, wie sehr er sie liebt. Er ist ein tausendmal besserer Vater als ihr Erzeuger. Aber es gibt einen wesentlichen Unterschied: Frank kannte die Kinder schon, als wir noch nicht zusammen waren; ich habe sie nicht irgendwann aus dem Hut gezaubert.«

»Das hat Dennis auch nicht getan, vergesst das nicht. Er hat mir seine Tochter ja nicht verheimlicht – er wusste nur nichts von ihr. Diesbezüglich hat er sich nichts vorzuwerfen. Wie hätte er damit rechnen können, dass 20 Jahre nach einer unverbindlichen Beziehung urplötzlich eine Tochter auftaucht?«

»Gutes Stichwort: *unverbindlich*«, warf Doris ein. »Wieso soll ausgerechnet Dennis der Vater sein, wenn es noch andere Männer gab?«

»Vielleicht ist er ja gar nicht der Einzige, der so einen Brief bekommen hat«, sagte Bärbel, und Doris nickte.

Hui – darauf war ich ja noch gar nicht gekommen.

Ich runzelte die Stirn. »Wollt ihr damit sagen, das Mädchen und ihre Mutter werfen ein paar Köder in die Runde und warten ab, wer anbeißt? Daddy-Bingo, oder was? Wer zuerst kommt, mahlt zuerst? Kann ich mir nicht vorstellen.«

»Oder die anderen Vielleicht-Väter wurden bereits ausgeschlossen«, sagte Doris. »Kann doch sein, dass die Dame gerade eine Liste abhakt, und ein paar Vaterschaftstests später ist klar, wer der Erzeuger ihrer Tochter ist. Andererseits wissen wir nicht, ob Dennis der Erste oder der Letzte auf der Liste ist, den sie angeschrieben hat.«

Nein, das wussten wir tatsächlich nicht.

»Wisst ihr, was ich mich gerade frage?« Ich sah von Doris zu Bärbel. »Warum ausgerechnet jetzt? Warum nach so vielen Jahren und nicht schon viel früher?«

Doris winkte ab. »Ach, dafür kann es viele Gründe geben. Vielleicht wollte das Mädchen jetzt erst wissen, wer ihr Vater ist. Und was hat ihre Mutter wohl darauf geantwortet? *Och, es könnte dieser Dennis sein, aber das weiß ich nicht genau. Da gab es nämlich noch Hans und Franz, außerdem Krethi und Plethi.* Die mussten die Männer doch erst einmal auftreiben! Wer weiß, ob die Mutter überhaupt die Nachnamen der Männer kannte, geschweige denn, wo sie wohnen. Lebt diese Angie denn noch immer auf Ibiza?«

»Keinen Schimmer. Auf dem Brief stand kein Absender, und aus dem Text ging nicht hervor, wo das Mädchen lebt. Oder ihre Mutter. Immerhin: Sie hat eine deutsche Handynummer mitgeschickt. Ach so, sie hat geschrieben, dass sie ihn treffen möchte.« Ich zuckte mit den Schultern. »Die Liste mit Fragen ist mittlerweile kilometerlang, scheint mir.«

Bärbel zwinkerte mir zu. »Mal ehrlich: Bist du nicht auch wahnsinnig gespannt auf Dennis' Tochter?«

Doch, das war ich tatsächlich. »Irgendwie schon.«

»Bestimmt ist sie ein liebes Mädchen«, sagte Doris, die den Zweifel in meiner Stimme gehört hatte. »Ganz sicher sogar, wenn Dennis seinen guten Charakter vererbt hat.«

Und was, wenn Miriam keinen guten Charakter hat? Was, wenn sie mir unsympathisch ist?, dachte ich, als ich später das Geschirr spülte, nachdem Doris und Bärbel sich verabschiedet hatten.

Außerdem: Es war nicht nur sie alleine, die urplötzlich in Dennis' Leben auftauchte. Im Gepäck hatte sie eine Mutter, vielleicht sogar eine ganze Familie. Würde sich eine klare Grenze ziehen lassen?

Herrje, Loretta, was ist bloß los mit dir?, fragte ich mich verärgert.

Wieso war ich so misstrauisch? Konnte doch sein, dass sich diese neuen Menschen als absolute Bereicherung entpuppten.

Ich konnte es nicht leugnen: Ganz hinten in meinem Kopf bimmelte ein kleines Alarmglöckchen. Ganz leise zwar, aber immerhin.

Allerdings konnte ich nicht genau sagen, *warum* es bimmelte. Vielleicht war ich ja nur ein wenig nervös, weil die neue Situation Unruhe in unsere traute Zweisamkeit brachte. Weil ich Konkurrenz fürchtete, was Dennis' Aufmerksamkeit betraf.

Herrje – war ich wirklich derart kleinlich und unsicher?

Aber vielleicht würde sich ja gar nicht so viel ändern.

Vielleicht würden Dennis und Miriam sich alle zwei Wochen mal auf einen Kaffee treffen, und das war es auch schon. Andererseits …

»Verdammt, Loretta, jetzt hör schon auf damit!«, blaffte ich mich selbst an und schlug ärgerlich mit der Bürste ins Spülwasser. Wasser und Schaum spritzten hoch – welche Überraschung. Alles war nass: meine Brille, mein Haar, mein Gesicht, mein T-Shirt.

Gut gemacht, doofe Loretta. Aber immerhin brachte es mich zum Lachen.

Ich nahm die Brille ab, und prompt klingelte es.

Kichernd und halb blind wetzte ich zur Tür, aber auch ohne Brille erkannte ich meinen Freund, der die Papiertüte eines Schnellrestaurants vor meinem Gesicht schwenkte.

»Komm rein«, sagte ich.

»Du bist nass und hast Schaum auf dem Kopf«, stellte Dennis messerscharf fest, als er an mir vorbei in die Wohnung trat.

»Kleiner Unfall beim Spülen.«

»Ach was. Bist du ins Spülwasser getaucht, um die Speisereste abzulecken?«

»Bäh, wie ekelhaft ist das denn? Nein, ich hab mit der Spülbürste ins Wasser gehauen.«

»Will ich wissen, warum du das getan hast?«

Ich schüttelte den Kopf und besprühte meine Umgebung mit Wassertröpfchen.

»Iiih«, quäkte Dennis geziert und trat hastig zwei Schritte zurück.

»Ich werde mich mal abtrocknen und umziehen«, sagte ich so würdevoll wie möglich. »Du kennst dich hier ja aus.«

Als ich an den Esstisch kam, hatte er die mitgebrachten Schätze bereits ausgepackt: Burger und Pommes frites.

»Du hast hoffentlich Hunger?«, fragte er.

»Hunger – nicht wirklich. Aber Appetit auf fieses Fastfood: immer.«

Tatsächlich hatte ich beim Kaffeeklatsch nur ein halbes Stück Apfeltorte geschafft; offenbar waren mir die Ereignisse des Tages auf den Magen geschlagen. Frank und die Kinder würden sich jedenfalls über die halbe Torte freuen, die ich Bärbel mitgegeben hatte.

»Hm … Fischburger. Brötchenersatz mit geschredderten, undefinierbaren Fischresten und höchst zweifelhafter Pseudoremoulade, köstlich.« Ich biss herzhaft in den weichen, pappigen Klops und nuschelte mit vollem Mund: »Dubisch der Beschte. Ischliebedisch.«

Dennis lachte leise. »Habe ich mich verhört oder hast du gerade die magischen drei Wörter gesagt?«

Ui – hatte ich? Innerlich zuckte ich mit den Schultern. Es war ja schließlich die Wahrheit. Warum sollte ich sie nicht aussprechen?

»Ich liebe dich auch«, fügte er hinzu. »Aber das weißt du ja längst. Und auch, wenn ich mich wiederhole: Ich bin gerade wirklich sehr froh, dich an meiner Seite zu haben.«

Demonstrativ hielt ich mir die Hand hinters Ohr. »Nanu –

wo bleiben die Geigenklänge? In Filmen wimmern in dieser Situation doch immer tausend Geigen los.«

Kichernd schüttelte Dennis den Kopf. »Du bist echt eine doofe Nuss. Sobald es romantisch wird, sieht man von dir nur noch den Kondensstreifen, den du bei deiner panischen Flucht hinterlässt.«

»Falsch – sobald es schwülstig und kitschig wird, gehe ich stiften. Das sind zwei verschiedene Paar Schuhe.«

»Wie du meinst, Liebste. Und? Was haben die Mädels zu meiner Tochter gesagt?«

Er hatte die Frage ganz leichthin gestellt, aber der gespannte Unterton war mir keineswegs entgangen.

»Was sollen sie gesagt haben? Sie waren erstaunt, aber das ist auch kein Wunder. Im Prinzip haben sie sich ähnliche Fragen gestellt wie wir. Fragen, die niemand außer Miriam beantworten kann. Oder halt Angie. Nicht zu vergessen das Labor, das den Vaterschaftstest vornehmen wird.« Er zuckte zusammen, und ich fuhr sanft fort: »Hast du Angie schon angerufen?«

»Nein. Ich wollte dabei nicht alleine sein.«

»In Ordnung.« Ich nickte. »Dann lass uns dieses erstklassige Mahl beenden, und danach erledigst du den Anruf.«

Erschrocken riss er die Augen auf. »Heute schon?«

»Wozu warten? Es sei denn, du beschließt, nicht auf den Brief zu reagieren.«

Nein, er würde nicht kneifen, das sah ich ihm an.

Der Esstisch war leer bis auf zwei Flaschen Bier – und das Handy, das Dennis wie hypnotisiert anstarrte.

»Hast du die Nummer dabei?«, fragte ich.

»Was? Wie? Äh … klar.« Hektisch fummelte er einen zusammengefalteten Zettel aus der Hosentasche und schob ihn zu mir herüber. »Lies vor, ich wähle.«

»Stellst du auf Lautsprecher?«

Er nickte. Ich las langsam eine Ziffer nach der anderen vor, die er sorgfältig mit dezent zitterndem Zeigefinger eintippte. Es klingelte, und wir warteten mit angehaltenem Atem.

Hoffte er, eine Mailbox würde drangehen und ihm noch eine kurze Gnadenfrist verschaffen?

Aber es wurde abgehoben, und die Stimme einer jungen Frau sagte: »Ja? Hier ist Miri.«

Dennis sah mich erschrocken an, und ich nickte ihm aufmunternd zu.

»Ja, äh … hier ist Dennis … hm … äh … Dennis Karger«, stammelte er.

»Ach, das ist aber schön«, zwitscherte Miri fröhlich. »So schnell hätte ich gar nicht mit dir gerechnet.«

Dennis räusperte sich. »Dein Brief kam heute … also, ich kann auch ein anderes Mal anrufen, wenn es dir besser passt.«

»Nein, nein, alles im grünen Bereich. Ich bin zwar etwas in Eile, aber du willst dich ja sowieso mit mir verabreden, richtig? Und dann können wir uns in Ruhe unterhalten.«

Jetzt saß er in der Falle. Seiner Miene war deutlich anzusehen, dass er sich überrumpelt fühlte. Sicherlich hätte er lieber zuerst am Telefon mit ihr gesprochen, aber das schien nun keine Option mehr zu sein.

»Ja, gut«, erwiderte er steif. »Was stellst du dir denn vor?«

»Ach, ich dachte, ich komme bei dir vorbei.«

»Ja, aber … weißt du denn, wo ich wohne?«

Ihr Lachen war glockenhell. »Na, immerhin habe ich deine Adresse auf den Brief geschrieben. Wie wäre es mit morgen?« Sie kicherte. »Natürlich muss ich erst mal auspennen; Samstagnacht ist Partytime. Wie wäre es so gegen zwei?«

»Äh … in Ordnung.«

»Super! Bis morgen dann!«

Sie legten auf, und Dennis sah so erschöpft aus, als hätte er einen Marathon hinter sich.

Kapitel 3

O my fucking god – alles ist furchtbar nice, und Dennis kassiert eine Menge Komplimente

Je näher der verabredete Termin mit Miriam rückte, desto unruhiger wurde Dennis. Erst hatte er sich zigmal umgezogen, bis er zufrieden war, dann war er durchs Haus getigert und hatte überall ein bisschen herumgepusselt. Kissen wanderten von Sesseln aufs Sofa und wieder zurück, Magazine wurden ordentlich gestapelt und in der Ablage unter dem Couchtisch verstaut, Musik wurde an- und wieder ausgemacht.

Ich verstand ja, dass er nervös war, aber mittlerweile ging er mir entschieden auf den Geist. Um mich abzulenken, putzte ich die Küche.

Dennis kam herein und fragte: »Soll ich mich noch einmal umziehen, was meinst du?«

Innerlich atmete ich tief durch, dann drehte ich mich mit einem Lächeln zu ihm um. »Schatz, du siehst spitze aus, alles bestens. Mit Jeans und Pulli kann man nichts verkehrt machen. Selbst, wenn die Jeans einen Schlag hat, unter den locker ein Elefant passen würde.«

»*Loretta!*«

Ich konnte mir ein Kichern nicht verkneifen. »Tut mir leid. Du siehst super aus, wirklich.«

»Meinst du das auch ehrlich?«

Herrje – ich hätte ihn mit einer gezielten Bemerkung zu Staub zerbröseln können. Ich gebe zu, es juckte mich in allen zehn Fingerspitzen, aber für meine üblichen Neckereien war der Ärmste momentan wahrlich nicht in Stimmung.

»Ja, das meine ich absolut ehrlich.«

Er musterte mich misstrauisch, und ich zauberte mir das ins Gesicht, was ich für ein ›ehrliches Lächeln‹ hielt. Wahrscheinlich sah ich aus wie der irre Joker aus Batman, aber Dennis schien es zu überzeugen. Puh.

»Meinst du, sie hat Hunger?«, fragte er.

Ich zuckte mit den Schultern. »Das werden wir erfahren, wenn sie da ist.«

Hektisch riss er die Kühlschranktür auf und stierte mit wildem Blick erst hinein und dann mich an. »Was haben wir denn überhaupt da? Herrje – wir hätten *unbedingt* noch einkaufen müssen!«

»Am Sonntag? Schwierig. Außerdem: Für eine ordentliche Knifte mit Käse reicht es immer. Ich könnte auch Waffeln backen, die mag eigentlich jeder. Und zur Not können wir immer noch den Pizzaservice anrufen. Ich glaube nicht, dass sie hier verhungern wird.« Verloren stand er in der Küche herum, und ich fügte hinzu: »Hör mal, warum siehst du nicht mal bei deinen Hühnchen nach dem Rechten? Ein bisschen frische Luft wird dir guttun.«

Wie ein folgsames Kind trottete er zur Tür, die in den Garten führte, und ging hinaus. Puh. Die Beschäftigung mit seinen Zwergseidenhühnchen würde ihn beruhigen, das klappte immer. Die kleinen, flauschigen Geschöpfe mochten keine Hektik, und im Umgang mit ihnen war er stets sanft wie ein Lämmchen.

Die Küche sah manierlich aus, und ich verstaute das Putzzeug unter der Spüle. Am liebsten hätte ich mich nun ein wenig auf dem Sofa ausgestreckt, aber Dennis würde vermutlich der Schlag treffen, wenn er mich dort schlafend vorfand. Also ging ich zum Fenster neben der Haustür und blickte hinaus. Eigentlich schade, dass es zu kalt war, um im Garten zu sitzen. An den noch kahl wirkenden Ästen der Laubbäume zeigten sich erste zartgrüne Blattknospen. Ein paar Tage Sonne, und alles würde förmlich explodieren.

Immerhin regnete es heute nicht.

Von links kam Dennis in mein Blickfeld geschlendert. Er überquerte den gepflasterten Platz vor dem Haus und spähte den Weg hinunter, der zur Landstraße führte. Nach einiger Zeit begann er, hin und her zu laufen, ohne mich am Fenster zu bemerken. Immer, wenn er wieder an der Auffahrt ankam, blieb er stehen und hielt nach seinem Besuch Ausschau, die Hände in die Taschen seiner knallengen Jeans gestopft.

Er schien in der kühlen Frühlingsluft zu frösteln, denn er zog die Schultern hoch. Kurz war ich versucht, ihm eine Jacke zu bringen, aber ich war schließlich nicht seine Mutti.

Plötzlich spannte sein Körper sich an, und ich wusste, jemand – wer wohl? – fuhr die Holperpiste entlang, über die man sein Haus erreichte. Er drehte sich um und kam eilig zum Haus, entdeckte mich am Fenster und bedeutete mir, ihm die Haustür zu öffnen.

Ich tat es, sagte aber: »Du solltest sie draußen in Empfang nehmen. Sie wird sich freuen, dass du sie dort erwartest.«

»Meinst du?«

Ich nickte. »Bestimmt. So habt ihr auch ein paar Minuten für euch alleine, und du kannst sie darauf vorbereiten, dass ich bei eurem Treffen dabei bin.«

»Du bist die Klügste.«

Er küsste mich, dann ging er zurück auf den Vorplatz.

Ein himmelblauer Kleinwagen kam flott heran und bremste ruckartig. Die Person hinter dem Steuer war nicht deutlich zu erkennen, auf jeden Fall sprach sie in ein Smartphone.

Schließlich stieg eine junge Frau aus und grinste Dennis an; noch immer sprechend und mit dem Telefon vor dem Gesicht. In Richtung Dennis machte sie mit dem Zeigefinger eine Moment-noch-Geste. Dann drehte sie dem Haus den Rücken zu.

Miriams blondes Haar war auf dem Oberkopf zu einem kleinen Knödel zusammengedreht, was meiner Meinung nach keiner Frau der Welt schmeichelte, zurzeit aber schwer angesagt war. Sie trug einen hellbraunen, knielangen Trenchcoat, und an ihrer Armbeuge baumelte eine große knallgrüne Henkeltasche, die wie ein Designerstück aussah. Wenn es wirklich eines sein sollte, hatte sie – oder wer auch immer – dafür locker einen Tausender hingeblättert, schätzte ich. Unter ihrem Mantelsaum kamen weite lilafarbene Hosenbeine hervor; dazu hatte sie klobige Joggingschuhe angezogen.

Miriam war topmodisch gekleidet, wie ich dank meiner Lektüre der einschlägigen Magazine wusste, die ich manchmal beim Friseur durchzublättern pflegte.

Unauffällig öffnete ich das Fenster einen Spalt weit, damit ich hören konnte, was oder mit wem sie sprach.

»Also, Leute«, hörte ich sie sagen, »in ungefähr einer Sekunde trifft eure Miri ihren Dad zum allerersten Mal – diesmal *muss* er es sein. Ich sehe ihn schon, aber ich zeige ihn euch nicht – *noch* nicht. Das hinter mir ist sein Haus. O my fucking god – ich bin soooo excited, ich *sterbe* gleich. Bye-bye for now, see you later. Miri over and out.«

Sie nahm das Handy herunter und tippte auf dem Display herum. Dann ging sie zu Dennis und sagte: »Sorry, das war für meine Follower, das musste ich schnell noch posten. Hei, ich bin Miri.«

»Hei«, erwiderte Dennis lahm und streckte ihr die Hand hin.

Sie musterte die Hand wie ein ekliges Insekt. »Händeschütteln? Reichlich spießig, oder? Nur alte Leute begrüßen sich so.« Dann umarmte sie Dennis.

Er war davon derart überrascht, dass er stocksteif dastand.

Sie trat einen Schritt zurück und stemmte die Hände in die Seiten. Ausgiebig scannte sie das Haus – ich trat hastig vom Fenster zurück – und sagte: »Nice. Ein bisschen Schlumpfhausen-Style, aber echt nice.«

Dennis, der sie gespannt gemustert und offenbar auf ihr

Urteil gewartet hatte, wirkte daraufhin tatsächlich so erleichtert, dass ich kichern musste.

»Freut mich, dass es dir gefällt«, erwiderte Dennis. »Wollen wir reingehen? Dann lernst du auch meine … hm, äh … *Frau* kennen.«

Mein Herz machte einen kleinen Hüpfer – er nannte mich ›seine Frau‹! Echt *nice.*

»Ach, du bist verheiratet?«, fragte Miri.

Dennis schüttelte den Kopf. »Nein, aber wie sollte ich sie sonst nennen? Meine *Freundin?* Loretta ist meine Frau. Ich bin doch kein Teenager!«

Sie kamen auf die Haustür zu, und ich sprintete im Schweinsgalopp ins Wohnzimmer. Wohin? In die Küche? Um dort dann was genau zu machen? Das Heimchen am Herd spielen? Nee, lieber hierbleiben. Sessel oder Esstisch? Was sah ungezwungener aus?

Esstisch, entschied ich.

Ich setzte mich, schlug hastig die Sonntagszeitung irgendwo auf und pantomimte souverän – so hoffte ich jedenfalls – die gänzlich entspannte Leserin.

Dennis kam mit Miriam herein, und wieder sah sie sich interessiert um. Ihr Blick fiel auf mich, und ich machte Anstalten, aufzustehen, um sie zu begrüßen.

»Nein, bitte bleiben Sie doch sitzen«, sagte sie sofort, als wäre ich eine uralte Frau, die geschont werden musste.

»Hei, Miri«, erwiderte ich, stand auf und ging ein paar Schritte auf sie zu. »Ich bin Loretta. Keine Siezerei, bitte. Loretta und du. Einverstanden?«

Sie nickte, während sie mich ausgiebig musterte. »Cooles Outfit, Loretta. Und deine Brille – echt stylish. Hammer.« Sie drehte sich zu Dennis um. »Und du siehst voll aus wie ein Rockstar, unglaublich. Und das in eurem Alter …« Sie schüttelte den Kopf. »Damit hätte ich echt nicht gerechnet.«

Eine bissige Entgegnung verkniff ich mir wohlweislich – denn schließlich hatte auch ich mit 20 gedacht, jede Frau von Mitte 40 trägt Faltenrock, Schluppenbluse und Dauerwelle. Sie hatte uns ein Kompliment machen wollen, und als solches fasste zumindest Dennis es auf, denn er war sichtlich geschmeichelt.

Sie fand, er sah aus wie ein Rockstar – das musste ihm runtergehen wie Öl. Und das, obwohl er heute geradezu schlicht gekleidet war. Sie würde schier ausflippen, wenn er klamottenmäßig erst einmal richtig aufdrehte.

»Äh … wollen wir uns setzen?«, fragte Dennis. »Hast du Hunger, Miri? Oder Durst?«

Grinsend schüttelte sie den Kopf. »Essen? Nee. Bin ja gerade erst aus dem Bett gekrochen. Ein Kaffee, der Tote wecken kann, das wäre echt nice.«

»Oh, dafür ist meine Loretta die absolute Spezialistin!«, rief Dennis aufgeräumt. »Komm, ich zeig dir in der Zwischenzeit meine Hühner.«

Während ich die große Espressokanne befüllte und auf den Herd stellte, verließen Dennis und sie das Haus durch die Hintertür. Sekunden später hörte ich Miriam entzückt kreischen. Unwillkürlich musste ich grinsen, denn eine andere Reaktion auf die ulkigen Zwergseidenhühnchen hätte mich sehr gewundert. Übers ganze Gesicht strahlend kam Dennis wieder herein.

»Nanu? Wo hast du denn Miri gelassen?«, fragte ich.

»Sie filmt meine Hühnchen«, erwiderte er stolz. »Sie sagt, sie muss sie unbedingt ihren Followern zeigen.«

Mit dem typischen Röcheln arbeitete sich das heiße Wasser durchs Kaffeepulver in den oberen Teil der Kanne, und ich holte eine große Tasse aus dem Schrank. »Wir müssen sie unbedingt fragen, wo sie ihre Filmchen veröffentlicht. Ich wüsste schon gerne, was sie dort erzählt – vor allen Dingen über uns.

Beziehungsweise über dich, mein Lieber. Möchtest du auch Kaffee?«

Dennis schüttelte den Kopf. »Nee, ich bin schon zappelig genug. Obwohl – es gibt sich langsam. Sie ist nett, oder?«

»Sie macht auf jeden Fall einen netten ersten Eindruck. Und sie scheint ihr komplettes Privatleben mit der Welt zu teilen.«

»Das ist bei jungen Leuten heutzutage ganz normal.« Er zuckte mit den Schultern.

»Das macht es nicht besser. Ich finde, es gibt Grenzen. Ich jedenfalls möchte *nicht* in die Öffentlichkeit gezerrt werden; vor allem nicht ohne meine Zustimmung. Von mir aus kann sie jeden Bissen, den sie isst, und jeden Schritt posten, den sie geht, aber mein Arsch bleibt privat.«

Ich füllte den Espresso in eine Warmhaltekanne und gab noch ein wenig heißes Wasser hinzu.

»Möchtest du Milch?«, fragte ich Miriam, die in diesem Moment hereinkam.

»Und Zucker, ich brauche Energie«, sagte sie.

Ich stellte alles auf ein Tablett, und wir gingen rüber ins Wohnzimmer und setzten uns an den Esstisch.

Miriam schaufelte so viel Zucker in ihre Tasse, dass der Flüssigkeitsspiegel deutlich anstieg. Dann fügte sie Milch hinzu und nippte vorsichtig. »Aah, perfekt. Ihr wohnt ziemlich cool, habe ich das schon gesagt? Dieser skandinavische Hygge-Style ist ja voll angesagt. Leider sehr teuer. Eure Einrichtung habt ihr euch echt was kosten lassen.«

»Och, geht so.« Lässig zuckte Dennis mit den Schultern. »Beinahe alles habe ich vom Flohmarkt oder gebraucht von privat gekauft. Ich lebe schon seit zig Jahren mit diesen Möbeln.«

»Ach?« Überrascht sah sie ihn an.

Ich fragte mich, was jetzt in ihr vorging. Waren die Möbel

nun weniger cool, weil Dennis sie schon jahrelang besaß – und nicht erst kürzlich angeschafft hatte, weil sie gerade supermodern waren? Manchmal kaufte ich ein Einrichtungsmagazin und lachte mich regelmäßig kaputt, wenn ich die absurd hohen Preise für beispielsweise Sideboards sah – wusste ich doch, dass Dennis seins, das exakt genauso aussah, für 50 Euro im Gebrauchtmöbelmarkt der Diakonie geschossen hatte.

»Du hast also Dennis' hübsche Hühnchen gefilmt?«, fragte ich Miriam.

Sie nickte. »Die sehen ja so schrill aus! Ich wette, die meisten meiner Follower haben noch nie so ulkige Hühner gesehen. Ich übrigens auch nicht.«

»Gutes Stichwort«, sagte ich. »Wo genau bist du denn für deine Follower aktiv?«

»Insta«, erwiderte sie. »Wollt ihr mal sehen?«

Dennis und ich nickten, und Miriam aktivierte ihr Handy, das neben ihrer Tasse lag, wo es während der gesamten Zeit zwitschernde Geräusche von sich gegeben hatte. Offenbar gingen Nachrichten an sie im Sekundentakt ein.

Sie hielt uns das Smartphone hin, und wir beugten uns über das Display. Zu sehen war ein Film von den Zwergseidenhühnern, dazu Miriams Stimme. »*Hei Leute, ich bin immer noch bei meinem Dad, der echt der Coolste ist. Hier zeige ich euch seine abgefahrenen Hühnchen. Sehen die nicht voll nice aus? Dieser Puschel auf dem Kopf! Ich könnte echt stundenlang hier sitzen und diesen ulkigen Viechern zugucken, aber ich muss jetzt wieder rein zu meinem Dad. Bye-bye for now, see you later. Miri over and out.*«

Der kleine Bildschirm wurde schwarz, und Miriam sah uns erwartungsvoll an.

»Schön«, sagte Dennis zögernd. »Damit verbringst du ganz schön viel Zeit, oder?« Auf ihr Nicken hin fuhr er fort: »Und was machst du sonst so?«

Ihre Miene zeigte Verblüffung. »Äh … ich verstehe deine Frage jetzt nicht …?«

Nun sah Dennis mindestens so verdutzt aus wie sie. »Ich meine, beruflich oder so. Studierst du? Oder machst du eine Ausbildung?«

»Ach so.« Sie deutete auf ihr Handy. »Na, das da. Das ist mein Job. Ich will eine berühmte Influencerin werden. Ich habe schon 8000 Follower, wisst ihr?«

Das erschien mir nicht besonders viel, aber was wusste ich schon?

»Du musst die Unwissenheit von uns alten Leuten entschuldigen«, sagte ich grinsend. »Verstehe ich richtig, dass du damit dein Geld verdienst? Oder verdienen willst?«

Miriam nickte so heftig, dass ihr kleiner Dutt hin und her wackelte. »Klar! Ist doch ein total cooler Job. Wenn du genug Follower hast, kriegst du deine Klamotten umsonst oder sogar Geld dafür, dass du sie trägst und Fotos davon postest. Total easy, das mache ich ja sowieso schon!«

Nachdem jahrelang alle jungen Leute Popstars und dann nur noch irgendwie berühmt werden wollten, vermeintlich ohne groß etwas dafür leisten zu müssen, war aktuell offenbar ein Leben als Influencer der heiße Scheiß. Mir fiel ein, dass ich letztens eine Doku über dieses Phänomen gesehen hatte. Darin war es allerdings um Influencer gegangen, deren Follower-Zahlen sich im hohen sechsstelligen beziehungsweise im Millionen-Bereich bewegt hatten.

Alle hatten übereinstimmend berichtet, dass ihr Leben anstrengend und arbeitsreich war, denn wenn man erst einmal in diesen Sphären angekommen war, musste ständig geliefert werden. Damit, *sowieso* viele Bilder oder Filmchen zu posten, hatte das rein gar nichts mehr zu tun.

Man hatte Verpflichtungen gegenüber Werbepartnern, musste außerdem immer im Gespräch und am Puls dessen bleiben, was gerade angesagt war. Ihr Geld war hart verdient, und es war allen klar, dass ihre Popularität vielleicht nur von kurzer Dauer sein würde. Nicht zuletzt deshalb, weil ständig junge Leute wie Miriam nachdrängten, die sie vom Influencer-Thron stoßen wollten.

Ich befürchtete, Miriam war sich dessen nicht bewusst und dachte einfach, sie habe einen Weg zu sehr leicht verdientem Geld entdeckt. Und gegen ein bisschen Popularität hatte sie sicherlich auch nichts einzuwenden.

Ich beschloss, selbst einen Account einzurichten, damit ich verfolgen konnte, was sie postete.

Man konnte ja nie wissen.

Kapitel 4

Guck mal, wer zum Essen kommt – manchmal kann man einen ungebetenen Gast nicht abwehren

Eine kleine Gesprächspause entstand, während Miriam sich konzentriert mit ihrem Handy beschäftigte. Offenbar checkte sie die Reaktionen auf die jüngst geposteten Filmchen, denn schließlich blickte sie Dennis an. »Deine lustigen Hühnchen kommen im Netz gut an. Aber nachdem wir jetzt schon über meinen Beruf geredet haben: Was machst du eigentlich?«

»Ich betreibe ein Callcenter«, sagte Dennis. »Loretta ist meine rechte Hand im Betrieb.«

»Ach, dann könnte ich ja vielleicht bei euch jobben, oder? Bis meine Karriere richtig durchstartet, könnte ich ruhig ein paar Euro verdienen. Das ist doch bestimmt total easy. Was macht ihr denn? Bestellungen aufnehmen und so? Das kann ich. Ich telefoniere sowieso gerne!«

Hm, genau das kannte ich von den Bewerbungsgesprächen, die ich führte. Gemeinhin wurde die Arbeit im Callcenter dramatisch unterschätzt – zumal an einer Sexhotline, wie Dennis sie betrieb. An diesem Punkt eines Gesprächs über seinen Broterwerb wurde es traditionell delikat, denn weder er noch ich banden jedem sofort auf die Nase, womit genau wir unser Geld verdienten.

»Das ist nicht so einfach«, erwiderte Dennis. »Mein Auftraggeber ist eine Bank. Wir haben mit sehr sensiblen Kundendaten zu tun.«

Miriam grinste. »Macht doch nix. Ich kann schweigen wie ein Grab, ehrlich.«

Ja, dachte ich, deine Aktivitäten bei Instagram sind der beste Beweis dafür.

Aber plötzlich ritt mich der Teufel, und ich sagte: »Aber das ist doch eine hervorragende Idee, Dennis.« Ich ignorierte seinen erstaunten Blick und fuhr fort: »Zufällig beginnt morgen eine Schulung, das passt doch perfekt. Du könntest also direkt einsteigen, Miri.«

»Schulung?«, fragte sie gedehnt und klang schon deutlich weniger begeistert. »Wie lange dauert das denn? Etwa den ganzen Tag? Ich hatte eigentlich eher an einen Halbtagsjob gedacht.«

Dennis nickte. »Ja, das sollte dann kein Problem sein. Aber davor kommt die Schulung; die dauert vier Wochen. Vollzeit, natürlich, also täglich von morgens um acht bis nachmittags um fünf. Für diesen Job musst du zunächst viel lernen, bevor du am Telefon Kunden betreuen kannst.« Er zuckte mit den Schultern. »Das ganze Finanzwesen halt. Aber das schaffst du locker. Ein paar Fachbegriffe und verschiedene Buchungsabläufe büffeln … Dann schreibst du den Abschlusstest, und dein Job bei mir ist geritzt.«

»Herzlich willkommen in unserem Team«, fügte ich fröhlich hinzu.

Schon während Dennis geredet hatte, war ihrer Miene deutlich abzulesen gewesen, was sie davon hielt: rein gar nichts. Ganze vier Wochen Schulung, von morgens bis abends? *Waaaaas?* Reizworte wie ›büffeln‹, ›Finanzwesen‹ oder ›Abschlusstest‹ hatten ihr Übriges getan, den – nicht existenten – Job für sie ungefähr so attraktiv zu machen wie eine Frisur, die unter ambitionierten Influencerinnen gerade nicht angesagt war. Wir mussten keine Sekunde lang befürchten, dass sie das Angebot annehmen würde.

»Hm … das geht mir jetzt irgendwie echt zu schnell«, murmelte Miriam gedehnt, ohne Dennis oder mich anzusehen. »Darüber müsste ich noch nachdenken, und ich habe morgen auch schon was vor. Außerdem dachte ich immer, ein Job im Callcenter ist voll easy. Sieht man doch immer im Verkaufsfernsehen und so. Um die Sachen zu bestellen, ruft man irgendwo an … So was, dachte ich.«

»Der Begriff Callcenter bedeutet ja zunächst einmal nur, dass dort eine telefonische Dienstleistung angeboten wird«, erklärte Dennis, »und das kann alles sein. Mittlerweile nutzen zum Beispiel auch viele Behörden oder Hersteller technischer Geräte Callcenter. Hast du schon mal eine Hotline angerufen, weil dein Handy nicht funktioniert?«

»Klar«, erwiderte Miriam, »andauernd.«

»Na also.« Dennis nickte wieder. »Und du erwartest dann, dass am anderen Ende der Leitung jemand sitzt, der sich mit der Technik auskennt und dir kompetent helfen kann. Und warum kann er das? Dreimal darfst du raten: Dieser Jemand wurde wochenlang geschult.«

Miriams Gesichtsausdruck belegte, dass sie das Interesse an diesem Thema längst verloren hatte. Sie fragte nach der Toilette, und ich erklärte ihr den Weg zum Gästeklo.

Sobald sie außer Hörweite war, sagte ich zu Dennis: »Wann willst du zum eigentlichen Thema dieses Treffens kommen?«

»Bald«, murmelte Dennis. »Ich weiß nur nicht, wie ich anfangen soll.«

»Du könntest sie nach ihrer Mutter fragen. Zumal du mit Angie dringend klären solltest, warum ausgerechnet du der Auserwählte bist.«

Mir war klar, dass er Hemmungen hatte, diese Klippe zu umschiffen. Aber konnte die Alternative sein, die Behauptung, Miriams Vater zu sein, gar nicht zu hinterfragen? Nur, um eventuellen Konflikten aus dem Weg zu gehen? Nein.

Miriam kam zurück an den Tisch und griff sofort nach ihrem Handy. Die permanente Beschäftigung damit war offenbar derart fest in ihrem Alltag verankert, dass sie schon längst nicht mehr merkte, wie unhöflich ihr Verhalten anderen – in diesem Falle uns – gegenüber war.

»Miri, bitte«, sagte Dennis, und sie riss ihren Blick vom Display los, »kannst du das mal einen Moment lang sein lassen?«

»Was?«, fragte sie verwirrt.

»Dein Handy. Ich möchte mich gerne mit dir unterhalten. Es lenkt dich ab, und das nervt mich gewaltig.«

Sie runzelte die Stirn, verstaute es aber in ihrer Handtasche.

»Danke«, fuhr Dennis fort. »Weißt du, das alles hier ist wirklich nicht so einfach für mich. Du tauchst urplötzlich in meinem Leben auf, und ich bin darüber ziemlich verwirrt, muss ich gestehen.«

»Aber freust du dich denn nicht, dass ich deine Tochter bin?«, fragte sie.

Ich fasste es nicht – war sie wirklich so naiv? Dachte sie wirklich, sie könnte aus dem Nichts ins Leben eines Mannes platzen, als wäre es die normalste Sache der Welt?

»Ich hatte noch keine Zeit, darüber nachzudenken«, erwiderte Dennis. »Du bist ja kein neues Sofa oder so, das ich wieder rauswerfen kann, wenn es doch nicht so bequem ist, wie ich dachte. Dass es dich gibt, verändert mein Leben. Von einem Tag auf den anderen. Du musst mir zugestehen, dass ich einiges hinterfrage. Ich meine, deine Mutter behauptet, dass ich dein Vater bin. Gut und schön, aber wie…«

»Ach, das habe ich vollkommen vergessen, weil ich so aufgeregt war!«, fiel Miriam ihm fröhlich ins Wort. »Ich soll dich ganz lieb von ihr grüßen!«

Dennis traf dieser Themenwechsel so überraschend, dass er sie nur sprachlos anstarren konnte, also schaltete ich mich ein.

»Lebt deine Mutter immer noch auf Ibiza?«, fragte ich.

»Nee.« Miriam schüttelte den Kopf. »Schon seit ein paar Jahren nicht mehr. Stellt euch vor: Wir leben beide hier in der Stadt, ist das nicht irre? Da wohnen wir schon jahrelang nicht weit voneinander entfernt und ahnen nichts davon.«

»Ja«, erwiderte Dennis lahm. »Irre.«

»Seit wann weißt du von Dennis?«, fragte ich Miriam. »Wann hat deine Mutter dir von ihm erzählt?«

»Och, das ist noch nicht so lange her.« Sie zuckte mit den Schultern. »Jahrelang hatte es mich nicht interessiert, aber jetzt wollte ich doch wissen, wer mein Erzeuger ist. Nur: Meine Mutter war auf Ibiza ein ziemlich flotter Feger, und sie hatte zur fraglichen Zeit nicht nur mit Dennis zu tun. Aber die beiden anderen kamen echt nicht infrage. Die sind voll die Spießer.«

Ach? Suchte Miriam sich den passenden Vater etwa nach dem Coolness-Faktor aus? Denjenigen, der am Instagramtauglichsten war? Natürlich konnte sie mit Dennis, der ja ihrer Meinung nach wie ein Rockstar aussah, dort deutlich besser auftrumpfen als mit einem Spießer in Anzug und Schlips. Oder was oder wen auch immer sie für spießig hielt.

»Ich würde gerne mal mit deiner Mutter reden«, sagte Dennis.

Miriams Gesicht hellte sich auf. »Wirklich? Weißt du, sie wartet schon auf meinen Anruf. Eigentlich wollte sie ja heute zusammen mit mir hergekommen, aber …« Sie wühlte in ihrer Handtasche, holte ihr Handy heraus und sprang auf. »Ich rufe sie sofort an!« Mit einem Augenzwinkern fügte sie hinzu: »Ich gehe raus, ich will euch ja nicht nerven.« Munter hüpfte sie zur Haustür und ging hinaus.

Verdattert sahen Dennis und ich uns an.

»Was macht sie denn jetzt?«, fragte Dennis. »Holt sie Angie etwa her?«

»Sieht ganz so aus. Sonst wäre sie ja wohl hiergeblieben und hätte dir den Hörer gegeben.«

Schon kam Miriam wieder hereingehüpft und verkündete strahlend: »Sie ist in 20 Minuten hier. Sie freut sich total, dass du sie sehen willst. Mensch, plötzlich hab ich voll den Hunger.

Sollen wir was bestellen? Am besten Chinesisch, was meint ihr? Da weiß ich auch, was Ma gerne isst. Habt ihr ...?«

»Schon unterwegs«, sagte ich und ging in die Küche, um dort aus dem Stapel der Speisekarten diverser Lieferservices die vom Chinarestaurant herauszusuchen.

Dennis war mir gefolgt, denn plötzlich flüsterte er hinter mir: »Was soll das denn werden? Das ganz große Familientreffen, oder was?«

»Keine Sorge, ich weiche nicht von deiner Seite«, flüsterte ich zurück und drückte ihm die Broschüre in die Hand. »Und jetzt sei ein guter Vater – deine Tochter hat Hunger. Ich korrigiere: Sie hat *voll den* Hunger.«

Beinahe hätte er gegrinst, aber nur beinahe.

Eine knappe halbe Stunde später stand ich erneut am Fenster neben der Haustür. Dennis und Miriam warteten vor dem Haus auf Angies Eintreffen. Miriam zappelte herum und plapperte ohne Punkt und Komma auf Dennis ein, der aussah, als würde er am liebsten wegrennen und sich verstecken.

Ich hatte Mitleid mit ihm. Die Kontrolle über diese Situation war ihm nun vollends entglitten; er konnte nur noch abwarten, was weiter geschehen würde. Den beiden gegenüber, die sich schon länger mental auf dieses Treffen hatten vorbereiten können, war er eindeutig im Nachteil. Er musste sich fühlen, als würde er gerade von einem Panzer überrollt.

Langsam fuhr ein Taxi auf den Platz vor dem Haus, und nach einiger Zeit stieg an der Beifahrerseite eine Frau aus. Das war sie also: Angie.

Obwohl sie mittlerweile 20 Jahre und geschätzt 20 Kilo mehr auf dem Buckel hatte, erkannte ich die Frau vom Foto sofort wieder. Ich öffnete die Haustür und sah, wie Dennis und sie sich förmlich die Hand schüttelten.

»Angie, das ist meine Loretta«, sagte Dennis, als der kleine Trupp an mir vorbei das Haus betrat.

»Hallo, Loretta.« Angie nickte mir lächelnd zu, und ich nahm ihr den Parka ab. Ihre Stimme war dunkel und klang leicht heiser.

Ihrer Kleidung nach – Jeans und weiße Bluse – hatte sie den Hippiestil von Ibiza mittlerweile hinter sich gelassen; bis auf ihre bunt bestickte Umhängetasche aus Stoff allerdings. Eigentlich wirkte sie sogar ziemlich adrett, wenn man vom hennaroten Flatterhaar und ihrem Gesicht absah, das nun von Nahem deutliche Spuren von jahrelangem Partyleben zeigte.

Kaum saßen wir am Tisch, als sie auch schon ein Päckchen Tabak aus ihrer Tasche holte und sich eine Zigarette drehte. Ohne Dennis oder mich um Erlaubnis zu fragen, zündete sie die Kippe an und rauchte. Es war nicht meine Aufgabe, irgendwelche Hausregeln aufzustellen, und da Dennis nicht protestierte, ging ich in die Küche und holte den Aschenbecher, der für Gäste im Schrank stand.

Als ich ihn auf den Tisch stellte, sagte sie: »Ich bin so nervös, ich muss einfach eine rauchen. Das ist hoffentlich okay für euch?«

Für meinen Geschmack kam die Frage eine Spur zu spät, aber Dennis nickte.

»Du hast dich verändert, Dennis«, fuhr sie fort. »Ich glaube nicht, dass ich dich erkannt hätte, wenn wir uns auf der Straße begegnet wären.«

»Ich finde, er sieht aus wie ein Rockstar!«, krähte Miriam. »Ich finde ihn voll cool. Er hat ein Callcenter. Und voll die lustigen Hühnchen im Garten.«

Mir fiel auf, dass sie mindestens doppelt so schnell redete wie ihre Mutter. War Miriam auf Speed oder war Angie, die ziemlich schleppend sprach, etwa bekifft?

Angies Reaktion auf Miriams Beitrag bestand aus einem geistesabwesenden Nicken, während sie weiterhin Dennis ansah. »Warst du überrascht, von Miriam zu erfahren?«

Innerlich schnappte ich nach Luft – diese Frage war wirklich selten dämlich.

»Was glaubst du denn?«, gab Dennis zurück, und ich hörte seiner Stimme an, dass er ihre Frage exakt so bescheuert fand wie ich. »Fast 20 Jahre lang höre ich nichts von dir, und plötzlich schickst du mir eine erwachsene Tochter ins Haus.«

»Das habe ich keineswegs getan«, erwiderte Angie und verzog das Gesicht. »Sie hat dir geschrieben und dich um ein Treffen gebeten, das ist alles. Falls du befürchtest, dass Miriam und ich irgendwelche Ansprüche stellen wollen, kann ich dich beruhigen.«

»Wieso denkst du überhaupt, dass ich ihr Vater bin?«

Ehe Angie etwas darauf erwidern konnte, rief Miriam: »Fühlst du nicht die Connection zwischen uns? Ich hab sofort gewusst, dass du es sein musst.«

»Red keinen Scheiß, Miri«, sagte Angie heftig, dann sah sie Dennis an. »Du weißt, dass du damals nicht der einzige Mann in meinem Leben warst, und deshalb stellst du dir Fragen. Aber die beiden anderen Kerle sind es nicht, da bin ich mir ganz sicher.« Sie steckte den Tabak in die Tasche. »Aber wenn du dich von uns belästigt fühlst, verlassen wir sofort dein Haus, kein Problem. Wir sind 20 Jahre lang ohne dich ausgekommen und können es auch weiterhin. Du bist echt ein Arsch, Dennis Karger.« Sie stand auf. »Miri, lass uns gehen. Wir sind hier nicht erwünscht.«

»Ma! Nein!«, rief Miriam entsetzt, während Dennis gleichzeitig blaffte: »Du hast dich überhaupt nicht verändert, Angie! Genau wie damals: Sobald es für dich ungemütlich wird oder du eine unbequeme Frage gestellt bekommst, verpisst du dich. Oder brichst einen Streit vom Zaun. Das ist so typisch!«

»Ach ja?«, fauchte Angie zurück. »Das sagt der Richtige. Wer hat sich denn plötzlich verdrückt – du oder ich? Das Schicksal hat uns eine wunderschöne Tochter geschenkt, und du führst dich auf, als wären wir Erbschleicher oder so was. Findest du das Miri gegenüber etwa fair? Wie kannst du wollen, dass sie sich *unerwünscht* fühlt?«

Während Miriam dem Streit mit sichtlichem Entsetzen zuhörte, fand ich die lebhafte Auseinandersetzung in erster Linie interessant. Auf jeden Fall hatte Angie ein gewisses Geschick darin, Dennis ein schlechtes Gewissen zu machen, das musste ich ihr lassen.

Die Ankunft des Lieferboten vom Chinarestaurant entschärfte die aufgeladene Stimmung im Handumdrehen. Zwei Minuten später saßen wir friedlich um den Esstisch und aßen unsere jeweilige Portion Glutamat.

Nach dem Essen drängte Angie ihre Tochter zum Aufbruch. Ich war nicht böse drum; auch Dennis wirkte erleichtert.

Er und Miriam vereinbarten, in Kürze zu telefonieren, und dann waren sie auch schon verschwunden.

So als wären sie nie dagewesen.

Waren sie aber.

Und für Dennis und mich gab es einiges mehr zu verdauen als obskure Lebensmittelfetzen mit ganz viel Glutamat.

Kapitel 5

Schon wieder wird ein Handy widerwillig beiseitegelegt, und ein Bulldozer fährt durch eine Pizzeria

Dennis wirkte geistesabwesend, als wir am nächsten Morgen frühstückten. Er war schweigsam und brütete vor sich hin. Gut, er war ohnehin nicht gerade jemand, der am frühen Morgen vor Energie sprühte, aber so schlimm war es sonst nie.

Natürlich war mir klar, was sein Verhalten bedeutete: Er dachte darüber nach, was es für ihn bedeutete, dass Miriam und Angie plötzlich in seinem Leben aufgetaucht waren. Zwei Jahrzehnte lang hatte er nicht mehr an diese Frau gedacht – das vermutete ich jedenfalls –, und dann schickte sie ihm die gemeinsame Tochter ins Haus. Damit musste man erst einmal klarkommen.

Zwischen Angie und ihm hatte es gestern eine besondere Dynamik gegeben; zumindest waren sie schnell in Streit geraten. Dafür, dass sie sich seiner Meinung nach nichts aus seiner Abreise von Ibiza gemacht hatte, hatte sie gestern ganz schön vorwurfsvoll geklungen.

Hatte er die damalige Situation falsch verstanden? Oder falsch verstehen *wollen,* weil sie nicht in seine Vorstellungen von der Zukunft gepasst hatte? Hatte Angie vielleicht doch ernsthafte Gefühle für ihn gehegt und insgeheim gehofft, er würde bei ihr bleiben? Hatte sie versucht, ihn aufzuhalten, und er war trotzdem gegangen?

Immerhin hatten sie sich gegenseitig vorgeworfen, es sei typisch, sich zu verpissen, sobald es unbequem werde. Die Flucht ergreifen? Das passte nicht zu dem Dennis, den ich kannte.

Andererseits: Beziehungen, Freundschaften und Liebeleien konnten zerbrechen, das war der Lauf der Welt. Eine Garantie für den ewigen Fortbestand einer Liebe gab es nicht.

Ich konnte mir nicht vorstellen, dass er ihretwegen auf Ibiza geblieben wäre. Erstens hatte er andere Pläne gehabt und hatte das Leben dort nicht mehr weiterführen wollen, und zweitens hatte er wohl zu keinem Zeitpunkt vorgehabt, sich verbindlich mit ihr einzulassen.

Wenn – *falls* – sie bei seiner Abreise schon schwanger gewesen war, hätte sie zumindest versuchen können, diese Trumpfkarte auszuspielen und ihn auf seine Verpflichtungen ihr gegenüber festzunageln. Ich ging davon aus, dass sie die Schwangerschaft erst später bemerkt hatte. Aber warum hatte sie nicht spätestens dann gehandelt? Ganz klar: Weil sie nicht gewusst hatte, wer der Vater ihres Kindes war.

Erwin ließ Dennis gerade mal eine Stunde Zeit, nachdem wir im Callcenter angekommen waren, dann stand er bei ihm auf der Matte. Auch ich hielt mich gerade dort auf.

Erwin kam hereingeplatzt, stemmte die Hände in die Seiten und fragte: »Was ist das für eine Geschichte, Dennis? Stimmt das, was mein Täubchen erzählt hat?«

Dennis lächelte matt. »Dass ich eine erwachsene Tochter habe? Das stimmt.«

»Wie – einfach so? Kein Zweifel?« Sichtlich fassungslos schüttelte Erwin den Kopf. »Da kommt so ein Mädel daher und behauptet, deine Tochter zu sein, und damit ist das ein *Fakt?* Das kann nicht dein Ernst sein.«

»Ja … nein … Ach, ich weiß es doch auch nicht«, erwiderte Dennis. »Ich fühle mich gerade, als wäre ich unter einer Lawine verschüttet. Aber es ist keineswegs unwahrscheinlich, dass sie meine Tochter ist. Tatsächlich hatte ich vor 20 Jahren mal was mit ihrer Mutter.«

»Na und? Was heißt das schon? Außerdem: Warum taucht das Mädchen dann erst jetzt auf? Warum weißt du nicht schon längst von ihr?«

»Das werde ich noch klären, keine Sorge«, sagte Dennis.

»Dazu bin ich noch nicht gekommen. Herrje, ich habe sie doch gestern erst kennengelernt. Wir konnten uns noch nicht in Ruhe unterhalten.«

Erwin blickte mich an. »Und was sagst du dazu? Was hältst du von der Sache?«

Ich zuckte mit den Schultern. »Was soll ich dazu sagen, Erwin? Sie ist jetzt da, und wir sollten wie Erwachsene damit umgehen. Sie scheint jedenfalls nett zu sein. Alles Weitere wird sich in der nächsten Zeit klären.«

»Hoffentlich mithilfe eines offiziellen Vaterschaftstests«, sagte Erwin. »Junge, pass auf, hörst du? Diese Frau kann viel behaupten. Du musst dich unbedingt rückversichern, dass sie die Wahrheit sagt. Wenn du Hilfe brauchst, sag Bescheid. Lass nicht zu, dass dir jemand ein Kuckucksei ins Nest legt.«

Zack – war er wieder weg, und wir blieben verdattert zurück.

»Was war das denn?«, fragte Dennis.

»Ganz einfach: ein Freund, der sich Sorgen macht. Der nicht möchte, dass du abgezockt wirst. Verabrede dich am besten mit Miriam. Stell ihr Fragen.«

»Sollte ich mich nicht besser mit Angie treffen?«

»Wieso? Was gibt es denn über sie herauszufinden? Sie hat Miriam gesagt, dass du ihr Vater bist. Ob du es tatsächlich bist, kann ein Labor abklären – Angies Meinung dazu kennen wir ja bereits.«

Dennis seufzte. »Du hast recht. Wir sollten mit Miriam essen gehen und ganz in Ruhe reden.«

»Wir? Du möchtest, dass ich mitkomme? Willst du nicht lieber ganz in Ruhe unter vier Augen mit ihr sprechen? Da störe ich doch nur.«

»Quatsch. Warum solltest du stören? Du bist ein wichtiger Teil meines Lebens, und wenn Miriam darin in Zukunft eine Rolle spielen will …«

»… muss sie diese Kröte wohl oder übel schlucken?«

Er lachte. »Du wärest so etwas wie ihre Stiefmutter. Ob du zur *bösen* Stiefmutter wirst, liegt ganz alleine an dir, mein Schatz.«

Tatsächlich führte er während der nächsten Tage einige Telefonate, sowohl mit Miriam als auch mit Angie. Ich stand nicht daneben und hörte zu, aber er erzählte mir davon. Die Gespräche schienen ihn ein wenig zu entspannen, was auch mich aufatmen ließ.

Diana, die ich natürlich ebenfalls angerufen hatte, um ihr von den Neuigkeiten zu berichten, reagierte darauf wie die anderen auch: mit Zweifel, Warnungen und der dringenden Empfehlung, einen Vaterschaftstest zu machen. Auch sie fragte mich, wie es mir mit der neuen Situation ging, und auch ihr konnte ich nicht viel dazu sagen. Solange die Situation nicht einwandfrei geklärt war, würde ich mich auch nicht in ihr einrichten oder Miriam als Bestandteil meines zukünftigen Lebens mit Dennis betrachten, ganz einfach.

Am Freitagmittag waren wir mit Miriam in einer Pizzeria verabredet. Sie verspätete sich um eine Viertelstunde, kam dann aber mit viel Elan herein. Wie bei unserer ersten Begegnung war sie topmodisch ausstaffiert, und natürlich trug sie ihr Handy in der Hand.

»Hallo, ihr beiden«, zwitscherte sie und ließ sich auf einen Stuhl plumpsen. »Tut mir leid, dass ich zu spät bin, aber ich musste noch …«

Warum sie zu spät war, sollten wir nie erfahren, denn ihr Handy, das sie auf den Tisch gelegt hatte, piepste. Sie klappte es auf und starrte stirnrunzelnd hinein, wobei sie hektisch über das Display wischte – um irgendwelche brandeiligen und superwichtigen Nachrichten zu lesen, wie ich vermutete. Sie saß uns zwar gegenüber, war aber ganz weit weg. Ätzend.

»Miriam«, sagte Dennis freundlich.

»Hm?« Zerstreut blickte sie hoch.

»Dein Handy. Könntest du es bitte abschalten?«

Schlagartig war sie wieder anwesend. »Abschalten? Du meinst auf lautlos stellen.«

»Nein, abschalten. Ausmachen.«

»Komplett ausmachen?« Sie sah ihn entgeistert an. »Aber das geht doch nicht! Dann bin ich ja nicht online!«

Dennis lächelte. »Ich fände es schön, wenn du Loretta und mir gegenüber *online* wärst, und zwar uneingeschränkt. Meine Bitte mag dir rückständig erscheinen, aber ich möchte mich ganz analog mit dir unterhalten. Ohne, dass du von dem Ding ständig abgelenkt wirst.«

Sie fand es eindeutig zu viel verlangt, das war ihr anzusehen. Sie blickte aufs Handy, dann sah sie uns an. Überlegte sie etwa, das Treffen platzen zu lassen? Wegen ihres *Handys?*

»Na gut«, sagte sie schließlich und ließ das Telefon in ihre Handtasche plumpsen. »Ich verspreche, nicht reinzugucken, aber ich schalte es nicht ab, okay? Das halte ich nicht aus, ehrlich.«

Sie konnte es nicht einmal eine Stunde lang aushalten, ihr Handy abzuschalten? Weil sie dann *was* genau verpassen könnte?

Beinahe tat sie mir leid. Aber nur beinahe.

»Vielen Dank«, sagte Dennis lächelnd. »Erzähl mir was von dir, Miriam. Bist du auf Ibiza aufgewachsen?«

Sie schüttelte den Kopf. »Nee. Nur, bis ich zur Schule musste. Dann sind wir nach Deutschland umgezogen. Ich fand das ätzend, könnt ihr euch sicher vorstellen. Ibiza, das war Wärme und Strand. Und Freiheit. Und hier? Hier gibt es nur Regeln und Vorschriften.« Vorwurfsvoll sah sie uns an.

»Manchmal sind Regeln gut«, erwiderte ich. »Sie können einem Leben Struktur geben. Aber für dich war es bestimmt eine große Umstellung, die dir nicht leichtgefallen ist. Hast du lange alleine mit deiner Mutter gelebt?«

Miriam stieß ein kleines Schnauben aus. »Ja, wenn man von den Männern absieht. Angie ist nicht besonders gerne Single. Seit ein paar Jahren gibt es Kevin. Den finde ich ganz okay.«

»Ganz okay?«, fragte Dennis. »Magst du ihn nicht?«

Plötzlich wirkte sie beinahe erschrocken. »Doch, natürlich mag ich ihn«, sagte sie rasch, »schließlich sind wir eine Familie. Er kümmert sich um uns, seit ich zwölf bin. Klar haben wir manchmal Stress, aber das ist in allen Familien so, oder? Man hat Stress. Räum dein Zimmer auf, such dir einen Job, so was in der Art. Zigmal habe ich ihm erklärt, dass mein Account mein Job ist. Aber er kapiert es einfach nicht.«

»So sind wir älteren Leute«, erwiderte Dennis grinsend. »Diese neumodischen Berufe gehen über unseren beschränkten Horizont. Es ist uns unbegreiflich, dass man durch Aktivitäten in den sozialen Medien reich und berühmt werden kann.«

Ein Kellner kam an unseren Tisch und nahm unsere Bestellung auf.

»Wie kommt es, dass ihr …« Dennis suchte nach Worten, »dass du jetzt deinen leiblichen Vater kennenlernen willst? Nach so vielen Jahren? Oder dachtest du bis vor Kurzem noch, Kevin wäre dein Vater?«

»Kevin? Mein Vater?« Sie lachte auf, es klang spöttisch. »Nee, das hab ich nie gedacht. Aber mich hat es plötzlich interessiert, hab ich ja schon erzählt. Und dann habe ich Angie danach gefragt. Erst war sie genervt davon, aber dann haben wir nach meinem Vater gesucht. Es war ja nicht von Anfang an klar, dass *du* es bist.«

Da sie bei unserem Treffen am Sonntag ganz offen damit umgegangen waren, sagte ich: »Stimmt, du hast gesagt, es gab mehrere Möglichkeiten?«

Miriam nickte. »Ja, aber das macht mir gar nichts aus. Angie hat ihr Leben halt genossen, das ist für mich völlig okay. Aber sie wusste die Namen von den Typen, mit denen sie damals was hatte, und die haben wir dann gesucht. Du bist die Nummer drei, und du bist eindeutig der Coolste, Dennis.«

Es piepste aus ihrer Tasche, und es kostete sie sichtlich Mühe, nicht darauf zu reagieren. Aber sie schaffte es.

»Die anderen schieden also aus?«, fragte Dennis. »Warum? Das interessiert mich natürlich.«

Sie zuckte mit den Schultern. »Ich habe ihnen geschrieben, genau wie dir, und Angie hat mit ihnen gesprochen oder so. Aber dann hat sie gesagt, die beiden wären es nicht. Warum? Keinen Schimmer. Aber du könntest sie danach fragen.«

Eine reichlich vage Antwort, wie ich fand, aber Dennis ging nicht näher darauf ein. Stattdessen kam der Kellner mit den Getränken.

»Dieser Junge, der häufig auf deinen Bildern auftaucht – ist das dein Freund?«, fragte Dennis.

»Ja, er ist Rapper. Er heißt TocTocSeven. Na ja, nicht wirklich, eigentlich heißt er Michael. Aber ein professioneller Rapper braucht einen coolen Namen, findet ihr nicht auch?«

»Ach, er ist sogar Profi«, sagte ich. »Könnte ich was von ihm kennen? Irgendwelche Songs, die im Radio laufen?«

»Radio?« Miriam lachte glockenhell. »Heutzutage hört doch kein Schwein mehr Radio! Höchstens rückständige Rentner!«

»Aber wie erfährt man denn dann von seinen ... äh ... Songs?«, fragte Dennis verdutzt.

Erneut dieses Lachen. »Seine Tracks kann man *streamen,* dafür gibt es *Portale.* Alle machen das mittlerweile so. Alles online, genau wie ich. Er steht kurz vor dem Durchbruch.«

Sieh da – zwei zukünftige Online-Stars, und beide kurz vor dem Durchbruch, dachte ich amüsiert.

Unsere Pizzen wurden serviert, und Miriam sagte: »Jetzt darf ich aber einmal kurz mein Handy rausholen, oder?«

Dennis nickte grinsend, und sie kontrollierte kurz ihr Aussehen in einem Handspiegel, bevor sie ihr Handy aktivierte und es sich vors Gesicht hielt.

»Hei, ihr Lieben«, zwitscherte sie aufgeräumt, »eure Miri hat euch doch von ihrem neuen Dad erzählt, der so *unfassbar* nice und cool ist. Gerade sitze ich mit ihm und seiner Freundin in einer ziemlich coolen Pizzeria, und wir lernen uns endlich besser kennen. Ich bin soooo excited. Guckt mal!«

Ich war schon drauf und dran, mich unter den Tisch zu werfen, aber sie schwenkte die Handykamera nur kurz auf ihre Pizza und dann wieder auf ihr Gesicht.

»Das ist die Lieblingspizza von eurer Miri, wie ihr natürlich längst wisst«, fuhr sie fort. »Superlecker, mit Salami. Aber jetzt habe ich Hunger, also bye-bye for now, see you later. Miri over and out!«

Sie klappte das Handy zu und ließ es wieder in ihre Tasche fallen, dann wandte sie sich ihrer Pizza zu. Sie aß mit beachtlichem Appetit, dann blickte sie Dennis an. »Du, ich hatte da 'ne Idee.«

Dennis, der mit seiner Pizza schon fast fertig war, nickte aufmunternd. »Raus damit.«

»Ich möchte gerne, dass du meinen Freund kennenlernst«, sagte sie. »Und Kevin natürlich auch. Schließlich sind wir jetzt beinahe eine Familie, oder? Wie fändest du Samstagnachmittag? Bei dir? Bei uns ist es ja leider zu eng.«

Davon, eine Familie zu sein, waren wir noch meilenweit entfernt – falls es überhaupt jemals dazu kommen würde –, aber für sie schien es bereits ausgemachte Sache zu sein.

»Eine hübsche Idee«, erwiderte Dennis langsam. »Warum nicht?« Er warf mir einen Blick zu, der mir eindeutig zeigte, dass er die Idee alles andere als hübsch fand. Ähnlich wie bei Angies überraschendem Auftauchen am letzten Sonntag fühlte er sich wahrscheinlich gerade wie von einem Bulldozer überrollt.

Aber was sollte er sagen? *Nee, ich will euch nicht in meinem*

Haus haben, jedenfalls nicht die beiden Kerle, die mir vollkommen fremd sind, das verstehst du doch? Das brachte er nicht übers Herz, also stimmte er zähneknirschend zu. Tapferer Dennis.

Als ich Doris später im Callcenter davon erzählte, schüttelte sie empört den Kopf. »So eine Frechheit von dieser Göre, was die sich heutzutage trauen, unglaublich. Einfach sich und zwei Fremde zu Dennis einzuladen.«

»Wir werden den Nachmittag schon irgendwie rumkriegen«, sagte ich. »Allerdings fühle ich mich damit auch nicht besonders wohl.«

»Erwin und ich kommen auch«, erwiderte sie. »Ich kann dir helfen, sonst stehst du stundenlang in der Küche und rennst danach abgehetzt als Kellnerin durch die Gegend.«

»Ich dachte an ein kleines, ganz einfaches Büfett. Immerhin kommt Miriams Vorschlag für uns mehr als kurzfristig.«

»Pff. Frank und Bärbel frage ich auch. Dann habt ihr eure Freunde um euch und seid gegen alles gewappnet. Und wir helfen dir mit dem Essen.«

Sofort fühlte ich mich besser. Auch Dennis war von Doris' Vorschlag begeistert.

»Siehst du? Alles ist gut. Was soll jetzt noch schiefgehen?«, sagte ich, und er küsste mich.

»Gar nichts«, erwiderte er dann. »Mit dir neben mir sowieso nicht.«

Wir hatten ja keine Ahnung.

Kapitel 6

Eine Gleichung mit vielen Unbekannten geht nicht automatisch glatt auf, wie Loretta feststellen muss

»Bist du aufgeregt?«, fragte Doris.

Wir standen in Dennis' Küche und legten letzte Hand ans Büfett.

»Aufgeregt?« Ich schüttelte den Kopf. »Nee, nicht wirklich. Gespannt, das ja. Immerhin lernen wir gleich Miriams Stiefvater und ihren Liebsten kennen. Und Miriam hat gefragt, ob sie noch zwei Freunde mitbringen darf.«

»Jede Menge fremde Leute also«, sagte Doris. »Und ganz schön dreist von der jungen Dame, noch zwei Freunde anzuschleppen. Kein Wunder, dass du uns auch eingeladen hast.«

Zwar hatte sie sich selbst eingeladen, aber ich war dankbar dafür.

Tatsächlich hatte mir die Vorstellung nicht behagt, nur mit Dennis immerhin sechs mehr oder weniger fremden Personen gegenüberzustehen. Ja, ich brauchte unsere Freunde als mentale Verstärkung, als neutralen Puffer in dieser recht undurchsichtigen Konstellation einer neuen Familie, in der Dennis' Position noch immer nicht wirklich geklärt war. Abgesehen davon war es eine zwanglose Gelegenheit für unsere Freunde, Dennis' Tochter kennenzulernen.

Wenn jemand heute aufgeregt war, dann Dennis.

Den ganzen Morgen über war er durchs Haus geflattert, bis ich ihn losgeschickt hatte, um Getränke einzukaufen. Ich war froh, dass Doris mir ihre Unterstützung angeboten hatte, denn Dennis wäre in seinem Zustand in der Küche keine große Hilfe gewesen.

Jetzt baute er gerade im Wohnzimmer mit Erwin zusammen für das Büfett einen langen Tapeziertisch auf. Die Getränke waren kalt gestellt, im Backofen befanden sich zwei Bleche mit Doris' legendären Frikadellen und brutzelten ihrer Vollendung entgegen. Kartoffelsalat, Nudelsalat, Tomaten mit Mozzarella – das musste reichen für ein spontanes geselliges Beisammensein am späten Samstagnachmittag.

Mir persönlich wäre es lieber gewesen, die ganze Sache im Garten zu veranstalten – also außerhalb unseres privaten Wohnbereichs –, aber es war immer noch zu kalt dafür. Machte ja auch irgendwie keinen Spaß, bibbernd draußen herumzustehen und Smalltalk zu zelebrieren.

Um halb fünf trafen Bärbel und Frank ein, als ich gerade die Vollständigkeit des Büfetts überprüfte. Teller, Besteck, Servietten, Gläser – alles stand bereit.

»Doris und ich kümmern uns ums benutzte Geschirr«, sagte Bärbel zu mir. »Wir sammeln den Kram ein und spülen. Keine Widerrede, das ist beschlossene Sache. Du bist heute die Gastgeberin.«

»Dennis ist der Gastgeber.«

Sie schüttelte den Kopf. »Du bist die Frau an seiner Seite. Es geht nicht an, dass du hier die Rolle eines Dienstmädchens einnimmst.«

»Dienstmädchen? Jetzt übertreibst du aber«, erwiderte ich.

»Bärbel hat absolut recht«, sagte Doris, die mit einer großen Schüssel Salat aus der Küche gekommen war. »Du magst es albern finden, aber hier geht es um subtile Signale. Da taucht plötzlich eine Ex auf und präsentiert eine Tochter, damit steht sie im Mittelpunkt. Du musst dich behaupten, Loretta. Und das tust du nicht, indem du ihre benutzten Teller wegräumst und dafür sorgst, dass ihre Gläser immer gefüllt sind. Es geht hier nicht um Dennis, sondern um diese Angie. Zeig ihr, wie souverän du mit der Situation umgehst und dass du sie nicht als Konkurrenz empfindest. Du bist hier der Chef im Ring, das ist *dein* Territorium.«

Wow, ich hatte nicht geahnt, dass meine Freundinnen die Situation so einschätzten. Hatten sie recht? Ging es heute wirklich darum, Duftmarken zu setzen?

Ich rang mir ein Lachen ab. »Sie ist nicht auf der Suche nach einem Mann, Mädels. Sie *hat* einen.«

»Pff.« Doris rollte mit den Augen. »Mit dem sie in einer kleinen Mietwohnung hockt. Und jetzt sieh dich um: Dennis hat ein wunderschönes Haus auf dem Land, er ist ein erfolgreicher Geschäftsmann, dem es offensichtlich nicht an Geld mangelt. Ich will den Teufel nicht an die Wand malen, Loretta, aber du solltest allen klarmachen, dass Dennis *dein* Mann ist.«

Mein Territorium, *mein* Mann – üblicherweise dachte ich nicht in derlei Kategorien. Aber ich wusste auch, dass unsere Freunde noch immer ein gewisses Misstrauen gegenüber Dennis' angeblicher Vaterschaft hegten.

»Nun ja, wenn das hier mein Territorium ist, sollte ich wohl noch rasch in alle Ecken pinkeln«, sagte ich.

Um kurz vor fünf traf die erste Ladung Gäste ein: Miriam, Angie und Kevin.

Dennis kam mit ihnen ins Wohnzimmer, und Angie stutzte sichtlich, als sie Bärbel, Doris, Frank und Erwin sah.

»Oh, da sind ja noch mehr Gäste«, sagte sie in ihrer schleppenden Sprechweise.

»Ihr macht uns heute mit euren Lebensmenschen bekannt, und ich dachte, ihr solltet bei dieser Gelegenheit die Leute kennenlernen, die mir …« Er legte den Arm um mich und zog mich an sich. »… *uns* wichtig sind.«

Er stellte die Anwesenden einander vor, und alle begrüßten einander freundlich – bis auf Kevin, der schon beim Eintreten auf mich den Eindruck gemacht hatte, als wäre er gegen seinen Willen hergeschleppt worden. Seine Miene war verschlossen, sein ganzer Körper wirkte angespannt.

Er war ein großer und kräftiger Mann mit einem grauen

Mozartzopf, und ich hätte meinen gesamten Besitz darauf verwettet, dass er eine Vergangenheit als Rocker hatte. Ich konnte es nicht klar benennen, er strahlte es einfach irgendwie aus.

Kevin marschierte durch den Raum und sah sich alles ganz genau an. Längere Zeit stand er vor Dennis' teurer Musikanlage, dann stieß er ein leises Schnauben aus, ging weiter und begutachtete die Bücherregale. Sein Gesichtsausdruck – ich beobachtete ihn von der Seite, ohne dass er es bemerkte – war eindeutig: Er hielt Bücher für Angeberei.

Erwin und Frank sorgten für Getränke, und schon war auch Kevin am Start. Während die anderen noch miteinander anstießen, hatte er die erste Flasche Bier bereits geleert und fragte nach Nachschub, den er sich aber auch sehr gerne selbst holen wolle. Zack – schon stand er in der Küche und inspizierte den Inhalt des Kühlschranks, der bis zum Rand voll mit Bierflaschen war.

Diesmal bestand seine Reaktion aus einem anerkennenden Nicken. Er holte zwei Flaschen heraus, öffnete beide, leerte eine davon auf ex und kam mit der vollen zurück ins Wohnzimmer.

Er ging zu Angie, die sich gerade mit Doris unterhielt. Brüsk drängte er sich zwischen sie und küsste Angie auf den Hals.

Angie fuhr zurück und schob ihn weg. »Lass das gefälligst«, pflaumte sie ihn deutlich hörbar an. »Und trink nicht so viel. Ich will mich mit dir nicht blamieren.«

Abrupt wandte Kevin sich ab und ließ sich in einen Sessel fallen. Mit gerunzelter Stirn brütete er vor sich hin.

Das fing ja gut an …

Ich erhaschte Doris' beredten Blick, den sie mir quer durch den Raum mit hochgezogenen Brauen zuwarf. Kevin war bei ihr eindeutig durchgefallen.

Miriam stand mit Dennis, Frank und Erwin zusammen. Als es an der Tür klingelte, quietschte sie: »Das sind TocToc und seine Freunde! Ich mach auf!«

Schon war sie losgeflitzt und kam Sekunden später mit drei Jungs um die 20 herein, die sich betont lässig gaben. Alle trugen übergroße Hip-Hop-Klamotten und Basecaps, alle hatten die Hände in die Hosentaschen gestopft.

»Dennis, das ist mein Liebster: TocTocSeven«, tirilierte Miriam und schmiegte sich verliebt an den schlaksigen Bengel. »Du kennst ihn ja schon von meinen Postings. Und die beiden anderen sind MC Shark und Big Andy. Die drei haben eine Band. Sie rappen.«

Die Jungs nickten überheblich und machten seltsame Zeichen mit den Fingern.

»Yo«, grunzte der, den Miriam als MC Shark vorgestellt hatte.

»Ihr habt ja irre Namen«, sagte Frank. »Ich heiß bloß Frank. Nix mit Big oder 'ne Nummer oder so. Aber sachma, Shark: Wat heißt denn dieset Emzieh?«

»M und C«, erwiderte der Junge. »Das ist englisch.«

»Ja, aber wat *bedeutet* dat? Dat hat doch bestimmt irgendeine Bedeutung, oder?«, bohrte Frank weiter.

Ich hatte mich inzwischen zu der Gruppe gesellt und sah, dass Franks Frage den supercoolen Rapper ziemlich aus dem Konzept brachte.

»Äh, na ja«, sagte er zögernd, »M steht für *man,* und das C steht natürlich für *cool,* ist doch wohl logisch.«

»Also heißt MC nix weiter als *man cool?«,* fragte Frank. »Aber müssten die Wörter nich eigentlich inner andern Reihenfolge stehn? *Cool man,* dat würd ich ja kapiern.«

»Wenn ich dazu etwas sagen darf?« Ich lächelte freundlich, und alle sahen mich an. »Frank, MC ist die Abkürzung für *master of ceremonies,* also Zeremonienmeister. Das kommt aus dem Hip-Hop, das ist der Typ, der einen *battle* – also einen Wettstreit – zwischen Rappern moderiert. Oder er ist schlicht derjenige, der auf die Beats rappt. *Das* ist ein MC.«

Ich schaltete den Klugscheißermodus wieder aus und bemerkte erst jetzt, was ich angerichtet hatte: Ich hatte Miriams Freunde bloßgestellt, die sich Rapper nannten und offenbar nicht einmal wussten, was MC bedeutet. Die drei Jungs waren sichtlich angepisst, und auch Miriam wirkte nicht gerade amüsiert.

Eilig zog ich mich hinters Büfett zurück, wo Doris stand und die Teller hungriger Gäste füllte.

Als wir alleine waren, flüsterte sie: »Du sollst dich hier doch fernhalten.«

»Ich musste flüchten«, wisperte ich zurück. »Ich habe gerade aus Versehen Miriams Freunde lächerlich gemacht.«

Doris blickte hinüber zu den Jugendlichen und schnaubte. »Als wenn sie dich dafür bräuchten. Guck dir das affige Theater dieser Poser doch mal an!«

»Leise, bitte! Das sind kleine Jungs, die ganz furchtbar cool wirken wollen. Dass wir das lustig finden, steht auf einem anderen Blatt. Aber was wissen wir alten Leute schon, was unter Rappern angesagt ist?«

»Allein schon die Namen«, brummte Doris. »TocTocSeven – ich bitte dich. Weißt du, woran ich bei *TocToc* denke?« Sie tippte sich mit dem Zeigefinger an die Stirn. »*Tock tock tock.* Schraube locker.«

Ich unterdrückte ein Kichern. »Aber sie tun ja keinem was. Sie wollen bloß cool sein, und dadurch sind sie halt besonders uncool. Allerdings sind sie noch zu klein und zu doof, um das zu erkennen.«

»Ich bin froh, dass wir hier sind«, sagte Doris leise. »Wenn man sieht, wen ihr euch ins Haus geholt habt ... Die Bubis mögen ja harmlos sein, aber der da« – mit dem Kopf deutete sie unauffällig auf Kevin, der mit düsterem Blick Dennis und Angie am Esstisch anstarrte – »dem traue ich nicht weiter, als ich ihn werfen könnte. Während der letzten Viertelstunde war er zweimal in der Küche, um sich Nachschub zu holen. Dafür hat er aber noch keinen Bissen gegessen. Der ist auf Ärger aus, das rieche ich.«

Leute, die gutes Essen im Allgemeinen und ihre Frikadellen im Besonderen verschmähten, waren ihr per se suspekt, das wusste ich.

Allerdings: noch zweimal am Kühlschrank? Das bedeutete, dass er gerade die fünfte – vielleicht auch bereits die sechste – Flasche Bier leerte. Ein beeindruckendes Pensum für gerade mal eine Stunde Anwesenheit, ich hätte längst lallend unter dem Tisch gelegen. Und wer weiß – vielleicht hatte er ja auch noch ein wenig vorgeglüht, bevor sie hergekommen waren.

Ich blickte mich um und sah gerade noch, wie Miriam und ihre Rapper zur Haustür hinausgingen. Hatte ich den Bogen zu sehr überspannt, und jetzt wollten sie unser charmantes kleines Beisammensein verlassen, ohne sich zu verabschieden? Nein, das konnte ich mir nun doch nicht vorstellen. Sie mochten mich für bescheuert und angeberisch halten, aber Miriam war dieses Treffen zu wichtig, um meinetwegen den Rückzug anzutreten.

Angie verließ gerade den Tisch und hockte sich zu Kevin auf die Armlehne seines Sessels. Ich schlenderte hinüber zu Dennis und setzte mich zu ihm.

»Hast du eine Ahnung, wo Miriam und die Jungs hingegangen sind?«, fragte ich.

»Sie will ihnen die Hühnchen zeigen«, erwiderte Dennis. »Aber wahrscheinlich wollen sie nur eine rauchen.«

»Könnte sein.« Ich nahm seine Hand. »Wie fühlst du dich?«

Dennis zuckte mit den Schultern. »Eigentlich ganz gut.«

»Und uneigentlich?«

»Dieser Kevin …«, sagte er langsam. »Ich habe das Gefühl, er geht mir aus dem Weg. Ich habe noch kein Wort mit ihm geredet.«

»Vielleicht ist er schüchtern? Oder er fühlt sich unwohl, weil plötzlich ein neuer Vater für Miriam aufgetaucht ist.«

»Meinst du? Angie sagt, er ist ein echt netter Kerl. Und dass sie froh ist, ihn gefunden zu haben. Allerdings trinkt er wohl manchmal ein bisschen zu viel.«

Wie zum Beispiel gerade eben. »Wird er dann aggressiv?«

»Nee.« Dennis schüttelte den Kopf. »Sie sagt, er ist lammfromm, manchmal wird er allerdings sentimental.«

»Na denn.« Ich stand auf. »Allmählich kriege ich Hunger. Willst du auch was?«

»Hab schon gegessen, danke.« Er erhob sich ebenfalls und gab mir einen Kuss. »Ich glaube, ich sehe mal ...« Ohne den Satz zu beenden, ging er zu dem Fenster, von dem aus man in den Hühnerstall blicken konnte. Er erstarrte und brüllte: »Was zum Teufel? Diese kleinen Arschlöcher!« Dann rannte er zur Haustür hinaus.

Ich wetzte zum Fenster, und was ich sah, ließ mir das Blut in den Adern gefrieren: Die Rapper stocherten lachend mit Stöcken durch den Maschendraht nach den Hühnchen, die aufgeregt gackernd durch ihr Gehege flatterten – alles gefilmt von einer kichernden Miriam.

Eine Katastrophe bahnte sich an. Was würde Dennis mit den Jungs machen?

Ich riss das Fenster auf und schrie: »Was stimmt nicht mit euch, ihr Blitzbirnen? Was soll der Scheiß? Hört sofort damit auf! Dennis reißt euch den Kopf ab!«

Miriam filmte unverdrossen weiter, aber die drei Jungs hielten inne und glotzten mich stumm an wie Kühe, die am Weidezaun stehen und ... na ja: *glotzen.*

In diesem Moment hatte Dennis das Gehege erreicht und brüllte: »Weg von den Hühnern, aber sofort!«

»Chill mal, Alter«, sagte TocToc, der aus seiner Starre erwacht war, »das sind doch bloß dämliche Hühner.«

»*Chill mal?* Willst du, dass ich dir den Arsch versohle? Kannst du haben, Freundchen. Weg von dem Gehege. Auf der Stelle.« Er war weiß vor Wut.

Die Jungs stießen sich grinsend an und trotteten an Dennis vorbei in Richtung Haustür.

Miriam ließ das Smartphone sinken und sagte: »Herrje, man kann sich aber auch anstellen. Wir haben doch gar nichts gemacht. Nur ein bisschen Spaß gehabt.«

»Du willst dieses beschissene Filmchen posten, richtig? Ich schäme mich für dich, Miri«, erwiderte Dennis ernst. »Los, löschen. Sofort. Sonst kriegen wir gewaltigen Ärger.«

»Ach, kriege ich sonst auch den Arsch versohlt?« Herausfordernd starrte sie ihn an.

»Wenn ich du wäre, würde ich es nicht riskieren«, erwiderte Dennis und starrte zurück.

Sie zog einen Schmollmund, tippte aber auf ihrem Handy herum, scharf beobachtet von Dennis.

»Zufrieden?«, schnappte sie dann, und Dennis nickte.

Ich spürte, dass die anderen sich hinter mir versammelt hatten, und drehte mich um. Bei fast allen sah ich betretene Gesichter, aber Kevin murmelte: »Was für 'n Arschloch. Der denkt wohl, er wäre was Besseres.«

Ich wusste sofort, dass er Dennis meinte.

Auch Angie hatte seine Worte wohl verstanden, denn sie funkelte ihn an, schüttelte den Kopf und zischte: »Lass Dennis in Ruhe, kapiert?«

Die Jungs kamen wieder herein, gefolgt von Dennis und der schmollenden Miriam.

Sofort wankte Kevin auf Dennis zu. Er baute sich vor ihm auf und stemmte die Hände in die Seiten. »Du kommst dir wohl unheimlich toll vor, was? Und was fällt dir eigentlich ein, so mit Miri zu reden?«

Totenstille. Showdown.

Kapitel 7

Wieder was dazugelernt: Manchmal sollten Spuren nicht gesichert, sondern besser beseitigt werden

High Noon, wie es schien, bloß ohne die wimmernde Mundharmonika.

Dennis musterte Kevin von oben bis unten. »Das muss ich dir gegenüber nicht rechtfertigen«, gab er kühl zurück. »Du bist zu Gast in meinem Haus. Du hast die ganze Zeit kein Wort mit mir gesprochen, und jetzt pöbelst du mich an? Was soll das?«

»*Das muss ich dir gegenüber nicht rechtfertigen*«, äffte Kevin ihn mit affektierter Stimme nach und trat noch einen Schritt näher an Dennis heran. »Ich sage dir, was das soll, du arrogantes Arschloch: Lass meine Familie in Ruhe. Lass gefälligst deine schmierigen Finger von Angie und Miri. Wie du hier rumstolzierst in deinen lächerlichen Klamotten! Du bist eine Witzfigur, nichts weiter.«

Wir anderen standen im Raum verteilt und verfolgten atemlos den Streit, der praktisch aus dem Nichts entstanden war. Aus dem Augenwinkel sah ich, dass Frank die Fäuste ballte und am liebsten eingegriffen hätte, aber Bärbel hatte ihn am Arm gepackt und schüttelte den Kopf. Gut so – eine Saloonschlägerei hätte mir gerade noch gefehlt.

Dennis zuckte mit den Schultern. »Wenn du meinst …«

Noch war Dennis ruhig. Offensichtlich hatte er nicht vor, sich provozieren zu lassen, und das schien Kevin überhaupt nicht zu passen.

»Du denkst vielleicht, du kannst Angie zurückkriegen mit deinem *tollen* Haus und deiner *tollen* Firma«, blökte Kevin weiter auf Dennis ein. »Aber du bist ein Nichts, ein *Niemand.* Hör gefälligst auf, meine Familie zu belästigen, kapiert? Sonst gibt es Tote!«

Blitzschnell versetzte er Dennis einen Stoß, der ihn zurücktaumeln ließ. Das war zu viel: Meinem Freund flog der Draht aus der Mütze.

»Du wagst es, mich anzugreifen? In *meinem* Haus?«, brüllte er Kevin an. »Du spielst mit deinem Leben, Kumpel!«

Und was tat Kevin? Er machte zwei rasche Schritte auf Dennis zu und schubste ihn ein weiteres Mal. »Was ist los, du Schwuchtel? Willst du dich nicht wehren?«, höhnte er. »Bist du etwa nicht mutig genug für eine Schlägerei unter Männern, du Lappen?«

»Du willst ein Mann sein?«, ätzte Dennis. »Hältst du dein lächerliches Imponiergehabe für männlich? Abgesehen davon: Meine letzte Kneipenschlägerei mit einem Besoffenen hatte ich vor 20 Jahren.«

Mit erhobenen Fäusten ging Kevin in Boxerstellung. »Na warte. Ich werde dir die Scheiße aus dem Leib prügeln«, zischte er.

Er wollte sich auf Dennis stürzen, aber endlich kam Bewegung in die Zuschauer: Frank und Erwin stellten sich beherzt zwischen die Kontrahenten und hielten sie auseinander.

Ich umklammerte Dennis, dessen heftige Atmung sich allmählich beruhigte. Miriam und ihre Jungs standen kichernd zusammen, und Angie lächelte zufrieden, als wäre die Auseinandersetzung genau das gewesen, was sie sich erhofft hatte. Bärbel und Doris standen am Büfett und redeten leise miteinander. Doris' Instinkt hatte sie nicht getrogen: Kevin war auf Ärger aus.

Behutsam machte Dennis sich von mir los und sagte zu Kevin: »Raus mit dir. Ich möchte, dass du sofort mein Haus verlässt, und ich will dich hier nie wieder sehen.«

Kevin schnaubte. »*Dein* Haus, *dein* Haus! Als würde ich noch mal freiwillig in deine blöde Protzhütte kommen, du lächerlicher Wicht. Angie, wir gehen. Miri, du kommst auch mit.«

»Aber Kevin, wir …«, begann Angie.

»Du willst doch nicht etwa hierbleiben, während der feine Herr *mich* rauswirft?«, unterbrach er sie brüsk, und Angie schüttelte den Kopf.

Es herrschte Schweigen, während die beiden Frauen ihre Jacken anzogen. Die Jungs schlossen sich ihnen an, als sie zur Haustür gingen.

Dort drehte Angie sich noch einmal zu uns um und sagte: »Tut mir leid, Leute, aber …«

Weiter kam sie nicht, denn Kevin zerrte sie hinaus und schlug die Tür hinter sich zu.

Bäm.

Wir alle waren zu Salzsäulen erstarrt.

Frank regte sich als Erster. »Wat war dat denn bitte für 'ne Nummer? Wat ist denn dat für 'n beknackter Haufen Krawallos?«

»Na ja«, sagte Doris, »es haben sich ja nicht alle aufgeführt wie die letzten Proleten – nur die Männer. Die Frauen waren doch eigentlich ganz manierlich.«

Ich seufzte. »Leider gibt es in diesem Fall die Frauen nicht ohne die Männer. Es konnte ja niemand ahnen, dass dieser Kevin derart ausrasten würde.«

Doris warf mir einen Ich-hab's-gleich-geahnt-Blick zu, und ich verdrehte die Augen. Ja, das hatte sie. Aber hätten wir Kevin deshalb direkt vor die Tür setzen sollen?

Dennis stand kopfschüttelnd mitten im Raum und starrte auf die Haustür.

»So«, sagte Erwin resolut, »wir setzen uns jetzt alle gemütlich an den Tisch und essen einen Happen. Mädels, ihr deckt bitte den Tisch, und wir Männer sammeln die leeren Flaschen ein und bringen benutzte Gläser und Geschirr in die Küche.« Er grinste. »Manchmal ist es gut, Spuren zu *beseitigen.* Das reinigt die Atmosphäre.«

Ich war ihnen zutiefst dankbar, dass sie nicht auch noch fluchtartig das Haus verließen. Ihre Gesellschaft würde Dennis jetzt guttun. Und nicht nur ihm – auch ich hatte das dringende Bedürfnis, über die Vorkommnisse zu reden.

Zehn Minuten später war der Tisch für sechs Personen gedeckt, und im großen Wohnzimmer deutete nichts mehr darauf hin, dass sich hier vor Kurzem noch sechs weitere Menschen aufgehalten hatten, die gegessen und getrunken hatten. Alles stand und lag an seinem Platz, alles war abgewischt und sah aus wie vorher.

Die meisten von uns waren bisher nicht zum Essen gekommen oder durch den Streit davon abgehalten worden. Doris erfreute sich sichtlich daran, wie ausgiebig wir ihrem Kartoffelsalat und ihren Frikadellen zusprachen.

Zunächst aßen wir schweigend. Aber es war keine unbehagliche Stille, jeder hing seinen Gedanken nach.

Schließlich wandte Erwin sich an Dennis. »Junge, wie geht es dir?«

Dennis schob den leeren Teller weg und seufzte. »Wieder besser. Vorhin war ich schockiert. Und enttäuscht, wie ihr euch vorstellen könnt. Ich hatte gehofft …« Er brach ab und schüttelte den Kopf.

»Du hast natürlich gehofft, dass wir uns alle gut verstehen werden«, sagte Bärbel. »Mir wäre es an deiner Stelle auch nicht anders gegangen. Aber manchmal klappt es halt nicht auf Anhieb.«

»*Nicht auf Anhieb?*« Dennis' Lachen klang freudlos. »Eine hübsche Formulierung für einen kompletten Fehlschlag. Ich sehe nicht, wie wir das, was vorhin hier abgelaufen ist, wieder glattbügeln könnten. Oder aus der Welt schaffen. Wir standen kurz vor einer Schlägerei, herrje.«

»Nee, dat hamwa ja verhindert«, warf Frank ein. »Dat lass ich nich zu, dat so 'n besoffenen Ömmes im Haus von meim

Freund Ärger macht. Wenn du dat nich getan hättest, dann hätte ich den blöden Klapskalli mit 'n paar ordentliche Fußtritte vor die Tür gejaacht. So weit kommt dat noch, hier den Lauten machen … Frechheit.«

Das hätte er sicherlich mit Freuden getan, aber ich sah Bärbel die Erleichterung darüber an, dass ihr Liebster nicht ernsthaft handgreiflich geworden war. Frank mochte ein Knirps sein, aber man sollte ihn nicht unterschätzen: Er war unglaublich flink und beherrschte asiatische Kampfsportarten. Kevin – zumal besoffen – hätte ihm gegenüber nicht die geringste Chance gehabt, auch wenn er vermutlich das doppelte Gewicht auf die ächzende Badezimmerwaage brachte.

»Dieser Mensch scheint zu glauben, dass du Angie zurückwillst«, sagte Bärbel.

»Das hat mich auch gewundert«, erwiderte Dennis. »Ich frage mich, wie er darauf kommt.«

Erwin zuckte mit den Schultern. »Vielleicht fühlte er sich dir unterlegen? Er war ja schon in Abwehrhaltung, als er das Haus betrat. Das konnte jeder sehen, oder?«

Er blickte in die Runde, und wir nickten. Ich war also nicht die Einzige gewesen, die bemerkt hatte, wie angespannt Kevin bei seinem Eintreffen gewesen war.

»Schon, aber ich frage mich, warum?«, sagte Dennis. »Er kannte mich doch gar nicht. Und ich habe ihm bestimmt nicht signalisiert, dass er bei mir nicht willkommen ist. Oder etwa doch?«

»Nein, mein Junge, das hast du nicht«, erwiderte Doris. »Aber jetzt stell dir vor, wie Miriam von dir geschwärmt haben wird. Wie cool du bist, wie toll dein Haus ist … Sagte sie nicht, du siehst aus wie ein Rockstar?« Dennis nickte, und sie fuhr fort: »Na also. Du bist neu und aufregend, und dieser Kevin, der sich seit Jahren um das Mädchen und die Mutter kümmert, ist plötzlich abgemeldet. Er kann ihnen nicht mehr bieten als eine kleine Mietwohnung, und wie ein Rockstar sieht er auch nicht aus. Vielleicht verkörperst du all das, was er sich gewünscht, aber nie erreicht hat? Und, machen wir uns nichts vor.« Sie beugte sich vor und senkte die Stimme. »Er scheint nicht gerade die hellste Kerze am Christbaum zu sein, stimmt's? Also fühlt er sich unterlegen und wird aggressiv.«

»Plädoyer abgeschlossen«, sagte ich. »Bravo, Doris, das war ein exzellentes psychologisches Profil.«

Frank winkte ab. »Püschologisches Profil am Arsch. Nix für ungut, Leute, aber sind wa hier inne dufte Selbsthilfegruppe, oder wat? Mit ganz viel Verständnis für den Heiopei? Der Proll hat sich hier aufgeführt wie offene Hose. Der hätte dir auch mitten aufn Esstisch kacken können, Dennis, dat wär auch nich schlimmer gewesen.«

»*Frank!*«, zischte Bärbel.

»Is doch wahr!«, brummte Frank. »Der Typ is kein kleinet, ungezogenet Kind, sondern 'n erwachsenen Mann!«

»Vielleicht hätte ich mich unauffälliger anziehen sollen«, murmelte Dennis und blickte an sich herunter.

Er trug zu einer dunkelgrünen Breitcordhose ein hellblaues Hemd mit einer opulenten Rüschenkaskade auf der Brust. Unter dem breiten Schlag der Hosenbeine lugten die Spitzen seiner Cowboystiefel hervor: Krokodilleder, pink gefärbt. Politisch hochgradig unkorrekt, aber das dürfte nicht Kevins vorrangiger Kritikpunkt an der Kleidung gewesen sein, die ihn vermutlich zusätzlich aufgeregt hatte. Tatsächlich hatte er Dennis' ›lächerliche Klamotten‹ ja sogar erwähnt, wie ich mich erinnerte.

»So weit kommt das noch, dass du dich anders anziehst, damit dieser Kerl sich nicht provoziert fühlt«, sagte ich. »Du kannst verdammt noch mal rumlaufen, wie immer du willst. Und wenn du ein knallenges Paillettenkleid mit Schleppe tragen willst, ist das auch okay.«

»Wirklich?« Ein Grinsen stahl sich in Dennis bisher ernste Miene. »Da gibt es nämlich etwas, das ich dir schon lange sagen will …«

Die ganze Runde am Tisch lachte sich kaputt, was mich sehr erleichterte – offenbar war das Paillettenkleid ein Eisbrecher gewesen.

Als wir uns wieder beruhigt hatten, blickte Dennis uns nacheinander an. »Wisst ihr was? Der Klügere gibt nach. Ich will keinen Unfrieden mit Angie und Miriam und auch nicht mit Kevin. Ich werde das mit ihm klären, wir sind doch erwachsene Menschen.«

»Was hast du vor?«, fragte Doris.

Dennis stand auf. »Ich werde bei ihnen anrufen, und zwar jetzt gleich. Ich möchte mich noch einmal mit ihnen treffen und alles in Ruhe besprechen. Kevin soll wissen, dass ich nicht vorhabe, ihm irgendetwas wegzunehmen, und kein Interesse an so einem blöden Konkurrenzding habe.«

Er nahm das Telefon von der Ladestation und ging die Treppe zum Schlafzimmer hinauf. Kurze Zeit später hörten wir seine Stimme, konnten aber unten nicht verstehen, was er sagte oder mit wem er sprach.

»Denkst du, das bringt was?«, fragte Doris mich.

Ich zuckte mit den Schultern. »Er kann es zumindest versuchen. Es gibt auf jeden Fall Redebedarf, auch mit Miriam, wegen der Szene mit den Hühnchen. Und es würde die Situation nur verschärfen, wenn Kevin in Zukunft rigoros ausgeschlossen würde. Deshalb halte ich es für eine sehr gute Idee, wenn er diesmal in ihr Territorium gehen würde. Vielleicht ist dann alles etwas entspannter.«

»Dein Wort in Gottes Ohr«, sagte Erwin.

Oder in wessen auch immer, dachte ich.

»Dat die die süßen Hühnchen so geärgert ham, dat war auch so 'ne Sache«, brummelte Frank. »Wenn ich dat eher mitgekricht hätte, boah, ich wär da raus und hätte die Bengel ins Gehege gesperrt, könnta mich für ankucken. Und dann hätte ich die mal 'n bissken mit Stöcken gepiekt – ma kucken, ob die dat auch so lustich gefunden hätten.«

»Gott bewahre.« Bärbel verdrehte die Augen – wohl wissend, dass ihr Liebster vermutlich genau das getan hätte, und zwar mit größtem Vergnügen.

Dennis kam die Treppe herunter.

»Ich habe mit Angie gesprochen«, sagte er. »Miriam ist mit ihren Kumpels unterwegs, und Kevin liegt wohl schon im Bett. Angie hält es auch für eine gute Idee, dass wir noch einmal reden.« Er stellte das Telefon weg und setzte sich wieder zu uns. »Sie will Kevin davon überzeugen, dass ich zu ihnen kommen darf.«

Ich ahnte zwar, dass Kevin schon allein als Retourkutsche ebenfalls ein Hausverbot aussprechen würde, aber vielleicht wusste Angie einen Weg, um ihn zu besänftigen. Vielleicht reichte es ja schon, dass er seinen Rausch ausschlief.

Vielleicht dieses, vielleicht jenes … Alles war möglich, von Versöhnung bis zu ewiger Feindschaft.

»Habt ihr euch verabredet?«, fragte ich.

Dennis nickte. »Morgen Nachmittag. Ich fahre alleine hin, wenn es dir recht ist.«

»Allerdings ist es das.«

O ja, das war mir *mehr* als recht. Dann fing ich Doris' Blick auf und bekam Zweifel. Wenn Kevin schon auf dem Trip war, dass Dennis die alte Liebe wieder erneuern wollte – wäre es dann nicht doch klüger, wenn ich ihn begleiten würde?

Ich seufzte innerlich.

Alles, was wir taten oder ließen, konnte von ihm falsch verstanden werden, wenn Kevin es nur wollte.

Wenn ich mitkam: Aha, ich wollte Dennis nicht aus den Augen lassen, weil ich denselben Verdacht hatte wie Kevin.

Wenn ich *nicht* mitkam: Aha, Dennis wollte nicht, dass ich sah, wie er mit Angie flirtete.

Vermutlich war ohnehin alles von Kevins Tagesform abhängig. Mir schien, als hätte Angie mit ihm wahrlich nicht das große Los gezogen – sie teilte ihr Leben mit einer entsicherten Handgranate.

Alle Angebote, uns beim Spülen helfen zu lassen, hatten wir dankend abgelehnt. Am späten Abend standen Dennis und ich also in seiner Küche und arbeiteten uns durch Berge von Geschirr und Besteck. Kurz hatten wir überlegt, alles bis morgen stehen zu lassen, aber die Vorstellung, am Sonntagmorgen dieses Chaos vorzufinden, war dann letztendlich doch zu gruselig gewesen.

Ich empfand das Spülen mit der Hand ohnehin als überaus entspannend, und so hatte Dennis, seit seine Spülmaschine vor einigen Wochen den Geist aufgegeben hatte, noch keine neue angeschafft. Im Wohnzimmer lief eine alte Pink-Floyd-Platte, während ich spülte und Dennis abtrocknete.

Eine Zeit lang arbeiteten wir in behaglichem Schweigen, dann fragte ich ihn: »Bist du sauer auf Miriam?«

»Sauer?« Er zuckte mit den Schultern. »Wohl eher enttäuscht. Dass sie ständig alles filmen muss … selbst so einen Mist. Dass es sie amüsiert hat, wie diese Bengel meine Hühnchen gequält haben, hat mich sehr bestürzt. Sie weiß doch, wie viel sie mir bedeuten.«

»Du hast es ihr vielleicht erzählt, aber hat sie es wirklich *verstanden?*«

»Offensichtlich nicht. Dass den Bengeln jegliche Empathie gegenüber diesen kleinen, hilflosen Wesen fehlt – das ist schlimm, aber nicht meine Sache. Aber musste sie unbedingt dabei mitmachen?«

»Das nennt man Gruppendynamik, Schatz. Sie findet diese Jungs cool, also tut sie nichts, was diese wiederum uncool finden könnten – wie zum Beispiel sie davon abzuhalten, die Hühner zu ärgern.«

Dennis legte das Geschirrtuch weg und zog mich in seine Arme. »Was täte ich nur ohne meine wunderbare und kluge Frau? Wenn ich mir vorstelle, ich müsste das alles ohne dich durchstehen … Schrecklich!«

»Musst du ja nicht. Du wirst sehen: Alles renkt sich wieder ein.«

Mein Wort in Gottes Ohr …

Kapitel 8

Ein Zelt aus Stöcken und einer Jacke,
ein knallgelber Sonnenschirm – auch Spurensicherung
kann die Kreativität herausfordern

Und dann kam der Tag.

Der Tag, an dem wir Kevins Leiche fanden.

Klatschnass standen wir um ihn herum, bis Erwin sagte: »Wir müssen diesen Ort irgendwie sichern. Wenn es auch nur die geringste Chance gibt, hier noch andere Spuren als die von Dennis zu finden, müssen wir sie unbedingt erhalten. Irgendwelche Vorschläge?«

Ich erwachte aus meiner Starre. »Frank, im Schuppen sind Sonnenschirme. Hol einen her, schnell.«

Wie ein geölter Blitz raste er los, während ich mich auf dem Waldboden umsah. Ich entdeckte einige kurze Stöcke und baute aus ihnen um das Messer herum ein improvisiertes Gerüst, über das ich meine Jacke legte.

Erwin nickte. »Sehr gute Idee, Loretta. Die Spurensicherung wird begeistert sein.«

Ein Traum wird wahr, dachte ich grimmig, endlich kann ich mal die Spurensicherung begeistern, hurra.

Mein Sarkasmus half mir, mich auf den Beinen zu halten. Am allerliebsten hätte ich eine tiefe Grube gebuddelt, um die Leiche und das Messer darin verschwinden zu lassen. Für immer und ewig. Und dann gebetet, dass irgendwie Gras über die Sache wächst.

Dennis stand bleichgesichtig neben mir und guckte aus der Wäsche wie ein Zombie, und vielleicht hatte ich gerade dafür gesorgt, seine – und zwar *nur* seine – Spuren zu konservieren. Mit welcher Konsequenz? Dass er der einzige Verdächtige war und blieb. Schöner Mist.

»Immerhin haben wir Glück, dass hier nicht so viel Regen durchkommt«, sagte Erwin.

Ich blickte hoch. Er hatte recht: Wir waren größtenteils von immergrünen Nadelgehölzen umgeben, deren ausladende Äste den Regen abhielten. Dennoch war es nass. Und es war kalt, was ich jetzt besonders spürte, da ich meine Jacke ausgezogen hatte.

Erwin schien mein Frösteln bemerkt zu haben, denn er wand sich aus seinem dicken Parka und hängte ihn mir über die Schultern. Dabei flüsterte er mir ins Ohr: »Dennis klappt gleich zusammen. Du musst ihn ins Haus bringen.«

Dennis stand noch immer stumm neben mir, leicht schwankend. Wir hörten plötzlich Äste knacken, und er zuckte zusammen. Das beruhigte mich ein wenig, denn offenbar bekam er immerhin ein bisschen von dem mit, was um ihn herum geschah.

Mit Riesensprüngen kam Frank durchs Unterholz gebrochen wie ein Keiler auf der Flucht. Keuchend übergab er Erwin einen knallgelben Sonnenschirm. »Erst wollt ich dat dunkelgrüne Ding nehmen, aber dann hab ich mir überleecht, dat die Bullen den hier bestimmt viel besser finden können«, japste er. »Oder müssen wir hier etwa rumstehn wie die Ölgötzen, bis die Gurkentruppe endlich da is?«

»Nein, wir müssen endlich ins Trockene«, erwiderte Erwin und seufzte. »Und vor allem sollten wir allmählich die Polizei informieren. Ich gehe dann wieder hierhin und nehme die Jungs in Empfang.«

Er spannte den Schirm auf und rammte den Stiel in Hüfthöhe der Leiche tief in den aufgeweichten Waldboden. Bei starkem Regen hätte es den leblosen Körper nicht lange geschützt, aber für die paar Tropfen, die sich den Weg durch die Äste bahnten, reichte es.

Prompt hatte ich ein intensives Déjà vu: Exakt so hatte ich

vor einem knappen Jahr einen Toten bis zum Eintreffen der Polizei vor dem damals fallenden Schnee geschützt – in der Einfahrt des Ladens, den mittlerweile Frank und Bärbel übernommen hatten. Verrückt. Aber wenn sich eine spitzenmäßige Idee einmal bewährt hatte … Nun ja.

Erwin übernahm es, Dennis zu stützen, als wir schweigend zurück zum Haus gingen. Drinnen duftete es intensiv nach dem Gulasch, das immer noch auf hungrige Esser wartete. Ich ging davon aus, dass niemand von uns im Moment auch nur den geringsten Appetit verspürte.

»Ich hole uns Handtücher«, sagte ich und stieg die Treppe zum Dachgeschoss hinauf.

Jede einzelne Stufe fiel mir so schwer, als hätte ich einen Sack mit Ziegelsteinen auf dem Rücken. Noch immer kam mir alles vollkommen unwirklich vor, aber mit jedem Schritt schien die Situation realer zu werden.

Verzweifelt wünschte ich mir, aus diesem Alptraum aufwachen zu können, aber wir hatten *tatsächlich* meinen Freund im Wald neben einer Leiche gefunden, und er hatte *tatsächlich* ein blutiges Messer in der Hand gehalten. Wenn ich noch irgendeinen Zweifel hatte, musste ich mich nur zu der Tropfenspur umsehen, die ich auf meinem Weg nach oben hinterließ – ich war *tatsächlich* draußen im Regen gewesen, um nach ihm zu suchen.

Erschöpft setzte ich mich auf die Bettkante und hörte, wie Erwin und Frank unten telefonierten. Erst rief Erwin die Polizei und danach Doris an, Frank informierte gleichzeitig seine Bärbel. Plötzlich beneidete ich sie, denn sie konnten später in ihr normales Leben zurückkehren, während ich mir nicht auszumalen vermochte, was Dennis und mir in den nächsten Tagen blühte.

Sofort schämte ich mich.

Dennis *und mir?* Wohl kaum. Dennis war derjenige, den sie mitnehmen und in Untersuchungshaft stecken würden – nicht mich. Dennis würde beweisen müssen, dass er diesen Kevin nicht abgestochen hatte – nicht ich.

Ich stand auf, nahm einen Stapel Duschtücher aus dem Schrank und ging wieder hinunter zu den anderen. Ich verteilte die Handtücher, dann ging ich zu Dennis, der mit leerem Blick in einem Sessel saß.

Hilflos sah er mich an und murmelte: »Loretta, ich verstehe das alles nicht.«

»Ich auch nicht, Schatz. Noch nicht«, erwiderte ich. »Aber wir werden es herausfinden, das verspreche ich dir. Selbst wenn die Polizei dich für den Schuldigen hält – wir werden das Gegenteil beweisen. Du weißt doch, dass wir das schaffen können, nicht wahr?«

Er nickte langsam, während ich ihm behutsam das Gesicht abwischte und das Haar frottierte.

Er hob die Hände, auf denen das Blut mittlerweile zu dunklen Flecken getrocknet war. »Das Blut«, sagte er und unterdrückte ein Würgen, »ich will mir die Hände waschen.«

Erwin hatte das gehört, denn er kam heran. »Das würde ich lieber lassen, Junge, auch das sind Spuren. Loretta, habt ihr so etwas wie Gefrierbeutel im Haus?« Auf mein Nicken hin fuhr er fort: »Hol zwei Stück und zieh sie über seine Hände. Wir müssen der Polizei *unbedingt* demonstrieren, dass wir nicht versucht haben, Spuren zu verwischen, um Dennis zu helfen. Das würde sie zusätzlich misstrauisch machen.«

Er hob seinen Parka vom Boden auf, ich hatte ihn achtlos fallen gelassen, und zog ihn an. Mit einer Kopfbewegung winkte er mich zu sich, und ich begleitete ihn zur Haustür.

»Sie werden Dennis sicherlich mitnehmen«, sagte er leise. »Untersuchungshäftlinge tragen ihre eigene Kleidung, du packst für ihn am besten eine Tasche mit ein paar Sachen.« Ich schnappte nach Luft, und er fügte hinzu: »Du musst jetzt stark sein, Loretta. Wir holen ihn da raus.«

»Weißt du, wer …?«

»Astrid hat Dienst«, fiel er mir ins Wort. »Ich habe bereits kurz mit ihr geredet. Sie wird ihre Pflicht tun müssen, und momentan deutet so ziemlich alles auf Dennis als Täter hin. Es wird vermutlich an uns hängen bleiben, seine Unschuld zu beweisen. Aber darin sind wir zwei Hübschen ja geübt, nicht wahr?«

Ich nickte unglücklich, und er zog mich in seine Arme.

Wer hätte gedacht, dass ich mich mal darüber freuen würde, dass Kommissarin Küpper zuständig war? Sie kannte uns, und ihr *musste* einfach klar sein, dass Dennis niemanden umbringen konnte.

Dennoch …

»Erwin, ich habe Angst«, murmelte ich an seiner Brust.

Auf Armeslänge hielt er mich von sich weg und sah mich beschwörend an. »Ist mir klar. Aber das darfst du Dennis auf gar keinen Fall spüren lassen. Ihm gegenüber zeigst du nichts als gelassene Zuversicht, verstanden? Er braucht jetzt seine ganze Kraft, er sollte sich nicht auch noch um dich Sorgen machen müssen. Alles wird sich aufklären. Es gibt keine zweite Option für uns.«

»Zu Befehl, Minipli-Man.«

»Das ist mein Mädchen.«

Er öffnete die Tür und verließ das Haus. Und ich hätte mich am liebsten oben im Bett verkrochen und mir die Decke über den Kopf gezogen.

Aber irgendwas war ja immer.

»Hömma, Loretta«, sagte Frank, als ich ins Wohnzimmer zurückkam. »Dat riecht hier so lecker. Du has nich zufällich so ’n kleinet Häppchen für mich? Der Erwin hat mich nämlich vorhin vom Esstisch wechgeholt.«

»Ich hätte Gulasch anzubieten«, erwiderte ich.

Genießerisch verdrehte Frank die Augen. »Hmm … mein

Leibgericht. Deins doch auch, Dennis, oder? Du solltest wat essen, Kumpel, wer weiß, wann du wieder wat Ordentlichet zu picken krichs, wenn du erssma bei die Bullen bis. Glaub mir, ich weiß, von wat ich rede.«

Ich ging in die Küche, um die Gefrierbeutel zu holen, und hörte Dennis erwidern: »Du hast recht. Erstaunlich, aber ich habe Hunger.«

Insgeheim dankte ich Frank, denn ich hatte mir schon den Kopf zerbrochen, wie ich Dennis überreden sollte, etwas zu essen – und zwar genau aus dem Grund, den Frank genannt hatte. Auf ihn wartete eine langwierige erkennungsdienstliche Behandlung, dann ein Verhör, und alles, was die Polizeikantine üblicherweise zu bieten hatte, waren ausgelaugte Brühwürstchen und pappige Käsebrötchen.

»Du solltest dich umziehen, Schatz«, sagte ich zu Dennis, während ich die Plastikbeutel über seine Hände stülpte und am Handgelenk mit Klebeband fixierte, »deine Klamotten sind nass. Frank, würdest du ihm dabei helfen? Inzwischen kümmere ich mich ums Essen.«

Sie gingen zur Treppe, die nach oben führte, und ich hörte Frank sagen: »Jetz erklär ich dir erssma, wat die Bullen gleich mit dir machen werden.«

Als ich in die Küche ging, wurden ihre Stimmen zu unverständlichem Gemurmel. Franks Anwesenheit war in dieser Situation wirklich ein Geschenk des Himmels, denn tatsächlich hatte er alles, was Dennis nun bevorstand, schon einmal selbst durchgemacht, als er vor ein paar Jahren am Strand neben einer Leiche aufgewacht war.

Wir waren alle zusammen an der Nordsee im Urlaub gewesen, als das Drama passiert war. Auch in Franks Fall hatte er den Toten gekannt und mit ihm am Vorabend vor Zeugen heftig gestritten. Einen besseren Berater als ihn hätte ich mir nicht wünschen können; zumal wir es damals geschafft hatten,

Franks Unschuld zu beweisen – seine Zuversicht war momentan vermutlich größer als meine.

Als sie wieder herunterkamen, goss ich gerade die Kartoffeln ab, und das Gulasch war heiß.

»He, Loretta, ich hab deinem Schatzi gerade unter der Dusche den Poppes eingeseift«, rief Frank in die Küche. »Wenn mir dat heute Morgen einer gesacht hätte … Und dat war 'n verdammt hartet Stück Arbeit, deinen Typ in seine knallenge Buxe zu kriegen.«

»Tu doch nicht so«, erwiderte Dennis, »davon träumst du schon seit Jahren.«

Mir fiel ein Stein vom Herzen, denn der muntere kleine Plapperkönig Frank schien Dennis aus dessen Lethargie geholt zu haben – gut so. Ich konnte momentan nicht viel mehr tun, als mitleidig aus der Wäsche zu gucken. Und einen Teller Gulasch mit Kartoffeln zu servieren.

Es fühlte sich für mich an, als würde ich Dennis so eine Art Henkersmahlzeit hinstellen – zumindest konnte niemand sagen, wann wir hier wieder unbeschwert sitzen und essen würden. Oder wie viel Zeit uns noch blieb, bis Kommissarin Küpper aufschlagen und ihn mir wegnehmen würde. Bei diesem Gedanken hätte ich beinahe losgeheult, aber ich riss mich zusammen.

Dennis und Frank aßen mit sichtlichem Appetit. Bei Frank wunderte es mich nicht, bei Dennis umso mehr. Aber vielleicht hatte er schlicht einen Weg gefunden, sich mit der Situation zu versöhnen. Was blieb ihm auch übrig? Es war, wie es war. Niemand von uns konnte die Zeit zurückdrehen und irgendetwas daran ändern. Dieser Kevin lag tot im Wald, und wir mussten so schnell wie möglich herausfinden, warum.

»Wollz du nix essen, Loretta? Dat schmeckt super!«, sagte Frank.

Ich schüttelte den Kopf. »Vielleicht später.«

»Wirklich köstlich.« Dennis lächelte. »Aber das bin ich ja von dir gewöhnt. Loretta, du kümmerst dich doch um meine Hühnchen?«

»Natürlich, was denkst du denn? Mach dir um die Flauschis keine Sorgen.«

Er nickte nachdenklich. »Du musst aber nicht in aller Herrgottsfrühe füttern, noch vor der Arbeit oder so. Es reicht, wenn sie irgendwann am Tag ihre Körner bekommen. Die paar Tage werden sie es schon aush…«

Er verstummte abrupt. Ich ahnte, was ihm durch den Kopf ging. Niemand konnte vorhersagen, wie lange diese Geschichte dauern würde.

Überhaupt: Was war mit seiner Firma? Wie lange konnte er ohne Konsequenzen abwesend sein? Immerhin, es war Anfang des Monats; die Gehälter und anderen laufenden Kosten waren gezahlt, die Dienstpläne – das Personal war ohnehin mittlerweile mein Bereich – standen fest. Und wenn Dennis im Urlaub war, musste die Firma ja auch ohne ihn auskommen. Ich schätzte, dass mir ungefähr zwei Wochen Spielraum blieben, bevor ich den Steuerberater über die Situation informieren musste. O Gott, brauchte der nicht auch jeden Monat irgendwelche Unterlagen? Herrje. Allerdings wusste ich, dass Dennis in diesen Dingen stets sehr strukturiert war; vermutlich würde ich mit Leichtigkeit alles in seinem Büro beziehungsweise auf seinem Rechner finden.

Und was sollte ich, um Himmels willen, dem Personal sagen, wo Dennis war? In Untersuchungshaft, eines Mordes verdächtigt?

Nach und nach wurde mir bewusst, welcher Rattenschwanz an dieser Situation hing, und ich war kurz davor, die Fassung zu verlieren. Wieder einmal.

Dennis schien es bemerkt zu haben, denn er sagte: »Was ist los, Loretta? Du bist so geistesabwesend.«

Und das wundert dich?, hätte ich am liebsten gekeift. *Mir platzt gleich der Schädel, das ist los mit mir! Und warum? Weil du dich von dieser blöden Kuh aus dem Haus locken lassen hast! Warum hast du nicht einfach gesagt, sie soll den verdammten ADAC anrufen? Aber nein, du musstest ja unbedingt selbst den Reifen wechseln. Und jetzt haben wir den Salat!*

»Ich denke nur darüber nach, was ich dir für die nächsten Tage einpacke«, erwiderte ich. Es gelang mir sogar, zu lächeln.

»Das mache ich selbst«, sagte er und stand auf. »Das geht sogar mit meinen schicken Plastik-Fäustlingen. Und zwar jetzt, bevor die Polizei kommt.«

Er ging die Treppe zum Schlafzimmer hinauf.

Frank schob seinen leeren Teller beiseite. »Am liebsten würd ich den ja ablecken, aber dat gehört sich nich ... Dat war echt lecker.«

»Es ist noch genug da, falls du noch Hunger hast.«

Er schüttelte den Kopf. »Nee, lass ma stecken. Vielleicht has du ja später Bock drauf, und dann hab ich dir womööchlich allet wechgefuttert. Kommt nich inne Tüte.«

»Ich kann mir nicht vorstellen, dass ich später Appetit haben werde.«

»Ach, Loretta, du armet Schätzeken.« Er langte über den Tisch und nahm meine Hand. »Du fühls dich grade richtich scheiße, ich weiß. Und du bis total erschrocken. Aber hömma, du muss immer dran denken, dat du bis jetz alle Fälle aufgeklärt has, also wirss du dat jetz auch schaffen. Erwin und du, ihr habt mich doch damals auch gerettet, weißte noch? Da ham auch alle gedacht, ich hätte den Typ umgebracht. Und dat sah ja auch echt so aus. Wie jetz bei Dennis. Aber wir wissen doch haargenau, dat er dat nich gemacht hat. Und jetz müssen wa nur noch rausfinden, wat dat für 'ne komische Nummer is.« Er grinste. »Du und Erwin – ihr seid doch unschlaachbar! Mensch, ihr seid Hornbrillen-Girl und

Minipli-Man! Und wenn ihr mich braucht, bin ich da – Tach und Nacht.«

Kaum zu glauben, aber nach seiner kleinen Motivationsrede fühlte ich mich tatsächlich viel besser.

Sah ganz so aus, als wäre Frank heute der offizielle Therapeut – wer hätte das gedacht?

Kapitel 9

Wenn sämtliche Pfeile in eine Richtung zeigen und auch noch rot blinken, hat Kommissarin Küpper keine Wahl

Die Entspannung währte nur wenige Sekunden, denn es klingelte an der Haustür, und ich erstarrte.

Frank warf mir einen besorgten Blick zu und ging zur Tür. Ich erkannte Erwins Stimme und die von Kommissarin Küpper.

Im selben Moment, als sie – in Begleitung zweier uniformierter Beamter – das Wohnzimmer betraten, kam Dennis die Treppe herunter.

»Guten Tag, Herr Karger«, sagte die Kommissarin, »Sie wissen, dass ich Sie vorläufig festnehmen muss? Wie Sie sich denken können, wurde ich bereits darüber informiert, was geschehen ist.« Mit dem Kopf deutete sie auf Erwin.

Dennis nickte ernst und hob die Reisetasche und die Mülltüte, die er in der Hand trug. »Ich habe bereits gepackt. Und in der Tüte sind die Klamotten, die ich vorhin anhatte.«

Sie musterte die Plastiktüten über seinen Händen. »Sie haben die Spuren gesichert, sehr gut.« Sie wandte sich an die beiden Beamten. »Bitte bringen Sie Herrn Karger ins Präsidium, und veranlassen Sie die erkennungsdienstlichen Maßnahmen. Herr Karger, ich begleite Sie hinaus. Kommen Sie bitte.«

Ein Anflug von Panik flackerte in Dennis' Augen auf, aber er blinzelte ihn sofort weg. Auf dem Weg zur Kommissarin küsste er mich und murmelte: »Ich verlasse mich auf dich, Hornbrillen-Girl.«

»Wir holen dich da raus«, flüsterte ich. »Und ich besorge dir einen Anwalt. Ich rufe Okko an. Sag nichts ohne Rechtsbeistand, hörst du?«

Die Idee war mir gerade erst gekommen – niemand hatte

zuvor an einen Anwalt gedacht. Und ich war heilfroh, dass wir in Okko, dem Gatten meiner besten Freundin Diana, jemanden hatten, der uns zumindest beraten konnte. Auch wenn sie 300 Kilometer entfernt an der Nordsee lebten.

Ich sah ihm nach, wie er mit den Polizisten das Haus verließ.

»Ich hab deine Jacke«, sagte Erwin; er zeigte mir das nasse Bündel, das er in der Hand trug. »Ist leider nix Schönes mehr dran.«

»Lass sie am Eingang liegen«, erwiderte ich. »Es gibt Schlimmeres als eine ruinierte Jacke. Zum Beispiel, dass Dennis einen Anwalt braucht. Ich rufe jetzt Okko an.«

Ich grabschte das Telefon und wählte Dianas und Okkos Nummer.

»Meine beste Freundin!«, zwitscherte Diana munter. »Endlich rufst du an! Was hast du mir Schönes zu berichten? Wie war die legendäre Party gestern? Ich bin schon ganz heiß auf Neuigkeiten.«

»Ich muss Okko sprechen«, erwiderte ich eilig. »Wir reden später in Ruhe.«

Kurze verdutzte Stille, dann rief sie nach Okko, den ich wenige Sekunden später am Hörer hatte.

»Okko – gerade wurde Dennis verhaftet. Er steht unter Mordverdacht. Wir brauchen dringend deine Hilfe. Oder wenigstens deinen Rat.«

Dankenswerterweise hielt er sich nicht lange mit Verblüffungsbekundungen und dergleichen auf, sondern fragte nur knapp: »Was ist passiert?«

Hektisch winkte ich Erwin heran. »Ich übergebe dich an Erwin, er kann es dir bestimmt besser erklären.« Ich reichte das Telefon an Erwin weiter und sagte: »Geh am besten in die Küche, dort könnt ihr in Ruhe sprechen.«

Erwin verließ das Wohnzimmer, und Frank hob den Daumen. »Dat war 'ne super Idee, Loretta. Der Okko, der is 'n Töften. Der regelt dat ratzfatz.«

Frank kannte Okko gut, denn der hatte ihn bei dem Toten am Nordseestrand vertreten, was übrigens gleichzeitig der Beginn der stürmischen Liebe zwischen meiner Freundin Diana und dem smarten Friesen gewesen war. Für Frank war das Team damit vermutlich komplett und Dennis' Befreiung aus den Klauen der Justiz nur noch reine Formsache.

Die Kommissarin kam wieder herein und sah sich um. »Wo ist denn mein Onkel abgeblieben?«

»Der telefoniert mit einem Anwalt. Dennis braucht schließlich einen Rechtsbeistand, nicht wahr?«, erwiderte ich.

»Das ist richtig.« Die Küpper seufzte. »Momentan möchte ich ohnehin erst einmal mit Ihnen sprechen, Frau Luchs.« Sie streifte Frank mit einem kurzen Blick. »Und mit Ihnen eventuell später auch, Herr Kropka.«

Ich deutete auf den Esstisch. »Setzen wir uns.«

Wie ein Blitz schoss Frank an uns vorbei, um das benutzte Geschirr abzuräumen, das dort noch immer stand.

»Möchten die Damen wat trinken?«, fragte er, als wäre er als Kellner engagiert. »Frau Kommissarin, Sie sind ja ganz nass. Wat zum Aufwärmen vielleicht?«

Beinahe erstaunt blickte die Küpper an sich herab. Tatsächlich war ihr Haar feucht, und von ihrer Lederjacke rannen kleine Wassertropfen. Nicht gerade ein Wasserfall, aber ihr war anzusehen, dass es draußen noch immer regnete.

»Und ein Handtuch?», fügte Frank fürsorglich hinzu.

»Geht schon«, erwiderte die Kommissarin, »aber ein Kaffee wäre nett.«

Sie blickte Frank hinterher, der in die Küche ging, und runzelte kurz die Stirn.

Ich wusste, was sie dachte. »Die beiden werden sich nicht absprechen, Frau Küpper. Das ist gar nicht nötig. Wir waren zu dritt, als wir die Leiche und Dennis fanden, und ich bin sicher, unsere Geschichten werden sich nicht unterscheiden.«

Sie und ich nahmen am Tisch Platz, und sie musterte mich ernst. Dann sagte sie: »Frau Luchs, von allen unangenehmen Begegnungen, die wir bereits hatten, dürfte diese die mit Abstand unangenehmste sein. Ich bedaure sehr, dass wir unter diesen Umständen aufeinandertreffen.«

»Fragen Sie mich mal«, erwiderte ich.

Das, was sie als unangenehme Begegnungen bezeichnete, waren die Fälle gewesen, bei denen ich ihr durch eigene Ermittlungen ins Handwerk gepfuscht hatte. Allerdings hatte ich dabei niemals eine so enge Verbindung zum Verdächtigen gehabt. Als Frank an der Nordsee fälschlicherweise unter Verdacht geraten war, hatten wir mit der dortigen Polizei zu tun gehabt und nicht mit ihr.

»Nun gut«, sagte sie, »von Onkel Erwin habe ich schon einiges gehört. Sie kennen den Toten?«

»Je nachdem, wie man ›kennen‹ definiert. Ich bin ihm bisher einmal begegnet. Das war gestern bei einer kleinen Party, die hier stattgefunden hat. Er heißt Kevin und ist der Lebensgefährte einer gewissen Angelika, genannt Angie. Sie ist die Mutter von Dennis' Tochter, von der er wiederum erst seit einer Woche weiß.«

»Ernsthaft?«, fragte sie verblüfft.

»Klingt komisch, ist aber so. Leider kann ich nicht mit Nachnamen oder einer Adresse dienen, aber ich habe eine Telefonnummer.«

Ich diktierte ihr die Nummer, die sie in ihr Notizbuch schrieb. Dann rief sie mit ihrem Handy einen Kollegen an, gab ihm die Nummer durch und bat darum, die Angehörigen zu informieren und ihren späteren Besuch anzukündigen.

Sie legte das Handy auf den Tisch. »Was passierte, bevor Sie Herrn Karger und den Toten entdeckten?«

»Wir … Es war nach dem Frühstück. Wir saßen an diesem Tisch und lasen Zeitung, das muss so um halb zwölf gewesen sein, vielleicht auch ein paar Minuten früher. Es klingelte an der Tür, und Dennis ging hinaus. Er kam zurück und sagte, draußen sei eine Frau, die an der Landstraße eine Reifenpanne gehabt hätte. Sie habe ihn um Hilfe gebeten.«

»Haben Sie die Frau gesehen?«

Ich schüttelte den Kopf. »Nein. Und wir blöden Vollidioten sind leider auch nicht auf die simple Idee gekommen, den ADAC anzurufen, der ja *verdammt noch mal* für solche Dinge zuständig ist.« Ich musste tief durchatmen. »Okay, Dennis ging mit der Frau zur Straße, um ihr zu helfen. Er erzählte später, sie habe tatsächlich einen platten Reifen gehabt, den er gewechselt habe. Um sich zu bedanken, habe sie …«

Die Küpper hob die Hand, um mich zu stoppen. »Das kann Herr Karger mir dann im Detail erzählen. Bleiben wir bitte bei dem, was Sie persönlich erlebt und gesehen haben. In Ordnung, Frau Luchs?«

Herrje – das berühmt-berüchtigte Hörensagen. Es drängte mich natürlich, ihr die ganze Geschichte zu berichten, um von vorneherein klarzustellen, dass Dennis reingelegt worden war. Aber sie würde das immer wieder rigoros unterbinden, so kannte ich sie.

Knapp berichtete ich ihr von den Ereignissen bis zu dem Zeitpunkt, als ich verdutzt an der Straße gestanden und nichts vorgefunden hatte.

»Was dachten Sie da?«, fragte sie.

Ich zuckte mit den Schultern. »Auf jeden Fall machte ich mir da noch keine Sorgen. Ich vermutete, er könnte durch die Hintertür ins Haus gekommen sein, als ich gerade vorne durch die Haustür raus war. Ich fuhr also zurück und erwartete … hm, *hoffte,* ihn im Haus vorzufinden.«

Frank kam mit einem Tablett aus der Küche und stellte es

auf den Tisch. Wie ich hören konnte, telefonierte Erwin noch immer mit Okko. Auf dem Tablett standen zwei volle Tassen, außerdem Milch und Zucker sowie ein Teller mit Plätzchen. Wo hatte er die denn ausgegraben?

Neugierig guckte er von mir zur Kommissarin. »Darf ich zuhörn?«

»Sie dürfen sich da drüben aufs Sofa setzen und den Mund halten, Herr Kropka«, erwiderte die Kommissarin, und Frank trottete folgsam zur Couch.

Die Küpper gab Zucker und Milch in den Kaffee, dann trank sie einige kleine Schlucke. Danach stellte sie die Tasse auf den Tisch. »Fahren Sie fort, Frau Luchs. Sie kehrten ins Haus zurück und fanden Herrn Karger dort nicht vor. Was geschah dann?«

»Ich … ich bekam Angst. Ich befürchtete, dass ihm etwas passiert sein könnte, denn ich hatte absolut keine Erklärung dafür, warum ich ihn weder finden noch telefonisch erreichen konnte. In meiner Not rief ich Erwin an, weil ich nicht wusste, was ich tun sollte. Er kam mit Herrn Kropka her, um mich bei der Suche zu unterstützen. Wir sind dann zusammen losgegangen. Ich versuchte noch einmal, Dennis' Handy zu erreichen, und da hörten wir es im Wald klingeln. Wir folgten dem Geräusch … und was wir dort vorfanden, wissen Sie bestimmt schon von Erwin.«

»Die Idee mit dem Schirm hatte die Loretta«, meldete sich prompt Frank zu Wort. »Ich bin losgerast und hab dat Ding geholt. Ich hab extra den gelben genommen, damit Sie den auch schnell finden, Frau Kommissarin. Da war auch noch ein grüner, aber ich dachte …«

Die erhobene Hand der Kommissarin stoppte seinen Redefluss abrupt. Wie in Zeitlupe drehte sie sich zu ihm um. »Vielen Dank für diese wichtige Information, Herr Kropka. Ich dachte, wir hätten uns darauf geeinigt, dass Sie *zuhören* dürfen; von Sprechen war nicht die Rede.«

Frank grinste breit. »Alles klar, Frau Kommissar.« Ihre Zurechtweisung war ihm nicht im Geringsten peinlich.

Sie wandte sich wieder mir zu. »Diese Party gestern ... Herr Karger soll mit dem Opfer in Streit geraten sein?«

Hatte Erwin ihr das etwa erzählt?

Nicht so gut für Dennis.

Andererseits: Früher oder später hätte sie es ohnehin erfahren. Allerspätestens, wenn sie sich mit Angie unterhielt. Herrje, wie es der Ärmsten wohl ging? Ob sie schon Bescheid wusste? Ob man ihr auch mitteilen würde, dass Dennis als Tatverdächtiger verhaftet war?

»Frau Luchs?«, fragte die Küpper. »Würden Sie bitte meine Frage beantworten?«

Richtig – die Party. Diese verfluchte Party ...

»In Ordnung«, sagte ich. »Das sollte so eine Art Familienzusammenführung sein. Unsere besten Freunde – Erwin und Doris, Frank und Bärbel – und Miriams Familie, also ihr Stiefvater und ihr Freund. Der brachte noch zwei Kumpel mit. Kevin, also das Opfer, trank sehr viel. Die Stimmung war gut, aber irgendwann kippte sie plötzlich. Kevin beschuldigte Dennis irgendwelcher Dinge, Dennis wollte ihn beruhigen, was ihm nicht gelang. Kevin wurde sehr ausfallend und schubste Dennis, der jetzt auch wütend wurde. Sie brüllten sich an; es war furchtbar. Erwin und Frank gingen dazwischen, um eine Schlägerei zu verhindern. Dennis warf Kevin dann aus dem Haus. Angie ging mit, Miriam und ihre Freunde ebenfalls.«

»Und worum ging es bei dem Streit?«

»Das war dummes, besoffenes Ömmesgebrabbel von Kevin.« Ich zuckte mit den Schultern. »Aber ich hatte den Eindruck, er war eifersüchtig auf Dennis.«

Die Küpper hob die Brauen. »Eifersüchtig? Worauf?«

»Kevin schien zu denken, dass Dennis den Kontakt zu seiner alten Liebe Angie gesucht hat und sich nun in die Familie drängen will. Keine Ahnung, wie er auf dieses schmale Brett kam. Der Kontakt war Miriams Wunsch; sie hatte Dennis einen Brief geschrieben. Vorher wusste Dennis nichts von ihrer Existenz.«

»Sind Sie sicher, Frau Luchs?«

»Natürlich bin ich sicher! Ich war dabei, als er den besagten Brief bekam. Dennis war vollkommen perplex. Die Mutter des Mädchens war eine alte Urlaubsbekanntschaft, zu der er seit beinahe 20 Jahren keinen Kontakt gehabt hatte.«

»Könnte das Opfer geglaubt haben, der leibliche Vater des Mädchens zu sein?«

Ich schüttelte den Kopf. »Die Mutter und er sind erst seit einigen Jahren liiert, soweit ich weiß. Da war Miriam schon elf oder zwölf. Das kann es also nicht sein.«

Die Küpper starrte auf den Tisch, dann sah sie mich an. »Ganz ehrlich, Frau Luchs: Können Sie sich eine Situation zwischen Herrn Karger und dem Opfer vorstellen, die zu dessen Tod geführt hat?«

Was? Wie bitte? Das konnte nicht ihr Ernst sein! Am liebsten hätte ich sie angebrüllt. Ich zählte innerlich bis zehn, um mich einigermaßen zu beruhigen. Trotzdem hörte ich meiner Stimme Wut und Panik an, als ich antwortete: »Nein, Frau Küpper – das kann ich nicht. Niemand, der Dennis kennt, könnte das! Er wurde aus dem Haus gelockt, betäubt und neben der Leiche im Wald abgelegt. Finden Sie *bitte* heraus, wer das war. Und warum Kevin sterben musste. Verstehen Sie nicht? Man will Dennis den Mord in die Schuhe schieben!«

»Genau so isset!«, blökte Frank von der Couch herüber. »Der Dennis murkst doch keinen ab! Nichma so 'n Honk wie den Kevin, egal, wie blöd der ihn angemacht hat! Der Dennis lässt sich zehnmal schubsen, bevor der sich auch nur wehrt!«

»Herr Kropka, Frau Luchs, ich muss diese Fragen stellen, das wissen Sie doch«, sagte die Kommissarin.

»Andere Leute vielleicht«, rief Frank aufgebracht, »aber doch nich uns! Sie kennen uns doch, Frau Kommissarin! Findense dat Arschloch, dat den Dennis da reingeritten hat. Der Dennis 'n Mörder, also sowatt!«

Die Kommissarin sah ihn ernst an. »Herr Kropka, wenn sämtliche Pfeile in eine Richtung zeigen und neonrot blinken, muss ich ihnen folgen.«

»Wat soll dat denn heißen?«, blaffte Frank.

»Sie redet von der Indizienlage, Frank«, sagte ich rasch.

»Was ist hier für ein Geschrei?«, fragte Erwin, der in diesem Moment aus der Küche kam.

»Nichts von Bedeutung«, sagte die Küpper und stand auf. »Ich muss jetzt los. Werde ich Herrn Karger heute noch befragen können, Onkel Erwin?«

Erwin lächelte fein. »Leider nicht, meine Liebe. Nicht, bevor er mit seinem Anwalt gesprochen hat. Das wird wohl erst morgen Mittag der Fall sein, denn Okko Harms muss morgen früh einen wichtigen Termin wahrnehmen, bevor er losfahren kann. Wahrscheinlich weiß Dennis schon Bescheid; Okko wollte im Präsidium anrufen.«

»Jawoll, der Okko kommt!«, jubilierte Frank und sprang vom Sofa auf. »Der Dennis is gerettet!«

Mir wurden die Knie weich. Hätte ich nicht auf dem Stuhl gesessen, wäre ich vermutlich umgekippt. Endlich eine positive Nachricht – nach diesem bisher so beschissenen Tag.

Natürlich tat es mir leid, dass jemand den armen Kevin umgebracht hatte. So zu sterben hatte niemand verdient. Auch seine Hinterbliebenen bedauerte ich natürlich. Aber für mich ging es jetzt primär darum, meinen Freund zu entlasten.

»Ich mache mich auf den Weg«, sagte die Kommissarin. »Wir sehen uns morgen im Präsidium, dort werden Ihre Aussagen protokolliert.« Sie seufzte. »Was rede ich – Sie wissen ja Bescheid. Du sowieso, Onkel Erwin.«

Kapitel 10

Wann ist ein Mörder ein Mörder?
Loretta weiß es, und Frank lernt dazu

»Möchte noch jemand außer mir einen Kaffee?«, fragte ich.

Erwin und Frank nickten, und ich ging in die Küche, um die Espressokanne aufzusetzen. Vermutlich hatten sie mein Angebot nur aus Höflichkeit angenommen beziehungsweise, weil sie der Meinung waren, mich nicht allein lassen zu können.

Damit hatten sie absolut recht – zumindest im Moment wollte ich noch nicht allein sein, dazu war ich zu aufgewühlt. Früher oder später würde ich in meine Wohnung fahren; dort wartete ein einsamer Kater auf mich.

Als ich die dampfenden Becher auf dem Tisch abstellte und mich setzte, sagte Erwin: »Schöne Grüße von Diana und Okko. Du sollst sie später anrufen.«

»Das mache ich, wenn ich wieder zu Hause bin«, erwiderte ich. »Sie können sich bestimmt denken, dass ich dazu ein bisschen Ruhe brauche.«

»Sachma, Erwin, wie lange muss der Dennis denn jetz in Untersuchungshaft bleiben?«, fragte Frank.

Erwin stellte den Becher ab, an dem er vorsichtig genippt hatte. »Er ist nicht in Untersuchungshaft. Noch nicht jedenfalls. Das ist bisher nur eine vorläufige Festnahme. Astrid darf ihn ohne richterlichen Beschluss 48 Stunden lang festhalten, dann muss er einem Ermittlungsrichter vorgeführt werden.«

»Und der entscheidet dann, ob Dennis in Haft bleiben muss?«, fragte ich.

»Er ist ja bisher noch nicht …« Erwin winkte ab. »Egal, ich weiß ja, was du meinst. Also: Astrid hat jetzt zwei Tage Zeit, um zu ermitteln beziehungsweise Informationen zusammenzutragen. Daraus ergibt sich im Optimalfall ein Bild: Ist Dennis dringend tatverdächtig? Wenn ja – warum? Bestehen reelle Chancen, ihm die sogenannte schuldhafte Begehung der Tat nachzuweisen? Gibt es glaubwürdige Zeugenaussagen, die ihn entlasten?«

»Klar!«, rief Frank empört. »Ich bin sein Leumundszeuge oder wie dat heißt. Ich sach denen, wie nett der is. Und ehrlich. Dat der Dennis keine Fliege wat zuleide tun könnte. Du kennz den doch auch lange genuch. Und der Dennis, der würde nie im Leben …«

»Das reicht leider nicht«, fiel Erwin ihm ins Wort. »Hier geht es nicht um freundschaftliche Sympathiebekundungen, sondern zum Beispiel um ein Alibi. Rein rechnerisch reichte die Zeit, die Dennis heute Morgen außer Haus war, allemal aus, um Kevin umzubringen.«

»Das müssen die erst einmal beweisen«, blaffte ich.

»Ganz genau«, erwiderte Erwin. »Darum geht es, dass die Ermittler seine Schuld schlüssig beweisen müssen, ohne dass ein Zweifel zurückbleibt. Das ist Astrids Aufgabe: Beweise und Indizien sammeln.«

»Und ein verdammt gutet Motiv finden«, sagte Frank. »Und wat sollte dat wohl sein, hömma? Warum sollte der Dennis diesen dämlichen Spacko wohl abmurksen, hm?«

Erwin wiegte lächelnd den Kopf. »Seht ihr? Dieser Mythos stammt aus dem Fernsehen, Freunde. Der Ermittler sammelt eigentlich nur. Vor dem Ermittlungsrichter wird entschieden, ob der Verdächtige ein Motiv hat und ob ein Haftbefehl angeordnet wird; erst dann wird von Untersuchungshaft gesprochen.«

»Wie das genannt wird, ist mir eigentlich wurscht.« Ich sprang auf und tigerte durch den Raum; ich musste mich bewegen. »Er ist eingesperrt, und das ist ätzend. Aber er hat doch keine Vorstrafen oder so. Und einen festen Wohnsitz. Sind das nicht Argumente, ihn auf freiem Fuß zu lassen?«

»Das wird Okko versuchen«, erwiderte Erwin, »und wenn er überzeugend darlegen kann, dass weder Flucht- noch Verdunkelungsgefahr bestehen, hat er vielleicht Glück. Unter bestimmten Auflagen, natürlich. Dennis dürfte seinen Wohnort nicht verlassen, müsste seinen Reisepass abgeben und müsste sich regelmäßig bei einer Polizeidienststelle melden; vielleicht sogar zweimal täglich, das kommt vor. Natürlich nicht per Telefon, sondern persönlich. Andere Möglichkeit: Es wird eine Kaution festgelegt.«

Frank horchte auf. »Dat hört sich doch schomma gut an! Wenn wir alle zusammenschmeißen, können wir ihn bestimmt rausholn!«

Selten hatte mich etwas mehr gerührt als dieser Vorschlag. Irgendwie klang Frank wie ein Kind, das bereit war, sein Sparschwein zu schlachten – obwohl es dann auf ein heiß ersehntes Spielzeug verzichten musste.

Unwillkürlich musste Erwin lächeln. »Theoretisch schon, aber das ist zu diesem Zeitpunkt reine Spekulation. Wir müssen abwarten, was der Ermittlungsrichter entscheidet. Aber hier geht es leider nicht um ein Bagatelldelikt. Ein Mensch ist tot, das ist keine Kleinigkeit. Es wird – sollte tatsächlich Anklage erhoben werden – keine wegen Mordes sein, denke ich. Um als Mord zu gelten, muss ein Tötungsdelikt bestimmte Merkmale erfüllen.«

Ich seufzte und setzte mich wieder. »Damit kenne ich mich mittlerweile einigermaßen aus.«

»Wat 'n für Merkmale?«, fragte Frank.

»Zum Beispiel Heimtücke«, sagte Erwin. »Dennis müsste Kevin vorsätzlich und nur zu dem Zweck in den Wald gelockt haben, sein argloses Opfer dort heimtückisch zu ermorden. Oder weil Dennis eine andere Straftat, deren Zeuge Kevin war, durch den Mord an ihm verdecken wollte. Ohne ein eindeutiges Mordmerkmal wird immer weiter abgestuft: Fahrlässige

Tötung, Tötung im Affekt, Körperverletzung mit Todesfolge – das Strafmaß wird immer geringer, auch wenn als Ausgangslage immer ein Mensch tot ist.«

»Deswegen kriegen manche Mörder nur zwei Jahre oder so?«, fragte Frank.

»Ja, und zwar deshalb, weil sie keine Mörder sind. Jedenfalls nicht im strafrechtlichen Sinne.« Nach einem Seufzen fuhr Erwin fort: »Es bleibt uns nichts anderes übrig, als die nächsten beiden Tage abzuwarten. Hoffentlich kommt bei den Befragungen von Angie und Miriam nichts raus, was Dennis in ein negatives Licht setzt.«

Erschrocken fuhr ich hoch. »Was meinst du damit? Was könnten die denn …«

Mir versagte die Stimme, diese Vorstellung war einfach zu schrecklich. Ich ließ mich wieder auf den Stuhl fallen und schlug die Hände vors Gesicht.

»Loretta, bitte«, hörte ich Erwin sagen. »Sie könnten den Streit aufbauschen und Dennis dadurch unabsichtlich weiter belasten. So etwas meine ich. In so einer Situation muss man sehr genau überlegen, was man sagt. Die Frage ist, ob sie dazu in der Lage sind, nachdem sie gerade erst erfahren haben, dass Kevin umgebracht wurde.«

Ich ließ die Hände in den Schoß sinken. »Die Kommissarin wird ihnen doch nicht etwa sagen, dass sie Dennis für tatverdächtig hält?«

»Dat muss die gaanich«, sagte Frank düster. »Die stellt denen tausend Fragen über den Kevin und den Dennis und über die Klopperei auffe Paaty und ob die beiden sich leiden konnten und so. Und dann fraacht die Änschie, ob se schon jemand verhaftet hat. Und die Küpper sacht, ja, schon, da is ein Verdächtiger … wat solln die denn bitte denken? Die sind ätzend, aber nich komplett doof. Die wissen bestimmt sofort, dat die Küpper den Dennis einkassiert hat.«

Logisch – damit hatte Frank natürlich recht. Angie und Miriam mussten nur eins und eins zusammenzählen …

Prompt stellte sich mir die Frage: Würden sie auch glauben, dass Dennis es getan hatte, oder würden sie ihn entlasten?

Es war bereits gegen fünf Uhr nachmittags, als ich die beiden wegschickte und darum bat, Doris und Bärbel auszurichten, dass ich heute vermutlich nicht mehr in der Lage sein würde, mit ihnen zu telefonieren.

Erwin und ich hatten beschlossen, im Callcenter vorerst zu erzählen, Dennis habe zu einem operativen Eingriff plötzlich ins Krankenhaus gemusst. Kein Grund zur Sorge – nur der Blinddarm, dabei wollten wir es vorerst belassen, um keinen unnötigen Aufruhr zu verursachen.

Als die beiden weg waren, ging ich nach draußen, um die Hühner zu füttern und ihnen frisches Wasser zu geben. Eine Zeit lang sah ich ihnen beim eifrigen Aufpicken der Körner zu, dann ging ich wieder hinein.

Ob ich Okko hier unterbringen konnte? Vorausgesetzt natürlich, er hatte vor, über Nacht zu bleiben. In meiner Wohnung stand nur die Couch zur Verfügung. Ich Zwerg konnte darauf zwar schlafen, aber Okko war groß und ziemlich breit gebaut.

Oder ob er sich ein Hotelzimmer nehmen würde? Aber wozu Geld ausgeben, wenn es hier ein leeres Haus gab?

Ein leeres Haus. Mir stiegen Tränen in die Augen.

Die Atmosphäre des Hauses hatte sich verändert. Ein leeres Haus fühlt sich anders an als eines, dessen Bewohner mal kurz unterwegs ist.

Zumindest bildete ich mir das ein. Gruselig.

Rasch suchte ich meine Sachen zusammen. Ein Fresspaket von Doris mit Nudelsalat und Frikadellen von der Party war eigentlich für Dennis und mich gedacht gewesen, was aber uneigentlich keine Rolle spielte. Kein Grund, das Essen verderben zu lassen, also holte ich es aus dem Kühlschrank und packte es ebenfalls ein.

Die Portion Gulasch und Kartoffeln, die noch übrig war, wollte ich einfrieren. Als ich einen Gefrierbeutel von der Rolle abriss, fielen mir prompt Dennis' blutige Hände ein. Der Horror hörte einfach nicht auf – wie auch? Rasch spülte ich die Töpfe und stellte sie in den Schrank.

Meine Jacke, aus der ich vor wenigen Stunden das Schutzzelt für das blutige Messer gebaut hatte, lag als feuchter Haufen Stoff am Eingang. Ich stopfte sie in eine Plastiktüte, dann ging ich hinaus und schloss die Haustür zweimal hinter mir ab.

Baghira veranstaltete ein Riesentheater, als ich die Wohnung betrat. Ohrenbetäubendes Geschrei, Hin-und-Her-Getrippel in höchster Geschwindigkeit, rein in die Küche, raus aus der Küche, wieder rein in die Küche ... Offenbar wollte er mir dringend seinen leeren Napf zeigen. Ich versuchte, ihn auf den Arm zu nehmen, aber als ich nach ihm griff, rannte er blitzschnell weg. *Erst fressen, dann können wir übers Kuscheln reden. Dosenöffner, tu deine verdammte Pflicht.*

Natürlich stand für ihn immer eine Schüssel mit ausreichend Trockenfutter in der Küche, außerdem eine Schale Wasser. Er würde also auch dann nicht verhungern oder verdursten, wenn ich – durch welche Umstände auch immer – mal für drei oder vier Tage wegbleiben würde.

Aber um die dröge Grundverpflegung ging es ihm momentan nicht, sondern um das leckere, weiche Schmackofatz, das er *zusätzlich* bekam. Und er würde so lange Krawall machen, bis ich den Napf, gefüllt mit *Lachsragout für verwöhnte Gourmets* oder dergleichen, endlich vor seine Nase auf den Küchenfußboden stellte.

Als ich das tat, verstummte sein Geschrei abrupt – nicht einmal er konnte gleichzeitig brüllen und fressen –, und ich hörte nur noch sein zufriedenes Schmatzen.

Ich setzte mich an den Tisch und starrte vor mich hin. Erst jetzt merkte ich, wie unglaublich erschöpft ich war. War aber auch kein Wunder: erst diese außer Rand und Band geratene Party gestern, dann heute der Leichenfund im Wald und Dennis' Verhaftung. Pardon: vorläufige Festnahme.

Mein System musste literweise Adrenalin ausgeschüttet haben; jetzt tuckerte mein Motor nur noch im Leerlauf und brauchte dringend Treibstoff.

Ich holte mir aus der Küche eine Gabel und Doris' Essen aus der Tasche, dann setzte ich mich wieder an den Tisch und aß direkt aus der Plastikdose. Falsch – ich aß nicht, ich *fraß*. Wie besessen schaufelte ich mit einer Hand fettigen Nudelsalat in mich rein; in der anderen hielt ich eine Frikadelle nach der anderen, in die ich zwischendurch immer wieder biss.

Die Quittung bekam ich prompt serviert: Urplötzlich würde mir schlecht, und ich schaffte es gerade noch ins Badezimmer, um mich dort in die Keramik zu erbrechen. Nachdem ich mir fast die Seele aus dem Leib gewürgt hatte, sackte ich vor dem Klo zusammen und heulte.

Irgendwann – die Zeit kam mir endlos vor – flossen keine Tränen mehr, und ich raffte mich hoch.

Nach einer ausgiebigen Dusche ging es mir besser. Ich zog gemütliche Schlunzklamotten an, goss mir zur Magenberuhigung einen Kamillentee auf und setzte mich damit aufs Sofa. Maunzend kam Baghira heran und versuchte, auf meinen Schoß zu klettern, aber der riesige Kater war mir jetzt zu schwer. Also schob ich ihn sanft zur Seite, und er rollte sich neben mir zusammen.

Ich legte die Hand auf seinen warmen, vibrierenden Körper und genoss die beruhigende Wirkung seines Schnurrens. Mit der anderen Hand griff ich nach dem Telefon und wählte Dianas Nummer.

Sie musste direkt danebengestanden haben, denn es konnte

auf ihrer Seite höchstens einmal geklingelt haben, als ich schon ihre Stimme hörte: »Loretta, Schatz, wie geht es dir?«

»Geht so. Vorhin habe ich Doris' wunderbares Essen ausgekotzt.«

»Ist ja kein Wunder, dass dir das alles auf den Magen schlägt. Ich würde auch keinen Bissen runterkriegen. Hast du inzwischen was von Dennis gehört?«

Ich schüttelte den Kopf, aber dann fiel mir ein, dass sie das nicht sehen konnte. »Nein. Nicht, seit die Bullen ihn mitgenommen haben.«

»Ich glaube, Okko telefoniert gerade mit ihm. Zumindest haben sie gesagt, er soll ab sechs Uhr anrufen. Bestimmt kann er dir gleich etwas dazu sagen.«

Ich seufzte, es klang zittrig. »Diana, ich bin wegen Dennis ganz krank vor Sorge.«

»Ich kapiere immer noch nicht so ganz, was genau eigentlich passiert ist. Erwin hat Okko zwar erzählt, was heute Morgen abgelaufen ist, aber was war gestern auf der Party los? Erwin hat einen Streit erwähnt, aber …«

Ich merkte, dass es mir guttat, ihr von den Vorgängen auf der Party zu berichten. Sie hörte aufmerksam zu, und ihre Kommentare beschränkten sich auf kurze Ausrufe des Erstaunens oder der Empörung, als es zum Beispiel um die Szene am Hühnerstall ging. Nachdem ich ihr auch von der angeblichen Autopanne, der Suche nach Dennis und letztlich unserer schrecklichen Entdeckung im Wald erzählt hatte, hörte ich zunächst nur ihr entrüstetes Schnaufen.

Dann rief sie so laut, dass ich mir den Hörer ein paar Zentimeter vom Ohr weghalten musste: »Das war doch ein abgekartetes Spiel, das stinkt doch zehn Meilen gegen den Wind nach einer Inszenierung! Und ich kann dir auch sagen, wer dahintersteckt: diese Angie!«

Ich war derart verdattert, dass es mir zunächst die Sprache

verschlug. Dann krächzte ich: »Was …? Wie kommst du denn auf Angie?«

»Wetten, sie hat die Autopanne vorgetäuscht, um Dennis aus dem Haus zu locken?«, erwiderte sie.

»Unsinn. Er hat gesagt, er kannte die Frau nicht.«

»Na und? Dann war es halt eine Freundin von Angie, die den Lockvogel gespielt hat.«

»Ich kann mir nicht vorstellen, dass Angie damit zu tun hat, Diana. Ich glaube, du verrennst dich gerade in etwas.«

»Nein, du bist blind, Loretta. Das liegt sowas von auf der Hand! Überleg doch mal: Wer soll es denn sonst gewesen sein? Wer sonst kennt denn Dennis *und* Kevin? Und es *muss* jemand gewesen sein, der beide kennt, weil es sonst ein Zufall kosmischen Ausmaßes wäre, oder nicht? Aber das besprechen wir ganz in Ruhe, wenn ich bei dir bin.«

»Du? Bei mir? Kommst du etwa mit?« Ich konnte mein Glück kaum fassen.

»Allerdings. Dachtest du etwa, ich eile nicht an deine Seite? Da kennst du mich aber verdammt schlecht, Frolleinchen. Wir haben ein paar Tage Zeit, und Okko wird alles tun, um Dennis rauszuhauen. Aber er muss sich mit den Ermittlern herumschlagen, und die Indizien scheinen momentan ja leider auf Dennis zu deuten. Und während er an dieser Front für Dennis kämpft … oh, er kommt.« Sie senkte die Stimme und flüsterte: »Währenddessen werden wir Beweise dafür auftreiben, dass er es nicht gewesen ist.«

»Was wird hier denn gerade ausgeheckt?«, hörte ich Okko im Hintergrund fragen, und Diana zwitscherte: »Gar nichts, Liebling. Ich habe Loretta gerade gesagt, dass ich dich begleite. Loretta, ich übergebe dich an Okko. Wir sehen uns morgen, Schatz. Lass den Kopf nicht hängen. Alles wird gut.«

Geraschel, dann Okkos Stimme. »Moin, Loretta. Wie geht es dir?«

»Unwichtig. Hast du mit Dennis gesprochen?«

»Ja, es geht ihm den Umständen entsprechend, wie es so schön heißt. Er wird keinerlei Aussage machen, bevor ich morgen neben ihm sitze, diese Kröte muss die nette Kommissarin leider schlucken. Ich hoffe, dass ihre Ermittlungsakte bis dahin schon ein bisschen was zu bieten hat. Auf jeden Fall werde ich versuchen, einen Haftbefehl zu verhindern. Ihr habt hoffentlich nicht versucht, zu Dennis' Gunsten etwas zu vertuschen?«

»Herrje – nein. Wir haben sogar verhindert, dass er sich die Hände wäscht, und haben Gefrierbeutel drübergezogen, um alle Spuren zu erhalten.«

»Das war sehr klug. Die Ermittler dürfen keine Sekunde lang denken, dass man sie hinters Licht führen will.«

»Okko, ich bin so froh, dass ihr kommt. Und dass du hier überhaupt … äh … praktizieren darfst.«

Er lachte leise. »Ja, ich darf auch im Ruhrpott *praktizieren.* Allerdings beherrsche ich eure merkwürdige Sprache nicht. Obwohl mir Diana schon ein paar Wörter beigebracht hat. *Flitzpiepe,* zum Beispiel.«

Sagte ein Friese, der unverständliches Platt sprechen konnte und dem Namen nach zu Kalle Wirschs Gefolgsleuten gehörte.

Kapitel 11

Loretta nutzt eine beinahe schlaflose Nacht auf sinnvolle Weise, was jedoch dazu führt, dass gewisse Türen verschlossen bleiben

Ab wie viel Uhr konnte man im Präsidium eigentlich ein Protokoll aufnehmen lassen? Das war mein erster Gedanke am Montagmorgen. Nein, nicht ganz: Mein allererster Gedanke galt Dennis. Ob er in seiner Zelle schlafen konnte? Oder lag er wach und fürchtete sich halb zu Tode vor dem, was nun auf ihn zukam?

Die Stehlampe verbreitete schummriges Licht, als ich um vier Uhr morgens – also eigentlich mitten in der Nacht – auf meinem Sofa aufwachte, vollkommen steif und durchgefroren. Nur meine Brust war schön warm, denn dort lag Baghira und schnarchte mir ins Gesicht. Der schwere Kater lastete auf mir wie ein fellbezogener Sack Katzenstreu, und urplötzlich hatte ich das Gefühl, unter seinem Gewicht zu ersticken.

Ich stupste ihm mit dem Finger in die Seite, und er maunzte unwillig und starrte mich kurz aus schlaftrunkenen, geschlitzten Augen an. Dann schloss er sie wieder und stellte sich schlafend.

»Hau ab, Dicker, du bist zu schwer«, sagte ich.

Seine Ohren zuckten, aber er rührte keinen Muskel. Warum auch? Bestimmt lag er bequem.

Ich versuchte, ihn wegzuschieben, aber er machte sich steif. Ich seufzte und schob die Hände unter seinen Körper, um ihn anzuheben. Prompt fuhr er die Krallen aus und verhakte sich damit in meinem Pullover.

»Ernsthaft?«, fauchte ich ihn an, dann musste ich lachen.

Baghiras sture Beharrlichkeit amüsierte mich. Ich war ihm dankbar für dieses kleine Stück Normalität in dem Chaos, das gerade herrschte.

Gleich nach dem Aufwachen hatte mich die Erinnerung an die Ereignisse der letzten zwei Tage getroffen wie ein Schlag mit dem Baseballschläger, und der Kater hatte mich für einige Minuten abgelenkt.

Immerhin.

Ich richtete mich auf, und Baghira sprang auf den Boden. Steifbeinig stakste er ein paar torkelnde Schritte, dann setzte er sich auf seine vier Buchstaben. Ich konnte die Gedankenblase über seinem Kopf beinahe sehen. *Futter? Weiterschlafen? Hmm … Futter … Mist, keine Futterzeit. Also: weiterschlafen.*

Er erhob sich, ging zu seinem Kratzbaum und kletterte langsam hinauf. Nicht halb so elegant und pantherhaft wie sonst, aber immerhin kam er irgendwann oben in seinem Krähennest an. Dort rollte er sich zusammen; kurz danach erklang sein Schnarchen.

Im Bad stellte ich fest, dass ich verhärmt und unglücklich aussah. Mein Blick war trüb, die Augenringe reichten bis zum Kinn. Und wo hatten sich diese tiefen Sorgenfalten bloß bisher versteckt? Hatten sie hinter den Ohren auf eine Gelegenheit gewartet, mir über Nacht mitten ins Gesicht zu wandern?

Keinesfalls konnte ich mit dieser Leichenbittermiene im Callcenter erscheinen und so tun, als sei alles in bester Ordnung. Bis zu meinem Eintreffen dort musste ich es geschafft haben, meine nach unten hängenden Mundwinkel nach oben zu zwingen.

Kurz vor halb fünf – immer noch viel zu früh, um ins Präsidium zu fahren. Ich setzte einen Espresso auf und grübelte düster vor mich hin. Plötzlich fiel mir ein: Ich musste doch gar nicht darauf warten, jemandem meine Aussage ins Aufnahmegerät zu diktieren, was dann irgendeine Schreibkraft abtippen würde – ich konnte sie auch selbst verfassen, unterschreiben und bei der Kommissarin abgeben. Zudem würde das den Vorgang erheblich verkürzen, und ich musste nicht den halben

Vormittag im Präsidium verbringen. Schließlich hatte sie mich nicht zu einer offiziellen Befragung einbestellt, sondern nur für ein schriftliches Protokoll meiner Aussage, die sie bereits gehört hatte.

Mit dem Laptop setzte ich mich an den Esstisch und begann zu schreiben. Peinlich genau achtete ich darauf, dass sich kein Hörensagen in die Aussage schlich.

Genauer gesagt: Ich musste im Nachhinein zähneknirschend einiges von dem löschen, das ich nicht mit eigenen Augen gesehen oder mit eigenen Ohren gehört hatte. Natürlich sehnte ich mich danach, Dennis entlasten zu können, aber vom Reifenwechsel wusste ich nur das, was Dennis uns – Erwin, Frank und mir – erzählt hatte. Selbstverständlich zweifelte ich nicht an seinen Worten, aber das spielte hier leider nicht die geringste Rolle.

Meine Aussage begann also mit dem Streit zwischen Dennis und Kevin auf der Party, und ich erwähnte auch, dass Dennis später am Abend noch einmal bei Angie angerufen hatte, da er sich mit Kevin versöhnen wollte. Dann wechselte ich zum nächsten Tag, als ich Dennis zunächst alleine, später dann zusammen mit meinen Freunden gesucht und schließlich neben der Leiche gefunden hatte. In der Fernsehzeitung schlug ich nach, wann dieser bescheuerte Liebesfilm gesendet worden war, um möglichst genaue Uhrzeiten für Dennis' Abwesenheit angeben zu können.

Als ich endlich eine Fassung erarbeitet hatte, die mich zufriedenstellte, war es halb sieben. Ich druckte drei Exemplare aus – für mich, für Okko und für die Kommissarin. Ich musste unbedingt etwas essen, denn ich ahnte, ich würde für den kommenden Tag Energie brauchen.

Unschlüssig stand ich in der Küche herum. Worauf hatte ich Appetit? Auf nichts, wenn ich ehrlich war. Sollte ich mir ein Müsli zubereiten, um Kraft aus Nüssen, Haferflocken und Obst zu tanken? Bäh – nein. Wäre vielleicht sinnvoll gewesen, aber es war mir im Moment sogar zu mühsam, eine Banane in Scheiben zu schneiden. Eine amtliche Käsestulle hingegen ging immer.

Ich setzte frischen Espresso auf und steckte zwei Scheiben Brot in den Toaster. Dann kümmerte ich mich um Baghiras Frühstück: Ich füllte Weichfutter in seinen Napf und klopfte dann mit der Gabel ans Porzellan. *Ting, ting, ting* machte es, und einen Wimpernschlag später hörte ich es nebenan poltern, als Baghiras sieben Kilo nach einem beherzten Sprung vom Kratzbaum auf dem Fußboden landeten. Im Galopp kam er in die Küche gerast, stupste kurz mit dem Kopf gegen mein Bein und stürzte sich dann auf sein Fressi.

Ich stellte Kaffee und Käsestulle auf den Tisch, dann ging ich vor die Haustür, um die Tageszeitung aus dem Briefkasten zu holen. Kauend blätterte ich sie durch: kein Wort von einem Leichenfund im Wald. *Noch* nicht. Spätestens, wenn die Polizei zum Beispiel nach der geheimnisvollen Fahrerin oder doch wenigstens nach Zeugen für den Reifenwechsel am Straßenrand suchte, würde sie eine entsprechende Pressmeldung herausgeben.

Aber würde sich jemand melden? Die Fahrerin bestimmt nicht, falls Dianas Theorie stimmte. Und Zeugen? Oft genug scheiterte es daran, dass die meisten Leute nichts mit der Polizei zu tun haben wollten; erst recht nicht mit einem Mordfall. Und dann? Was, wenn niemand Dennis glaubte, dass es diese Frau wirklich gegeben hatte? Was, wenn …

Mein Atem wurde hektisch, weil ich die Kontrolle über das wirbelnde Gedankenkarussell verlor. Ein Horrorszenario nach dem anderen entstand in meinem Kopf, und alle endeten damit, dass Dennis verurteilt wurde und in den Knast wanderte.

»Ruhig bleiben, Loretta«, murmelte ich. »Du kannst dich aufregen, wenn es so weit ist.«

Ich hatte ja keinen Schimmer, wie schnell dieser Moment kommen würde. Nicht ohne Grund hieß es: Selig sind die Ahnungslosen.

Und das war ich zu diesem Zeitpunkt noch – himmelschreiend ahnungslos.

An der Pforte des Präsidiums erklärte ich eine Stunde später mein Anliegen: Erstens wolle ich meine schriftliche Aussage im Mordfall Kevin … äh, *Sowieso* abgeben, zweitens wolle ich bitte Kommissarin Küpper sprechen.

»Kevin Sowieso?«, fragte der Zerberus in der Glaskanzel mit hochgezogenen Brauen. »Wer soll das denn sein?«

»Ich kenne seinen Nachnamen leider nicht. Es geht um den Leichenfund im Wald gestern Mittag.«

»Aha. Und Sie sind …?«

Innerlich rollte ich mit den Augen, denn selbstverständlich hatte ich mich ihm formvollendet vorgestellt. »Mein Name ist Loretta Luchs. Kommissarin Küpper, die in diesem Fall ermittelt, hat mich bereits gestern Nachmittag befragt. Ich bin … äh … so etwas wie eine Zeugin. Ich habe meine schriftliche Aussage dabei«, ich klopfte auf meine Umhängetasche, »und möchte sie oben im Dezernat abgeben. Und ich möchte die Kommiss…«

Seine erhobene Hand hinter dem Panzerglas stoppte mich. Er hatte den Telefonhörer zwischen Schulter und Ohr geklemmt und wählte nun eine Nummer. Nach kurzer Wartezeit sagte er: »Astrid, hier ist eine Loretta Fuchs. Sie will eine schriftliche Aussage abgeben. Und sie möchte dich sprechen.« Er lauschte, dann sah er mich an. »Ist die Aussage datiert und unterschrieben?« Auf mein Nicken hin sprach er wieder in den Hörer. »Scheint alles korrekt zu sein … Hm, verstehe … Ja, das richte ich ihr aus. Tschüss, Astrid.« Er legte den Hörer auf und betätigte einen Knopf, woraufhin sich vor meinem Bauch eine flache Schublade öffnete. »Legen Sie das Schriftstück bitte ins

Schubfach. Ich sorge dafür, dass es bei Frau Kommissarin Küpper ankommt. Sie bedauert, aber sie ist momentan leider unabkömmlich.«

So hatte ich das nicht geplant.

›Leider unabkömmlich‹ – ha! Wenn sie glaubte, ich würde ihr diese lahme Ausrede abkaufen, kannte sie mich aber schlecht. Sie wollte mich aus ihrem Dezernat fernhalten, nur darum ging es. Jetzt ärgerte ich mich schwarz, dass ich die Aussage bereits fertig in der Tasche hatte. Andernfalls hätte ich zumindest ins Dezernat gedurft und wenigstens eine winzige Chance gehabt, einfach in ihr Büro zu platzen. Klar wäre sie mordswütend geworden, aber das hätte ich mit Freuden in Kauf genommen – im Tausch gegen Informationen.

Der Polizist trommelte ungeduldig mit den Fingern, während er mich auffordernd ansah. Dann deutete er auf die offene Schublade. »Ich warte, Frau Fuchs.«

Luchs, du Ödel!, hätte ich am liebsten gebrüllt, aber dann zuckte ich innerlich mit den Schultern. Ich wühlte das Kuvert aus der Tasche, das ich mit ›Frau Küpper – Aussage Loretta Luchs‹ beschriftet hatte, und pfefferte es in die Lade. Dann drehte ich mich grußlos um und stolzierte aus dem Foyer.

Kindisch, ich weiß, denn schließlich tat der uniformierte Typ in der Kanzel auch nur seine Pflicht. Hätte er mich etwa durchwinken sollen, obwohl die Kommissarin das abgelehnt hatte? Keine Option.

Als ich das Callcenter erreichte, wartete Erwin bereits in meinem Büro auf mich.

»Ich dachte, wir fahren zusammen ins Präsidium, um unsere Aussage protokollieren zu lassen«, sagte er.

»Schon erledigt«, erwiderte ich unfreundlich. »Ich konnte nicht schlafen, also habe ich sie zu Hause aufgeschrieben und gerade ins Präsidium gebracht. Deine Patentochter hat sich geweigert, mit mir zu sprechen.«

Er musterte mich und nickte dann. »Deshalb bist du also so sauer. Vergiss nicht: Astrid ist momentan ziemlich beschäftigt. Auf jeden Fall hat sie Wichtigeres zu tun, als sich von uns immer wieder anzuhören, dass wir Dennis für unschuldig halten.«

»Auf wessen Seite stehst du eigentlich?«, keifte ich empört.

Er kam zu mir und schloss mich in die Arme. »Bitte, Loretta, du kennst die Abläufe doch. Wir müssen jetzt Geduld haben, so schwer es uns auch fällt.«

Ich konnte mich nur an ihm klammern und wimmern: »Sie hält Dennis für einen Mörder.«

»Wenn sie eine gute Ermittlerin ist – und das ist sie, wie wir wissen –, hat sie dazu momentan noch keine Meinung. Sie hält Dennis allenfalls für *verdächtig*, und das können wir ihr wahrlich nicht verübeln. Immerhin wurde er am vermutlichen Tatort neben der Leiche mit der wahrscheinlichen Mordwaffe in der Hand aufgefunden. Machen wir uns nichts vor: Das ist ein aussagekräftiges Szenario. Aber Astrid ist noch dabei, Aussagen zu sammeln und Indizien auszuwerten.«

»Hast du schon mit ihr gesprochen?«

Er ließ mich los und schüttelte den Kopf. »Ich habe versucht, sie zu erreichen, hatte aber keinen Erfolg. Leider ist die Situation höchst sensibel: Ich bin mit dem Verdächtigen gut befreundet und war dabei, als er neben der Leiche gefunden wurde. Sie darf mir kein Sterbenswort über den Stand der Ermittlungen sagen.«

»Was ist mit Okko? Kriegt er Einsicht in die Akten?«

»Natürlich. Sogar Dennis selbst hat das Recht dazu. Wir werden also spätestens über Okko alles erfahren, was wir wissen wollen. Weißt du schon, wann er eintreffen wird?«

»Diana sagt, sie werden gegen Mittag hier sein. Sie …« Das Klingeln meines Handys unterbrach mich. Ich wühlte es aus meiner Tasche und sah Dianas Namen auf dem Display. »Das ist sie. Warte kurz.« Ich nahm das Gespräch an. »Ja?«

»Loretta, wir sind schon unterwegs! Okko konnte den Termin verschieben, und wir sind um sechs Uhr losgefahren. Wo bist du? Zu Hause?«

»Nein, im Callcenter.«

»Okay, dann soll Okko mich dort absetzen und zum Präsidium weiterfahren.«

»Wo seid ihr?«

»Schon hinter Münster. Dauert nicht mehr lange. Bis gleich.«

Ich legte auf und schenkte Erwin ein Lächeln. »Sie sind gleich da, keine halbe Stunde mehr. Okko wird Diana hier absetzen und gleich zum Präsidium weiterfa…« Ich klatschte mir die Hand vor die Stirn. »Ich Trottel. Willst du mit ihm sprechen, bevor er mit der Kommissarin redet?«

Erwin erwiderte mein Lächeln. »Zur Not lauere ich ihm gleich vor dem Präsidium auf. Aber das ist eigentlich nicht nötig. Okko weiß selbst, was er zu tun hat. Ich habe außerdem gestern Abend noch einmal mit ihm telefoniert und ihn mit Informationen über Angie, Miriam und die anderen versorgt.«

Das beruhigte mich ein wenig. Dennoch regte es mich tierisch auf, über nichts die Kontrolle zu haben und rein gar nichts beeinflussen zu können. Geduld zu haben war weiß Gott nicht meine Kernkompetenz.

Als er sich verabschiedet hatte, setzte ich mich an den Rechner und verfasste eine Nachricht an die Mitarbeiter, um Dennis' Abwesenheit zu erklären.

Ich formulierte im Kopf, schrieb ein paar Zeilen, löschte sie wieder, grübelte, formulierte neu – genau wie beim Protokoll meiner Aussage. Irgendwann aber verschickte ich folgende Mail über das interne Firmennetzwerk:

Liebe Kolleginnen und Kollegen,

bei unserem Chef wurde gestern überraschend eine Blind-

darmentzündung entdeckt. Er wurde bereits operiert und lässt euch herzlich grüßen. Wenn alles gutgeht – und das wird es –, ist er in spätestens zwei Wochen wieder am Start. Bis dahin steuern wir das Schiff ohne unseren Kapitän, ohne dass er sich Sorgen machen muss, nicht wahr? Ihr seid die Besten!
Loretta.

Es klingelte am Eingang zum Callcenter, und ich ging hinaus, um zu öffnen. Wie erwartet, war es Diana, und wir fielen uns in die Arme wie Ertrinkende, die sich mit letzter Kraft aneinander festhalten.

Ich führte sie in Erwins Büro, damit wir ungestört reden konnten.

»Du musst dir schreckliche Sorgen um Dennis machen«, sagte sie bekümmert.

»Nicht nur das – es macht mich rasend, nichts tun zu können. Aber ich bin unendlich dankbar, dass Okko seinen Fall übernimmt.«

»Das versteht sich ja wohl von selbst. Er hat keine Millisekunde gezögert, als Erwin ihm gestern alles erzählt hat. Er holt ihn da raus, garantiert.«

Ich seufzte. »Aber momentan spricht alles gegen Dennis. Herrje, Diana – wenn du das gesehen hättest! Wie er da mitten im Wald neben der Leiche lag, mit dem blutbeschmierten Messer in der Hand!«

»Diese Frau, die mit der angeblichen Autopanne, die hat ihn doch betäubt, oder?«

»Für ihn ist das die einzig plausible Erklärung. Es gibt eine Lücke in seiner Erinnerung: Gerade noch saß er bei ihr im Auto und hat aus Höflichkeit von dem Tee getrunken, den sie ihm aufgedrängt hat, und als Nächstes wacht er im Wald auf und hat dieses Messer in der Hand.«

»Das ist ja wohl so was von eindeutig eine Inszenierung«,

sagte Diana. »Das muss doch selbst dem blödesten Bullen einleuchten.«

»Warum sollte es? Er könnte sich die ganze Geschichte ausgedacht haben. Immerhin ist er der Einzige, der diese Frau gesehen hat.«

»Na und? Dann müssen wir sie eben finden! Ich hab's ja schon gesagt: Bestimmt steckt diese obskure Angie hinter der Geschichte. Die hat nur einen Dummen gesucht, um ihren Kerl loszuwerden und ungeschoren davonzukommen. Wir zwei Hübschen haben ein paar Tage Zeit, um alles aufzuklären. Wo schlafen wir? Bei dir?«

Ich schüttelte den Kopf. »Das ist wohl ein bisschen eng für drei Leute. Ich dachte, ich bringe euch in Dennis' Haus unter. Dort können wir uns auch mit den anderen treffen und Kriegsrat halten. Du musst Heini allerdings von den Hühnchen fernhalten …«

Diana winkte ab. »Keine Sorge, Heini ist im Hundehotel. Du, ich habe mir den Account von Dennis' *Tochter«* – sie malte mit den Fingern Anführungszeichen in die Luft – »mal angesehen. Diese Kleine tut alles, um sich bestmöglich zu inszenieren, oder? Sie postet ja wirklich jeden Scheiß. Allerdings fand ich die Filme ihres ersten Besuchs bei euch nicht uninteressant. Aber dieser Müll, den sie erzählt … tss.«

»Sie will Influencerin werden. Viel Geld für wenig Arbeit, jedenfalls ihrer Meinung nach.«

»Jesses, ernsthaft?« Diana prustete. »Mit den paar popeligen Followern? Das ist lächerlich. Wirkliche Influencer bewegen sich in ganz anderen Sphären. Was Miriam an Fans vorzuweisen hat, kriegt jede halbwegs talentierte Basteltante innerhalb kurzer Zeit zusammen – und die hat dann auch wenigstens was zu bieten. Influencer, also wirklich … Und dieses flaumbärtige, magere Frettchen, das ständig auf ihren Fotos auftaucht – das ist ihr Freund, oder? Wie heißt der noch? TicTac oder so ähnlich?«

»TocTocSeven. Muss man auch erst mal drauf kommen. Er ist Rapper. Kurz vor dem ganz großen Durchbruch.«

»Ja, klar!«, prustete Diana. »Hast du dir mal den stümperhaften Scheiß angehört, den dieser Bengel verzapft? Du wirst dich schlapplachen, das verspreche ich dir nackt in die Hand. Wenn der ein Rapper ist, bin ich die Königin von Saba. Und Kleopatra noch dazu.«

Ich war unglaublich froh, Diana um mich zu haben. Wie immer sprach sie mir aus der Seele.

Und das fühlte sich gerade verdammt gut an.

Kapitel 12

Wenn man denkt, es kann nicht noch schlimmer werden, hat man sich manchmal leider geirrt

Auf Neuigkeiten zu warten, war eine Tortur. Diana quetschte mich über Miriam und ihren Anhang aus, aber ich war nicht bei der Sache. Als Erwin aus dem Präsidium zurückkehrte, schickte ich ihn und Diana mit der Begründung, ich hätte zu tun, rüber in sein Büro – natürlich erst, nachdem ich wusste, dass er mir nichts mitzuteilen hatte.

Eine Zeit lang schaffte ich es, mich mit meinen täglich zu erledigenden Aufgaben abzulenken. Vor allem hatte ich zig Mails von Mitarbeitern zu beantworten, in denen sie mich baten, Dennis zu grüßen und ihm gute Besserung zu wünschen. Irgendwie kriegte ich das hin, ohne auszurasten. Wie, war mir selbst ein Rätsel.

Irgendwann kam Diana herein, um mir Grüße von Okko auszurichten, der hatte wissen wollen, wo wir uns später treffen sollten.

»Was hat er noch gesagt?«, fragte ich.

Diana zuckte mit den Schultern. »Nicht viel. Jedenfalls nichts Konkretes.«

»Hat er schon mit Dennis sprechen können?«

»Wenn ich ihn richtig verstanden habe, war er gerade auf dem Weg zu ihm. Er wird uns später alles genau berichten.«

»Diana, ich habe wahnsinnige Angst.«

Sie kniete sich neben meinen Stuhl und nahm meine Hände. »Schatz, das weiß ich – und mir ginge es an deiner Stelle nicht anders. Du stellst dir gerade alles Mögliche vor. Dass er für Jahre hinter Gitter wandert oder so. Aber das wird nicht passieren, glaub mir.«

»Wie kannst du so sicher sein?«

»Weil sich mein wunderbarer, kluger und überaus fähiger Mann um Dennis kümmert. Wer soll denn bitte an ihn glauben, wenn nicht ich?«

Ich zweifelte keineswegs an Okkos Fähigkeiten, aber meine Angst blieb. Und das ganz intensive Gefühl, dass es noch viel schlimmer werden würde.

Am frühen Nachmittag fuhr ich mit Diana raus zu Dennis' Haus. Klugerweise hatte Okko nicht nur seine Liebste, sondern auch das Gepäck am Callcenter abgeladen, sodass Diana sich schon ein wenig einrichten konnte.

Ich zeigte ihr das Haus und das Schlafzimmer. »Ich muss das Bett noch frisch beziehen«, sagte ich.

»Stell dir vor – ich weiß auch, wie man das macht. Wie wäre es, wenn wir das rasch gemeinsam erledigen?«

Ruckzuck war frische, duftende Bettwäsche aufgezogen.

»Bist du sicher, dass ich nicht lieber bei dir übernachten soll?«, fragte sie mich, als wir wieder hinuntergingen. »Okko ist ein großer Junge – er kommt hier auch alleine klar.«

Ich schüttelte den Kopf. »Danke, aber im Moment lieber nicht. Vielleicht überlege ich es mir später noch anders. Ich bin gerade nicht besonders gut darin, Entscheidungen zu treffen, weißt du? Hat Okko gesagt, wann er kommen wird? Ich könnte uns etwas kochen.«

»Er ruft an, wenn er losfährt; dann können wir auch Erwin Bescheid sagen. Und jetzt zeig mir bitte die Ländereien deines Liebsten, und vor allem die Hühnchen.«

Natürlich – sie kannte bisher alles nur aus meinen Erzählungen und von den Fotos, die ich ihr geschickt hatte.

Die Zwergseidenhühnchen, die ich bei dieser Gelegenheit fütterte, brachten sie vor Entzücken zum Kreischen, wie beinahe alle Leute, die sie zum ersten Mal sahen.

»Wie ist Dennis bloß an diese drolligen Viecher geraten?«, fragte sie. »Wenn ich bei ihm an ein Haustier gedacht habe, ist mir immer ein großer Hund in den Sinn gekommen. Ein Dobermann, oder welche Rasse auch immer in den Siebzigern als schick galt. Aber diese ulkigen, kleinen Hühnchen – nie im Leben. Wo *findet* man so etwas?«

»Das weiß ich gar nicht so genau. Vermutlich hat er Bilder gesehen und wollte sie haben, ganz einfach. Aber er liebt sie abgöttisch. Deshalb ist er ja auch derart durchgedreht, als Miriam und die Typen sie gepiesackt und das auch noch gefilmt haben.«

»Kein Wunder, dafür gehört diesem strunzdummen Jungvolk ordentlich der Arsch versohlt.«

»Genau das hat er ihnen angedroht, aber leider ist die Prügelstrafe verboten. Übrigens müsstet ihr die Hühnchen füttern.«

»Das dürften wir hinkriegen.« Diana blickte mich treuherzig an. »Immerhin überlebt Heini in unserer Obhut schon seit Jahren. Ohne Mangelerscheinungen übrigens. Gut, als Terrier ist er deutlich robuster als diese Winzlinge, aber ich bin trotzdem zuversichtlich.«

Wir schlenderten durch den aprilfrischen Garten, in dem unzählige Krokusse und ein paar letzte Schneeglöckchen blühten.

»Ist das schön hier«, sagte Diana versonnen. Dann fragte sie: »Magst du mir zeigen, wo ihr Dennis und den Toten gefunden habt?«

Ich deutete auf ihre Wildlederschuhe. »Ich schlage anderes Schuhwerk vor – es geht in den Wald.«

Sie zog meine Gummistiefel an, die an der Garderobe standen. Meine Boots, die ich wie meistens trug, waren robust genug. Dann schlüpften wir in zünftige Jacken. Bis zum Morgen hatte es geregnet, und vermutlich war es zwischen den Bäumen noch immer matschig und feucht.

Mühelos fand ich die Stelle wieder, an der wir in den Wald

abbiegen mussten. Die Einsatzkräfte hatten einen deutlich erkennbaren Trampelpfad hinterlassen, dem wir bis zu dem Ort folgten, wo Dennis und Kevin gelegen hatten. An einem Baum hing schlapp ein Rest von dem Flatterband, mit dem die Polizei das Gebiet abgesperrt hatte, an einem weiteren lehnte zusammengeklappt der gelbe Sonnenschirm.

»Was hat der denn hier verloren?«, fragte Diana verdutzt.

»Ach, an den hat gestern wohl niemand mehr gedacht. Den haben wir über dem Toten aufgestellt, um die Spuren zu sichern.«

»Sehr professionell, Okko war übrigens begeistert von eurer Spurensicherung. Dafür kriegst du von der Küpper bestimmt ein Fleißkärtchen.«

Ich sah mich um. »Rein gar nichts zu sehen – als wäre hier nie etwas passiert. Irgendwie verrückt. Würde das Flatterband nicht am Baum hängen, könnte ich mir glatt einbilden, dass alles nur ein fürchterlicher Alptraum war.«

Sie antwortete mir nicht, was hätte sie auch sagen sollen? Es war kein Alptraum, sondern brutale Realität.

Dann aber sagte sie: »Hast du das schon gesehen?« Sie deutete auf eine dieser Friedhofskerzen, die einige Schritte entfernt auf dem matschigen Waldboden vor sich hin flackerte.

»Das ist ein Beweis für Dennis' Unschuld!« Aufgeregt packte ich Diana am Arm. »Die muss Angie oder Miriam hingestellt haben. Und woher sollten sie wissen, wo wir Kevin und Dennis gefunden haben?«

»Immerhin hängt hier polizeiliches Absperrband«, erwiderte Diana. »Und bestimmt hat die Küpper ihnen gesagt, wo die Leiche gelegen hat. Zumindest ungefähr.«

Natürlich hatte sie recht. Und doch fühlte ich mich nicht wohl bei der Vorstellung, dass jemand hier gewesen war, sei es Angie, Miriam oder sonst wer.

Zurück im Haus tranken wir einen heißen Kakao, um uns

wieder aufzuwärmen. Wir hörten Musik und warteten schweigend auf Okkos Anruf. Als Dianas Handy endlich klingelte, fielen wir vor Schreck beinahe von der Couch.

Gespannt beobachtete ich ihre Miene, während sie mit Okko telefonierte. Einmal, nur ganz kurz, wurden ihre Züge hart, dann entspannten sie sich wieder.

Sie lauschte, dann: »Erwins Telefonnummer? Klar.« Sie sah mich an. Ich hielt ihr den Eintrag in meinem Handy hin, und sie las ihn Okko vor. »Gute Idee. Erwin kann dich hierherlotsen und dann später mit Loretta zurückfahren. Bis gleich.«

Sie legte das Handy auf den Tisch.

»Was hat er gesagt?«, fragte ich sie.

»Über Dennis? Noch gar nichts«, erwiderte sie leichthin. »Aber er hat Hunger, sagt er.«

»Und er bringt Erwin mit? Aber wie soll Doris dann nach der Arbeit …?«

Diana winkte ab. »Das werden sie schon geregelt kriegen. Was denkst du – Nudeln und Tomatensauce?«

Als wäre es ein ganz normaler Tag, dachte ich, wir stehen hier und schnippeln die Zutaten für ein Essen mit Freunden …

Ich machte mir Sorgen, große Sorgen. Dieser winzige Moment, als Dianas Miene versteinert war, ging mir nicht aus dem Kopf. Was hatte Okko ihr berichtet? Nichts Gutes vermutlich. Jedenfalls nicht, dass Dennis freikam. Ich traute mich seltsamerweise nicht, sie danach zu fragen. Offenbar wollte – oder sollte – sie Okko nicht vorgreifen.

Und warum sollte Erwin in seinem Auto mitfahren? Für mich gab es nur einen plausiblen Grund: Okko wollte alleine mit Erwin reden, *bevor* er mir alles erzählte; andererseits wollte er keine Zeit verlieren, herzukommen. Das konnte nur eines bedeuten: Er hatte eine Hiobsbotschaft für mich.

Geistesabwesend rührte ich im Saucentopf, während Diana nebenan den Tisch für uns deckte.

Sie kam wieder in die Küche und fragte: »Ist Parmesan im Haus?«

Ich deutete auf den Kühlschrank und holte eine Reibe aus dem Schrank. »Ich kriege garantiert nichts runter.«

»Unsinn. Du musst was essen. Ich könnte auch einen Bissen vertragen. Und Erwin hat sowieso immer Hunger, wenn ich mich recht erinnere. Ein oder zwei Nüdelkes mit einem Tröpfchen Sauce und einem Flöckchen Parmesan sind jetzt genau das Richtige.«

Es klingelte, und sie flitzte hinaus. Während ich die Nudeln aufsetzte, hörte ich ihre gedämpften Stimmen im Wohnzimmer. So sehr ich auch die Ohren spitzte – ich konnte nicht verstehen, was sie sagten. Aber vielleicht wollte ich es auch gar nicht.

Okko kam in die Küche, umarmte mich und sagte herzlich: »Moin, mien Deern, ich freue mich, dich zu sehen, wenn die Umstände auch wenig schön sind. Sag, darf ich dich um einen vernünftigen Kaffee bitten? Dieses Gesöff aus dem Automaten im Präsidium …« Er verzog das Gesicht.

»Ich weiß, diese Plörre ist schrecklich.«

»Allerdings. Ich mache mich kurz frisch, okay?«

»Diana kann dir alles zeigen«, erwiderte ich und fragte mich mit klopfendem Herzen, warum er kein Wort über Dennis gesagt hatte.

Eine Viertelstunde später saßen wir am Tisch; Erwin hatte mir beim Auftragen des Essens geholfen. Ich hatte mich auch bei ihm nicht getraut, ihn nach Dennis zu fragen, obwohl Okko ihn bestimmt schon informiert hatte.

»Ich soll dich von Dennis grüßen«, sagte Okko, nachdem er mit sichtlichem Genuss einige Schlucke Espresso getrunken hatte. »Es geht ihm gut.«

»Gut? Im Knast?«, gab ich zurück. »Wohl kaum.«

Okko nickte und wickelte Spaghetti auf seine Gabel. »Okay,

ich formuliere es anders: Er ist mental einigermaßen stabil und zuversichtlich.«

»Er ist im *Knast!*«, fauchte ich.

»Loretta«, warf Erwin ein, »er ist vorläufig festgenommen. Er ist nicht im Knast.«

Diana nahm meine Hand. »Wollen wir Okko ein paar Minuten geben, um etwas zu essen? Er hatte einen anstrengenden Tag. Danach wird er uns alles erzählen, was er heute in Erfahrung gebracht hat.«

Ich bemerkte, dass sie den Blickkontakt mit ihrem Liebsten peinlich vermied, und meine Angst stieg ins Unermessliche. Nur mit größter Selbstbeherrschung riss ich mich zusammen, Okko nicht zu schütteln und anzuschreien.

Wie konnte er mich derart zappeln lassen?

Aber immerhin war er so schnell wie möglich hergekommen; er hatte einen kleinen Moment der Entspannung verdient, oder nicht?

Das Essen auf meinem Teller widerte mich plötzlich geradezu an, und ich schob ihn von mir weg. Ich stand auf und lief nervös durchs Wohnzimmer, dann ging ich ans Fenster, von dem aus ich die Hühnchen beobachten konnte. Ich sah ihnen bei ihrem geschäftigen Treiben im Gehege zu und versuchte, ein wenig ruhiger zu werden. Meine Freunde aßen schweigend; die Stille im Raum war lähmend. Ich blieb am Fenster stehen, bis ich an den Geräuschen in meinem Rücken erkannte, dass der Tisch abgeräumt wurde. Dennoch wartete ich ab, bis Erwin mich rief. An meinem Platz stand ein Glas Wasser. Die Mienen von Okko und Erwin waren ernst, aus Dianas Blick sprach Mitleid.

Meine Knie wurden plötzlich weich, und ich sackte schwer auf den Stuhl. Dann sah ich Okko an. »Du hast schlechte Nachrichten, ich weiß es. Raus damit.«

Okko atmete tief durch. »Also gut. Loretta, wir haben tatsächlich ein schwerwiegendes Problem. Frau Riewer und ihre Tochter haben Aussagen gemacht, die Dennis schwer belasten. *Sehr* schwer.«

»Wer sind denn Frau Riewer und ihre Tochter?«, fragte ich entgeistert.

»Angie und Miriam«, sagte Erwin düster.

»Ach so. Ich kannte bisher ihre Nachnamen nicht.« Ich fühlte mich wie betäubt. »Aber was für Aussagen haben sie denn gemacht?«

»Ehe ich dazu komme, muss ich dich zunächst etwas fragen«, erwiderte Okko. »Ist das in Ordnung?«

»Natürlich. Was willst du wissen?«

Okko wechselte einen raschen Blick mit Erwin, bei dem mir noch übler wurde, als es mir ohnehin bereits war. Hektisch trank ich einen Schluck Wasser. Jetzt wusste ich, warum sie mir das Glas hingestellt hatten.

»Bist du ganz sicher, dass Dennis erst dann Kontakt zu Frau Rie…, hm, *Angie* aufgenommen hat, nachdem der Brief ihrer Tochter gekommen war?«

»Was? Natürlich! Ich war dabei, als er ihn geöffnet hat. Er war wie vom Blitz getroffen.«

»Warum willst du das wissen?«, fragte Diana ihren Liebsten. Sie klang angriffslustig.

Okko seufzte. »Ich muss das fragen, denn beide Frauen behaupten, dass es den Kontakt zwischen Dennis und ihnen schon Wochen vor dem Brief gab.«

Wie bitte?

»Was haben sie sonst noch gesagt?«, fragte ich.

Durch das Rauschen in meinen Ohren hörte ich meine Stimme gedämpft, wie aus weiter Ferne.

Diana rückte ihren Stuhl neben meinen und legte den Arm um meine Schultern. Ich war dankbar, dass sie Okko begleitet hatte und mir nun beistehen konnte.

»Nun, um offen zu sein: Sie haben einiges erzählt, das dir nicht gefallen wird«, sagte Okko. »Zum Beispiel, dass Dennis sie aufgespürt habe und nicht umgekehrt. Und dass er alles versucht habe, sie zurückzugewinnen; er habe eine Familie mit ihnen gründen wollen.«

Ich war wie vor den Kopf geschlagen, und Diana blaffte: »Das glaubst du doch nicht etwa?«

»Natürlich glaubt Okko nichts davon«, erwiderte Erwin. »Aber viel wichtiger ist: Was glaubt die Polizei?«

»Die Küpper …« Ich stöhnte. »Das muss ihr ja ein Fest sein.«

Erwin schüttelte den Kopf. »Sei nicht ungerecht, Loretta. Astrid nimmt Aussagen auf, nichts weiter. Ich bin ganz sicher, dass es ihr keine Genugtuung bereitet.«

»Papier ist geduldig. Angie und Miriam können erzählen, was sie wollen«, murmelte ich, dann sah ich Okko an. »Weiter. Was noch? Wie erklären sie den Brief?«

»Den soll Miriam auf Dennis' Veranlassung hin geschrieben haben«, erwiderte Okko. »Um dir vorzugaukeln, dass es vorher keinen Kontakt zwischen ihnen gab. Sie hätten es so gedeichselt, dass du anwesend bist, wenn er den Brief bekommt.«

»Aber zu welchem Zweck?«, fragte ich fassungslos.

»Um die Trennung von dir einzuläuten, natürlich«, sagte Diana grimmig. »Diese verfluchten, intriganten Weiber. Das haben sie sich schön ausgedacht …«

Okko stand auf und begann, durch den Raum zu gehen. »Ich muss mich ein wenig bewegen, Leute, ich habe den ganzen Tag auf harten Stühlen gesessen. Diana hat leider recht, die Geschichte der beiden Frauen ist clever ausgedacht. Kommen wir zu dem Mord: Herr Sosniak – Kevin – habe sich zunehmend über Dennis' angebliche Aufdringlichkeit aufgeregt und ihn mehrfach aufgefordert, Angie und Miriam in Ruhe zu lassen. Aber Dennis habe das ignoriert.«

»Das erklärt, warum Kevin auf der Party so angriffslustig war«, warf Erwin ein. »Hier wurde er schließlich mit dem konfrontiert, was Dennis den Frauen zu bieten hatte: ein eigenes Haus, Wohlstand … Erinnerst du dich, Loretta? Er hat Dennis aufgefordert, seine Familie nicht weiter zu belästigen. Wir alle hielten das für irrationale Eifersucht, aber mittlerweile denke ich, dass Angie diesen Eindruck seit Wochen systematisch genährt hat.«

»Indem sie behauptet hat, Dennis würde sie umwerben«, sagte ich. Mir fielen Doris' Theorien zu diesem Thema ein. »Und wahrscheinlich hat Miriam dazu beitragen, indem sie von Dennis geschwärmt hat.«

»Denkst du wirklich, das Mädchen hatte damit zu tun?«, fragte Diana.

Okko antwortete an meiner Stelle. »Sie muss Teil des Plans gewesen sein. Ihre Aussage und die ihrer Mutter sind deckungsgleich. Sie weisen von sich, Dennis irgendwie ermutigt zu haben. Und um freie Bahn zu haben, hat er Kevin umgebracht – davon sind sie angeblich überzeugt.«

Kapitel 13

Loretta muss erkennen: Manchmal ist das Licht am Ende des Tunnels eben doch der Zug, der einem entgegenkommt

Sämtliche schrecklichen Szenarien, die ich mir im Vorfeld ausgemalt hatte, waren flauschige Gutenachtgeschichten gegen das, was Okko gerade zu berichten hatte.

Ich versuchte, mich in Dennis hineinzuversetzen; es musste ihm den Boden unter den Füßen weggerissen haben. Seine Tochter schwärzte ihn bei der Polizei an – mit einer Falschaussage! Ich korrigiere: seine *angebliche* Tochter. Nun war ich sicher, sie konnte nicht sein leibliches Kind sein. Unmöglich. Dem eigenen Vater etwas Derartiges anzutun, war für mich unvorstellbar.

Zu meiner eigenen Überraschung war ich plötzlich ganz ruhig. »Wie hat Dennis darauf reagiert?«

»Ich habe noch niemals einen fassungsloseren Menschen erlebt«, erwiderte Okko. »Zuerst weigerte er sich, mir auch nur ein Wort davon zu glauben, dann war er unglaublich niedergeschlagen. Immerhin sind das die offiziell zu Protokoll gegebenen Aussagen der beiden Frauen.«

»Du musst ihm sagen, dass ich ihm zu hundert Prozent vertraue«, sagte ich. »Wie haben sie erklärt, dass Kevin gestern Morgen zu Dennis wollte? Das haben sie ebenfalls behauptet, vermute ich.«

Okko setzte sich wieder an den Tisch. »Ganz genau. Dennis habe am Abend nach der Party bei ihnen angerufen und Kevin für Sonntagmittag zu sich eingeladen, um die Sache zu klären. Stimmt das? Hat Dennis mit ihm telefoniert?«

Erwin übernahm es, die Frage zu beantworten. »Ja, das hat er tatsächlich. Dieser Streit war ihm unerträglich. Er ging hoch ins Schlafzimmer, um mit Kevin zu reden. Er wollte am Sonntag zu ihnen fahren, um Kevin zu versichern, dass er keinerlei amouröses Interesse an Angie habe. Nach dem Telefonat berichtete Dennis, Kevin habe – laut Angie – schon geschlafen.«

»Das Telefonat lässt sich also nachweisen«, murmelte Okko nachdenklich. »Ihr habt nicht verstanden, was geredet wurde?«

»Nein, leider nicht«, erwiderte ich. »Aber kann Angie das wissen?«

»Vielleicht hat sie ihn danach gefragt«, sagte Diana. »So geschickt, wie diese hinterhältige Schlange die Falle für Dennis gebaut hat, wird sie auch das herausgefunden haben. Ob sie die Frau mit der Autopanne war?«

Ich schüttelte den Kopf. »Kann ich mir nicht vorstellen, Dennis hätte sie sicherlich erkannt. Ich frage mich, was aus ihrem schönen Plan geworden wäre, wenn ich zum Reifenwechsel mitgegangen wäre? Oder den ADAC angerufen hätte? Dann wäre alles geplatzt!«

»Du *bist* aber nicht mitgegangen oder hast den ADAC angerufen«, erwiderte Okko ruhig. »Es bleibt also pure Theorie, was dann passiert wäre. Oder nicht passiert wäre. Leider müssen wir jetzt mit dem umgehen, was die beiden Frauen zu Protokoll gegeben haben. Und da steht Aussage gegen Aussage. Es gibt keine Zeugen für den Reifenwechsel, und erst recht keine dafür, was wirklich im Wald geschehen ist. Nicht einmal Dennis kann dazu etwas sagen, weil er bewusstlos war und erst aufwachte, als ihr dazugekommen seid.«

»Ha – und wie will die Polizei das erklären?«, fragte ich triumphierend. »Immerhin waren wir zu dritt, als wir ihn gefunden haben.«

»Dazu würde der Staatsanwaltschaft bestimmt eine prima Erklärung einfallen«, sagte Erwin. »Zum Beispiel, dass er sich bewusstlos stellte, als er uns kommen hörte. Wir haben schließlich nach ihm gerufen, nicht wahr? Er hatte theoretisch also Zeit genug, sich malerisch in den Matsch zu drapieren, verblüfft das Messer in seiner Hand anzuglotzen und vorzugeben, dass man ihn betäubt hat. Richtig, Okko?«

Okko nickte seufzend. »Richtig. Dazu kommt: Ihr seid seine Freunde und wollt ihn natürlich entlasten. Eure Aussage wird von den Ermittlern mit einem gewissen Vorbehalt zur Kenntnis genommen.«

»Ach, und was ist mit einem Vorbehalt gegenüber der angeblich trauernden Witwe?«, fragte Diana spitz. »Der glaubt man alles, oder wie? Da wird nichts hinterfragt?«

»Ich verstehe, dass ihr aufgebracht seid«, Okko sah erst mich, dann Diana an, »aber wie ich schon sagte: *Ich* muss mit dem momentanen Erkenntnisstand umgehen. Ob die Aussagen der beiden Damen der Wahrheit entsprechen oder nicht, ist egal – es *gibt* sie. Zwei Leute behaupten etwas, einer streitet die Behauptungen ab. Zwei zu eins, das ist eine ganz klare Rechnung. Momentan geht noch niemand hin und denkt sich: Könnte ja sein, dass die beiden Frauen lügen. Warum sollten sie auch? Die Geschichten der Frauen klingen plausibel, Dennis hatte die Tatwaffe in der Hand – wozu also nach alternativen Szenarien suchen? Der ganze Fall scheint sonnenklar. Zwei Männer streiten sich um eine Frau, ein Eifersuchtsdrama eskaliert, es gibt einen Toten. Das kommt häufiger vor, als man denkt. Die meisten Morde sind Beziehungstaten. Eventuell wird man zu Dennis' Gunsten davon ausgehen, dass keine Heimtücke vorliegt, sondern dass er im Affekt gehandelt hat.«

Ich fuhr hoch. »Hast du dich etwa schon damit abgefunden, dass er verurteilt wird?«

Ehe Okko antworten konnte, sagte Erwin: »Nein, das hat Okko sicher nicht. Er hat uns lediglich aufgezeigt, wie es momentan aussieht, und zwar aus Sicht der ermittelnden Behörden. Was würde es dir nutzen, wenn er für dich die Situation mit Weichzeichner malt? Okko hat eine sehr harte Nuss zu knacken.«

Plötzlich fiel mir etwas ein. »Wurde Dennis' Blut auf K.-o.-Tropfen hin untersucht? Und das von Kevin? Der hat sich doch bestimmt nicht freiwillig in den Wald verschleppen und dort abstechen lassen.«

»Danach habe ich mich natürlich sofort erkundigt«, erwiderte Okko. »Nach einer solchen Droge muss speziell gesucht werden. Dazu kommt, dass sie sich im Körper sehr schnell abbaut, der Nachweis ist also schwierig bis unmöglich. Soweit ich weiß, wurde Kevin Sosniak bisher nicht obduziert. Dennis wurde gestern zwar erkennungsdienstlich behandelt, und es wurde ihm auch Blut abgenommen, aber erst mehrere Stunden nach der Verabreichung der Droge. Ich habe nicht besonders viel Hoffnung, dass noch etwas nachgewiesen werden kann. Wir müssen uns diesbezüglich auf schlechte Nachrichten einstellen.«

»Fassen wir zusammen«, sagte ich düster. »Dennis steht mit dem Rücken an der Wand. Der Ermittlungsrichter wird ihn mitnichten gehen lassen, ganz im Gegenteil: Er wird Untersuchungshaft anordnen. Und zwar, weil er nach momentanem Ermittlungsstand davon ausgeht, dass man Dennis die – wie heißt es so schön? – schuldhafte Begehung der Tat nachweisen kann. Wir müssen also Beweise dafür suchen, dass die Frauen gelogen haben. Was ist mit ihrer Behauptung, schon länger Kontakt zu Dennis zu haben? Da müsste es Telefonprotokolle geben. Könntest du als Anwalt nicht Einsicht beantragen?«

»Das habe ich vorhin nicht erwähnt«, sagte Okko, »auch dafür hatten die Damen natürlich eine schöne Geschichte parat: Sowohl Angie als auch Dennis hätten ein Zweithandy benutzt, um den Kontakt vor Kevin und Loretta zu verheimlichen. Angies wurde angeblich von Kevin entdeckt und in einem Wutanfall mit einem Hammer zertrümmert, das existiert also praktischerweise nicht mehr.«

»Ein zweites Handy?«, fragte ich verdutzt. »Mumpitz. Das

gibt es nicht, ich habe nie eins gesehen. Und wenn doch: Wo soll er das vor mir versteckt haben? Im Schuppen?«

»Nichts für ungut, Loretta«, warf Erwin ein, »Dennis und du, ihr lebt nicht zusammen. Es hätte nicht die geringste Mühe gemacht, es vor dir zu verheimlichen. Verstehst du: Die Tatsache, dass du es nie gesehen hast, ist kein Beweis dafür, dass es nicht existiert hat. Wir alle wissen, dass Dennis so etwas niemals tun würde, denn er ist aufrecht und ehrlich. Aber ich habe unzählige Fälle erlebt, in denen Frauen ihre Männer für ehrlich gehalten haben – und dann stellte sich heraus, dass die Kerle jahrelang ein Doppelleben geführt haben. Umgekehrt natürlich auch.«

»Okay, verstanden«, gab ich zurück. »Aber falls es jemals existiert haben sollte, müsste das angebliche Zweithandy ja irgendwo zu finden sein, oder?«

»Das habe Dennis angeblich immer bei sich getragen. Da es nicht bei ihm gefunden wurde, was sie offenbar während ihrer Vernehmung erfahren haben, könnte er es ihrer Meinung nach irgendwo im Wald verbuddelt haben, nachdem er Kevin umgebracht hatte, wie die Damen bereits sehr vorausschauend gemutmaßt haben. Und erneut haben wir diese Situation: Dennis sagt, das Handy habe nie existiert; die beiden Frauen behaupten, sie hätten es gesehen und Dennis habe es auch benutzt.« Ein kurzes Grinsen huschte über Okkos Gesicht. »Beinahe muss man ihnen Respekt zollen: Augenscheinlich haben die beiden an alles gedacht.«

»Okko! Die letzte Bemerkung war wirklich vollkommen überflüssig!« Diana war sichtlich entrüstet.

»Er hat ja recht«, sagte ich. »Er macht uns nur deutlich, wie die Gegenseite handelt und denkt. Gehen wir also davon aus, dass der Ermittlungsrichter die U-Haft anordnen wird. Darf ich Dennis dort besuchen, Okko?«

»Es spricht nichts dagegen. Den Besuch müssen wir beantragen, und normalerweise wird er anstandslos bewilligt. Falls man Absprachen oder dergleichen befürchtet, werdet ihr allerdings dabei überwacht. Im Gegensatz zu normaler Haft gibt es einige Privilegien: Du könntest ihm zum Beispiel täglich Essen aus einem vertrauenswürdigen Restaurant liefern lassen.«

Abwehrend hob ich die Hände. »Das klingt nach einem längeren Zeitraum, in diese Richtung weigere ich mich zu denken. Dass er länger dort schmort, ist für mich keine Option.«

»Was hast du vor?«, fragte Erwin.

Ich zuckte mit den Schultern. »Keine Ahnung, aber ich werde mich keinesfalls auf Dauer mit dem Status quo abfinden. Wann ist der Termin beim Ermittlungsrichter?«

»Morgen«, sagte Okko. »Dabei wird Dennis auch selbst angehört werden. Natürlich wird er aussagen, dass er die Tat nicht begangen hat und davon überzeugt ist, in eine Falle gelockt worden zu sein.«

»Davon gehe ich aus. Aber das werden sie für eine Schutzbehauptung halten.« Ich nickte. »Wirst du versuchen, Haftverschonung zu erreichen?«

»Ja, auf jeden Fall. Aber ich habe nicht allzu viel Hoffnung, damit durchzukommen; es geht ja nicht um ein Bagatelldelikt. Sobald sie Fluchtgefahr auch nur wittern …«

»Fluchtgefahr, so ein Blödsinn«, fauchte ich Okko an. »Sein Lebensmittelpunkt ist hier, er ist ein unbescholtener Geschäftsmann und hat eine Firma zu führen, er hat einen festen Wohnsitz und ein stabiles soziales Umfeld – was wollen die denn noch?«

»Ganz einfach«, erwiderte Okko ernst, »sie benötigen berechtigte Zweifel daran, dass er Kevin Sosniak umgebracht hat. Und nichts an den bisher zusammengetragenen Aussagen und Ermittlungen der Polizei wird sie momentan zweifeln lassen, Loretta. Es besteht allerdings die Pflicht, den ursprünglichen Haftgrund immer wieder zu überprüfen und zu hinterfragen.

Es könnte ja sein, dass die Polizei neue Erkenntnisse ans Tageslicht fördert. Aber momentan … tut mir leid.«

»Nun gut.« Ich atmete tief durch. »Ich schlage vor, dass wir die Versammlung jetzt auflösen. Ich muss nachdenken.« Ich stand auf und fügte hinzu: »Ich nehme mir was von den Nudeln mit, ich kriege allmählich Hunger.«

Diana folgte mir in die Küche. »Du fährst jetzt auf gar keinen Fall alleine nach Hause«, sagte sie streng. »Ich komme mit. Wir benötigen also eine größere Portion als diesen lächerlichen Klacks da.« Sie deutete auf die Plastikdose, in die ich Nudeln und ein wenig Sauce gefüllt hatte.

Dass sie mich begleiten wollte, erleichterte mich. Zwar hatte ich ihr Angebot vor einigen Stunden abgelehnt, aber da hatten wir auch noch nicht geahnt, wie sich die Ereignisse entwickeln würden.

»Und was ist, wenn Okko später noch Hunger hat?«, fragte ich, nachdem ich die Töpfe geleert hatte.

»Der kann sich eine Käsestulle schmieren. Wie ich gesehen habe, ist der Kühlschrank bestens gefüllt, also wird er schwerlich verhungern, nur weil sein kleines Frauchen ihn nicht versorgt. Bevor es mich in seinem Leben gab, hat er ja auch überlebt. Am besten, du erklärst ihm noch, wie er morgen früh die Hühner füttern soll, und ich spüle mit Erwin in der Zwischenzeit rasch das Geschirr.«

Ich ging mit Okko hinaus und zeigte ihm, wo er das Hühnerfutter fand und wie man frisches Wasser in den Spender füllte.

Amüsiert betrachtete er die Hühnchen, dann drehte er sich zu mir um. »Loretta«, sagte er leise, »ich weiß, du hast die Hosen voll, und Dennis geht es nicht anders, wie du dir denken kannst. Wir werden alles in unserer Macht Stehende tun, um diesen Wirrwarr so schnell wie möglich aufzudröseln. Du darfst nicht zulassen, dass die Angst dich beherrscht – wir brauchen jetzt dringend deinen Verstand. Mir sind die Hände gebunden, aber du hast bisher jeden Fall geknackt. Wir benötigen deinen Einfallsreichtum, deine Fähigkeit, unkonventionell zu denken, verstehst du? Ich will dich nicht anstiften, ungesetzliche Dinge zu tun, aber …« Er zuckte mit den Schultern.

»Aber ich dürfte Lügnerinnen anlügen, um ihre Intrigen aufzudecken – so etwas in der Art?«, fragte ich.

Okko grinste. »Wen du triffst und welche Story du dem- oder derjenigen auftischst, ist deine Sache. Du weißt, was als Beweis gilt und was nicht, dazu muss ich dir keine Vorträge halten.«

Nein, das musste er nicht.

Das hatte die Küpper bereits erledigt.

Mehrfach.

Kapitel 14

Verzweiflung hat die Macht, dir verdammt dumme Ideen ins Hirn zu pflanzen, wie Loretta zugeben muss

»Und? Hunger?«, fragte Diana, als wir eine knappe Stunde später meine Wohnung betraten.

Erwin hatten wir bei sich zu Hause abgesetzt, dann waren wir gleich weitergefahren. Mittlerweile knurrte mein Magen unüberhörbar.

»Ich könnte ein halbes Pferd verdrücken.«

»Alles andere wäre auch unnatürlich. Außerdem spricht dein Magen zu mir.« Sie lachte und deutete auf den aufgeregt quäkenden und herumflitzenden Baghira. »Dein Kater könnte offenbar auch einen Happen vertragen. Vorschlag: Du kümmerst dich um dein sträflich vernachlässigtes Tier, ich brate die Nudeln und erhitze die Sauce.«

»Die Nudeln ganz kross braten, ja?«

Diana lächelte liebevoll. »Ich weiß, Schatz. Ich habe es nicht vergessen.«

Während ich mich um den Kater kümmerte, erhitzte sie Öl in der Pfanne und gab die Nudeln hinein. Es brutzelte und krachte, dass mir spontan das Wasser im Munde zusammenlief. Parallel wurde in einem Topf allmählich die Sauce heiß. Diana hatte – wie stets, wenn sie kochte – ihre langen blonden Locken mit einem Gummiband im Nacken zu einem Zopf gebunden. Konzentriert wendete sie die Nudeln und rührte im Topf, und irgendwie war es beinahe so wie früher.

Bis heute erlebte ich hin und wieder sentimentale Momente, in denen ich mir unsere Wohngemeinschaft zurückwünschte. Bevor sie Okko kennengelernt hatte und zu ihm gezogen war, hatten sie und ich uns eine traumhafte Altbauwohnung geteilt. Wir hatten uns blendend verstanden, und manchmal vermisste ich die Abende, die wir mit Chips und Eis auf dem Sofa verbracht und uns kreischend vor Lachen kitschige Liebesfilme angeguckt hatten. Es war eine Freude gewesen, sie als Freundin zu haben, und ich hoffte, ihr ging es umgekehrt ebenso.

»Weißt du, manchmal vermisse ich unsere Weiber-WG«, sagte Diana, als hätte sie meine Gedanken gelesen. »Ich liebe es, mit Okko zusammenzuleben, aber wir zwei hatten eine echt schöne Zeit, findest du nicht?«

»Hör auf zu sülzen und sieh zu, dass die Nudeln schön braun und knackig werden«, erwiderte ich betont flapsig.

Sie lächelte. »Dir geht es also genauso, das freut mich. Hast du Wein im Haus? Dann könnten wir zum Essen ein Glas trinken. Wir sollten uns nicht sinnlos besaufen, aber ein bisschen Alkohol kann nicht schaden, finde ich.«

»Im Kühlschrank müsste eine Flasche Grauburgunder sein. Aber seit wann hast du was gegen Besäufnisse?«

»Man sieht es mir natürlich nicht an«, erwiderte sie grinsend, »aber auch ich bin älter geworden. Ein amtliches Besäufnis stecke ich nicht mehr so leicht weg wie noch vor einigen Jahren. Aber das ist zweitrangig. Ein hochprozentiges Trinkgelage heben wir uns für den Tag auf, an dem Dennis als unschuldiger Mann aus dieser dämlichen Untersuchungshaft entlassen wird. Übrigens: Deine verbrannten Nudeln sind gleich fertig, du darfst gerne den Tisch vorbereiten und Wein einschenken.«

Kaum hatte ich es erledigt, kam Diana auch schon mit zwei gefüllten Tellern aus der Küche und stellte sie auf den Tisch. Wir setzten uns und prosteten uns zu, dann machte ich mich mit Heißhunger über das Essen her. Die Nudeln waren perfekt: Sie hatten jede Menge Röstaromen und waren herrlich knusprig, wenn ich draufbiss.

Wir genossen das Essen in stiller Eintracht, dann stand Diana auf. »Ich spüle die Teller ab, du holst einen Block und einen Stift. Und dann werden wir uns überlegen, wie wir diese beiden verlogenen Weibsbilder reinlegen können. Ich schreibe alles mit, was uns durch die Murmel fliegt, und dann werden wir sehen, ob ein vernünftiger und tatsächlich umsetzbarer Plan darunter ist. Fahr deinen Laptop hoch, vielleicht müssen wir zwischendurch was recherchieren. Einverstanden?«

»Einverstanden. Sollen wir aufs Sofa wechseln?«

»Auf keinen Fall«, rief sie aus der Küche. »Es ist nicht die Zeit, um herumzulümmeln. Konzentration ist gefragt. Also sitzen wir aufrecht am Tisch, damit unsere Gedanken nicht träge werden können.«

»Interessanter Ansatz, aber durchaus plausibel. Du bist der Boss.«

Aus der Küche hörte ich ihr Lachen.

Ich ertappte mich dabei, dass ich vor mich hin summte, während ich den Laptop startete und Schreibzeug besorgte. Dianas Anwesenheit schien eine äußerst beruhigende Wirkung auf mich zu haben. Und zu zweit würde uns mit Sicherheit mehr einfallen als mir alleine.

Sie hatte eine Flasche Mineralwasser mitgebracht, als sie sich wieder an den Tisch setzte. »Mögen unsere Ideen so sprudeln wie dieses wunderbare Getränk«, verkündete sie salbungsvoll und lehnte sich zurück. »Also, was haben wir? Die hanebüchene Lügengeschichte von zwei Frauen, die ich am liebsten nach Strich und Faden verprügeln würde, aber das nur nebenbei. Okko hat recht, auf den ersten Blick ist die Story perfekt konstruiert, also müssen wir schnellstens die Schwachstellen finden. Wir können schlecht darauf warten, dass eins dieser Weibsbilder unter der Last der Schuldgefühle zusammenbricht und den Mord gesteht.«

»Soll schon vorgekommen sein.«

»Mag sein, aber diese zwei sind derart abgebrüht …« Sie schüttelte den Kopf. »Die müssen das doch wochenlang bis ins kleinste Detail geplant haben.«

»Dabei sind sie aber eine Menge Risiken eingegangen, finde ich. Was, wenn Dennis nicht auf den Brief reagiert hätte?«

»Hätte, wäre, würde … das muss uns nicht interessieren. Er *hat* auf den verfluchten Brief reagiert, und alles lief ab wie geplant. Wenn er nicht mitgespielt hätte, wäre ihnen irgendwann vermutlich ein anderer in die Falle gegangen. Aber« – sie hob den Finger – »das ist pure Theorie, wie mein Liebster bereits sagte. Und es ist absolut müßig, darauf auch nur einen unserer kostbaren Gedanken zu verschwenden.«

»Okay. Dann beginnen wir mit der wichtigsten Frage: Was war ihr Motiv?«

Diana sah mich sekundenlang völlig ausdruckslos an. Dann sagte sie sehr sanft: »*Nichts* könnte mir momentan egaler sein, Loretta. Andererseits lässt sich diese Frage kurz und knapp beantworten: Was wohl? Diesen Kevin loszuwerden, natürlich. Check, Motiv gefunden, Frage abgehakt, nächstes Thema.«

»Aber warum wollten sie Kevin …«

»Loretta, noch einmal zum Mitschreiben: Darauf *scheiße* ich. Das herauszufinden, steht ganz am Ende der Liste. Wir haben hier nicht die Aufgabe, über mögliche Gründe den möglichen Täter finden. Wir *wissen,* wer es war. Sie *müssen* es gewesen sein, sonst gäbe es nicht ihre absurden Aussagen, die Dennis massiv belasten.« Sie nahm den Stift, zog den Block heran und las vor, während sie schrieb. »Also: Wie haben sie es angestellt? Hatten sie Komplizen? Wer sind die? Wo waren die beiden, während an der Straße die Scharade mit dem Reifenwechsel abgelaufen ist? Wie kommen wir an sie heran und locken im Optimalfall die Wahrheit aus ihnen heraus? Wie werden daraus Beweise, die die Polizei verwerten kann? Wie können wir zum Beispiel die Polizei dazu bringen, nach Zeugen für den Reifenwechsel zu suchen?« Sie blickte hoch. »Denn momentan denken die ja noch, Dennis hätte sich die Geschichte mit der Autopanne bloß ausgedacht. Wir brauchen nur einen einzigen

Menschen, der zum fraglichen Zeitpunkt dort vorbeigefahren ist und Dennis beim Reifenwechsel gesehen hat.«

Ratlos zuckte ich mit den Achseln. »Wir könnten jemanden bitten, das auszusagen, vielleicht Bärbel, die macht das bestimmt …«

»Spinnst du?«, fiel Diana mir brüsk ins Wort. »Diesen unfassbar bescheuerten Vorschlag schreibe ich deiner Verzweiflung über Dennis' Situation zu. Du willst Bärbel also bitten, eine Falschaussage zu machen, deren Wahrheit sie beschwört? Schon die *Anstiftung* dazu ist strafbar, meine Liebe. Wenn das auffliegt, wandert ihr beide in den Knast. Und es *wird* auffliegen. Ob Bärbel diese Strecke wirklich gefahren ist, lässt sich schon allein anhand ihrer Handydaten ermitteln. War sie am betreffenden Tag zum fraglichen Zeitpunkt an den Masten in der Umgebung eingeloggt? Nein? Netter Versuch, aber dumm gelaufen. Zwei Leute, die sich – im Gegensatz zu Dennis – *wirklich* strafbar gemacht haben und *zu Recht* in den Knast wandern.«

Prompt brach ich in Tränen aus. »Sei-hei nicht so ge-meimeiiin zu mir, du do-hoofe Ku-huuh«, schluchzte ich wie ein Kind.

Diana kam um den Tisch herum und kniete sich neben meinen Stuhl. »Schatz, ich will nicht gemein zu dir sein, aber die Idee war wirklich, wirklich dämlich. Wir nützen Dennis nicht, wenn wir die Polizei belügen und dabei erwischt werden – ganz im Gegenteil.«

Ich schluckte und wischte mir mit den Händen die Tränen aus dem Gesicht. »Wir hätten Kevin einfach im Wald verbuddeln und weggehen sollen, dann hätten wir jetzt auch nicht diesen Ärger.«

Diana seufzte. Sie ging zurück an ihren Platz mir gegenüber und setzte sich wieder. »Ich fürchte beinahe, Angie hätte in diesem Fall einen Weg gefunden, die Polizei dort nach Kevin suchen zu lassen, denn er war ja angeblich mit Dennis verabredet. Er kehrt vermeintlich von diesem Treffen nicht zurück, sie macht sich ach so große Sorgen, *Herr Wachtmeister, ihm muss etwas passiert sein, bitte, Sie müssen nach ihm suchen …*« Sie schüttelte den Kopf. »Das wäre also keine besonders clevere Idee gewesen. Außerdem ist es ganz schön viel Arbeit, eine Leiche zu vergraben. Der Boden ist von Wurzeln durchzogen, und es dauert endlos, eine Grube auszuheben. Und jetzt stell dir vor, nach stundenlanger Plackerei hätten euch die Bullen dabei erwischt, wie ihr gerade Kevins Grab zuschaufelt.«

Unwillkürlich musste ich grinsen. »Lass mich raten – wir wären alle in den Knast gewandert.«

»Ich bin nicht ganz sicher, aber ich glaube, man würde Erwin, Frank und dir lediglich Störung der Totenruhe vorwerfen, so absurd das klingt. Hundert Euro ans Ordnungsamt, und du bist raus aus der Nummer. Für Dennis sähe es anders aus: Er hätte versucht, eine Straftat zu vertuschen.«

Ich schenkte uns Mineralwasser nach und sagte: »Schluss mit den dämlichen Ideen. Um sie auszuhorchen, müssen wir an sie rankommen. Oder zumindest ich, das ist vielleicht besser. Aber welchen Grund sollte ich haben, sie zu besuchen? In ihrer Inszenierung bin ich schließlich die Freundin des Mörders, gehöre also zur Gegenpartei. Wie könnte ich also auftreten? Soll ich etwa vorgeben, ihre Geschichte zu glauben?«

»Das ist gar nicht so blöd«, sagte Diana nachdenklich, »du hast doch schon häufiger Rollen gespielt, um das Vertrauen der Täter zu gewinnen. Du bist die zutiefst enttäuschte, gebrochene Freundin von Dennis, die nur dank ihr von seinem Betrug erfahren hat …«

»Und endlich habe ich kapiert, warum er zum Telefonieren immer rausgegangen ist«, fiel ich ihr aufgeregt ins Wort. »Das hat er getan, damit ich sein Zweithandy nicht sehe!«

»Du könntest ihr erzählen, dass du im Wald danach suchen

willst.« Diana kicherte. »Es bleibt abzuwarten, wie sie darauf reagiert.«

Ich winkte ab. »Das kann ich dir sagen: Es wird sie nicht aus der Ruhe bringen. Der Wald ist groß, dort kann ich suchen, bis der Arzt kommt. Es nicht zu entdecken, wäre keine große Überraschung.«

»Stimmt auch wieder. Aber wir werden schon noch irgendetwas finden, das sie zum Handeln zwingt. Zuerst musst du dich bei der liebreizenden Angie einschleimen.«

Beim bloßen Gedanken daran würgte es mich. Wie sollte ich ihr gegenübertreten, ohne ihr an die Kehle zu gehen? Ohne meine wahren Gefühle zu offenbaren? Sie und Miriam waren gerade dabei, Dennis' Leben zu zerstören und meines gleich mit. Skrupellos und kaltschnäuzig.

Was mochte der Grund sein? Bestimmt nicht, Dennis eins reinzuwürgen; der Ärmste hatte nur zufällig perfekt in den Plan gepasst.

»Diana, auch wenn du mir gleich eine scheuerst: Ich frage mich ständig, warum sie Kevin loswerden wollten. Mir und der Polizei gegenüber werden sie natürlich Hymnen auf ihn singen, aber sie müssen einen Grund gehabt haben. War er gewalttätig? Hat er Miriam belästigt?«

Diana zuckte mit den Schultern. »Vielleicht war er einfach nur eine Nervensäge.«

»Auf der Party erschien er mir recht besitzergreifend. Er hat sich sehr darüber aufgeregt, wie streng Dennis nach dem Vorfall mit den Hühnchen zu Miriam war. Hatte er Angst, dass Dennis ihn aus der Vaterrolle drängt?«

»Nicht nur das«, sagte Diana. »Nach allem, was wir wissen, hat Angie ihn glauben lassen, dass Dennis ihn *komplett* aus der Familie verdrängen will. Sie hat ihn gezielt dazu gebracht, sich durch Dennis bedroht zu fühlen. Für Kevin war diese Bedrohung real. Deswegen war er schon bei seinem Eintreffen auf

Krawall gebürstet und hat dann prompt Streit mit Dennis angezettelt.«

»Angie und Miriam haben das nicht allein getan, das glaube ich einfach nicht. Sie müssen Komplizen gehabt haben.«

Diana nickte. »Auf jeden Fall. Von mindestens einer Komplizin wissen wir ja bereits: der Autofahrerin, die angeblich die Panne hatte. Wie viel sie weiß … keine Ahnung. Aber verabreicht man jemandem ein Getränk mit K.-o.-Tropfen, ohne die Gründe dafür wissen zu wollen? *Hahaha, wir wollen ihm nur einen Streich spielen …?* Nee, das reicht nicht. Das ist weit mehr als ein kleiner Gefallen unter Freundinnen.«

»Ob sie dabei geholfen hat, die beiden Männer in den Wald zu schleppen?«

»Das glaube ich nicht. Ihre Aufgabe war erledigt, als Dennis bewusstlos war. Bestimmt ist sie gleich danach abgezischt. Aber du hast gerade einen wichtigen Punkt angesprochen: Zwei Männer mussten in den Wald geschleppt werden. Selbst wenn die beiden Frauen das alleine erledigt hätten, wäre es nur nacheinander möglich gewesen. Und dann? Während also der andere geholt wird, liegt einer der Kerle unbewacht im Wald rum, kommt vielleicht zu sich und haut ab? Es muss zumindest einen Aufpasser gegeben haben. Wer also könnte den beiden Frauen geholfen haben? Wer lässt sich zu so etwas überreden? Oder haben sie dafür bezahlt? Nein, die haben nicht so viel Geld …«

»Och, es soll Leute geben, die schon für 'nen läppischen Fuffi anzuheuern sind«, warf ich ein. »Irgendwelche Junkies zum Beispiel.«

»Junkies sind ein viel zu großes Risiko für einen derart ausgefuchsten Plan. Die sind notorisch unzuverlässig, kommen plötzlich auf Turkey und sind dann zu nix mehr in der Lage oder plaudern bei der nächstbesten Gelegenheit alles aus. Ich glaube, es war jemand, den beide gut kennen. Denk nach, Loretta.«

Wir starrten uns an, die Stirnen gerunzelt, dann riefen wir gleichzeitig: »Die Rapper!«

»Meinst du wirklich?«, fragte ich atemlos.

»Na, vielleicht nicht alle drei, aber bestimmt doch dieser TicTac-Bengel.«

»TocTocSeven«, verbesserte ich sie automatisch, »stimmt, er ist Miriams Lover.«

Diana verdrehte sie Augen. »Er ist eine Blitzbirne, da ist im Oberstübchen nicht besonders viel los, wenn ich so an seine Texte denke. Aber wollen diese kleinen Möchtegerns nicht immer wie supergefährliche Gangster rüberkommen? Wie kann er seiner Liebsten besser imponieren als mit einem *echten* Verbrechen? Und die anderen beiden erscheinen mir nicht weniger dusselig. Die perfekte Dödeltruppe, wenn du mich fragst.« Mit einem Grinsen zog sie den Laptop zu sich heran und tippte etwas ein. »Jetzt zeig ich dir mal was, Schätzchen. Wappne dich.«

Ich wanderte mit meinem Stuhl um den Tisch herum und setzte mich neben sie. Sie hatte eine Musik-Plattform aufgerufen, auf der ein Video der *TocTocSeven-Crew* darauf wartete, gestartet zu werden.

Ich nickte, und sie klickte den Film an.

Wir sahen die drei Jungs in einer stillgelegten, halbverfallenen Industriehalle, große Graffiti zierten die Wände. Die Jungs trugen weite Klamotten, in denen sie aussahen, als hätten Fünfjährige die Schränke ihrer erwachsenen Brüder geplündert. Dumpfe Nullachtfuffzehn-Beats erklangen, woraufhin sie alberne Posen einnahmen und halbwegs rhythmische Laute ausstießen.

Was ist aus dem guten, alten Breakdance geworden?, fragte ich mich verdattert angesichts des Gehoppels.

Dann trat TocTocSeven ein paar Schritte näher an die Kamera heran und grunzte: »*Yeah, yeah, yeah … Meine Bitch ist ein Gedicht, ich (piiiep!) ihr gerne ins Gesicht, doch ihr Alter ist*

’n Sack, nennt mich asoziales Pack, nervt die Bitch wegen Arbeitengehn, doch dazu ist die viel zu schön, der Alte hat echt keinen Plan, verpiss dich doch mit deinem Wahn und leg dich nicht mit TocToc an …«

Diana stoppte das Video und ließ die drei Jungs inmitten affiger Verrenkungen einfrieren.

Mit hochgezogenen Brauen sah sie mich abwartend an.

Kapitel 15

Ein Ritter in schimmernder Rüstung zieht in den Kampf – wohl wissend, dass er nicht gewinnen kann

Ich musste mich erst einmal sammeln.

»Nicht so schön für eine liebende Mutter, auf diese Weise zu erfahren, dass der Freund der Tochter ihr gerne ins Gesicht *piep* und sie als Schlampe beziehungsweise Bitch bezeichnet«, sagte ich dann lahm, weil mir dazu spontan nichts anderes einfiel.

»Ich würde dem Drecksack in den Hintern treten, dass er bis zum Mond fliegt. Aber vermutlich fühlt sich die kleine, dumme Miriam sogar noch geschmeichelt, dass er über sie Songs schreibt. Und: Seine Freundin als Bitch zu bezeichnen, scheint in diesen Kreisen so etwas wie eine Auszeichnung zu sein. Nun ja.« Diana zuckte mit den Schultern. »Ich bin wohl schon zu alt für diesen Scheiß. Wie auch immer: Mir ist gerade aber noch etwas aufgefallen. Thema des Songs ist nicht nur Miriam – gehen wir mal davon aus, dass sie hier gemeint ist –, sondern auch ›ihr Alter‹, also vermutlich Kevin. Als ich das zum ersten Mal gesehen und gehört habe, fand ich den Text einfach nur schlecht. Herrje, dachte ich, das ist wie eine miese Büttenrede, nichts weiter. Aber bei allem, was wir jetzt wissen: Vielleicht haben wir gerade ein erstes, kleines Puzzleteil des Motivs gehört.«

»Ernsthaft? Ich war von ihrem Gehampel und dem Pieps-Teil derart abgelenkt, dass ich vom Rest kaum etwas verstanden habe.«

»Und deshalb spiele ich es dir noch einmal vor«, sagte Diana und startete das Video erneut.

Diesmal achtete ich mehr auf den Text. TocTocSeven nuschelte stark und stieß die Silben der Worte so abgehackt hervor, als würde ihm jemand rhythmisch auf den Rücken schlagen, aber wenn man sich konzentrierte, war es zu verstehen.

An derselben Stelle wie zuvor stoppte Diana es wieder. »Und? Mitgekriegt?«

Ich nickte langsam. »Ja, er beschwert sich über Kevin ...«

»Weil Kevin Miriam damit auf den Keks geht, dass sie arbeiten gehen soll«, fiel Diana mir aufgeregt ins Wort. »Hast du nicht gesagt, sie will Influencerin werden? Ich habe mir ihren Account ja angeguckt. Also bitte: Ein paar Tausend Follower, das ist gar nichts, wie wir wissen. Hast du eine Ahnung, was Kevins Beruf ist? Oder was er gearbeitet hat?«

»Nein, davon war nie die Rede, soweit ich mich erinnere. Aber er wirkte auf mich nicht, als würde er den Tag auf dem Sofa vor der Glotze hängen.«

»Vermutlich hat der Mann sich den Hintern abgearbeitet, um seine Familie zu ernähren. Miriam hat doch bei ihnen gewohnt, oder?« Auf mein Nicken hin fuhr sie fort: »Na also. Statt einen vernünftigen Beruf zu lernen, liegt Miriam ihm auf der Tasche, filmt sich dabei, wie sie sich die Fußnägel lackiert, und will damit Karriere machen. Und nicht nur das: Sie treibt sich mit Spacken herum, die ähnlich drauf sind wie sie. Arbeiten? Das ist was für Loser. Wir sind Künstler!« Sie schnaubte. »Das wäre mir an Kevins Stelle auch gegen den Strich gegangen.«

»Also hat er sie vielleicht ständig damit genervt. Angie – was ist ihre Rolle? Ich glaube, sie geht nicht arbeiten. Es gibt einige Fotos von ihr auf Miriams Account, auf einem scheint sie zu kiffen. Und sie macht immer irgendetwas Künstlerisches, wenn ich mich recht erinnere. Malen, töpfern, so etwas in der Art. Zwei Frauen, die zu Hause herumhängen, und Kevin geht ackern. Für Angie, okay. Aber auch für Miriam? Warum sollte er?«

Diana lehnte sich auf dem Stuhl zurück. »Und jetzt stell dir vor, dieser TicTac frisst sich auch noch bei dir durch. Ich schwöre dir, ich würde ausrasten. Alle faulenzen sich durch den Tag, und du bist der Trottel, der die Kohle ranschafft.«

»Vielleicht hat er Miriam ja ein Ultimatum gestellt? Gegen Angies Willen? Bei ihrer Hippie-Vergangenheit dürfte sie eher den Standpunkt vertreten haben, dass ihre Tochter sich frei entfalten soll.«

»Auf jeden Fall weiß ich, was ich morgen zu tun habe, während du die Witwe besuchst.« Diana verzog das Gesicht. »Ich werde mich durch sämtliche Ergüsse von TicTac arbeiten und ganz genau zuhören, was er da erzählt. Wir können zuversichtlich darauf hoffen, dass seine beschränkte Kreativität lediglich dafür reicht, real Erlebtes in Songs zu verwandeln.«

»Ob das schon alles ist? Als Motiv, meine ich. Immerhin haben sie ihren Versorger abgemurkst.«

»Wir werden es herausfinden«, erwiderte Diana.

Als ich am nächsten Morgen erwachte, spürte ich zum ersten Mal so etwas wie Zuversicht. Nachdem ich mich zunächst ohnmächtig und zur Untätigkeit verdammt gefühlt hatte, gab es nun einen ersten Plan: Ich würde Angie besuchen. Dass sie mich gleich wieder wegschicken könnte, zog ich nicht in Betracht. Wenn ich sie richtig einschätzte, würde sie von Angesicht zu Angesicht testen wollen, ob ich ihre Geschichte glaubte – oder ob ich eine potenzielle Gefahr für sie darstellte.

Aus dem Nebenraum hörte ich Diana leise telefonieren, und als ich rüberging, sah ich, dass sie bereits fix und fertig angezogen am Tisch saß.

»Schatz, wir sehen uns gleich«, sagte sie in den Hörer und grinste mich an, während sie das Handy in ihrer Tasche verstaute.

»Wieso bist du denn schon wach?«, fragte ich.

»Dafür hat dein dicker Kater gesorgt. Der Weg zu mir war kürzer als der ins Schlafzimmer, also ist er auf mir herumgetrampelt, um an sein Fressi zu kommen.«

Und ich hatte mich schon gewundert, warum er sich noch nicht auf mich gestürzt hatte – er war bereits satt, lag oben in seinem Krähennest und putzte sich.

»Ich mach dir einen Kaffee«, sagte Diana.

Kein schlechter Service, dachte ich, während ich unter der Dusche stand, man hält mir den krawalligen Baghira vom Hals und serviert mir den Espresso …

Mit feuchten Haaren setzte ich mich eine Viertelstunde später zu Diana an den Tisch, den sie in der Zwischenzeit fürs Frühstück gedeckt hatte. Der Duft von frischem Kaffee und geröstetem Brot ließ meinen Magen knurren.

»Du hast Appetit, wie ich sehe. Das gefällt mir«, sagte Diana, als ich nach der zweiten Scheibe Brot griff.

Ich nickte. »Heute geht es mir auch viel besser als gestern. Am Sonntag war ich wie betäubt. Erst recht, nachdem ich erfahren hatte, was Angie und Miriam ausgesagt haben.«

»Elendes Natterngezücht!«, zischte Diana und fuchtelte mit ihrem Messer herum, als wolle sie fechten. »Sie wissen es noch nicht, aber sie haben sich mit den Falschen angelegt!«

Nach dem Frühstück fuhren wir ins Callcenter; Erwin und Okko erwarteten uns in Erwins Büro.

»Guten Morgen, die Herren«, trompetete ich in den Raum, »sind wir im Kampfmodus?«

»Sind wir«, erwiderte Okko grinsend und deutete auf die zahlreichen Papiere, die er vor sich und um sich herum ausgebreitet hatte. »Obwohl Dennis und ich heute in eine Schlacht ziehen, die wir leider nicht gewinnen können. *Noch* nicht.«

»Darf Dennis selbst aussagen?«, fragte ich.

Okko nickte. »Dürfen schon … aber ob es klug ist, werde ich noch mit ihm besprechen. Ich habe leider schon Mandanten erlebt, die sich mit zwei unbedachten Sätzen um Kopf und Kragen geredet haben. Was einem Ermittlungsrichter natürlich nur recht sein kann.«

»Schlauer ist eindeutig, wenn Okko für Dennis spricht«, sagte Erwin. »Okko trägt dann in seinem Namen etwas vor, das er zusammen mit Dennis erarbeitet hat. So können sie verhindern, dass es zweideutige Formulierungen gibt. Oder Interpretationsspielraum bleibt. Außerdem besteht die Gefahr, dass Dennis sich zu unbedachten Äußerungen hinreißen lässt, wenn die Aussagen der Frauen zur Sprache kommen. Aber Okko hat recht: Diese Schlacht wird er wohl nicht gewinnen. Wir müssen damit rechnen, dass Untersuchungshaft angeordnet wird.«

»Aber dann kann Loretta ihn endlich sehen, oder?«, fragte Diana aufgeregt.

»Ja, das ist problemlos möglich.« Okko lächelte mir zu. »Und? Hast du dir schon etwas überlegt, wie du ihm helfen könntest?«

»Alles steht und fällt momentan damit, ob Angie mir erlaubt, sie zu besuchen«, sagte ich. »Ich werde ihr vorheucheln, dass ich *ihr* glaube und nicht Dennis. Wenn es nicht klappt, habe ich Pech gehabt und muss mir etwas Neues ausdenken.«

Erwin zog eine Schreibtischschublade auf und kramte darin herum. Schließlich holte er ein kleines Gerät heraus. »Wir werden dich verkabeln. Dann musst du dir nicht merken, was gesprochen wird, und kannst dich auf andere Dinge konzentrieren.«

Okko wirkte dezent alarmiert. »Ihr wisst aber schon, dass so eine Aufnahme nicht als Beweis zugelassen ist, oder? Selbst wenn sie alles gestehen würde?«

»Natürlich weiß ich das«, erwiderte ich. »Momentan geht es nur um einen ersten Eindruck. Vielleicht entdecken wir eine Schwachstelle. Ach, ehe ich es vergesse: Frag Dennis unbedingt nach seinem Kumpel Zorro, mit dem er damals zusammen auf Ibiza war. Ich würde den Mann nämlich gerne fragen, ob er auch was mit Angie hatte, und«, grinsend hob ich den Finger,

»ob der Typ auch so einen Brief von Miriam gekriegt hat. Vielleicht nutzt es was.«

»Gute Idee«, sagte Okko. »Sonst noch etwas?«

»Ja. Was hat Dennis zu dem Wagen der Frau mit der Reifenpanne gesagt? Hatte der Wagen irgendetwas Auffälliges? Rallyestreifen? Aufkleber?«

Okko schüttelte den Kopf. »Nein, leider nicht. Es war wohl ein roter Kleinwagen; er kann sich nicht einmal ans Fabrikat erinnern. Nur, dass er schon älter war.«

Ich verzog das Gesicht. »Wäre ja auch zu schön gewesen. Konnte das Auto nicht lila-metallic lackiert und mit Flammen beklebt sein?«

»Dann würden wir vielleicht das Auto zweifelsfrei identifizieren können«, warf Erwin ein, »aber wir hätten noch immer keine Handhabe, um beispielsweise den Beifahrersitz auf Dennis' DNA-Spuren hin zu untersuchen.«

»Genau so ist es.« Okko nickte. »*Sollte* sich das Blatt wenden und man Dennis' Geschichte Glauben schenken und *sollte* die Fahrerin einwandfrei identifiziert werden können … erst dann könnte ich *beantragen,* dass dieses Auto untersucht wird. Am besten wäre ein glaubwürdiger Zeuge – *nicht* Dennis –, der die Szene mit dem Reifenwechsel zufällig gesehen hat.«

Mit hochgezogenen Brauen warf Diana mir einen Blick zu, der mich an meine bescheuerte Idee von gestern Abend erinnerte, Bärbel dafür einzusetzen.

Was hatte mich da bloß geritten? Das wäre unverantwortlich gewesen, was Diana mir ja auch kurz und schmerzhaft klargemacht hatte.

»Wir haben uns übrigens gestern einen der Songs von Miriams Freund angehört«, sagte Diana, »und vielleicht sind wir dort auf einen ersten Hinweis für ein Motiv gestoßen.«

»Ach, tatsächlich?« Erwin horchte sichtlich auf. »Was denn genau?«

»Die kleine Blitzbirne beschwert sich im Text über Kevin, dem es wohl nicht passte, dass Miriam in den Tag hineinlebt«, erwiderte Diana. »Er droht Kevin sogar recht unverblümt. Meine selbst auferlegte Folter ist jetzt, mich durch sämtliche Machwerke des Typen zu arbeiten und nach weiteren Hinweisen zu suchen.«

Okko stand lachend auf und zog Diana an sich. »Meine tapfere, kleine Frau.« Er küsste sie, ließ sie wieder los und begann, seine Papiere zu sortieren. Er schichtete sie zu kleinen Stapeln und verstaute sie in diverse Mappen, die er in seine Aktentasche steckte. »So, Freunde, ich muss jetzt los. Auf in den Kampf.«

Mit diesen Worten verließ er das Büro.

Erst, als die Tür hinter ihm ins Schloss fiel, ging mir auf, dass ich ihm keine liebevolle oder auch nur aufmunternde Botschaft für Dennis aufgetragen hatte.

»Ich hab vergessen, ihm ein paar Worte für Dennis mitzugeben«, sagte ich unglücklich.

»Wenn Dennis nicht weiß, dass du ihn liebst und ihm vertraust, ist er ein Idiot«, erwiderte Diana trocken. »Außerdem wird Okko ihm von unseren Aktivitäten berichten. Und wenn ihn das nicht aufmuntert, dann weiß ich auch nicht.«

»Wann willst du zu dieser Angie fahren?«, fragte Erwin, der an seinem Schreibtisch nach wie vor mit dem Aufnahmegerät beschäftigt war.

»Das finde ich als Nächstes heraus«, sagte ich.

Um in Ruhe telefonieren zu können, ging ich in mein Büro. Ich holte den zerknitterten Zettel mit Angies Festnetznummer aus der Hosentasche und legte ihn vor mich auf den Schreibtisch. Immer wieder strich ich ihn glatt, wie Dennis es vor einigen Tagen mit Miriams Brief getan hatte.

Auch bei mir eine reine Übersprunghandlung, wie mir aufging, denn ich war nervös. Vor allem hatte ich Angst, dass sie mich gar nicht würde treffen wollen. Angst? Ich hatte die Hosen gestrichen voll! Wenn sie mich abwies, war ich zumindest fürs Erste mit meinem Latein am Ende.

Andererseits, wenn ich dort nicht anrief, würde ich es auch nicht herausfinden. Also straffte ich die Schultern, griff nach dem Telefon und tippte die Nummer ein.

Es klingelte einige Male, dann wurde abgehoben. Eine Männerstimme blaffte: »Hier bei Riewer.«

»Oh … TocToc, bist du das?«, antwortete ich nach einer Schrecksekunde.

»Nein. Wer ist da?«

Uff, das war ein durchaus holpriger Beginn. Ich durfte mich keinesfalls aus dem Konzept bringen lassen, also sagte ich freundlich: »Hier ist Loretta. Loretta Luchs. Ich hätte gerne mit Angie gesprochen. Ist sie da?«

»Moment. Ich frage sie.«

Die Sprechmuschel wurde abgedeckt, ich hörte unverständliches Gemurmel, dann wurde der Hörer weitergereicht.

»Hier ist Angie. Hallo, Loretta.«

Ich atmete tief durch. Jetzt durfte nichts schiefgehen. »Hallo. Du wunderst dich bestimmt, dass ich anrufe.«

»Ja. Das stimmt.«

Sie sprach schleppend, so wie immer. Ich hatte das Gefühl, in einem ganz anderen Zeituniversum unterwegs zu sein als sie. Um mich ihr anzupassen, redete ich betont langsam weiter.

»Ich möchte dir sagen, wie unendlich leid mir tut, was … äh … was passiert ist, Angie. Mein herzlichstes Beileid. Du musst dich schrecklich fühlen.«

»Ja, mir geht es schlecht, was hast du denn gedacht?», erwiderte sie. »Aber was interessiert es dich?«

Achtung, Loretta, sensible Stelle im Gespräch – versau es jetzt bloß nicht!

Ich räusperte mich umständlich und hoffte, dass es verlegen

klang. »Angie, ich weiß so ungefähr, was du ausgesagt hast. Du und Miriam. Über Dennis und wie lange ihr schon Kontakt habt. Ich bin gerade sehr verwirrt. Und verletzt, wie du dir vorstellen kannst. Aber da ich das jetzt weiß, erklärt sich so manches aus den vergangenen Wochen …«

Ich brach ab und wartete.

Würde sie den Köder schlucken?

Nach einer längeren Pause, in die ich einige Seufzer streute, sagte sie: »Ich verstehe. Du bist auf der Suche nach der Wahrheit.«

Innerlich machte ich die Beckerfaust.

»Genau … die Wahrheit. Ich würde sie gerne von dir selbst hören. Bisher weiß ich ja lediglich, was der Anwalt angedeutet hat. Wie gesagt, dadurch scheint sich für mich vieles zu erklären, und das ist für mich sehr traurig. Um damit abzuschließen, brauche ich Details. Das verstehst du doch bestimmt.« Wieder machte ich eine Pause, dann fragte ich leise: »Angie, darf ich dich besuchen? Bitte.«

»Damit hätte ich jetzt nicht gerechnet.« Sie zögerte kurz. »Warum eigentlich nicht? Wir sind zu Hause, komm einfach vorbei.« Sie nannte mir ihre Adresse.

Ich blickte auf die Uhr, es war neun. »In einer Stunde bin ich da. Ich … du tust mir damit einen sehr großen Gefallen. Weißt du, ich will dich nicht in deiner Trauer stören. Wirklich nicht, aber …«

»Das tust du nicht«, sagte sie. »Wenn es so wäre, würde ich es sagen. Ich halte nichts von Lügen.«

Ich halte nichts von Lügen – das musste man sich mal auf der Zunge zergehen lassen. Wenn es jemals den perfekten Zeitpunkt für höhnisches Gelächter gegeben hatte, dann jetzt. Nur mühsam riss ich mich am Riemen.

»Danke, Angie«, murmelte ich und versuchte, so dankbar und devot wie möglich zu klingen.

»Nichts zu danken. Bis gleich, Loretta«, erwiderte sie und legte auf.

So unglaublich lahmarschig diese Transuse auch redete – der triumphierende Unterton in ihrer Stimme war unüberhörbar gewesen. Konnte mir nur recht sein. Je sicherer und überlegener sie sich mir gegenüber fühlte, desto besser für mich und meinen Plan.

Ich ging zurück in Erwins Büro und reckte schon in der Tür beide Daumen.

»Wow«, sagte Diana. »Ich bin beeindruckt. Nicht nur, weil du sie offenbar von der Harmlosigkeit deines Besuchs überzeugen konntest, sondern auch, weil du dich so weit zusammengerissen hast, sie nicht unflätig zu beschimpfen.«

»Aufgeschoben ist nicht aufgehoben«, erwiderte ich.

Kapitel 16

Loretta in der Höhle der Löwin:
das Duell der Profi-Lügnerinnen

Mein Herz hämmerte beinahe schmerzhaft, als ich auf den Klingelknopf neben der Aufschrift *Riewer/Sosniak* drückte. Der Position auf dem Klingelbrett nach wohnten sie im zweiten Stock rechts. Im Haus gab es acht Mietparteien.

Nach ein paar Sekunden krachte es im kleinen Lautsprecher oberhalb der Klingelknöpfe, und eine männliche Stimme fragte barsch: »Wer ist da?«

Ob das der Mann vom Telefon war? »Hier ist Loretta«, antwortete ich, und der Türsummer ertönte.

Showtime.

Ich atmete tief durch und drückte die Tür auf. Exakt so schmucklos wie das Äußere des Hauses – ein Sozialbau, der wohl schon seine 50 oder 60 Jahre auf dem Buckel hatte – war auch das Treppenhaus, das seine erste Renovierung vermutlich noch vor sich hatte. Ein undefinierbares Gemisch aus Essensgerüchen konkurrierte mit unterschiedlichen Geräuschen, die durch die vermackten Wohnungstüren hinaus auf den Hausflur drangen: streitende Stimmen, Musik, Geschrei von Kleinkindern. Kein Wunder, dass ihnen Dennis' Haus wie ein Paradies erschienen war.

An Angies Wohnungstür hing ein indianischer Traumfänger. Sie war geschlossen. Ratlos stand ich davor. Was sollte ich tun? Noch einmal klingeln? Klopfen? Aus der Wohnung erklangen Schritte, dann wurde die Tür aufgerissen, und ein baumlanger Typ baute sich mit verschränkten Armen vor mir auf.

Das kam für mich so unerwartet, dass ich unwillkürlich einen Schritt zurücktrat. Er wirkte bedrohlich auf mich, was vielleicht nur an seinem Äußeren lag: Er war unrasiert, trug schlampige Klamotten und wirkte einfach sehr *präsent.*

»Loretta, richtich? Komm rein.« Er drehte sich um und ging zurück in die Wohnung.

Ich folgte ihm.

Es roch stark nach Zigarettenrauch und nach Räucherstäbchen, die vermutlich den Duft nach Marihuana überdecken sollten, der in der Luft hing. Ich freute mich schon jetzt darauf, die Wohnung später zu verlassen und einigermaßen frische Luft atmen zu können, selbst wenn sie mit Abgasen versetzt war. Immer noch besser als dieser Mief.

An der Garderobe im winzigen Wohnungsflur entdeckte ich eine Arbeitsjacke, darunter stand ein Paar klobiger Sicherheitsschuhe; beides dürfte Kevin gehört haben. Er war also tatsächlich arbeiten gegangen, wie es schien.

Hinter einer geschlossenen Zimmertür dumpften irgendwelche Beats vor sich hin, und ich hörte lautes Gelächter. Miriam und TocTocSeven? Die Trauer um Kevin fand offenbar außerhalb dieses Zimmers statt.

Ich betrat das Wohnzimmer: Ganz in wallendes Weiß gekleidet, thronte Angie in einem Sessel und inszenierte sich als trauernde Witwe. Ihr langes Haar wirkte ungekämmt, alle paar Sekunden stieß sie ein zittriges Seufzen aus, und vor ihr auf dem Tisch stand eine Box mit Papiertaschentüchern, von denen sie eins in der Hand zerknüllte.

»Loretta«, sagte sie leise, »setz dich doch zu mir.« Sie deutete auf das Sofa, und ich nahm dort Platz. »Du wunderst dich bestimmt, dass ich trotz Kevins Tod keine schwarzen Klamotten trage«, fuhr sie fort, »aber bei uns Buddhisten ist Weiß die Farbe der Trauer.«

Beinahe hätte ich laut gelacht.

Dieses menschenverachtende Miststück wagte es, sich als *Buddhistin* zu bezeichnen? Allein dafür würde sie in der Hölle schmoren, die es im Buddhismus natürlich nicht gab, aber das stand auf einem anderen Blatt.

Der Hüne, der mir die Tür geöffnet hatte, kam herein und knallte eine Kanne Tee auf den Tisch. Auf einen Blick von Angie hin nahm er sie wieder hoch, schenkte die ebenfalls mitgebrachten drei Becher voll und setzte sich dann auf die Armlehne von Angies Sessel.

Ich traute meinen Augen kaum: Sie legte ihm knapp unterhalb des Schritts die Hand auf den Oberschenkel und drückte zu. Mehrfach.

»Vielen Dank, mein Lieber«, hauchte sie und lehnte sich leicht an ihn, dann sah sie mich an. »Ohne Ingo und Biggi wüsste ich nicht, wie ich klarkommen soll. Die beiden sind enge Freunde, sie wohnen gleich nebenan.«

Offenbar war Ingo der Typ auf der Sessellehne. Daran, dass er ein *enger* Freund war – selbst in Gedanken setzte ich das Wort kursiv –, konnte kein Zweifel bestehen, denn Angies Berührung war aus meiner Sicht ziemlich intim. Mir wäre es jedenfalls im Traum nicht eingefallen, Erwin oder Frank auf diese Weise anzutatschen.

Was Biggi wohl dazu sagte?

Ingo zündete sich eine Kippe an und sorgte dafür, dass die Luft im Raum, die ohnehin bereits zum Schneiden war, noch etwas dicker wurde. Er musterte mich und sagte dann: »So, du bis also die Perle von diesen Dennis. Angie sacht, du has von nix geahnt.«

Verdammt, so hatte ich mir diesen Besuch nicht vorstellt. Ich hatte von Frau zu Frau mit Angie reden wollen und war nicht darauf gefasst gewesen, einem mir unbekannten rauchenden Ömmes, der sich – aus meiner Sicht – ungefragt aufdrängte, Rede und Antwort stehen zu müssen.

Leider schien seine Anwesenheit Angie nicht zu stören.

»Angie hat recht«, erwiderte ich und sah die trauernde Witwe an. »Ohne deine und Miriams Aussage würde ich immer noch alles glauben, was er mir vorgespielt hat. Für mich ist eine Welt zusammengebrochen. Auf der anderen Seite bin ich froh, dass er mich jetzt nicht mehr verarschen kann.«

»Du glaubst uns also?«, fragte Angie träge und schenkte mir ein trauriges Lächeln, das ich ihr am liebsten aus der Visage geprügelt hätte.

Innerlich zählte ich bis zehn, dann antwortete ich mit wohldosiertem Erstaunen in der Stimme: »Aber natürlich! Warum solltet ihr euch so etwas ausdenken?«

Sie senkte den Kopf, und ihr Haar verhüllte ihr Gesicht wie ein Vorhang. Wie praktisch, vermutlich musste sie sich gerade ein triumphierendes Grinsen verkneifen. Ich an ihrer Stelle hätte auch innerlich gefeiert, dass die doofe Loretta ihr diese Story abkaufte.

Aber wäre ich an ihrer Stelle, dann wäre ich Loretta – und *die* hätte sich gefragt, wieso diese Frau nicht zu ihrem Partner stand und ihm kein Stück vertraute. Das allerdings schien Angie nicht zu wundern.

Schweigend saßen wir da. Mit kleinen Schlucken trank ich meinen Tee und wartete ab. Was würde sie auf meine letzte Bemerkung antworten? Ich spürte, dass Ingo mich nicht aus den Augen ließ, während er langsam seine Zigarette rauchte. Er machte sich nicht die Mühe, den Aschenbecher zu benutzen, sondern ließ die Asche achtlos auf seine graue Jogginghose fallen und wischte sie dann mit einer automatisch wirkenden Handbewegung auf den Boden. Für mich war es ein weiteres Indiz dafür, dass er sich in dieser Wohnung heimisch fühlte. Immerhin warf er den glühenden Stummel nicht einfach auf den abgenutzten Teppich und trat ihn dort aus, sondern ließ ihn in den Aschenbecher fallen, wo er stinkend und qualmend verglühte.

Schließlich hob Angie den Kopf und sah mich an. »Ich hatte

so oft überlegt, dich anzurufen und dir reinen Wein einzuschenken«, sagte sie. »Er hat immer über dich geredet, als wärst du vollkommen *unwichtig*, das fand ich wirklich schlimm.«

»Und dat gehört sich einfach nich«, blaffte Ingo und zündete sich die nächste Kippe an. Es klingelte, und er stand auf, nachdem er Angie über den Nacken gestreichelt hatte. »Dat is die Biggi. Hoffentlich hat die nach Feieraahmd nich vergessen, einzukaufen.«

Während er hinausging, fragte ich mich, warum er sich hier den Hintern plattsaß, statt die Einkäufe selbst zu erledigen.

»Ich hatte ein wahnsinnig schlechtes Gewissen dir gegenüber, weißt du?«, murmelte Angie. »Schon, bevor ich dich kennengelernt hatte, und danach erst recht. Stimmt doch, Miriam?«, fragte sie ihre Tochter, die gerade hereinkam.

»Hm? Was?«, fragte Miri desinteressiert, die ansonsten mit keinem Muskelzucken auf meine Anwesenheit reagierte.

»Ich habe Loretta gerade gesagt, dass ich ihr gegenüber ein schlechtes Gewissen hatte. Weil Dennis sie so gemein belogen hat.« Angie sah Miriam drängend an.

Wir hatten das doch besprochen, sagte der Blick, *also bitte, spiel gefälligst deine Rolle.*

Aber Miriam nickte nur geistesabwesend. »Jaja. Hattest du. Die ganze Zeit. Wer hat denn gerade geklingelt? Ist das endlich Biggi? Hoffentlich hat sie an die Einkäufe gedacht. TocToc braucht Kippen.«

Ohne Biggi bisher getroffen zu haben, formte sich bereits ein Bild von ihr. Wenn sie jetzt schon Feierabend hatte, begann ihr Job früh am Morgen, selbst wenn sie lediglich halbtags arbeitete. Ihr zweiter Job, für den sie vermutlich *nicht* bezahlt wurde, war offenbar der einer Haussklavin bei Angie und Miriam Riewer.

Biggis Einkaufsservice – immerhin gab es hier drei Leute, die das ebenso gut hätten erledigen können – wurde mit einer derartigen Selbstverständlichkeit hingenommen, dass ich nicht den Eindruck hatte, es könnte sich um eine Ausnahme wegen Kevins Tod handeln.

Mein Eindruck verfestigte sich, als Biggi, eine kleine und unscheinbare Person, hinter ihrem Ingo ins Wohnzimmer gekeucht kam. Sie schleppte sich mit drei prall gefüllten Einkaufstaschen ab, und offenbar war ihr Kerl nicht im Traum auf die Idee gekommen, ihr etwas abzunehmen. Arschloch.

Sie nickte mir zu und brachte die Taschen direkt in die Küche. Miriam folgte ihr und fragte: »Wo sind TocTocs Kippen? Und mein Energydrink?«

Kurz danach kam sie wieder heraus und trug die Dinge, auf die sie gewartet hatte, wortlos an uns vorbei. Falls sie sich bei Biggi bedankt hatte, war es mir entgangen. Als sie ihr Zimmer betrat, wurde die Musik lauter, dann knallte die Tür zu, und es blieb nur das dumpfe Wummern der Beats.

Aus der Küche hörte ich Geräusche, die darauf schließen ließen, dass Biggi die Einkäufe wegräumte. Ingo hatte sich wieder zu uns gesetzt, diesmal allerdings nicht auf Angies Sessellehne: Es gab noch einen zweiten Sessel, und auf den hatte er sich gepflanzt.

Biggi rief aus der Küche: »Braucht ihr irgendwas?«

»Wat gibt's zu essen?«, rief Ingo zurück.

»Ich dachte, ich koche uns einen schönen Eintopf«, antwortete Biggi. »Momentan sind Wiener Würstchen im Angebot, da habe ich direkt zugeschlagen.«

Prompt verzog Ingo das Gesicht. »Zu mehr reicht es einfach nicht«, sagte er verächtlich.

Mit mildem Tadel schüttelte Angie den Kopf. »Sei nicht unfair. Sie gibt ihr Bestes.«

Ihre Blicke verhakten sich ineinander. Ich wollte einen Besen fressen, wenn zwischen denen nichts lief.

Plötzlich schien Angie einzufallen, dass es mich auch noch

gab. Sie sah mich an und sagte: »Ach, Loretta, dein Mann hat mir meinen genommen, aber ich fühle mich dir trotzdem verbunden. Du hast es nicht verdient, von ihm so belogen zu werden. Keine Frau verdient das.«

Ganz meine Meinung, und Biggi übrigens auch nicht, dachte ich gallig. »Die Wahrheit zu kennen, tut weh«, erwiderte ich. »Er behauptet übrigens weiterhin, dass ihr lügt.«

»Natürlich tut er das.« Angie lächelte milde. »Er versucht, sich zu retten. Glaub mir, Loretta: Er hat uns bedrängt. Er hat behauptet, dass er mich niemals vergessen hat und dass er überglücklich ist, nun eine richtige Familie zu haben. Den Brief sollte Miriam schreiben, um den Kontakt zu uns zu erklären. Und dann wollte er dir sagen, dass er sich neu in mich verliebt hat und die Trennung will. Ihr lebt ja nicht zusammen, richtig?«

Ich nickte. »Wir waren der Meinung, dass jeder einen Rückzugsort behalten sollte.«

»Er hat dich also nie gefragt, ob du zu ihm ziehen möchtest. Er ist ein Typ, der sich alle Optionen offenhält. Was glaubst du wohl, wie froh er jetzt darüber war? So hätte er keinen Stress damit, dich aus seinem Haus zu kriegen, hat er gesagt. Und dass ihm immer klar war, dass er etwas Besseres kriegen kann als dich.« Treuherzig sah sie mich an. »*Seine* Worte, Loretta – nicht meine.«

Obwohl ich ganz genau wusste, dass sie log, fühlte sich jedes ihrer Worte wie ein Schlag ins Gesicht an. Angie klang absolut überzeugend, und ich musste beinahe kämpfen, mich nicht verunsichern zu lassen. Aber das zeigte mir auch, wie intensiv sie an dieser Geschichte gefeilt haben musste.

»Du musst mich nicht schonen«, erwiderte ich. »Umso leichter fällt es mir, mich mit der Situation abzufinden, wie du dir denken kannst. Wenn er Kevin umgebracht hat, soll er dafür bezahlen.«

»*Wenn?*«, fragte Angie spitz.

»Das sagt man halt so«, versicherte ich hastig. »Wer soll es denn sonst gewesen sein?«

Angie lehnte sich zurück. »Ich wüsste niemanden. Du vielleicht, Ingo?«

Der Mann drückte seine x-te Kippe im überquellenden Aschenbecher aus und schüttelte den Kopf. »Nee, ich weiß auch keinen. Der Kevin, der war 'n feinen Kerl, kannze mich für ankucken.« Er streckte seine Hand in Angies Richtung aus, sie ergriff sie. »Dat war 'n richtich schweren Schlach für die Äintschie.«

»Welch ein Glück, dass sie dich hat«, sagte ich. »Und deine Biggi, natürlich.«

Kaum hatte ich ihren Namen genannt, kam sie auch schon ins Zimmer. Die Hände von Angie und Ingo flogen auseinander, so schnell konnte ich gar nicht gucken. Ob Biggi es gesehen hatte?

»Ich hab was im Auto vergessen, ich Dummerchen«, sagte Biggi und strahlte in die Runde.

Nein, sie hatte offenbar nichts mitgekriegt. Oder sie hatte es nicht sehen *wollen.*

»Ich geh mit runter«, sagte ich und stand auf. »Ich muss sowieso los.«

Angie wirkte leicht irritiert. Ihr schien es nicht zu passen, dass ich mit Biggi reden könnte, ohne dass sie es mitbekam. Aber genau das hatte ich vor.

Ich schlüpfte in die Jacke und nickte in die Runde. »Danke für deine Gastfreundschaft, Angie. Grüß bitte Miriam von mir, ja? Ingo – es war nett, dich kennenzulernen.«

»Du bist jederzeit willkommen«, erwiderte Angie. »Lass uns telefonieren.«

»Machen wir.«

Und dann ging ich auch schon mit Biggi zusammen die

Treppe runter. Nachdem ich die Wohnungstür hinter uns geschlossen hatte, war sie nicht wieder geöffnet worden, das hätte ich gehört.

»Du bist die Freundin von … äh, von dem Mörder, oder?«, fragte sie mich.

»Ja. Und du bist eine Freundin von Angie, richtig? Und eine große Stütze für sie, wie es scheint.«

Biggi lächelte verlegen, aber ich sah auch so etwas wie Stolz. Sie flüsterte: »Ehrlich, das ist eine Ehre für mich. Die Angie ist doch *Künstlerin.* Und die Miri, die ist fast schon so etwas wie ein *Promi.* Die kann man sich sogar im Computer angucken. Und ihr Freund ist *Musiker.* Ich bin ja nur 'ne einfache Hausfrau, die halbtags im Supermarkt an der Kasse sitzt. Ich verstehe von diesen Dingen nix. Künstler leben halt in ihrer eigenen Welt, und ich bin froh, dass ich helfen darf. Sonst würde ich doch nie mitkriegen, wie Künstler leben. Von denen liest man doch sonst nur in Zeitungen. Und ich darf mittendrin sein!«

Künstlerin, Promi, Musiker – Biggi schien ein eher schlichtes Gemüt zu sein, wenn sie sich davon beeindrucken ließ. Sie würde niemals raffen, dass sie einer Bande von Dilettanten, die sie dreist ausnutzten, freiwillig den Hintern abwischte und dafür auch noch dankbar war.

Wie weit würde sie gehen, um ihrem angebeteten Idol gefällig zu sein?

Würde sie eine Reifenpanne vorspielen und einen ihr fremden Mann betäuben? Ja, das würde sie, dessen war ich sicher. Aber war ihr – bis heute – etwa nicht klar, dass sie Komplizin in einem Mordkomplott war? Hm … vielleicht hatten Angie und Miriam ihr ja aufgetischt, dass sie Dennis nur eine Lektion erteilen wollten, damit er sie in Ruhe ließ? Dass Kevin im Wald wartete, um Dennis klarzumachen, wer bei Angie der Herr im Haus war?

»Stell dein Licht nicht unter den Scheffel, Biggi«, sagte ich. »Angie kann heilfroh sein, dass sie dich in ihrer Nähe hat. Dich und Ingo.«

»Ingo ist so hilfsbereit«, erwiderte sie. »Jetzt, wo bei Angie der Mann im Haus fehlt, braucht sie doch Hilfe.«

Wobei?, fragte ich mich. Beim Rumsitzen und Rauchen?

»Und was ist mit Miriams Freund? Der ist doch auch ein Mann. Warum hilft er nicht und geht einkaufen?«

Wir hatten gerade das Haus verlassen, und sie blieb wie angewurzelt stehen.

»Aber der ist doch Musiker! Künstler!« Ihre aufgerissenen Augen demonstrierten eindrucksvoll, wie sehr sie meine Frage verblüffte. »Solche Leute kann man doch nicht zum Einkaufen schicken, die sind *kreativ!*«

Plötzlich war ich verunsichert. Wurde ich von dieser Frau etwa genauso verarscht wie von Angie und Miriam? Oder war Biggi wirklich so naiv – und entsprechend leicht zu manipulieren? Falls ja, musste zwischen ihren Ohren gähnende Leere herrschen.

Nun, das sollte vorkommen.

Sie blieb vor ihrem Auto stehen und öffnete den Kofferraum, in dem ein Kasten Mineralwasser stand. Dafür hätte ich an ihrer Stelle definitiv Ingo nach unten geschickt, aber augenscheinlich waren die Rollen klar verteilt.

Außerdem: im Auto vergessen? Wie hätte sie bitte diesen Kasten plus drei Einkaufstaschen tragen wollen? Aber auch das hätte sie wohl irgendwie hingekriegt.

Ich verabschiedete mich von ihr. Bevor ich losfuhr, knipste ich heimlich einige Fotos von ihr und ihrem Auto.

Einem roten Kleinwagen. Ohne besondere Merkmale.

Kapitel 17

Loretta erläutert ein interessantes Hörspiel, und eine geheimnisvolle Dame gilt als enttarnt

»Hat alles geklappt?«, fragte Erwin sofort, als ich das Büro betrat.

Diana hockte auf dem Sofa vor einem Laptop, aus dem Rap ertönte; jetzt klappte sie es zu, und die Musik verstummte. Wie Erwin sah sie mich gespannt an.

»Lasst uns zuerst die Aufnahme anhören«, sagte ich und ging zu Erwin an den Schreibtisch.

Ich kramte das Aufnahmegerät aus der Tasche und übergab es ihm, dann holte ich mir Mineralwasser aus dem Kühlschrank und goss mir ein Glas ein. Damit pflanzte ich mich zu Diana aufs Sofa.

»Herrje, jetzt tu nicht so geheimnisvoll, Loretta!«, fauchte sie mich an. »War dein Besuch bei der Trulla erfolgreich oder nicht?«

Ich zuckte mit den Schultern. »Ja und nein. Tatsache ist, dass ich weiter dranbleiben muss, denn mit Miriam habe ich kein Wort reden können. Aber Tatsache ist ebenfalls, dass Angie eine gute Freundin namens Biggi hat, die den Boden küsst, auf dem Angie wandelt. Und stellt euch vor: Sie fährt einen roten Kleinwagen.«

»Ach was, tatsächlich?«, fragte Erwin, der mit einem Datenstick zu uns kam und ihn in den Laptop steckte. »Woher weißt du das?«

»Werdet ihr gleich hören«, erwiderte ich und lehnte mich zurück, während Diana die Sounddatei mit der Aufnahme startete. Sie begann in dem Moment, als ich das Haus betreten hatte. »Der Typ, der mir gleich die Tür öffnet, heißt Ingo und ist Biggis Freund. Oder vielleicht auch Gatte, keine Ahnung. Sie wohnen nebenan. Er kümmert sich liebevoll um Angie. *Sehr* liebevoll, wenn ihr versteht, was ich meine.« Ich zwinkerte. »*Knick, knack, Sie wissen schon.*«

Diana wollte etwas sagen, aber ich legte den Zeigefinger an die Lippen. Wir hörten zu, wie Angie mich begrüßte und dann vom Buddhismus schwafelte.

Diana stoppte die Datei und fauchte: »Die will Buddhistin sein? Ich hör wohl schlecht. Und überhaupt: *Wie* spricht diese Trantüte eigentlich? Ist die besoffen?«

Ich pantomimte kurz, an einem Joint zu ziehen, und Diana hob die Brauen. Dann sagte ich: »Weiter.«

Während Erwin ernst und konzentriert lauschte, bot Dianas Mienenspiel ein ganzes Kaleidoskop verschiedener Emotionen: von Amüsement über Zorn bis hin zu totaler Fassungslosigkeit. Ab und zu hob sie, wenn ich gesprochen hatte, anerkennend den Daumen in meine Richtung.

Die Aufnahme endete, als ich wieder in meinem Auto saß.

»Großer Gott, Loretta«, sagte Diana. »Ich bin sehr beeindruckt, wie gut du dich verstellen kannst. Du hast einen Oscar verdient.«

»Dann muss Angie auch einen kriegen. Zwei Schauspielerinnen, die sich gegenseitig belügen, dass sich die Balken biegen.« Ich zuckte mit den Schultern. »Ich muss sie in Sicherheit wiegen, das ist unsere einzige Chance. Wie ihr gehört habt, gibt es in ihrer Geschichte keine Unsicherheit, sie wirkt überzeugend. Und zwar bis hin zu diesem kleinen Detail, dass sie mir gegenüber ein schlechtes Gewissen und schon überlegt hatte, mir über Dennis reinen Wein einzuschenken. Um ganz ehrlich zu sein: Zwischendurch war ich kurz verunsichert. Es war ein hartes Stück Arbeit, ihr *nicht* zu glauben.«

»Das kann nicht dein Ernst sein!«, rief Diana entrüstet aus. »Nie im Leben hat Dennis jemals diese furchtbaren Dinge über dich gesagt! Erwin, was meinst du dazu?«

»Ich weiß genau, was Loretta meint«, erwiderte Erwin. »Angie ist geschickt, sie hat sich besonders verletzende Dinge ausgedacht. Beleidigungen, die Loretta persönlich treffen müssen, ganz egal, was für ein dickes Fell sie hat. Dass Dennis immer der Meinung gewesen sei, er fände noch etwas Besseres als sie. Oder dass er froh sei, dass sie nicht zusammenwohnen, weil er sie dann nicht aus seinem Haus kriegen muss.«

Ich nickte. »Genau. Sie will bei mir Zweifel an Dennis' Glaubwürdigkeit säen. Sie sagt nicht einfach, dass er unzuverlässig ist oder so. Sie gibt vor, ihn zu *zitieren*, und das war echt harter Tobak. *Loretta, es tut mir so leid, aber er hat schreckliche Dinge über dich gesagt …*«, imitierte ich ihre schleppende Redeweise. »Wie könnte ich ihr nicht glauben? Jeder weiß doch, dass Buddhisten nicht lügen.«

Diana brach in schallendes Gelächter aus. Als sie sich wieder beruhigt hatte, sagte sie höhnisch: »Ach so, natürlich, dann *muss* es ja die Wahrheit sein.«

»Vor Gericht dürfte das allerdings nicht als Beweis für ihre Glaubwürdigkeit reichen.« Erwin grinste breit. »Lass uns mal zu diesem seltsamen Pärchen kommen: Biggi und Ingo. Wir haben sie ja nur gehört, und ich bin einigermaßen erschüttert über das, was Biggi über die saubere *Künstler*-Bande gesagt hat. Sie bewundert sie sehr, scheint mir.«

»Künstler – ich lach mich tot«, murmelte Diana. »Stümper, Möchtegerns, Angeber, das trifft es wohl besser.«

»Bewundern ist ein viel zu schwaches Wort. Biggi ist geradezu devot und überschlägt sich fast, Aufträge für sie zu erledigen. Offenbar geht sie als Einzige aus der Gruppe arbeiten. Und während alle faulenzen, erledigt Biggi sogar noch Einkäufe für sie. Sie besorgt Zigaretten für Miriams stinkfaulen Freund, weil es Biggis Meinung nach ja weit unter der Würde eines Künstlers ist, das selbst zu erledigen. Ihr habt es selbst gehört, dass sie dieser Meinung ist. Dafür gibt es Fans und Leibsklaven, die auch noch dankbar dafür sind, ausgebeutet zu werden. Es war richtig gruselig, das könnt ihr mir glauben. Ich konnte nicht fassen, mit welcher Selbstverständlichkeit Biggis Dienste in Anspruch genommen wurden.«

»Könnte es sein, dass das vorhin eine momentane Ausnahmesituation war?«, fragte Erwin. »Weil Angie den Verlust ihres Partners betrauert und deshalb nicht aus dem Haus geht?«

Ich schüttelte den Kopf. »Mein Bauchgefühl sagt mir, dass es keine Ausnahme war. Ich glaube, dass Biggi von Angies Lebensstil beeindruckt ist, weil sie aus ihrem persönlichen Umfeld so etwas nicht kannte. Eine Hippiebraut, die auf Ibiza gelebt hat, und die – aus Biggis Sicht – nach wie vor unkonventionell lebt. Biggi ist superstolz darauf, Angies Freundin sein zu dürfen. Angie schnippt, Biggi springt. So einfach ist das.«

»Und welche Rolle spielt dieser Ingo-Ömmes in diesem Panoptikum?«, fragte Diana. »Der führt sich ja auf wie der Hausherr.«

»Genau«, erwiderte ich. »Ihr habt es an seiner Stimme erkannt, *ich* habe es gesehen. Dass Ingo sich nicht zum ersten Mal dort aufgehalten hat, war sonnenklar. Ihr Umgang miteinander war sehr … hm … intim. Berührungen, Blicke und kleine Gesten, die weit über das hinausgehen, was unter guten Freunden üblich ist. Herrje, bevor seine Biggi auftauchte, hockte er auf Angies Sessellehne, und sie lehnte sich an ihn. Als wären sie mit Sekundenkleber aneinandergepappt.«

Erwin hob die Brauen. »Danach nicht mehr?«

»Nein. Nach Biggis Eintreffen war plötzlich jede Menge Abstand zwischen den beiden. Wer weiß, wie lange Ingo schon Angies *guter Freund* ist? Wenn Kevin tagsüber auf der Arbeit war, hatte Angie sturmfreie Bude. Vielleicht musste Kevin ja deshalb verschwinden?«

»Pff«, machte Diana. »Dann kann man sich heutzutage ja wohl trennen.«

Ich zuckte mit den Schultern. »Manchmal erscheint eine Trennung anstrengender als ein Mord. Auf der Party hat Kevin glasklar vermittelt, dass er sich seine Familie nicht kampflos wegnehmen lassen wird. Nur: Er dachte, Dennis sei sein Konkurrent, in Wirklichkeit war es aber sein Nachbar Ingo! Mit dem er vielleicht immer zusammen Fußball guckt und dergleichen. Was wäre wohl passiert, wenn Angie und Ingo sich als Liebespaar geoutet hätten? Drama, Chaos, wochenlanges Theater.«

»Wobei die arme Biggi wohl das geringste Problem gewesen wäre. Sie macht nicht den Eindruck, als wüsste sie, wie man sich wehrt«, sagte Diana und schnaubte. »Wahrscheinlich wäre sie noch stolz darauf gewesen, dass ihr Kerl diese ätzende Hippietante pimpern darf.«

»Richtig, und deshalb war Biggi nicht die Hürde, die es zu überwinden galt«, erwiderte ich. »Im Gegenteil: Sie haben Biggi und ihren roten Kleinwagen sogar dazu benutzt, um Dennis aus dem Haus zu locken.«

Erwin nickte nachdenklich. »Das würde passen. Denkst du, Ingo war aktiver Teil des Komplotts? Hat er Kevin erstochen? Oder wusste er nichts davon? Und in was war Biggi eingeweiht?«

Ich stand auf und lief im Büro hin und her, wie ich es gerne tat, wenn ich Theorien entwickelte. »Fangen wir mit Biggi an. Sie ist meiner Meinung nach keine sichere Kandidatin, um ein solches Geheimnis zu bewahren, dazu scheint sie mir zu ehrlich.« Ich schüttelte den Kopf. »Nein, als ich mit Biggi sprach, schoss mir durch den Kopf, dass Angie ihr vielleicht erzählt hat, sie wollten Dennis eine Lektion erteilen, weil sie sich von ihm bedrängt fühlten. Und dass sie ihn bewusstlos machen und dann in den Wald schleppen wollten, wo Kevin auf ihn warten würde.«

»Um dann was genau zu tun?«, fragte Diana.

»Um Dennis die Leviten zu lesen«, sagte Erwin, »und ihn vielleicht ein bisschen durchzuschütteln. Um ihm anzudrohen, dass beim nächsten Mal etwas noch Schlimmeres passiert, falls er die Pfoten nicht von Angie und Miriam lässt. Das hat er ja auch auf der Party zu Dennis gesagt. Er handelt so, wie unsere etwas handfester gestrickten Mitbürger ihre Probleme untereinander zu regeln pflegen. *Hör auf damit, oder ich polier dir die Fresse, aber richtig.*«

Ich nickte kichernd. »Und ich wette, diesen Plan fand Biggi kein Stück seltsam. Natürlich hat sie Angie mit Freuden den Gefallen getan, Dennis aus dem Haus zu locken und ihm diesen Tee aufzudrängen. Dann ist wer auch immer gekommen, um Dennis in den Wald zu bringen. Dass Kevin dieses Treffen nicht überlebt – huch, damit hat natürlich niemand gerechnet. Die Frage ist, wer Dennis in den Wald gebracht hat. Irgendwie kann ich mir nicht vorstellen, dass Ingo aktiv daran beteiligt war. Oder vielleicht doch? Wollte er angeblich seinem Kumpel helfen, diesen lästigen, angeberischen Dennis in die Flucht zu schlagen? Und wieder kommt mir Biggi in den Sinn: Käme sie damit klar, dass ihr Ingo ein Mörder ist? Ich weiß es einfach nicht. Ich habe übrigens noch immer nicht diese Rapper von der Liste gestri…«

»Und das zu Recht«, fiel Diana mir ins Wort. »Mit absoluter Todesverachtung habe ich mich durch das musikalische Werk dieser Band gearbeitet und mir erlaubt, einige Zitate zu notieren.« Sie deutete auf den Block, der neben dem Laptop lag. »Wobei ich bisher lediglich Varianten dessen vorweisen kann, was wir bereits kennen. Allerdings ist für heute ein neuer, brandaktueller Song angekündigt.« Mit dem Finger fuhr sie an den Zeilen entlang, die auf dem Block standen. »Große Lyrik, Herrschaften. Zum Beispiel: *Meine sweete Bitch heißt Miriam, die piiiept mich ins Delirium,* um eine Zeile zu nennen, die mich ganz besonders beeindruckt hat. Endloses Lamento über

Miriams Vater, beziehungsweise Kevin, immer wieder. *Ihr Alter hat 'nen Stock im Arsch, zappelt rum wie 'n Zackenbarsch, meckert ständig wie 'ne platte Flunder, pass auf, Alter, sonst kriegste Zunder,* oder hier: *Er haut zuhause auf den Tisch und ist bald stumm wie 'n kalter Fisch.* Und dergleichen mehr.«

»Ob TocToc Angler ist?«, fragte ich und setzte mich wieder zu ihr aufs Sofa. »Auf jeden Fall scheint er Fische zu mögen. Allerdings diagnostiziere ich leichte Unsicherheiten im Versmaß.«

»Vielleicht bieten Fische sich besonders für Reime an?« Diana kicherte. »Überleg doch mal: Was reimt sich schon auf Waschbär? Oder auf Zebra? Da gerät das kleine Rapperhirn beim Nachdenken mächtig ins Qualmen. Aber: Zackenbarsch – Stock im Arsch. Reinste Poesie.«

»Ich weiß wirklich nicht, was an ›Stock im Arsch‹ so poetisch sein soll«, sagte Doris, die in diesem Moment das Büro betrat. Sie trug ein großes Tablett herein, das mit Geschirr und diversen Behältnissen beladen war, und stellte es neben dem Laptop ab. »Ich hatte mir schon gedacht, dass ihr nicht ans Essen denkt.« Sie tippte sich mit dem Finger an die Stirn. »Aber euer Hirnschmalz braucht auch Nahrung, Kinder. Deshalb macht ihr jetzt eine Pause und esst was Ordentliches.« Nacheinander zog sie die Deckel von den Behältern, aus denen Dampf aufstieg. »Kartoffeln, Schnitzelchen, Jägersauce, Blumenkohl.«

»Gott segne die Erfindung der Mikrowelle. Und vor allem segne er dich, Doris.« Diana warf ihr eine Kusshand zu und verteilte Essen auf die vier mitgebrachten Teller.

»Ich bin natürlich neugierig«, sagte Doris, die sich zu Erwin an den Schreibtisch gesetzt hatte. »Gibt es etwas zu berichten? Hat Okko sich schon gemeldet?«

»Nein zur zweiten Frage«, erwiderte ich. »Und zur ersten: Ich war vorhin bei Angie.«

»Um ihr gehörig die Meinung zu sagen, hoffe ich.« Doris

schnaubte entrüstet. »Wer hätte gedacht, dass sie so ein hinterlistiges Luder ist?«

Diana hob die Hand. »Ich. Ich hab sofort gesagt, dass Angie dahintersteckt.«

»Daschtimmt«, nuschelte ich mit vollem Mund. Dann schluckte ich runter und fuhr fort: »Nee, ich hab ihr nicht die Meinung gesagt. Ich hab so getan, als würde ich ihr glauben.«

Doris' Gabel, mit der sie gerade ein Stück Kartoffel aufgespießt hatte, verharrte abrupt zwischen dem Teller und ihrem Mund – mir war beinahe so, als hätte ich quietschende Bremsen gehört.

»Und Loretta war klasse«, fügte Diana hinzu. »Absolut überzeugend.«

»Wie – warst du dabei?«, fragte Doris verdutzt.

»Nein, Loretta hat sich ganz alleine in die Höhle der Löwin gewagt«, erwiderte Erwin mit beinahe väterlichem Stolz in der Stimme. »Wir haben das Treffen allerdings heimlich mitgeschnitten.« Als Doris etwas sagen wollte, schüttelte er den Kopf. »Nicht jetzt, Täubchen. Ich spiele es dir heute Abend vor, und dann werde ich dir auch alle Fragen dazu beantworten, einverstanden?«

»Meine Pause ist sowieso vorbei«, sagte Doris und stand auf. Sie kam zu uns und inspizierte die Reste in den Behältern. »Das ist noch eine gute Portion für Okko. Der Junge hat bestimmt Hunger, wenn er später vom Gericht kommt.« Mit ein paar Handgriffen packte sie Okkos Abendessen in einen Behälter und parkte ihn im Kühlschrank. »Nicht vergessen, Mädels.« Dann stellte sie das benutzte Geschirr aufs Tablett und ging zur Tür.

Ich flitzte rasch hinterher, um für sie zu öffnen.

»Schätzchen«, sagte sie, »mach dir keine Sorgen, hörst du? Auch, wenn sie unseren lieben Jungen heute in den Knast stecken – du wirst ihn rausholen. Wie immer.« Sie grinste. »Ups.

Natürlich nicht, wie du ihn immer aus dem Knast holst. Sondern, wie du immer diese Fälle löst, mein kluges Mädchen. Du verstehst schon.« Damit ging sie.

Ich blickte ihr nach und wünschte mir verzweifelt, ich könnte nur halb so zuversichtlich sein, wie sie gerade geklungen hatte. Unschlüssig stand ich in der offenen Tür.

Ich hatte plötzlich kein Bedürfnis mehr nach Gesellschaft, auch wenn sie so angenehm war wie die von Diana und Erwin. Ich brauchte ein bisschen Ruhe, und zwar dringend. »Ich verabschiede mich mal kurz«, sagte ich. »Trotz allem wartet ein bisschen Arbeit auf mich. Bis später.«

Ich ging in mein Büro und schloss die Tür hinter mir. Die offiziellen Gepflogenheiten im Callcenter besagten: Wenn meine Tür offen war – was meistens der Fall war –, durfte jeder hereinkommen. Bei geschlossener Tür würde mich niemand stören.

Langsam ging ich zu meinem Schreibtisch, setzte mich und stützte den Kopf in die Hände. Ich fühlte mich erschöpft und konnte nicht sagen, ob dies der klassische Anfall von Müdigkeit nach einem deftigen Mahl war oder der Gesamtsituation geschuldet.

Ich konnte kaum glauben, dass es erst zwei Tage her war, dass wir Dennis und Kevin im Wald gefunden hatten. Subjektiv empfunden, schien mein Leben seit Ewigkeiten nur darum zu kreisen.

Was wohl gerade vor dem Ermittlungsrichter ablief?

Vor meinem geistigen Auge sah ich einen Staatsanwalt, der pompös verkündete: »Hohes Gericht! Wir werden zweifelsfrei beweisen, dass Dennis Karger schuldig ist, heimtückisch und sorgfältig geplant gehandelt zu haben, als er sein argloses Opfer, Kevin Sosniak, in den Wald gelockt und erstochen hat. Wir werden weiter beweisen, dass Herr Karger das Motiv und die Gelegenheit dazu hatte. Mit seiner Tat wollte Herr Karger einen

Konkurrenten um die Gunst einer Frau ausschalten. Bereits jetzt ergibt sich die Sachlage, dass wir ihm die schuldhafte Begehung der Tat zur Last legen können. Der Mann gehört hinter Gitter!«

Na gut, der letzte Satz würde vermutlich nicht fallen, aber der Rest war schon schlimm genug.

Kapitel 18

Fliegende Lebensmittel, gurrende Schäfchenwolken und ein genialer Plan von Erwin – der Tag hat noch einiges zu bieten

Da ich es im Callcenter nicht mehr aushielt, fuhren Diana und ich am späten Nachmittag hinaus zu Dennis' Haus, um dort auf Okko zu warten. Natürlich hätten wir beinahe sein Abendessen vergessen, aber Erwin trug es uns hinterher.

Als wir das Wohnzimmer betraten, hatte ich einen kurzen, irrwitzigen Moment lang die Illusion, dass Dennis zu Hause war und ich tatsächlich alles nur geträumt hatte: Auf dem Esstisch stand eine Kaffeetasse neben einer aufgeschlagenen Zeitung, die Kissen lagen als zerknautschter Haufen an einem Ende der Couch, und über einer Stuhllehne hing ein Pullover.

Aber Diana ließ diese hübsche Seifenblase ratzfatz zerplatzen.

Kopfschüttelnd sah sie sich um. »Typisch Okko. Überall hinterlässt er seine Spuren.«

»Macht doch nichts. Er soll sich hier schließlich wohlfühlen«, erwiderte ich und atmete tief durch. »Ich kümmere mich mal um die Hühner.«

In der Küche füllte ich eine leere Konservendose mit Körnern, dann ging ich durch die Hintertür hinaus und um die Hausecke zum Gehege. Dort ließ ich die Körner in der Dose klappern, und die Hühnchen, die an verschiedenen Stellen in ihrem großzügigen Auslauf herumgescharrt hatten, kamen in Ultraschallgeschwindigkeit angaloppiert. Sie versammelten sich vor dem Tor, starrten mich an und gackerten aufgeregt durcheinander.

Als ich den Riegel geöffnet hatte und zum Trog ging, umwuselten sie meine Füße wie kleine, fluffige Schäfchenwolken und stießen gurrende Laute aus. Laut Dennis handelte es sich bei diesem Geräusch um Sympathiebekundungen, und ich war geneigt, ihm zu glauben. Allerdings war ich nicht sicher, ob ihre Sympathie mir oder dem Futter galt.

Genau wie bei Baghira.

Während der vergangenen Monate hatten sie sich langsam, aber sicher an mich gewöhnt und zogen sich längst nicht mehr in die Sicherheit ihres Hauses zurück, sobald ich das Gehege betrat. Mittlerweile waren sie mir gegenüber beinahe so zutraulich wie ihrem Besitzer, aber bisher hatte ich es noch nicht gewagt, eines der Hühnchen hochzunehmen und zu kraulen.

Eine Zeit lang sah ich ihnen beim eifrigen Aufpicken der Körner zu, dann hob ich das Dach und klappte eine Seite des Hauses auf, um es zu reinigen. Handfeger und Schaufel lagen immer außerhalb des Geheges bereit, und so hatte ich die Arbeit rasch erledigt.

Ich fragte mich, ob schon mal jemand versucht hatte, seinen Hühnern ein Katzenklo anzubieten, um ihre Hinterlassenschaften auf einen Ort zu reduzieren.

Auch wenn ich nicht mit Eiern rechnete, warf ich einen Blick in die Legeboxen; sie waren leer. Die Hühnchen – so hatte Dennis erzählt – legten pro Kopf circa hundert Eier pro Jahr, und seine begannen mit dem Legen traditionell erst, wenn es draußen wärmer wurde. Noch war ihnen das Wetter zu unbeständig, zudem vermieste Regen ihnen nachhaltig die Laune: An ihrem flaumigen Gefieder perlte das Wasser nicht ab. Da es mir wegen meiner Brille ganz ähnlich ging, fühlte ich mich ihnen zutiefst verbunden, hatte ich irgendwann festgestellt.

Ich verließ das Gehege und ging nach hinten, um den Hühnermist in die Mülltonne zu werfen. Gedankenverloren starrte ich in den Garten. Nichts zog mich zurück ins Haus, stellte ich fest. Drinnen konnte ich nur auf Okkos Anruf warten. Was er mir sagen würde, wusste ich ohnehin.

Hier draußen konnte ich mir einbilden, dass alles in Ordnung war, ein ganz normaler Tag am Frühlingsanfang. Dieses starke Bedürfnis, der Realität aus dem Weg zu gehen, war untypisch für mich. Stets hatte ich mich für stark gehalten, hatte für jedes Problem immer einen Ausweg oder eine Lösung gefunden, aber momentan fiel es mir schwer, einen Fuß vor den anderen zu setzen.

Nach meinem Besuch bei Angie war ich beinahe euphorisch gewesen. Glasklar hatte ich gesehen, wie sie Dennis in die Falle gelockt hatten.

Aber was nutzte es uns?

Ich konnte mir nur zu lebhaft vorstellen, wie die Küpper auf meine Version des Tatablaufs reagieren würde, zumal sie ohne einen überzeugenden Beweis keinerlei Handhabe hatte, zum Beispiel den Beifahrersitz von Biggis Auto auf Dennis' DNA hin zu untersuchen oder einen öffentlichen Aufruf zu starten, um einen Zeugen für den Reifenwechsel aufzutreiben.

Wann immer ich über eine mögliche Lösung nachdachte, landete ich unweigerlich in genau dieser Sackgasse, die sogar zu eng war, um zu wenden und wieder hinauszufahren. Ich saß dann da und starrte auf diese unüberwindliche Mauer, die mir nicht nur den Weg versperrte, sondern auch ein Gedankenkarussell auslöste, das ich einfach nicht anhalten konnte.

Ein Klopfen hinter mir ließ mich zusammenschrecken. Ich drehte mich um und sah Diana hinter dem Küchenfenster stehen und mein Handy hochhalten. Ob Okko am anderen Ende der Leitung war? Nun ja, wenn ich weiterhin wie angewurzelt stehen blieb, würde ich es wohl niemals herausfinden.

In die Küche zu gehen und das Telefon entgegenzunehmen, kostete mich unendlich viel Kraft.

»Loretta«, sagte Okko, »es ist das passiert, was wir schon befürchtet hatten.«

»Wann kann ich ihn sehen?«, fragte ich.

Das war in diesem Moment alles, was mich interessierte. Okko konnte uns später noch in epischer Breite davon berichten, was sich vor dem Ermittlungsrichter abgespielt hatte.

»Morgen«, erwiderte er. »Ich kümmere mich bereits um alles.«

Prompt fing ich an zu heulen. Meine Beine wurden weich, und ich schaffte es gerade noch, mich auf einen Stuhl zu retten, bevor ich der Länge nach hinschlagen konnte.

Diana nahm mir das Telefon aus der Hand und sprach mit Okko, allerdings schluchzte ich mittlerweile so laut, dass ich nichts davon verstand. Sie verließ die Küche, und als sie eine Minute später zurückkehrte, stellte sie mir eine Box mit Papiertaschentüchern hin. Ich zog zwei heraus und schnäuzte mich donnernd; die Tränen versiegten langsam.

»Ich bin gerade nicht so ganz sicher, warum du weinst«, sagte Diana. »Weil Dennis hinter Gitter muss? Aber damit mussten wir doch rech…«

»Weil ich ihn morgen sehen darf natürlich«, fiel ich ihr ins Wort. »Du in meiner Situation würdest jetzt auch heulen, glaub mir.«

»Hm. Vermutlich«, erwiderte Diana. Sie schraubte die Espressokanne auseinander und löffelte Pulver ins Sieb, dann befüllte sie den unteren Teil mit Wasser. Als sie die Kanne auf den Herd gestellt hatte, drehte sie sich zu mir um. »Aber ich kann mir nicht vorstellen, wie vollkommen durcheinander du sein musst, Schätzchen. Und Dennis erst!«

»Ich bin so froh, dass Okko an seiner Seite ist«, sagte ich. »Ihm gegenüber muss ich wenigstens nicht verheimlichen, welche Dinge wir unternehmen, um Dennis zu helfen, und seien sie auch noch so schräg. Wenn ich mir vorstelle, dass Dennis jetzt einen ganz normalen Anwalt hätte …« Ich schüttelte den Kopf.

»Aber du weißt schon, dass Okko ein ganz normaler Anwalt ist, oder?«, fragte Diana grinsend.

»Du bist doof. Du weißt genau, was ich meine. Unter anderen Umständen würde sich jetzt ein x-beliebiger Anzugträger um ihn kümmern, der keinerlei Verbindung zu uns hat.«

»Manchmal ist genau das von Vorteil.« Diana nahm die Kanne vom Herd, füllte zwei Tassen und setzte sich zu mir.

»Mag sein, aber nicht in diesem Fall. Immerhin muss Okko nicht erst *überzeugt* werden, dass Dennis in eine Falle gelockt wurde. Ganz egal, was die beiden durchtriebenen Weiber behaupten. Und er hat mich sogar dazu ermutigt, mit Angie zu sprechen und ihr etwas vorzuspielen; das hätte ein normaler Anwalt nie getan. Der würde vermutlich nur versuchen, das Strafmaß für Dennis möglichst gering zu halten, damit es auf ein paar Jahre wegen Tötung im Affekt hinausläuft.«

»Das wird auch Okkos Strategie sein«, sagte Diana. »Im allerschlimmsten Fall der Fälle wird er so argumentieren müssen.«

Ich fuhr hoch. »Wie bitte? Dennis wird sich ja wohl nicht schuldig bekennen! Soll er vielleicht etwas gestehen, das er nicht getan hat? Das ist absurd!«

»Noch liegt eine eventuelle Gerichtsverhandlung in der Zukunft, also solltest du dir momentan keine Sorgen darüber machen, was vielleicht passieren wird.«

»Mache ich aber.« Erneut stiegen mir Tränen in die Augen, aber ich schaffte es, sie wegzublinzeln. »Diese Gedanken kommen ganz automatisch. Vorhin, zum Beispiel, als ich bei den Hühnern war: Was geschieht mit ihnen, falls Dennis in den Knast muss? Wer soll sich um sie kümmern? Würde ein Tierheim sie aufnehmen? Oder soll Dennis für drei Jahre oder länger einen Hühnersitter engagieren? Ich kann sie auf meiner Terrasse nicht unterbringen. Und ich kann mir – ehrlich gesagt – nicht vorstellen, jahrelang zweimal täglich hierhin zu fahren, um sie zu versorgen. Oder müsste er sie ganz weggeben? Das würde ihm das Herz brechen.«

Diana erwiderte nichts, was sollte sie auch sagen?

»Und was ist mit seinem Haus?«, fuhr ich fort. »Noch etwas, das ich mir nicht vorstellen kann: hier zu wohnen. Ohne ihn.« Ich schüttelte den Kopf. »Undenkbar. Bleibt noch die Firma. Was ist mit seinem Geschäft? Darf er überhaupt ein Unternehmen führen, wenn er als Totschläger verurteilt wird?«

»Wenn das Callcenter eine GmbH und er der Geschäftsführer wäre, würde es schwierig werden«, erwiderte Diana. »Okko hatte mal so einen Fall. Wenn du vorbestraft bist, bedeutet das den sogenannten Wegfall der gesetzlichen Eignungsvoraussetzungen. Mit anderen Worten: Du hast was angestellt, also kann man dir nicht mehr über den Weg trauen.«

Allmächtiger. Das wurde ja immer schlimmer …

»Herrschaften, ich bin fix und fertig«, sagte Okko zur Begrüßung und schleuderte seine Aktentasche quer durch den Raum. Sie landete zielsicher auf dem Sofa. Ihr folgten Okkos Sakko und Krawatte. Er schlüpfte aus den Schuhen und kam auf Socken zu uns an den Tisch. Diana warf mir einen beredten Blick zu und gab ein dezent missbilligendes Zungenschnalzen von sich.

Ich zuckte mit den Schultern – von mir aus durfte er Dennis' Haus gerne in eine Müllhalde verwandeln, solange er meinen Liebsten aus dem Knast holte.

»Ihr habt nicht zufällig etwas zu essen für mich?«, fragte Okko hoffnungsvoll und ließ sich auf einen Stuhl fallen.

»Du hast nicht zufällig Informationen für uns? Oder wenigstens für Loretta?«, gab Diana spitz zurück und ging in die Küche, um Doris' milde Gabe aus dem Kühlschrank zu holen.

»Doch, habe ich. Erwin hat eine Idee. Du sollst ihn anrufen. Er müsste zuhause sein. Wir sind gleichzeitig vom Callcenter losgefahren.«

»Ach, du warst im Büro?«, fragte ich überrascht.

»Ja, ich dachte, ich treffe euch dort. Erwin hat mir die Aufnahme von deinem Besuch bei Angie vorgespielt.« Er hob einen Daumen. »Gut gemacht. Und tatsächlich überaus aufschlussreich. Das ist zwar noch nichts, mit dem wir zur Kommissarin gehen könnten, aber immerhin ein Anfang.«

»Vergiss nicht die Texte von diesem hohlbirnigen Rapper!«, rief Diana aus der Küche. »In seinen *Songs*«, sie stieß ein kurzes Schnauben aus, »wird Kevin von ihm ziemlich unverhohlen bedroht.«

»Hm …« Okko zuckte mit den Schultern. »Gehört es nicht zum guten Ton bei diesen Gangsta-Rappern, irgendwen zu bedrohen? Das allein ist ebenfalls kein Beweis.«

»Mag ja sein.« Diana kam aus der Küche und stellte Okkos Essen auf den Tisch. »Aber bei wie vielen ist der Bedrohte hinterher tatsächlich tot? Da fällt mir ein: Wir sollten keinesfalls vergessen, uns gleich seinen brandneuen Song anzuhören. Er hat angekündigt, dass er ihn heute Abend um halb acht hochlädt.«

»Schnitzel mit Jägersauce – ich bin im Himmel! Das ist ja wie bei Muddi!« Okko stöhnte wohlig und griff nach Messer und Gabel.

»Dafür kannst du dich bei Doris bedanken«, sagte Diana.

»Apropos.« Okko gestikulierte mit der Gabel in meine Richtung, und ein Blumenkohlröschen, das er gerade aufgespießt hatte, segelte in elegantem Bogen durch die Luft und klatschte vor Diana auf den Tisch. »Ups. Kommt nicht wieder vor, versprochen. Was ich sagen wollte: Ruf doch bitte endlich Erwin an, Loretta.«

»Was will er denn?«

»Nee, nee. Das soll er dir schön selbst erzählen.« Erneut wedelte er mit der Gabel herum, und diesmal war es ein Stück Kartoffel, das auf der Tischplatte landete.

»Okko!«, rief Diana entrüstet. »Benimm dich doch bitte nicht wie ein Kleinkind! Mach so weiter, und ich binde dir demnächst ein Lätzchen um. Oder lege den Raum mit Plastikfolie aus, bevor du essen darfst!«

Sie fingen an, sich zu kabbeln, und ich ging hoch ins Schlafzimmer. Grinsend blickte ich mich um: Hier sah es aus, als wäre Okkos Koffer explodiert. Ich setzte mich aufs Bett und wählte Erwins Nummer.

»Loretta – endlich!«

»Was gibt es? Okko sagt, du hast eine Idee?«

»Tankstelle!«, rief er triumphierend aus.

»Tankstelle?«, echote ich verdutzt. »Ich bin heute wohl etwas langsam, denn ich verstehe nur Bahnhof.«

»Nein, Schatz, nicht Bahnhof – Tankstelle!«, erwiderte er. »Wir wollen doch eventuelle Zeugen für den Reifenwechsel finden, richtig? Ich habe mir heute Nachmittag den Kopf zermartert, wie uns das gelingen könnte. Und da fiel mir die Tankstelle ein, die an der Landstraße liegt. Wer aus der City rausfährt, kommt daran vorbei. Und tankt vielleicht dort, du verstehst?«

»Ja, ich verstehe. Äh … Falsch. Doch nicht.«

»Kameras«, raunte Erwin.

»Du hoffst also, dass Biggi auf dem Weg zu Dennis dort getankt hat? Falls ja – sie könnte jederzeit behaupten, auf einem Sonntagsausflug gewesen zu sein.«

»Mir geht es dabei *mitnichten* um Biggi«, sagte Erwin. »Obwohl das ein netter Nebeneffekt sein könnte. Nein, ich dachte an etwas anderes: Wer dort am Sonntagmittag zur passenden Zeit getankt hat und dann weiter stadtauswärts gefahren ist, dürfte zwangsläufig …«

»… den Reifenwechsel gesehen haben!«, fiel ich ihm aufgeregt ins Wort. »Du bist genial, Erwin! Aber wie kommen wir an die Aufzeichnungen der Kamera? Fall sie nicht schon längst wieder gelöscht sind?«

»Ob sie das sind, erfahren wir noch früh genug«, erwiderte

Erwin, »bis dahin hoffen wir einfach das Beste. Und zu deiner ersten Frage: Hey, ich bin Privatdetektiv, du erinnerst dich? Wir haben Visitenkarten, auf denen das steht. Es soll Leute geben, die man mit so einem Stückchen Papier schwer beeindrucken kann.«

»Das klappt bestimmt nur in amerikanischen Serien, deren Held ein Privatdetektiv ist. Jeder Affe kann sich eine Visitenkarte basteln und sonst was draufschreiben.«

Erwin lachte dröhnend. »Selbstbewusstes Auftreten ist die halbe Miete, glaub mir. Vielleicht haben wir ja Glück und bekommen es mit einem Krimifan zu tun? Den oder die wir damit ködern können, *aktiv* an einer Mordermittlung teilzunehmen? Und uns dabei hilft, einen Unschuldigen vor dem Gefängnis zu bewahren?«

»Das wäre zu schön, um wahr zu sein.« Ich seufzte.

»Loretta, wir dürfen die Flinte nicht ins Korn werfen«, sagte Erwin. »Wir dürfen uns diesen Leuten nicht geschlagen geben, hörst du?«

»Du hast recht. Und deine Idee ist wirklich spitzenmäßig, Erwin. Ich bin momentan viel zu durcheinander, um mir irgendetwas einfallen zu lassen.«

»Dafür hast du ja mich«, erwiderte er. »Dafür sind Freunde da, weißt du?«

Ja, das wusste ich natürlich, aber manchmal vergaß ich es offenbar. In einer Situation wie dieser, zum Beispiel. Einer Situation, in der mein Hirn schlicht nicht mehr normal funktionierte, weil es die Hälfte der Zeit im Panik-Modus verbrachte. Mindestens.

»Wann fahren wir zur Tankstelle?«, fragte ich.

»So schnell wie möglich«, sagte Erwin. »Morgen Vormittag, wenn du dann nichts Besseres vorhast.«

»Ich weiß bisher noch nicht, wann ich Dennis morgen besuchen darf.«

»Ach, du hast noch nicht mit Okko gesprochen? Verstehe. Soweit ich weiß, ist dein Termin mit Dennis morgen Nachmittag um zwei. Wir haben vorher also ausreichend Zeit, zur Tanke zu fahren.«

Als wir aufgelegt hatten, blieb ich auf dem Bett sitzen und dachte nach. In welcher Stimmung würde ich sein, wenn ich Dennis traf?

Enttäuscht, weil der Besuch an der Tankstelle nichts gebracht hatte?

Oder euphorisch, weil wir einen Schritt weitergekommen waren?

Kapitel 19

Der Dichter, der Dichter, der kriegt eins
auf die Lichter – sind die Reime noch so schlecht,
der Inhalt zählt, und der ist echt

»Na, was hältst du von Erwins Idee?«, fragte Okko, als ich mich wieder zu ihm und Diana an den Tisch setzte.

»Gut.« Ich zuckte mit den Schultern und seufzte.

»Gut?« Diana hob die Brauen. »Die Idee ist super!«

»Schon. Aber vielleicht fahren wir dorthin und kommen mit leeren Händen zurück«, erwiderte ich. »Davor habe ich große Angst.«

»Das ist nicht die Loretta, die ich jetzt brauche«, sagte Okko streng. »Ich brauche dich optimistisch. Und einfallsreich. Nein, falsch: *Dennis* braucht dich optimistisch. Er kann deinen Besuch morgen kaum erwarten, soll ich dir ausrichten.«

Innerlich straffte ich die Schultern.

Es machte mich verrückt, dass ich meinen minütlich wechselnden Stimmungen derart ausgeliefert war. Aber ich traute mich einfach nicht, allzu optimistisch in die Zukunft zu blicken. Die Möglichkeit, dass unsere Aktivitäten nichts brachten und Dennis verurteilt werden würde, versetzte mich in Schockstarre.

Allerdings würde Hornbrillen-Girl in Schockstarre gar nichts reißen, das stand mal einwandfrei fest.

»Wann darf ich ihn treffen?«, fragte ich.

»Um halb drei«, erwiderte Okko. »Ich begleite dich dorthin.«

»Muss ich … ich meine, wie läuft so etwas ab?«

»Das kann ich dir alles auf der Fahrt zu Dennis erklären«, sagte Okko. »Aber jetzt möchte ich erst einmal alles über deinen Besuch bei Angie erfahren. Erwin hat mir die Aufzeichnung vorgespielt, aber mich interessieren natürlich die Eindrücke, die du dabei gewonnen hast.«

Stimmt – er wusste ja noch nichts darüber. Oder höchstens das, was Erwin ihm berichtet hatte. In meiner verqueren Wahrnehmung war mein Aufenthalt dort gefühlt hundert Jahre her, obwohl ich erst heute Vormittag dort gewesen war.

»Meine Eindrücke«, erwiderte ich nachdenklich. »Okay, ganz subjektiv: Angie hat was mit dem Nachbarn, diesem Ingo. Zweitens: Ingos Frau Biggi ist mit hoher Wahrscheinlichkeit die Frau, die am Sonntag die Reifenpanne vorgetäuscht hat. Sie fährt einen roten Kleinwagen, das würde also passen. Außerdem küsst sie den Boden, auf dem Angie wandelt. Biggi würde alles tun, worum Angie sie bittet.«

Okko grinste. »Das war auf der Aufzeichnung deutlich zu hören. Offenbar ist Biggi ein eher schlichtes Gemüt, das sich von Angies unkonventioneller Lebensweise beeindrucken lässt.«

»Unkonventionell, pah.« Ich schnaubte. »Du hättest diese Spießerbude mal sehen sollen. Aber offenbar reicht so ein dämlicher Traumfänger …« Ich stockte und fuhr dann fort: »Egal, darum geht es nicht. Im Übrigen war von Trauer nicht viel zu spüren, wenn ich es recht bedenke. Eigentlich ging es bei unserem Gespräch nie um Kevin, wie du ja selbst gehört hast, Okko.«

»Vor allem habe ich gehört, wie hervorragend du dich verstellt hast«, sagte Okko. »Sie hat wirklich schlimme Dinge rausgehauen. Ich meine das, was Dennis angeblich über dich vom Stapel gelassen hat.«

Bei der Erinnerung daran zuckte ich unwillkürlich zusammen. »Dieses perfide Biest hat echt alle Register gezogen. Eigentlich war die Situation total absurd: Wir haben uns gegenseitig ins Gesicht gegrinst und dabei die übelsten Lügen aufgetischt. Nur: Ich *wusste,* dass sie log.«

»Und jetzt stellen wir uns die Frage, ob sie das auch von dir wusste«, sagte Diana.

»Allerdings. Hat sie mir geglaubt? Oder denkt sie längst, dass ich versuche, sie aus der Reserve zu locken? Ahnt sie, dass ich die Intrige durchschaue? Andererseits: Glaubt sie zum Beispiel ernsthaft, dass ich ihr Gefummel mit Ingo nicht bemerkt habe? Für wie dämlich hält sie mich?«

»Für *sehr* dämlich, hoffe ich«, erwiderte Okko mit einem breiten Grinsen. »Denn darüber stolpern die meisten Verbrecher, dass sie alle anderen für blöd und sich selbst für genial halten. Und leider müssen wir zugeben, dass ihr Plan, Dennis für ihren Mord an Kevin bezahlen zu lassen, bisher hervorragend funktioniert.«

»Genial? Und dann benutzen sie Biggis Auto, das bei ihnen vor der Tür steht und im Zweifelsfall eindeutig zu identifizieren ist? Ich an ihrer Stelle …« Ich klappte den Mund zu.

Was laberte ich da eigentlich? Saßen wir hier, um zu überlegen, was man an ihrem Plan hätte verbessern können? Zurück zum Thema.

»Es kann nicht Angie allein gewesen sein«, sagte ich also. »Sie muss Mitwisser und Helfer gehabt haben. Welche Rolle spielt Ingo? Wie viel weiß Biggi? Oder Miriam und ihr Freund? Wer hat aktiv geholfen, und wer wusste lediglich davon? Wen können wir noch anbohren, um etwas herauszufinden?«

»Du hast gar nicht mit Miriam geredet, oder?«, fragte Okko.

Ich schüttelte den Kopf. »Sie war mit ihrem Freund in ihrem Zimmer. Laute Musik, Gelächter … wie es halt so zugeht in einem Haushalt, der trauert.«

»Das solltest du unbedingt nachholen«, sagte Diana. »Ruf Miriam an. Am besten sofort. Oder was meinst du, Okko?« Als er nickte, grinste sie triumphierend. »Siehst du? Stell auf Lautsprecher.«

Warum eigentlich nicht? Bei der Gelegenheit konnte ich gleich noch ein paar Worte mit Angie wechseln.

Ich wählte und legte das Handy auf den Tisch zwischen uns. Wir hörten es klingeln, dann wurde abgehoben.

»Hallo? Wer ist da?«

Die Stimme war schleppend, die Worte verwaschen.

»Hallo, Angie, hier ist Loretta.«

»Ah ... Loretta.«

Schweigen. Im Hintergrund eine Männerstimme, leider unverständlich.

»Ja, äh, hör mal Angie, ich wollte mich noch mal bei dir bedanken, dass du heute so offen mit mir geredet hast. Du hättest mich nicht reinlassen müssen. Immerhin hat mein Mann ja deinen ... äh, du weißt schon.«

»Aber du kannst doch nichts dafür, dass Dennis so ein Arschloch ist«, sagte Angie. »Du bist ein Opfer, Loretta. Genauso wie Kevin.«

Mit dem kleinen Unterschied, dass ich im Gegensatz zu Kevin noch am Leben bin, dachte ich.

»Es ist sehr großherzig, dass du es so siehst«, erwiderte ich mit einer Menge Zucker in der Stimme. »Dennis hat es geschafft, drei Leben zu zerstören: deins, meins und Kevins, natürlich.«

»Und dafür muss er bezahlen, denkst du nicht auch, Loretta?«, fragte sie. Ihre Stimme klang lauernd.

Es zerriss mich beinahe. Falls sie mich mit ihrer letzten Bemerkung auf die Probe stellen wollte, musste ich ihr jetzt den Beweis dafür liefern, dass ich ihr glaubte – auch wenn ich daran beinahe erstickte.

»Dieser Drecksack hat es verdient, jahrelang im Knast zu schmoren«, fauchte ich. »Und wenn er dann irgendwann mal rauskommt, stehe ich vor dem Gefängnis und trete ihm in die Eier, aber mit Anlauf. Ich bin dir so dankbar, dass du mir die

Augen geöffnet hast, Angie. Das macht mir gerade vieles leichter, auch wenn es furchtbar wehtut.«

»Ich bin für dich da, Loretta«, sagte Angie salbungsvoll, »wann immer du jemanden zum Reden brauchst.«

Ich steckte mir einen Finger in den Hals und pantomimte krampfhaftes Würgen. Diana presste sich die Hand vor den Mund, um ihr Kichern zu unterdrücken.

»Das ist so lieb von dir«, säuselte ich ins Telefon. »Ist Miri in der Nähe? Ich würde gerne kurz mit ihr reden.«

»Nein, Miri ist mit TocToc unterwegs. Soll ich ihr was ausrichten?«

»Grüße sie bitte von mir. Ich hoffe, sie ist nicht allzu traurig?«

»Traurig? Wieso?«, fragte Angie verblüfft. Dann fiel ihr offenbar ein, was ich gemeint hatte, und sie sagte hastig: »Sie hat ja TocToc; er kümmert sich sehr liebevoll um sie. Natürlich ist sie traurig.«

Auch wenn der Account deiner Tochter eine ganz andere Sprache spricht, dachte ich gallig. »Die Arme, immerhin hat sie quasi zwei Väter gleichzeitig verloren, sie muss am Boden zerstört sein.«

»Äh, ja, das ist sie. Aber sie ist sehr tapfer. Ich bin sehr stolz auf sie.«

»Das verstehe ich gut. Angie, schön, dass wir geredet haben. Bis bald, okay?«

»Ja«, erwiderte sie. »Bis bald.«

Dann legte sie auf. Ich atmete tief durch und sah meine Freunde an, die betroffen wirkten.

»Bäh, wie abartig gruselig war das denn bitte?« Diana schüttelte sich.

»Frag *mich* mal«, erwiderte ich düster. »Ich habe gerade das Gefühl, zwei Stunden lang heiß duschen und mich mindestens 50 Mal einseifen zu müssen.«

»Sie ist geschickt«, sagte Okko, »sie hat euer Telefonat sofort dazu genutzt, um dich erneut auf ihre Geschichte einzuschwören. Und euch zu vermeintlichen Leidensgenossinnen zu machen. Wirklich *sehr* geschickt, die Dame.«

»Ich frage mich, wie wir die Bienenkönigin geknackt kriegen sollen«, erwiderte ich. »Ich glaube nicht, dass ihr schlechtes Gewissen sie jemals dazu veranlassen wird, freiwillig ein Geständnis abzulegen.«

»Also müssen wir uns an die Nebenfiguren halten. An ihre Drohnen, um beim Bild zu bleiben«, sagte Okko langsam. »An Angie müssen wir keine Energie mehr verschwenden. Wer ist das schwächste Glied in der Kette? Dort musst du ansetzen, Loretta.«

Ich dachte kurz nach, dann griff ich zu meinem Handy und rief Erwin an.

»Bist du spontan bereit zu einer Observierung? Morgen früh? *Sehr* früh?«, fragte ich ihn.

»Um wen geht es?«

»Biggi. Sie arbeitet halbtags in einem Supermarkt. Ihre Schicht scheint früh zu beginnen, wenn sie mittags schon Feierabend hat.«

»Die meisten Supermärkte und Discounter öffnen bereits um sieben«, sagte Erwin.

»Ich will nur wissen, wo sie arbeitet. Du müsstest sie einfach von ihrem Zuhause zum Arbeitsplatz verfolgen, mehr nicht. Ich würde es selbst machen, aber sie hat mein Auto heute gesehen. Und ich möchte sie nicht direkt fragen, damit niemand misstrauisch wird.«

»Wird erledigt«, sagte Erwin zackig. Ich diktierte ihm noch die Adresse, dann legten wir auf.

»Was hast du vor?«, fragte Diana.

Ich zuckte mit den Schultern. »Ich will versuchen, sie ein bisschen auszuhorchen. Also werde ich dort einkaufen gehen und ganz zufällig über sie stolpern. Mal sehen, vielleicht hat sie ja Lust, einen Kaffee mit mir zu trinken.«

»Sei vorsichtig«, sagte Diana. »Ihre Loyalität Angie gegenüber ist unendlich groß. Sie wird ihr Idol nicht so einfach in die Pfanne hauen.«

»Damit rechne ich auch nicht. Außerdem ist sie vermutlich selbst davon überzeugt, dass Dennis der Täter ist. Aber sie scheint nicht die hellste Kerze am Weihnachtsbaum zu sein. Und wenn ich Angie schon überzeugen konnte, dass ich ihr glaube, dann dürfte Biggi kaum vom Gegenteil überzeugt sein. Ich will herausfinden, welches Märchen Angie der guten Biggi aufgetischt hat, um sie zum Mitmachen zu überreden.« Ich blickte auf die Uhr. »Sollten wir nicht mal nachsehen, ob man TocTocs neuestes Machwerk schon im Netz bewundern kann?«

Diana sprang auf und holte den Laptop vom Couchtisch. »Das hätte ich ja beinahe vergessen!«

Okko und ich zogen unsere Stühle um den Tisch herum, sodass wir rechts und links von ihr saßen. Diana fuhr den Rechner hoch, und ein paar Klicks später sahen wir den Titel von TocTocs neuem Rap-Song: *Ein Männlein liegt im Walde.*

»Er wird doch wohl nicht …«, sagte Okko verblüfft.

»Warten wir es ab«, erwiderte Diana und startete das Video des Songs.

Zu den altbekannten Beats bewegte sich die Kamera durch einen Wald, dann kam ein Stück Flatterband der Polizei, das schlapp von einem Ast baumelte, ins Bild.

»Das ist der Tatort«, keuchte ich entgeistert, »die haben das am *Tatort* gedreht!«

»Die Bengel trauen sich was«, zischte Diana. »Hoffentlich sind sie wirklich so bescheuert, über den Mord zu …«

Sie brach ab, weil in diesem Moment die drei Jungs auf dem Monitor erschienen, die sich gewohnt unbeholfen zu den Beats bewegten. Alles wie gehabt: Gangsta-Posen, alberne Verrenkungen und ein paar leidlich im Takt gegrunzte Geräusche, dann begann der eigentliche Song.

TocToc näherte sich der Kamera und blökte: »*Es war einmal ein Spießer, der wollte echt nicht hören, der wollte immer nur das Leben von anderen zerstören, alles wusste er besser und ging allen auf den Sack, aber er war schwächer als das Messer – zackzack …*«

Die beiden anderen kamen näher und grölten: »*Zackzack – yeah – zackzack – zackzack!*«

TocToc übernahm wieder: »*Ein Männlein liegt im Walde und guckt ziemlich dumm, er hätte hören sollen, jetzt ist er total stumm, allen hat er das Leben zur Hölle gemacht, jetzt kriegt er nicht mehr mit, wer am lautesten lacht …*«

Im Chor ging es weiter: »*Fahr zur Hölle, alle sind froh, die Bitches jubeln und ich sowieso, wer sich mit uns anlegt, landet mit der Fresse im Dreck, denn wir fackeln nicht lange und machen dich einfach weg!*«

Ein paar stümperhafte Hopser folgten, dann begann textlich alles wieder von vorne, und Diana stoppte den Film.

Es herrschte fassungslose Stille, dann sagte Okko: »Das glaube ich einfach nicht.«

Nur mühsam löste ich mich aus meiner Starre. Es hatte wieder einmal wie eine unglaublich schlechte Büttenrede geklungen, aber … »Da haben wir doch den Beweis! Oder, Okko?«

»Genau!«, rief Diana. »Jetzt reißen wir der sauberen Bande den Arsch auf, dass es nur so kracht!«

Ein Blick in Okkos Gesicht reichte, um mir klarzumachen, dass Diana und ich vorschnell triumphiert hatten.

Langsam, *sehr* langsam, schüttelte er den Kopf. »Ich hasse es, euch zu enttäuschen, Mädels, aber dieses Filmchen beweist rein gar nichts. Höchstens, dass die drei Flitzpiepen null Talent haben.«

»Aber es geht doch eindeutig um den Mord an Kevin«, sagte Diana. »Nicht nur das: Sie geben doch sogar zu, dass sie es waren.«

»Das reicht nicht als Beweis.« Okko seufzte. »Sie können jederzeit behaupten, dass es sich dabei mitnichten um ein Geständnis, sondern lediglich um Prahlerei handelt. Genau die Aufschneiderei, die bei Rappern absolut üblich ist. Jeder noch so schlechte Winkeladvokat würde diesen ...«, mit den Fingern malte er Anführungszeichen in die Luft, *»Beweis* in der Luft zerfetzen. Die Kommissarin lacht uns aus, wenn wir ihr damit ankommen. Noch schlimmer: Es könnte sogar als Beweis für ihre Unschuld gewertet werden. Man wird damit argumentieren, dass niemand so dumm sein kann, mit dieser Tat öffentlich zu prahlen.«

Das fehlte mir noch – mal wieder wie ein geprügelter Hund aus ihrem Büro zu schleichen, weil ich mich einmal mehr lächerlich gemacht hatte.

»Trotzdem dürfen wir uns nicht unterkriegen lassen, hört ihr?«, fuhr Okko fort. »Wir sammeln weiter, und irgendwann werden sich all diese kleinen Puzzleteile zu einem Bild zusammenfügen. Wir müssen genug Indizien beschaffen, um die Kommissarin davon zu überzeugen, dass es in diesem Fall mehr mögliche Täter gibt als Dennis.«

»Vielleicht sollte ich mir mal Miri und diesen Gödel TocToc schnappen und die beiden mit diesem Rap konfrontieren«, sagte ich. »Aber wie? Und ich muss absolut vorsichtig sein, damit Angie nicht misstrauisch wird. Sobald ich ein falsches Wort sage, rennen die doch sofort zu ihr, und dann kriegen wir nichts mehr aus denen raus. Verdammt.«

Irgendwann war ich dann zu mir nach Hause gefahren – ohne Diana. Ich brauchte dringend Ruhe, um alles zu sortieren, was wir bis jetzt herausgefunden hatten.

Ich legte mich aufs Sofa und freute mich, dass Baghira in Kuschellaune war, nachdem er gefressen hatte. Er rollte sich auf meinem Bauch zusammen und schnurrte wie ein gut geölter Motor.

Auf den ersten Blick schien es natürlich geradezu absurd, dass TocTocs Rap – auf den er vermutlich superstolz war – uns nicht weiterbringen sollte. Aber ich wusste auch, dass Okko recht hatte: Die Küpper würde sich totlachen.

Am liebsten würde ich mir Angie schnappen, sie irgendwo anketten und so lange ohne Essen schmoren lassen, bis sie mir freiwillig die Wahrheit sagte. Nun ja, über den Begriff ›freiwillig‹ ließe sich in diesem Zusammenhang trefflich streiten, aber dieses Video hatte mich unglaublich wütend gemacht. Wie abgebrüht konnte man sein, mit einem Mord zu prahlen? Oder waren diese Bengel einfach nur strunzdumm?

Mittlerweile war ich beinahe sicher, dass zumindest TocToc aktiv beteiligt gewesen war; vielleicht auch seine Kumpels. Irgendwer hatte die beiden Männer – Kevin und Dennis – schließlich in den Wald schleppen müssen.

Wer letztendlich zugestochen hatte, war mir mittlerweile schon beinahe egal.

Kapitel 20

Für Frau Koslowski erfüllt sich ein lang gehegter Traum, und ein Affe findet die genau richtigen Worte

Auf der Fahrt zur Tankstelle am nächsten Morgen redeten Erwin und ich nicht viel. Ich hing meinen Gedanken nach. Später würde ich endlich Dennis sehen können, und ich war aufgeregt wie vor dem ersten Date mit jemandem, in den ich schon lange heimlich verknallt war. Also war unser kleiner Ausflug für mich eine willkommene Ablenkung.

Auf der Landstraße herrschte nicht viel Verkehr; ihr kurviger Verlauf führte uns durch Felder und kleine Waldgebiete wie das, an das Dennis' Grundstück grenzte.

»Meinst du, an dieser kleinen Bude gibt es Kameras?«, fragte ich.

»*Gerade* hier. Weil hier die Verlockung, zu tanken und dann abzuhauen, ohne zu bezahlen, viel größer ist als mitten in der Stadt an einer Tanke, an der immer was los ist.«

Wir passierten noch einige Gehöfte, dann kam die Tankstelle in Sicht.

»Wir sind da«, sagte Erwin, setzte den Blinker und bog langsam auf das Gelände rechts der Straße ab.

»Haben wir eigentlich eine Strategie?«, fragte ich.

Erwin parkte den Wagen am Rand des Geländes. »Nee. Ich schlage vor, wir reagieren spontan auf die Situation, die wir gleich vorfinden. Besser gesagt: auf die *Person,* die wir vorfinden.«

»Vielleicht solltest du tanken? Dann haben wir einen unauffälligen Einstieg in ein Gespräch.«

»Leider ist mein Tank voll.« Erwin grinste. »Lieber gar nicht tanken als für vier Euro 30.«

Wir stiegen aus, und ich sah mich um. Es handelte sich um

eine dieser No-Name-Tankstellen, die häufig in ländlichen Gegenden zu finden waren. Drei Zapfsäulen, ein kleines Gebäude, ein Münzstaubsauger – das war es auch schon.

Tatsächlich – an den Rändern der Überdachung der Zapfsäulen hingen Kameras, die alles im Blick hatten. Hoffentlich.

Wir betraten das Gebäude, und am Tresen blickte eine Frau mittleren Alters von einem Magazin hoch, in das sie vertieft gewesen war. Sie schlug es hastig zu und schob es beiseite, aber ich hatte das Cover gesehen: *Echte Verbrechen*.

Dass Erwin es auch bemerkt hatte, erkannte ich an dem triumphierenden Blick, den er mir zuwarf.

Er setzte ein schmelzendes Lächeln auf. »Guten Tag, Frau …« – er scannte kurz das Namensschild am Kittel der Frau – »… Koslowski. Hätten Sie kurz Zeit für uns?«

Die blondierte Tankstellenfachkraft musterte uns. »Wat is dat denn für 'ne komische Frage? Wofür soll ich Zeit ham?«, blaffte sie dann. »Wer sind Sie denn überhaupt?«

»Verzeihen Sie – mein Fehler.« Erwin lächelte noch breiter und zauberte aus seiner Brusttasche eine Visitenkarte hervor, die er ihr mit großer Geste überreichte. »Wenn ich mich vorstellen darf: Erwin Schneider, Privatdetektiv.« Er deutete auf mich. »Das ist meine Assistentin, Frau Luchs.«

Stirnrunzelnd studierte Frau Koslowski die Karte. »Hm … Privatdetektiv? Da kann ja jeder kommen. Und so 'n Kärtchen hier kann sich jeder Affe am Computer selber basteln und sonst wat draufschreiben.«

Sag ich doch.

Erwin hob den Finger. »Aber nicht jeder Affe ist – so wie ich – ehemaliger Polizist.«

»Polizist?« Wieder musterte sie ihn intensiv, dann hellte sich ihr Gesicht auf. »Ich dachte mir doch gleich, dat ich Sie kenn! Sie warn doch früher in dem Viertel unterweechs, wo die Gitti Scheffer ihr Lädchen hatte. Richtich?«

Strahlend machte Erwin eine kleine Verbeugung. »Richtig! Ich bin Wachtmeister Erwin.«

Innerlich hüpfte ich vor Freude wie ein Flummi – besser hätte es nicht kommen können. Erwin hatte sich soeben als Bulle und somit als hochseriös legitimiert, und diverse Türen, die ich noch vor einer Stunde fest verschlossen befürchtet hatte, öffneten sich gerade wie von selbst. Ich konnte mich für den Moment bequem zurücklehnen und darauf beschränken, wichtig aus der Wäsche zu gucken.

Auch mal schön.

»Und jetzt sindse ’n echten Privatdetektiv? So einer wie Magnum?« Sie seufzte. »Dieser Magnum, der is schon ’n tollen Typ …«

Erwin zwinkerte ihr zu und schnurrte mit seiner schönsten Vertrauenswürdiger-Bulle-Stimme: »Ich hoffe, ich gehe bei Ihnen auch ohne Hawaiihemd als Detektiv durch?« Sie nickte kichernd, und er fuhr fort: »Ich vermute mal, Sie interessieren sich für Verbrechen?«

Verlegen deutete sie auf das Magazin, in dem sie bei unserem Eintreffen geschmökert hatte. »Ja, da les ich allet, wat ich inne Finger kriegen kann. Bücher von echte Kommissare und so. Und kuck im Fernsehn allet, wat da so gezeicht wird. Dokus, Serien, Krimis – irgendwat läuft immer.«

Erwin beugte sich zu ihr. »Wie würde es Ihnen gefallen, an einem echten Fall mitzuarbeiten?«, raunte er mit verschwörerischem Unterton.

»Wie? Ich?« Entgeistert sah Frau Koslowski ihn an. »Also, dat wär ja …« Ihr versagte die Stimme.

Draußen fuhr vor einer der Zapfsäulen ein Auto vor.

»Wir reden gleich weiter«, murmelte Erwin ihr zu und legte den Zeigefinger an die Lippen.

Dann zog er mich zu einem winzigen Stehtisch, der ein Stück von der Theke entfernt im Verkaufsraum stand. Schon immer hatte ich mich gefragt, wozu es diese Stehtische in Tankstellen gab. Um dort schön gemütlich einen Kaffee zu genießen? Inmitten von Spritgestank und Abgasen? Jetzt wusste ich es: Sie waren für konspirative Gespräche gedacht.

»Das läuft ja wie geschmiert«, flüsterte ich. »Die Lady frisst dir aus der Hand.«

»Besser hätte es nicht laufen können«, wisperte Erwin zurück. »Jetzt müssen wir nur noch darauf hoffen, dass die Kameras keine Attrappen sind. Oder das Bild lediglich auf einen Monitor übertragen, ohne dass es gespeichert wird.«

Ich rollte mit den Augen. »Bitte nicht. Ich finde, wir haben allmählich mal etwas verdient, das uns konkret weiterbringt.«

Erwin wiegte den Kopf. »Lass uns abwarten. Noch wissen wir noch nicht einmal, ob Sonntag zur fraglichen Zeit überhaupt irgendjemand hier getankt hat. Falls nicht, nutzen uns alle Aufzeichnungen der Welt nichts.«

Der Kunde hatte inzwischen bezahlt und den Verkaufsraum verlassen. Frau Koslowski kam hinter dem Tresen hervor und gesellte sich zu uns an den Tisch.

»Also, wie kann ich helfen?«, fragte sie.

»Sie haben hier ja einen ziemlich ruhigen Job«, sagte ich zu ihr. »Gibt es auch Zeiten oder Tage, an denen mehr los ist?«

Frau Koslowski nickte. »Wat meinense wohl, wat hier sonntachs abgeht? Besonders mittachs. Da fährt die halbe Stadt hier längs. Familienausfluuch machen und so. Lecker Schnitzel essen inne Waldgaststätte, vorher oder nachher zum Wildtiergehege. Oder innen Klettergarten. Da geht's hier zu wie auffm Hauptbahnhof, dat könnense mir aber ma glauben.«

»Und Sie schmeißen den Laden hier ganz alleine?« Erwin hob die Brauen. »Hut ab.«

Frau Koslowski winkte lässig ab. »Ach wat, dat mach ich schon jahrelang. Die Tanke hier gehört meim Sohn. Zuhause fällt mir die Decke auffn Kopp, da bin ich heilfroh, dat ich wat zu tun hab.« Sie stutzte. »Aber Sie ham mir immer noch nich gesacht, welchet Verbrechen hier aufgeklärt werden soll. Und wat meiner einer damit zu tun hat!«

»Es geht um nichts weniger, als einen unschuldigen Mann davor zu bewahren, als Mörder verurteilt zu werden«, verkündete Erwin pompös.

Frau Koslowski fehlten die Worte. Ihre Lippen formten ein O, aber heraus kam nichts.

»Das«, fuhr Erwin fort, »ist für uns die Königsdisziplin: der Polizei zu beweisen, dass sie sich irrt.«

»Und es is ganz sicher, dat die Polizei sich irrt?«, wisperte Frau Koslowski, die noch immer um Fassung zu ringen schien. Und darum, ob sie uns glauben sollte oder nicht.

»*Ganz* sicher«, erwiderte ich ernst. »Dieser Fall hat übrigens alle Zutaten für einen erstklassigen Fernsehkrimi: Eine Intrige wird gesponnen, ein unschuldiger Mann wacht neben einer Leiche auf. Und alles ist natürlich so arrangiert, dass die Polizei glauben muss …« Ich zuckte mit den Schultern. »Ihnen als Expertin muss ich ja nicht mehr dazu erzählen.«

Frau Koslowski blickte zu Erwin, und der nickte bestätigend. »Die Polizei glaubt dem Verdächtigen die Geschichte nicht, die er erzählt«, sagte er, »denn er hat mehrere Aussagen gegen sich, die natürlich abgesprochen sind. Der Verdächtige wurde in eine Falle gelockt und soll jetzt für einen Mord büßen, den er nicht begangen hat.«

Frau Koslowski riss die Augen auf. »Dat is nich zufällich am letzten Sonntach passiert, oder? Ungefähr zwei Kilometer von hier, wenn man in Richtung Waldgaststätte fährt? Da geht so 'n Weech rein zu 'nem kleinen Gehöft. Da wohnt aber kein Bauer mehr, sondern einer ausser Stadt.«

Ich war baff. »Wie kommen Sie darauf?«, fragte ich sie.

»Erssma sind hier zich Bullenautos vorbeigefahrn«, erwiderte sie stolz, »und 'n Krankenwagen. Außerdem ham mir

Kunden erzählt, wo se die Bullen gesehn ham: an dem Weech zu dem Gehöft.« Mit gesenkter Stimme fuhr sie fort: »Der Tote, is dat der Typ ausse Stadt? Oder isser der Verdächtige?«

»Darüber dürfen wir nicht sprechen«, erwiderte Erwin, was natürlich schamlos gelogen war. Aber weder er noch ich hatten Lust, Dennis hier an der Tanke zu outen. »Aber sagen Sie: Die Kameras da draußen – sind die echt?«

»Na klar sind die echt«, sagte sie entrüstet. »Wissense, hier wurde andauernd Sprit geklaut, und irgendwann hatte mein Junge die Faxen dicke.«

»Nachvollziehbar.« Erwin nickte verständnisvoll. »Werden die Aufzeichnungen gespeichert?«

»Eine Woche lang.« Frau Koslowski dachte einen Moment lang nach, dann hellte ihre Miene sich auf. »Ich weiß! Sie denken, unsere Kameras ham den Mörder gefilmt! Wenn ich dat meim Jungen erzähl!«

Erwin hob die Hand. »Solange der Mord nicht hier vor der Kamera geschehen ist, würde die Aufzeichnung eines Mannes oder einer Frau uns nicht viel nutzen, selbst wenn sie unserer Meinung nach mit dem Mord beziehungsweise mit dem Mordkomplott zu tun haben. Nein, es geht uns um etwas anderes, das sehr wichtig ist: Wir suchen einen Zeugen, der zu einem bestimmten Zeitpunkt *vor* dem Mord dort vorbeigefahren ist und die Geschichte des Verdächtigen bestätigen kann. Von diesem Zeugen hoffen wir, dass er hier getankt hat und wir ihn mithilfe seines Nummernschildes finden können.«

»Bitte«, fügte ich hinzu, »wir brauchen wirklich Ihre Hilfe, Frau Koslowski. Uns ist natürlich klar, dass wir viel von Ihnen verlangen, indem wir Sie um die Herausgabe dieser Aufzeichnungen bitten. Aber Sie können vielleicht meinen … äh, einen unschuldigen Mann davor bewahren, verurteilt zu werden.«

»Ihren …?«, fragte sie neugierig. »Wat wollten Se gerade sagen, junge Frau? Wer ist der Verdächtige?«

»Also gut«, erwiderte Erwin und wies mit dem Kopf auf mich. »Bei dem Mann handelt es sich um den Lebensgefährten meiner Assistentin. Und um einen sehr guten und langjährigen Freund von mir. Er sitzt in Untersuchungshaft. Und ein paar sehr skrupellose Leute reiben sich gerade die Hände, weil es ihnen zu gelingen scheint, den Mord auf ihn abzuwälzen.«

Frau Koslowski dachte eine Weile nach, dann gab sie sich einen Ruck. »Na schön. Ich will Ihnen dat ma glauben. Und deshalb isset mir 'ne Freude, Ihnen zu helfen. Kommense ma mit nach hinten.«

Wir folgten ihr durch eine Tür hinter dem Tresen in einen winzigen Raum, der offenbar auch als Lager diente. Die hohen Regale an sämtlichen Wänden waren derart vollgestopft, dass ich prompt das Gefühl bekam, nicht atmen zu können. In einer Ecke stand ein winziger Tisch mit einem Computer, davor ein Hocker. Sie setzte sich vor den Monitor und rüttelte mit der Maus, bis ein Bild erschien. Zwei Klicks später deutete sie auf sieben Ordner, die jeweils mit einem Tagesdatum versehen waren.

Sie drehte sich zu uns um. »Und wat jetz? Wollense gleich ma sehn?«

»Sehr gerne«, sagte Erwin. »Sonntag um die Mittagszeit, bitte. Ab zwölf. Schneller Vorlauf reicht vollkommen.«

Sie klickte den Ordner an und rief eine Eingabemaske auf, in die sie die Uhrzeit eintrug und dann auf einen Doppelpfeil klickte.

Rasend schnell flitzten einige Autos auf die Tankstelle und wieder aus dem Bild. Etliche fuhren in die Richtung zurück, aus der sie gekommen waren, also stadteinwärts; einige wenige setzten ihre Fahrt fort – das waren unsere potenziellen Zeugen. Selbst bei dieser Geschwindigkeit waren die Nummernschilder einwandfrei zu erkennen – Volltreffer.

Ich kramte einen Datenstick aus der Tasche, den ich in weiser Voraussicht eingesteckt hatte. »Eigentlich brauche ich vom Sonntag nur ungefähr eine bis zwei Stunden, aber das ist jetzt wahrscheinlich zu kompliziert. Haben die Aufzeichnungen eine Zeitanzeige?« Auf ihr Nicken hin fuhr ich fort: »Das wird uns sehr helfen, Frau Koslowski. Wenn Sie nichts dagegen haben, ziehe ich den kompletten Sonntag auf meinen Stick. Ich verspreche Ihnen, nur das zu benutzen, was wir benötigen, und den Rest zu löschen.«

Sie nickte wieder, und ich steckte den Stick in den Rechner und kopierte den Ordner von Sonntag darauf. Äußerlich ließ ich mir nichts anmerken, aber innerlich jubilierte ich, denn ich hatte das starke Gefühl, einen großen Schritt weitergekommen zu sein: Wir hatten die Aufzeichnungen, und zum betreffenden Zeitpunkt waren tatsächlich Leute in die – für uns – richtige Richtung gefahren.

Entsprechend überschwänglich bedankte ich mich bei ihr für ihre Hilfe. Erwin war nicht weniger enthusiastisch. Wir mussten ihr hoch und heilig versprechen, ihr auf jeden Fall Bescheid zu sagen, wenn die Filmaufnahmen uns tatsächlich geholfen hatten.

Als wir gingen, stand sie in der Tür des Verkaufsraums und rief uns hinterher: »Sagense ma, wat soll dieser ominöse Zeuge einklich gesehn ham?«

Ich blieb stehen, drehte mich zu ihr um und erwiderte: »Einen Mann, der an einem roten Kleinwagen einen Reifen wechselt.«

Meine Antwort schien sie zu enttäuschen.

Aber was hatte sie wohl erwartet? Etwas wie: *Einen Mann, der einem anderen mit einer Axt den Schädel spaltet,* oder dergleichen? Damit konnte ich leider nicht dienen. Es ging wirklich nur um so etwas Alltägliches wie einen profanen Reifenwechsel.

Obwohl – *nur?*

Immerhin hatte er das Potenzial, Dennis vor einer Verurteilung zu retten. Oder doch wenigstens, die Küpper in eine andere Richtung zu schicken.

Jetzt mussten wir nur Zeugen finden, die bereit waren, mit uns zu sprechen. Und bei der Polizei eine entsprechende Aussage zu machen.

Aber das konnte ich getrost Erwin überlassen. Wie er gerade mal wieder eindrucksvoll bewiesen hatte, konnte er jeden zu allem überreden.

Kapitel 21

Loretta hat Glück: Es bleibt nicht unbemerkt, wenn Mungo Jerry am Straßenrand einen Reifen wechselt

Nichts, aber auch *gar nichts* in dem kargen Raum, in dem ich gleich Dennis treffen würde, ›lud zum Verweilen ein‹, wie es so schön hieß. Nein, hier sollte man sich nicht wohlfühlen, das war auf den ersten Blick sonnenklar. In einer Ecke des Raumes hing an der Zimmerdecke eine Kamera. Außerdem: kahle Wände, ein abgeranzter Tisch mit Metallbeinen und Plastiktischplatte, dazu passende, unbequeme Stühle – ein gemütliches Ambiente sah wahrlich anders aus.

Zwei Metalltüren mit Sichtfenstern lagen einander gegenüber. Durch die eine waren Okko und ich gerade eingetreten, durch die andere würde mein Liebster kommen.

Okko hatte mich auf der Fahrt hierhin gründlich gebrieft: Es sei zu erwarten, dass man das Treffen beobachten werde, da Dennis immerhin eines Kapitalverbrechens bezichtigt werde. Da rechnete man offenbar mit heimlichen Absprachen, konspirativen Nachrichten und dergleichen mehr.

Ob es noch den guten alten Kuchen mit der eingebackenen Feile gab? Vermutlich eher selten. Mittlerweile gehörte es stattdessen wohl offenbar zum Alltag, dass im Mund Drogen eingeschmuggelt wurden – was sonst sollte der Grund dafür sein, dass ich ihn nicht küssen durfte?

Nachdem wir die Einlass-Prozedur hinter uns gebracht hatten, saßen wir also nun seit zehn Minuten in diesem Raum und warteten. Ich war zappelig – wer hätte es mir verübelt? Seit man Dennis am Sonntag einkassiert hatte, waren schlappe drei Tage vergangen, die mir wie eine Ewigkeit vorkamen. Ich würde ihm so gern alles erzählen, was wir mittlerweile herausgefunden hatten, aber Okko hatte den Kopf geschüttelt und mich um Stillschweigen gebeten. Erstens, um Dennis keine Hoffnungen zu machen, und zweitens, um der Polizei keine Informationen zu liefern.

Dazu sei es noch viel zu früh, hatte Okko mich gemahnt. Man stelle sich vor, die Polizei würde losmarschieren, blöde Fragen über Rap-Songs stellen und damit bei Angie, Biggi und Konsorten die Alarmanlage scharfstellen, dann konnten wir einpacken.

Schlüssel klimperten, einer wurde im Schloss umgedreht, die Tür ging auf, und da stand er: Dennis. Prompt vergaß ich alles, was Okko mir eingebläut hatte. Ich sprang auf und warf mich an Dennis' Brust.

Eine wunderbare Sekunde lang spürte ich seine Arme um mich. Dann blaffte die Gefängnisfachkraft, die ihn begleitete: »Bitte unterlassen Sie das, sonst brechen wir sofort ab. Setzen Sie sich! Keine Berührungen, wenn ich bitten darf.«

Bedröppelt schlich ich zurück zu meinem Stuhl und setzte mich brav auf meine vier Buchstaben, erst dann wurde Dennis zu dem Platz gegenüber geführt.

»Hallo, Okko«, sagte er, dann sah er mich an, und sein Blick wurde ganz weich. »Loretta …«

In seiner Stimme lag so viel Sehnsucht, dass mir ganz anders wurde. Was mich allerdings am meisten verblüffte: Er sah aus wie immer.

Aber was hatte ich erwartet? Eine verhärmte, ausgemergelte Jammergestalt in abgerissenen Klamotten? Offenbar hatte ich zu viele Filme gesehen, die in Alcatraz spielten. Okay, er barst nicht gerade vor guter Laune, aber er wirkte gelassener, als ich befürchtet hatte. Er trug seine normalen Klamotten, was – wie ich ja mittlerweile wusste – Untersuchungshäftlingen gestattet war. Immerhin galt er bis zu einer Verurteilung als unschuldig, und das war auch gut so.

Wir sahen uns an, dann fragte ich: »Wie geht es dir?«

»Ich vermisse dich«, erwiderte er. »Ansonsten geht es einigermaßen. Ich versuche immer noch, zu verstehen, wie ich in diese Situation geraten konnte.«

»Dafür haben andere gesorgt«, fauchte ich und spürte unter dem Tisch Okkos Fuß, der mir einen dezenten Tritt verpasste.

Mist, ich musste mich zusammenreißen.

Ich solle über Belanglosigkeiten reden, hatte Okko gesagt. Aber was war in diesen Tagen belanglos? Wie es seinen Hühnern ging? Das wusste er bereits von Okko. Was in der Firma so los war? Wenn es dort brannte, würde er es früh genug erfahren. Wie es mir ging? Herrje – wie sollte es mir schon gehen? Aber ich hatte ihm diese selten bescheuerte Frage schließlich auch gestellt.

Wie gern würde ich ihm von meinem aufschlussreichen Besuch bei Angie erzählen und was diese Hexe alles behauptet hatte. Die Gemeinheiten, die er angeblich über mich gesagt hatte. Oder über Erwins und meinen kleinen Erfolg an der Tankstelle am heutigen Vormittag berichten …

»Ich soll dich von Minipli-Man grüßen«, sagte ich lässig. »Und ganz besonders von Hornbrillen-Girl. Sie sind zurzeit sehr viel unterwegs. Tatsächlich haben sie schon ganz erstaunliche Dinge erfahren.«

Tritt-unter-dem-Tisch, der zweite.

Dennis' Miene hatte sich aufgehellt.

Immerhin hatte ich ihm durch die Benutzung unserer Kampfnamen gerade zu verstehen gegeben, dass wir aktiv waren. Und er hatte es oft genug erlebt: Wenn Erwin und ich uns erst einmal in einen Fall verbissen hatten, fanden wir auch die Lösung. Bisher hatte es jedenfalls immer geklappt.

»Die anderen grüßen natürlich auch«, fuhr ich fort. »Doris, Frank, Bärbel … du weißt schon. Brauchst du irgendetwas? Klamotten? Etwas zu lesen?«

Dennis grinste. »Da Okko bei mir wohnt, sitzt er an der

Quelle. Über ihn bin ich also bestens versorgt. Unterhosen, Socken, Lieblingsbücher – alles am Start.«

»Gut. Gut. Wie ist das Essen? Du kannst dir etwas von außerhalb bestellen, aber das weißt du sicherlich bereits.«

»Ach was.« Dennis winkte ab. »Das ist schon okay. Ich habe nicht vor, mich hier häuslich einzurichten. Ich hoffe natürlich, dass sich alles ganz schnell aufklären wird, wie du dir vorstellen kannst. Ich ... ich fühle mich gerade ziemlich hilflos, weißt du? Die Sachen, die Angie ausgesagt hat ... und Miri ...« Er schüttelte den Kopf. »Ich denke ständig darüber nach, warum sie das tun. Ich verstehe es einfach nicht.«

»Du musst aufhören, dir damit das Hirn zu zermartern, das macht dich nur verrückt. Glaub mir, es wird sich alles aufklären«, erwiderte ich. »Ach, übrigens: Du weißt doch, dass ich unbedingt diesen einen roten Kleinwagen kaufen will? Ich habe gerade eine Frau kennengelernt, die genau so ein Auto fährt, stell dir vor. Netterweise will sie mich demnächst mal Probe fahren lassen. Dann kann ich prüfen, ob es der richtige für mich ist, ich bin nämlich noch nicht hundertprozentig sicher.«

Tritt-unter-dem-Tisch, der dritte. Und hochgezogene Brauen bei Dennis. Hatte er verstanden, dass ich glaubte, die Frau mit der Reifenpanne aufgespürt zu haben?

»So ein Zufall«, sagte Dennis.

Ich nickte. »Ja, das war es tatsächlich. Aber wie gesagt: Hundertprozentig sicher bin ich noch nicht.«

Dennis lächelte. »Macht ja nichts. Du wirst es herausfinden. So wie immer.«

»Du kennst ja meine Erfolgsbilanz.«

Tritt-unter-dem-Tisch, der vierte.

Allmählich dürfte Okko die Nase gestrichen voll haben von meinen nur höchst unzulänglich verschlüsselten Botschaften, die ich Dennis zukommen ließ. Also fragte ich meinen Liebsten, was ihm seit seiner Verhaftung am Sonntag alles widerfahren war. Schließlich war ich selbst noch nie im Knast gewesen, und jetzt war die Gelegenheit, alles aus erster Hand zu erfahren.

Und gleichzeitig Okkos Nerven zu schonen.

Er hatte es verdient.

»Mensch, Loretta«, sagte Okko hinterher, als wir zurück zum Callcenter fuhren, »das war zum Teil hart an der Grenze, wirklich.«

»Pff. Hart an *deiner* Grenze vielleicht, weil du die Zusammenhänge und Hintergründe kennst. Was könnte unverfänglicher sein als mein Plan, ein kleines rotes Auto zu kaufen?«

Okko schnaubte. »Ach ja? Und warum gehst du dann nicht einfach in ein Autohaus, um eine Probefahrt zu machen? Warum musst du *zufällig* einer Frau begegnen, die *zufällig* so ein Auto fährt? Herrje.«

»Sei nicht sauer, okay? Ich wollte ihm halt sagen, dass wir alles tun, um ihm zu helfen. Und dass es vielleicht einen kleinen Erfolg zu verbuchen gibt. Die Sache mit der Reifenpanne ist immerhin ein Schlüsselmoment in der ganzen Geschichte. Ich bin überzeugt, dass Biggi die Frau ist, die ihn am Sonntag aus dem Haus gelockt hat.«

Okko lenkte den Wagen auf den Parkplatz des Callcenters und stellte den Motor ab. Dann wandte er sich mir zu. »Und wie willst du sie dazu bringen, das zuzugeben?«

»Vielleicht schaffe ich es, vielleicht auch nicht.« Ich zuckte mit den Schultern. »Mittlerweile weiß ich ja dank Erwin, wo sie arbeitet. Aber noch wichtiger ist es, jemanden zu finden, der diesen Reifenwechsel *gesehen* hat. Schließlich denkt die Küpper, dass Dennis diese Geschichte nur erfunden hat. Und wenn wir ihr einen Zeugen oder eine Zeugin präsentieren, müsste sie doch zumindest ins Nachdenken kommen, oder? Und zumindest als *Möglichkeit* in Betracht ziehen, dass Dennis vielleicht doch die Wahrheit sagt.«

»Ja, das sollte sie. Denn dann ist bewiesen, dass die Reifenpanne nicht Dennis' Fantasie entspringt.«

»Sag ich ja. Und jetzt lass uns reingehen und herausfinden, ob Erwin damit schon erfolgreich war.«

Diese Frage blieb nicht lange offen, denn als wir das Büro betraten, schwenkte Erwin triumphierend einen Zettel. »Wir haben jemanden gefunden! Wir haben einen Telefontermin, Loretta!«

»Erwin in Aktion zu sehen, hat mich schwer beeindruckt«, sagte Diana grinsend. »Erst haben wir uns die Aufzeichnungen der Tankstellenkamera angesehen, danach hat Erwin ein paar alte Kontakte aktiviert. Und jetzt haben wir die Adresse eines Autofahrers, der am Sonntagmittag exakt zur passenden Zeit dort vorbeigefahren ist! Ist das nicht wundervoll?«

»Und wieder ist nichts auf legalem Weg abgelaufen!« Okko verdrehte die Augen und stöhnte. »Illegal beschaffte Aufzeichnungen – vom Datenschutz will ich gar nicht anfangen. Und dann auch noch ein Sicherheitsleck bei der Polizei ...«

Erwin lachte dröhnend. »Junge, danach kräht später kein Hahn mehr. Du wusstest vorher, dass wir unkonventionelle Maßnahmen ergreifen würden. Ich bin bereit, zu schwören, dass du von alldem nichts wusstest, keine Sorge.«

»Wie bitte? Auch noch Meineid?« Okko schlug die Hände vors Gesicht.

»Jaja, wir werden alle in der Hölle schmoren«, sagte ich. »Aber wenn es Dennis hilft, bin ich dazu bereit. Und wieso haben wir einen Termin, Erwin?«

»Ganz einfach«, erwiderte Erwin strahlend. »Ich habe eine Adresse und eine Telefonnummer, und ich habe mit einem sehr netten Herrn namens Köhler ein kurzes Telefonat geführt.«

»War er der Einzige, der zum fraglichen Zeitpunkt dort getankt hat?« Erwin schüttelte den Kopf, und ich fuhr fort: »Warum hast du dann ausgerechnet ihn ausgewählt?«

»Wir haben insgesamt vier Adressen«, sagte Diana. »Aber bei diesem Köhler hat Erwin gesagt: *Den nehmen wir. Der sieht so aus, als hätte er Zeit und Lust, sich mit uns zu unterhalten.* Richtig, Erwin?«

Erwin tippte sich an die Nase. »Da verlasse ich mich ganz auf meinen Riecher. Und meine Menschenkenntnis. Also, er war bei unserem Telefonat vorhin in Eile, bot aber an, dass ich mich ...« – er blickte auf die Uhr – »... genau jetzt noch einmal bei ihm melde.« Neckisch zwinkerte er in die Runde. »Alle bereit? Ich stelle das Telefon auf Lautsprecher. Also, Freunde: Ruhe auf den billigen Plätzen, wenn ich bitten darf.«

Wir setzten uns in die Couchecke. Erwin wählte eine Nummer, und wir hörten es läuten.

Dann sagte eine Männerstimme: »Köhler.«

»Herr Köhler, hier ist noch einmal Erwin Schneider. Sie erinnern sich? Wir haben vor zwei Stunden kurz gesprochen.«

»Herr Schneider, natürlich erinnere ich mich.« Wir hörten, wie er zu jemandem im Raum sagte: »Elli, dieser Privatdetektiv ist dran. Komm doch mal kurz her, ja?«

Schritte erklangen, dann fragte eine Frau: »Was will er denn?«

»Weiß ich nicht genau«, erwiderte Herr Köhler. »Es geht um Sonntagmittag. Was können wir denn für Sie tun?«

»Ich suche sehr dringend Zeugen für einen Vorfall, der sich am Sonntagmittag ereignet hat. Sie haben doch stadtauswärts an der freien Tankstelle getankt, richtig?«

»Das ist richtig. Danach sind wir weiter zum Wildtiergehege. Es hat zwar geregnet, aber frische Luft tut immer gut, nicht wahr?«

»Sehr gut sogar. Auf dem Weg dorthin, kurz nach der Tankstelle, war da etwas am Straßenrand ...«

Die Frau im Hintergrund begann zu kichern und prustete: »Na klar: Mungo Jerry!«

»Mungo Jerry?«, fragte Erwin verblüfft.

Jetzt gackerte auch Herr Köhler. »Stimmt, wir haben uns über diesen Mann amüsiert, der wie Mungo Jerry aussah. Riesige Koteletten, Schlaghose, so eine giftgrüne Jacke aus den Siebzigern – als wären wir in eine Zeitschleife geraten.«

Ich konnte mein Glück kaum fassen – vielleicht wäre Dennis ihnen gar nicht aufgefallen, wenn er sich nicht so exzentrisch kleiden würde. Wer hätte gedacht, dass ausgerechnet seine heiß geliebte, abgrundtief hässliche Kunstlederjacke ihn vielleicht vor der Verurteilung retten könnte?

»Dieser Mann, der wie Mungo Jerry aussah – was hat der denn an der Straße gemacht?«, fragte Erwin.

»Er hat einen Reifen gewechselt«, antwortete Köhler, »und das bei diesem Wetter. Er kniete auf der Straße, und weil wir ganz langsam vorbeifuhren, konnten wir ihn gut sehen. Da war auch noch eine Frau. Aber wie die aussah … Elli, hast du die Frau gesehen?«

»Nee, ich war zu sehr von Mungo Jerry abgelenkt … oder warte mal … sie war ziemlich klein. Und blond, sie war blond. Ihr rutschte nämlich die Kapuze vom Kopf.«

»Hervorragend«, flötete Erwin. »Können Sie sich zufällig auch an das Auto erinnern?«

»Ich weiß nur noch, dass es eine kleine rote Nuckelpinne war«, sagte Herr Köhler. »Welches Fabrikat, weiß ich nicht, die sehen doch alle gleich aus. Früher war das anders, nicht wahr? Da konnte man das Fabrikat schon von Weitem erkennen, aber heutzutage … ein Kopp und ein Arsch.«

Okko hob die Hand und beugte sich über das Telefon. »Herr Köhler, mein Name ist Okko Harms, ich bin Anwalt. Der Anwalt von Dennis Karger, das ist der Mann, den Sie gerade als Mungo Jerry bezeichnet haben.«

»Aha …?« Herr Köhler klang plötzlich ziemlich misstrauisch.

»Ich würde mich jetzt gern ausweisen, aber das ist per Telefon schlecht möglich. Ich habe eine Bitte an Sie und Ihre Frau, Herr Köhler: Sind Sie bereit, Ihre Beobachtung der Polizei mitzuteilen?«

»Der Polizeiiii …?« Noch misstrauischer.

Mir sank das Herz in die Hose. Waren die Köhlers etwa Leute von der Sorte, die nichts mit der Polizei zu tun haben wollten, weil das vermeintlich nur Ärger einbrachte?

»Ihre Aussage ist für meinen Mandanten überaus wichtig, Herr Köhler. Mit Ihrer Hilfe können Sie einen unschuldigen Mann vielleicht davor bewahren, zu Unrecht verurteilt zu werden. Die Polizei glaubt leider, dass dieser Reifenwechsel nicht stattgefunden hat. Beziehungsweise nur in der Fantasie meines Mandanten.«

»Verstehe ich nicht.«

»Das ist eine längere Geschichte, die ich Ihnen und Ihrer Frau gerne persönlich erklären würde, wenn Sie erlauben. Dürfte ich mit meiner Assistentin bei Ihnen vorbeikommen? Morgen Vormittag?«

Kurzes Schweigen, dann sagte Herr Köhler: »Einen Moment, bitte.«

Am anderen Ende der Leitung wurde die Sprechmuschel abgedeckt, und wir hörten leise eine unverständliche Diskussion. Erst als Diana mir den Arm um die Schultern legte und »Atmen …!« flüsterte, merkte ich, dass ich vor innerer Spannung und Angst die Luft anhielt.

Herr Köhler meldete sich wieder zu Wort. »Sie haben Glück. Meine Gattin ist neugierig auf die *ganze* Geschichte. Wir erwarten Sie morgen um halb zehn.«

»Vielen Dank«, erwiderte Okko und reckte den Daumen in meine Richtung. »Und bis dahin können Sie sich im Internet über mich informieren. Okko Harms ist mein Name. Rechtsanwalt.«

Das Gespräch war beendet, und Diana kreischte los: »Juhu! Nimm *das,* Angie!« Sie boxte in die Luft. Jeden Hieb begleitete sie mit: »Und *das!* Und *das!*«

»Das ist ein erster Schritt in die richtige Richtung«, sagte Okko lächelnd zu mir. »Mit dieser Aussage können wir bei Kommissarin Küpper Zweifel an ihrem vermeintlich hieb- und stichfesten Fall säen. Das ist ein Licht am Ende des Tunnels. Und endlich mal eine gute Nachricht für Dennis.«

Ich schlug die Hände vors Gesicht und heulte los.

Das war alles, wozu ich noch imstande war.

Kapitel 22

Jemand freut sich, der Polizei eins auswischen zu können, und Loretta macht einen kleinen Einkaufsbummel

Okko holte mich am nächsten Morgen im Büro ab. Ich bestand darauf, Frau Köhler einen Strauß Blumen mitzunehmen, also hielten wir an einem Laden mit dem gleichermaßen hübschen wie skurrilen Namen *FlowerPower,* was wiederum irgendwie zu Mungo Jerry passte.

Entgegen meiner Erwartung hatte Okko noch nicht mit Dennis gesprochen, da – wie er sagte – leider noch immer die Möglichkeit bestand, dass die Köhlers einen Rückzieher machten.

Natürlich, das hatte ich nicht bedacht.

Die Köhlers wohnten in einem Bungalow in einem gediegenen Viertel außerhalb der City. Im Vergleich zu den anderen Vorgärten zeichnete sich der ihre durch charmante Wildnis aus, wie trotz der frühen Jahreszeit zu erkennen war. Wenn erst einmal alles grünte und blühte, war es bestimmt ein Paradies.

Herr Köhler, ein leicht freakig angehauchter Mittsechziger mit grauem Zopf, öffnete uns die Haustür. Auf seinem schwarzen Sweatshirt stand *Led Zeppelin,* und schon wunderte ich mich nicht mehr, warum er bei Dennis' Anblick direkt an Mungo Jerry gedacht hatte. Und warum Erwin sich ausgerechnet für ihn entschieden hatte. Herr Köhler war wahrhaftig kein konventioneller Rentner. Die Haare, das Outfit … Erwins Überlegungen waren sonnenklar: Herr Köhler war ein Kandidat, der *Spaß* daran haben könnte, den doofen Bullen zu beweisen, dass ihre Ermittlungsarbeit zu wünschen übrig ließ.

»Herr Harms«, sagte Köhler. »Ich erkenne Sie von Ihrem Foto auf Ihrer Website.«

Okko nickte lächelnd und deutete auf mich. »Das ist Frau

Luchs, meine Mitarbeiterin. Sie wird das Protokoll aufnehmen, wenn Sie gestatten.«

»Immer herein.« Köhler trat einen Schritt beiseite und rief: »Elli! Herr Harms und Frau Luchs sind da!«

Elli – hennarote Haare und geblümtes Wallekleid – kam aus den Tiefen des Bungalows angerauscht wie eine Fregatte unter vollen Segeln. Sie strahlte über das ganze Gesicht. Als ich ihr den Strauß gab, flötete sie: »Die schönen Blumen! Aber das wäre doch nicht nötig gewesen!«

Ich unterdrückte ein Grinsen. Freakig hin oder her – damit hatte sie die Phrase Nummer eins aller Gastgeberinnen seit den Fünfzigerjahren rausgehauen.

Sie führte uns in eine große Wohnküche, die mit schönen alten Möbeln ausgestattet war – offenbar legte in diesem Haushalt niemand besonderen Wert auf hochglänzende Einbauküchen mit modernstem Schnickschnack, aber dafür war es urgemütlich.

Okko nahm auf dem Küchensofa Platz; ich setzte mich auf einen Stuhl und holte meinen Laptop aus der Umhängetasche. Es wunderte mich kein Stück, dass die Köhlers uns keinen Kaffee, sondern Tee anboten, den Herr Köhler in einer tönernen Kanne servierte. Seine Frau hatte die Blumen in einen irdenen Krug gestellt, den sie in einen Nebenraum brachte.

Schließlich saßen wir alle um den Tisch herum.

»Sie sind Anwalt in Friesland, haben wir herausgefunden«, sagte Herr Köhler zu Okko. »Wie kommt es, dass Sie ausgerechnet hier im Pott einen Fall übernommen haben?«

»Bei meinem Mandanten handelt es sich um einen sehr engen Freund«, erwiderte Okko. »Da sind mir die paar Kilometer nicht zu viel.«

Elli Köhler nickte. »Das ist sehr nett von Ihnen. Was hat er angestellt?«

»Und schon sind wir beim Thema«, sagte Okko. »Er hat

nichts getan, außer in eine sehr gut gestellte Falle zu tappen. Folgendes ist am letzten Sonntag passiert …«

Die Köhlers hörten atemlos zu, während Okko ihnen in knappen Worten die Situation skizzierte.

»… und weil die Polizei ihm nicht glaubt und ihn damit praktisch vorverurteilt, benötigen wir dringend Ihre Aussage«, schloss er seinen Vortrag.

»Das ist ja der reine Wahnsinn«, flüsterte Elli Köhler und griff nach der Hand ihres Gatten. »Wir sind froh, wenn wir helfen können. Ich meine, wir haben ihn ja *wirklich* gesehen, nicht wahr, Schatzi?«

»Typisch Bullen«, brummte *Schatzi,* »engstirnig und eindimensional. Es würde mich freuen, denen mal ordentlich vor den Koffer zu scheißen. Als könnten die sich nie irren! Halten sich für unfehlbar. Also: Ja, wir haben diesen Mann gesehen. Auch wenn ich zuerst dachte, ich hätte eine Halluzination. Wer rechnet denn bitte damit, Mungo Jerry beim Reifenwechseln zu sehen? Dieser Mann war wirklich sehr auffallend gekleidet.«

Sagt der langhaarige Oppa im Led-Zeppelin-Shirt, dachte ich amüsiert und schämte mich direkt ein bisschen für die Bezeichnung ›Oppa‹. Heutzutage waren Rentner superfit und tätowiert, hatten lange Haare und waren Fans harter Rockmusik. Na gut, vielleicht nicht alle.

»Mir ist übrigens noch eine Kleinigkeit eingefallen«, sagte Elli Köhler, »die Frau hielt eine Warmhaltekanne in der Hand. Ist das wichtig?«

Kleinigkeit? Ob das wichtig war?

Das war eine Bombe!

»Könnte das diese Frau gewesen sein?« Ich zeigte ihr eines der Fotos, die ich von Biggi und ihrem Auto gemacht hatte.

»Auf jeden Fall.« Sie nickte. » Wir sind sehr langsam vorbeigefahren; wir wollte niemanden gefährden. Der Mann schien gerade mit der Arbeit am Auto fertig zu sein«, fuhr sie fort. »Im Seitenspiegel konnte ich noch sehen, dass er von der Straße aufstand.«

»Das ist ein überaus wichtiges Detail, das Sie da noch beobachtet haben«, sagte Okko lächelnd. »Wunderbar, Frau Köhler. Ich schlage vor, wir machen eine kurze Niederschrift Ihrer Aussage, die Sie beide dann bitte unterschreiben. Eines noch: Sie müssen damit rechnen, dass Frau Küpper, die ermittelnde Kommissarin, Sie sehr zeitnah aufs Präsidium bestellen wird, um persönlich mit Ihnen zu reden. Vielleicht kommt sie auch hierher zu Ihnen. Sie wird Sie zu Ihrer Aussage befragen wollen; immerhin sind Ihre Beobachtungen die erste Bestätigung dafür, dass mein Mandant die Wahrheit sagt. Sind Sie dazu bereit?«

Unwillkürlich hielt ich wieder die Luft an: Dies war die letzte Möglichkeit für die Köhlers, jetzt doch noch zu desertieren.

»Aber das versteht sich ja wohl von selbst!«, rief Elli Köhler beinahe empört aus. Offenbar konnte sie nicht fassen, dass Okko sich dessen erst noch zu vergewissern müssen glaubte.

»Ich danke Ihnen sehr«, sagte Okko. »Und ich wollte Sie mit meiner Frage keineswegs beleidigen, Frau Köhler. Aber ich bin in meiner beruflichen Laufbahn schon etlichen Menschen begegnet, die dazu nicht bereit waren. Schriftliche Aussage – ja, Befragung im Präsidium – nie im Leben.«

Ich klappte den Laptop auf, fuhr ihn hoch und öffnete ein Word-Dokument. »Von mir aus können wir loslegen.«

Okko coachte uns durch die Aussage und sorgte dafür, dass wir die richtigen Formulierungen benutzten und kein wichtiges Detail vergaßen. Zu guter Letzt druckte ich die Aussage am Drucker der Köhlers aus, und sie setzten ihre Unterschriften darunter.

»Bitte, lassen Sie uns wissen, ob wir helfen konnten«, sagte Elli Köhler, als wir uns von ihnen verabschiedeten.

Selten war mir ein Versprechen leichter gefallen als dieses.

Um halb zwölf stellte ich mein Auto auf dem Parkplatz des

Supermarktes ab, in dem Biggi arbeitete. Ich schnappte mir einen Einkaufswagen und ging durch die gläserne Eingangstür, die sich automatisch öffnete und sirrend hinter mir wieder schloss. Showtime.

Ob Biggi noch im Dienst war? Oder überhaupt heute Schicht hatte? Ich verbarg mich hinter einem Regal und linste um die Ecke in Richtung Kasse: Da saß sie, freundlich lächelnd, rotwangig, gute Laune versprühend. Die Frau hatte wahrlich ein sonniges Gemüt; das machte es ihr vermutlich leichter, einen Kerl wie Ingo zu ertragen. Und die Sklavin für Angie zu spielen, ohne dass ihr jemand dafür dankte.

Eigentlich war es albern, mich zu verbergen, denn ihre Konzentration war ganz auf die Leute gerichtet, bei denen sie jeweils kassierte.

Mehrere Kunden, die vorbeikamen, beäugten mich argwöhnisch, und ich beschloss, das zu tun, weshalb ich hier war: einkaufen und zufällig Biggi treffen.

Ich warf ein paar Waren in meinen Einkaufswagen, dann steuerte ich die Kasse an. Die Warteschlange war recht lang, aber ich rührte mich nicht vom Fleck, als eine zweite Kasse geöffnet wurde. Um mich herum geriet alles in hektische Bewegung, als das Wettrennen auf die zusätzliche Kasse einsetzte: Einkaufswagen donnerten zusammen, es wurde sich gegenseitig in die Hacken gefahren, es wurde geflucht und geschimpft – ich blieb seelenruhig stehen und rückte ein paar Plätze weiter in Richtung Biggi, als sich die entstandenen Lücken in meiner Schlange schlossen.

Schließlich legte ich meine Sachen auf das Kassenband, wobei ich jeden Blick auf Biggi vermied. Erst jetzt nahm ich bewusst wahr, was ich gerade einkaufte: Hundefutter, eine Ananas, eine Packung Heftpflaster und eine Tüte Haferflocken. Nun ja. Als ich durch den Laden geflitzt war, hatte ich bei meiner Auswahl wohl nicht so genau hingesehen.

Das Band surrte weiter, und schließlich war ich an der Reihe. Der Scanner piepste, Biggi nannte mir die zu zahlende Summe, und ich rief total überrascht: »Na so was! Du bist doch Biggi, richtig?«

Oscar für Loretta Luchs.

Biggi lächelte mich an, musste aber sichtlich überlegen. Vermutlich wusste sie, wer ich war, aber der Name wollte ihr partout nicht einfallen, wie es schien.

»Loretta«, soufflierte ich strahlend.

»Loretta, natürlich!«, rief Biggi. »So ein Zufall! Kaufst du öfter hier ein?«

Um Zeit zu schinden, fummelte ich umständlich mit meiner Geldbörse herum. »Nein, ich war noch nie in diesem Laden. Ich bin nur zufällig in der Gegend.« Ich schüttelte den Kopf, um meiner Verblüffung Ausdruck zu verleihen. »Ist es nicht verrückt, dass wir uns hier über den Weg laufen? Du hast nicht etwa gleich Pause oder so?«

»Nein, aber Feierabend. In fünf Minuten«, erwiderte sie. »Wieso fragst du?«

»Was hältst du davon, wenn wir einen Kaffee trinken? Ganz spontan?«

Ich deutete auf die Theke mit Backwaren und den angrenzenden Café-artigen Bereich im Eingangsbereich des Supermarktes.

Biggi zögerte. Tat sie es deshalb, weil die Mischpoke zuhause auf sie und ihre Putzdienste, Kochkünste, Einkäufe oder was weiß ich wartete? Oder zögerte sie, weil sie als fleißige Drohne die Bienenkönigin erst um Erlaubnis bitten musste?

»Ach, komm, gib dir einen Ruck«, sagte ich. »Du weißt doch, ich bin gerade echt durcheinander und stehe mit meinem Kummer ziemlich alleine da.« Ich setzte einen treuherzigen Blick auf und sah sie flehend an. »Nur ein Viertelstündchen, dann bist du mich wieder los, versprochen.«

Damit hatte ich scheinbar mitten in ihr butterweiches, mütterliches Herz getroffen, denn sie erwiderte: »In Ordnung. Ich brauche zehn Minuten oder so.«

»Wunderbar.« Ich strahlte sie an. »Kann ich dir schon etwas bestellen? Ich lade dich ein. Cappuccino? Oder etwas anderes? Du hast die freie Wahl.«

Nein, nichts anderes, sie liebte ›Cappu‹, wie sich herausstellte.

Ich verfrachtete meinen Einkauf ins Auto, brachte den Einkaufswagen weg und ging wieder hinein. An der Bäckereitheke bestellte ich zwei große Cappuccini, hörte der prachtvollen Kaffeemaschine beim Röcheln und Schnorcheln zu, bezahlte die Getränke und trug die beiden Riesentassen zu einem Tischchen am Fenster.

Der Blick hinaus ging auf den hässlichen Parkplatz, aber mit der Einrichtung des Cafés hatte man sich durchaus Mühe gegeben: Cocktailsessel, kunstledergepolsterte Sitzbänke, Tische im Retro-Look sowie Lampen im Industrial Design aus dem Baumarkt gaben ihr Bestes, um eine halbwegs gemütliche Atmosphäre zu schaffen. Nichts passte so richtig zusammen, und mein Geschmack war es nicht, aber es war auszuhalten. Eigentlich war es sogar irgendwie niedlich. Und ein großes Glück, dass es dieses Café an Biggis Arbeitsplatz gab, denn ich hätte es vermutlich nicht geschafft, sie an einen anderen Ort zu locken.

Nach ein paar Minuten erschien sie. Statt ihres Kittels trug sie nun eine Steppjacke, und natürlich schleppte sie zwei volle Einkaufstaschen. Mit einem schweren Seufzer ließ sie sich auf das Sesselchen plumpsen.

»Hast du wieder für Angie eingekauft?«, fragte ich und schob einen Cappuccino in ihre Richtung.

Biggi nickte. »Das bietet sich an, oder? Wo ich doch in einem Supermarkt arbeite.« Sie rührte in ihrer Tasse und schlürfte ein paar kleine Schlucke. »Das tut gut. So eine kleine Pause ist auch mal ganz schön.«

»Machst du sonst nie Pausen?«

»Dafür habe ich keine Zeit. Nach der Arbeit koche ich für alle, dann helfe ich Angie im Haushalt: waschen, bügeln, ein bisschen putzen …«, sie zuckte mit den Schultern. »Und meinen eigenen Haushalt habe ich dann ja auch noch zu erledigen. Irgendwann kippe ich todmüde ins Bett, und am nächsten Tag geht alles wieder von vorne los.«

Irgendwie faszinierte mich ihre Gelassenheit. Ihr Pensum hatte sie ohne eine Spur von Vorwurf aufgezählt – das war halt ihr Leben. Oder das Dasein, das ihr Schicksal ihr zugedacht hatte. Daran gab es nichts zu meckern, das war halt so.

Dass sie sich für eine Horde von stinkfaulen Blutsaugern abschuftete, schien sie nicht zu bemerken. Oder zu bekümmern. Aber wie sie darüber dachte, hatte sie mir gegenüber ja bereits kundgetan. Sie war stolz darauf, dies alles für die Künstlerin Angie und die Influencerin Miriam tun zu *dürfen.*

Und jetzt saß ich hier mit ihr am Tisch und wusste nicht weiter. Wie sollte ich sie knacken, ohne dass sie direkt zu Angie rannte und mich verpetzte?

»Es ist eine Tragödie, dass das Treffen zwischen Kevin und Dennis so schiefgelaufen ist«, sagte sie plötzlich. Sie wirkte geistesabwesend, so als spräche sie zu sich selbst.

»Ich wusste nicht einmal, dass sie sich treffen wollten«, erwiderte ich.

»Was hat er dir denn gesagt, wohin er geht?«, fragte sie.

»Er hat behauptet, er müsse einer Frau mit einer Autopanne helfen.« Ich zuckte mit den Schultern und schnaubte. »Eine Lüge von vielen weiteren, die er mir vorher schon aufgetischt hatte, wie ich jetzt weiß. Herrje, ich komme mir so blöd vor. Wie kann es sein, dass ich nichts gemerkt habe?«

»Mach dir keine Vorwürfe«, erwiderte Biggi. »Manche

Männer sind geschickte Lügner, weißt du? Sie nutzen dich aus und haben gar keine Gewissensbisse. Er hatte eine Lektion verdient.«

Ups – da war ihr aus Versehen etwas rausgerutscht, das sah ich ihrem Gesicht an.

»Ging es darum bei dem Treffen?«, fragte ich sofort. »Eine Lektion? Es hatte an der Tür geklingelt, aber wahrscheinlich war das Kevin, oder? Es *muss* ja Kevin gewesen sein, wer sonst hätte klingeln sollen? Oder war es jemand, der Dennis vor die Tür locken sollte?«

»Unsinn, wie kommst du denn *darauf?*« Ihr Lachen klang beinahe hysterisch. »Dennis wollte das Treffen, hat Angie erzählt. Er hat nach der Party bei ihr angerufen und … na ja … er hat ihr wieder die Ohren vollgesülzt, sagt sie. Kevin war davon wirklich genervt. Er wollte Dennis ein für allemal klarmachen, dass er Angie in Ruhe lassen soll. Deshalb wollte er sich mit ihm treffen.«

Ich runzelte die Stirn. »Jetzt bin ich verwirrt. Wer wollte das Treffen denn nun? Dennis oder Kevin?«

Biggi starrte mich an wie ein hypnotisiertes Kaninchen. Sie hatte sich mit dem Arsch an die Wand manövriert, und ich musste unbedingt Dampf aus der Sache nehmen, bevor sie in Panik aufsprang und flüchtete.

»Wahrscheinlich wollten es beide, nicht wahr?« Ich seufzte und rieb mir die Schläfen. »Um die Situation zu klären.«

»Genau.« Biggi wirkte sichtlich erleichtert. »Und dann sind sie wohl in Streit geraten, das nehmen wir jedenfalls an. Angie hätte Kevin doch niemals zu dem Treffen gehen lassen, wenn sie geahnt hätte …« Sie schüttelte den Kopf.

»Ich … ich habe sie im Wald gefunden, weißt du?«, sagte ich leise. »Kevin war tot, Dennis war bewusstlos. Findest du das nicht auch seltsam? Warum war er ohnmächtig? Oder hat er vielleicht nur so getan?«

»Bestimmt!«, erwiderte sie sofort. »Noch eine Lüge mehr!«

»Er hat behauptet, die Frau mit der Autopanne hätte ihm Tee gegeben, um sich zu bedanken, und davon sei er bewusstlos geworden.« Ich schüttelte den Kopf, als könnte ich es noch immer nicht fassen.

»Na, der hat ja ganz schön viel Fantasie.« Wieder dieses gekünstelte Lachen, dann stand Biggi auf. »Ich muss jetzt los. Danke für den Cappuccino.«

Weg war sie.

Durchs Fenster sah ich sie in ihr Auto steigen und davonfahren. Ob sie Angie wohl von unserem Gespräch berichten würde?

Meine Einkäufe fielen mir ein. Hundefutter, also so was ...

Heini würde sich freuen.

Kapitel 23

Kehren Täter wirklich immer an den Ort ihres Verbrechens zurück?, fragt sich Loretta nach einer Begegnung im Wald

Im Büro informierte ich Erwin über das Gespräch mit Biggi, dann verabschiedete ich mich von ihm. Ich war erschöpft und deshalb gar nicht böse, dass Okko mit Diana unterwegs war – ich würde sie später in Dennis' Haus treffen.

Spontan fuhr ich zu Bärbel und Frank. Der Uhrzeit nach mussten sie gerade ihren Laden für die Mittagspause geschlossen haben.

Ich klingelte am Tor an der Einfahrt, und sofort hörte ich Franks Stimme: »Is offen!« Ich war gar nicht auf die Idee gekommen, dass nicht abgeschlossen sein könnte, zumal dort mit dem Einbau eines elektrischen Türöffners unlängst das Raketenzeitalter Einzug gehalten hatte.

Ich ging über die Einfahrt zum Lagerschuppen, wo ich ihn vermutete. Und richtig: Offenbar hatte er gerade eine Warenlieferung erhalten und war dabei, alles einzusortieren.

»Mensch, Loretta.« Er umarmte mich herzlich. »Wir ham so oft an dich gedacht. Und an Dennis, versteht sich. Der Erwin hält uns aufm Laufenden, oder die Doris ruft an. Die Süße und ich, wir machen uns echt Sorgen.«

Prompt hatte ich ein schlechtes Gewissen, meine Freunde vernachlässigt zu haben.

»Ich … es tut mir leid, dass ich mich während der letzten Tage nicht gemeldet habe, aber …«

»Kein Wort mehr«, fiel er mir ins Wort. »Dat nimmt dir keiner übel, dat wär ja wohl noch schöner. Dat du grade andere Sachen im Kopp has, ist ja wohl klar wie Kloßbrühe. Wichtich is jetz bloß, dat der Dennis so schnell wie mööchlich ausm

Knast rauskommt. Der arme Kerl. Muss da unter Schwerverbrechern hocken …« Bekümmert schüttelte er den Kopf.

Unwillkürlich musste ich grinsen. »So schlimm ist es nicht. Es geht ihm gut. Untersuchungshäftlinge sind nicht mit den Verurteilten zusammen untergebracht. Das weißt du doch aus eigener Erfahrung.«

»Könnte doch sein, dat dat hier anders is als anne Nordsee?« Er feixte.

»Nee, ist es nicht. Das ist überall gleich.«

»Der Erwin sacht, ihr habt Zeugen gefunden?«

Ich nickte. »Bei denen war ich heute Morgen mit Okko. Sie haben Dennis und die Frau mit der Reifenpanne tatsächlich gesehen.«

Frank senkte verschwörerisch die Stimme. »Und wat hasse sonz noch rausgefunden?«, raunte er. »Du bis doch heimlich am Ermitteln, oder?«

»Nicht so viel, fürchte ich.« Ich zuckte mit den Schultern. »Angies Geschichte ist ziemlich gut ausgetüftelt.«

»Und diese Bengel? Die ham doch bestimmt auch damit zu tun.«

»Du meinst die Rapper?«

»Klar! Ich erkenn doch Kleinkriminelle, wenn ich die seh. Und die drei ham Dreck am Stecken, kannze mich für ankucken. Ich wette, keiner von denen hat ’nen Job. Hier wat Kleinet drehn, da mal ’n Auto knacken, ein paar Drogen verticken … sowatt eben. Dumm wie Schifferscheiße, aber halten sich für große Gangster.«

In dieser Hinsicht waren Frank und ich also einer Meinung.

»Die wissen wat, ganz sicher«, fuhr er fort. Er ballte die Fäuste und boxte ein paarmal in die Luft. »Gib mir fünf Minuten mit diese Heiopeis, dann packen die aus und schreien nach ihre Mami.«

»Danke für dein Angebot, aber lieber nicht. Ich hoffe, ich kann die Küpper davon überzeugen, sich meine Theorie dazu anzuhören. *Sie* soll sich diese saubere Bande schnappen.«

Enttäuscht verzog er das Gesicht. »Kein Andakawwa diesma? Schade.«

Ich schüttelte den Kopf. »Kein Undercover. Zu riskant.«

»Wat? Riskant? Glaubse etwa, ich krich die Bengel nich unter Kontrolle? Lächerlich! Dat sind Kinder!«

»Du könntest zehn von ihrer Sorte mühelos in Schach halten, daran habe ich keinerlei Zweifel. Nein, das Risiko liegt ganz woanders: Angie und Miriam, die Dennis schwer belasten, dürfen auf keinen Fall mitkriegen, dass wir ihnen auf der Spur sind. Sie müssen sich in absoluter Sicherheit wiegen, verstehst du? Sogar ich hab Angie gegenüber so getan, als würde ich ihre Lügen glauben.«

Fassungslos starrte er mich an. »Dat is nich dein Ernst!«

»Doch. Ich sag ja – sie muss ich sicher fühlen.«

»Verstehe! Und dann: zack – Überraschungsangriff! Und die Küpper schlägt zu wie ’ne Klapperschlange … blitzschnell und tödlich. Genial.«

»Aber am besten ohne das Klappern vorher.«

»Hm … stimmt, die rasseln ja, bevor se beißen. Dann eben wie ’ne Kobra. *Küpper, die Kobra* – dat klingt doch gut. Also ham wir jetz auch ’n Kampfname für die olle Küppersche. Wurde auch Zeit.«

Von dem sie nie erfahren würde, wenn es nach mir ging. Dennoch gefiel mir der Vergleich, der den Nagel auf den Kopf traf: Sie musste urplötzlich und aus dem Hinterhalt zuschlagen, sonst hatten wir kaum eine Chance. Damit, dass sich Angie oder Miriam von sich aus freiwillig stellen und die Tat gestehen würden, war nun wirklich nicht zu rechnen.

Da Bärbel unterwegs war, fuhr ich weiter zu Dennis’ Haus. Obwohl es zurzeit bewohnt war, fehlte etwas, wie mir wieder bewusst wurde. Dennis' Abwesenheit war für mich deutlich spürbar, trotz herumliegenden Klamotten und benutztem Geschirr. Was war es? Sein spezieller Dennis-Duft, den ich gar nicht genauer beschreiben könnte? Seine Seele, sein *Sein*, das sonst durch die Räume schwebte?

Ich setzte mich aufs Sofa und nahm mein Handy zur Hand. Es drängte mich plötzlich, mir Miriams Account mal wieder anzusehen. Irgendwie war sie während der letzten Tage aus meiner Wahrnehmung verschwunden, fiel mir auf. Ich hatte mich gänzlich auf Angie fokussiert, und Miriam schien sich unterhalb meines Radars zu bewegen. Auch während meines Besuchs bei ihnen war sie nur einmal kurz durch den Raum gegangen, ohne großartig auf mich zu reagieren oder mit mir zu sprechen.

Jetzt, im Nachhinein, fand ich ihr Verhalten seltsam.

Was also hatte sie seit Sonntag gepostet? Etliches, wie ich entdeckte, allerdings hatte nichts davon einen Bezug zum Trauerfall in ihrer Familie.

Oder doch?

Auf einem Foto, das sie am Tag nach Kevins Tod hochgeladen hatte, posierte sie fröhlich grinsend, darunter hatte sie *#freedom* geschrieben.

Freiheit, soso. Ihr lästiger Ziehvater war aus dem Weg geräumt, und sie genoss ihre neu gewonnene Freiheit, oder wie durfte man das verstehen?

Etliche Fotos von ihrem Liebsten folgten, garniert mit Herzen und küssenden Smileys sowie dem Hinweis, dass *#TocTocSeven* an einem sensationellen neuen Track arbeitete – was daran zu erkennen war, dass er über einen Schreibblock gebeugt war.

Mir fiel auf, dass seine Bandkollegen nirgends auftauchten. Waren sie lediglich Staffage für TocToc, der für den Inhalt seiner Songs ganz alleine verantwortlich war? War das ein Hinweis darauf, dass die Verschwörergruppe tatsächlich nur aus Angie, Miriam und TocToc bestand?

Dann, vorgestern, hatte sie Bilder aus dem Wald gepostet, die von nicht besonders guter Qualität waren, aber ich erkannte die Szenerie trotzdem: Das Video mit dem ›sensationellen Track‹ wurde gedreht. Hashtag dieses, Hashtag jenes … und damit wollte sie Karriere als Influencerin machen?

Wäre ich zynisch, würde ich jetzt konstatieren, dass sie Kevin, der sie ja wohl versorgt hatte, eindeutig zu früh umgebracht hatten. Mit dem, was sie auf ihrem Account fabrizierte, konnte sie unmöglich Geld verdienen. Und ich wagte stark zu bezweifeln, dass TocToc mit seinem künstlerischen Output erfolgreicher war.

Wovon also wollten sie in Zukunft leben?

Ingo hatte mir auch nicht gerade den Eindruck gemacht, als würde er in Geld schwimmen. Aber vielleicht ging es darum ja auch gar nicht. Mehr Geld, weniger Geld … egal. Hauptsache, sie hatten eine Bude, in der sie ihre Tage vertrödeln konnten. Vermutlich hatten sie tatsächlich nur ihre Ruhe haben wollen. Endlich diesen blöden Nörgler loswerden, der sie in ihrer Lethargie und bei ihren Tagträumen störte.

Vielleicht ließ sich ja mit der Unterstützung vom Staat recht gut über die Runden kommen, was wusste ich schon von ihren – oder speziell Angies – Ansprüchen?

Und da eine Trennung mit Stress verbunden gewesen wäre, war es ihnen einfacher erschienen, ihn umzubringen. Keine Debatten, kein Streit, keine Diskussion, kein Gezerre darum, wer ausziehen muss. Jetzt war er aus ihrem Leben verschwunden, und wahrscheinlich hatten sie bereits seine Sachen aus der Wohnung entfernt.

Oder entfernen *lassen.* Von Biggi, weil es für die bedauernswerte Witwe zu schmerzvoll gewesen wäre.

Herrgott, wie gerne ich Biggi die Augen öffnen würde! Über

ihren sauberen Kerl, der sie nach Strich und Faden betrog. Über Angie, die sie gnadenlos ausnutzte und für ihr Mordkomplott missbraucht hatte.

Eigentlich erstaunlich, wie gut Angies Plan funktioniert hatte. Es gab daran so viele Unwägbarkeiten, so viel hätte schiefgehen können. Was, wenn ich statt Dennis am Sonntag die Tür geöffnet hätte? Hatten sie gar nicht bedacht, dass jemand wie die Köhlers Biggi und Dennis am Straßenrand sehen würde? Was, wenn Dennis nicht so ein höflicher Mensch wäre und den angebotenen Tee abgelehnt hätte?

Aus dieser Perspektive war der Plan sogar ziemlich miserabel, wenn ich es recht bedachte. Ich konnte es richtig vor mir sehen, wie sie – Angie, Miriam und TocToc – total bekifft zusammengehockt und sich den Ablauf zusammengeschustert hatten. Hundertmeterlauf der Orientierungslosen, aber irgendwie hatten sie das Ziel erreicht. Und jetzt hielten sie sich vermutlich für Genies.

Und da selbsternannte Genies sich traditionell für deutlich cleverer als die Polizei hielten, war genau das unsere Chance, wie Okko schon gesagt hatte. Vermeintliche Genies neigten zu Überheblichkeit, wie TocTocs neuer Track eindrucksvoll demonstrierte.

Ich blickte aus dem Fenster.

Den ganzen Tag lang hatte es genieselt, aber jetzt brach die Sonne durch die Wolken. Ich zog Gummistiefel an und schlüpfte in eine Regenjacke mit Kapuze, dann ging ich noch einmal zurück und steckte mein Handy ein.

Draußen war es frühlingshaft mild. Dieser April schien sich nicht so recht entscheiden zu können, zu welcher Jahreszeit er gehören wollte. Es gab noch vereinzelte winterlich anmutende Episoden und dann so einen Tag wie heute, an dem ich mich gut mit einem Liegenstuhl in den Garten hätte legen können.

Die milde Luft duftete nach Frühling, nach feuchter Erde

und frischem Grün. Die Hände in den Taschen des Anoraks vergraben, schlenderte ich den Weg entlang in Richtung Landstraße. An den Büschen und Bäumen sprossen bereits erste zarte Blätter in dieser wunderbaren Farbe, die sie nur zu Beginn ihres Daseins hatten.

Ich stutzte und beugte mich vor. Waren das frische Fußabdrücke? Schwer zu sagen, denn sie befanden sich auf dem Trampelpfad, der am Sonntag durch die Einsatzkräfte entstanden war. Ich richtete mich wieder auf und spähte den Weg zur Straße entlang. Parkte dort vielleicht ein Auto? Von meiner Position aus konnte ich es nicht sehen.

Ich war hin und her gerissen. Sollte ich zur Straße gehen oder gleich in den Wald?

Ich entschied mich für den Wald und schlich geduckt wie ein Indianer über den federnden Boden. Unwillkürlich versuchte ich, keine Geräusche zu verursachen. Von Zeit zu Zeit tropfte es von den Bäumen auf meinen Kopf. Stellenweise war der Waldboden mit Buschwindröschen bedeckt, woanders streckten kleine gelbe Blümchen ihre Köpfe durch das modrige Laub vom letzten Jahr.

Plötzlich hörte ich Gelächter. Sofort blieb ich stocksteif stehen. Als ich ungefähr zehn Meter vor mir etwas Rotes zwischen den Bäumen aufblitzen sah, beglückwünschte ich mich insgeheim zu meiner dunkelgrünen Regenjacke, die sich nun als perfekte Tarnung erwies.

Ich kniff die Augen zusammen und sah jetzt eine Gestalt – nein, es waren zwei. Dann: eine Frauen- und eine Männerstimme. Sie unterhielten sich, und das nicht sonderlich leise. Langsam schlich ich mich näher heran. Sie waren so miteinander beschäftigt, dass sie mich nicht einmal dann bemerkt hätten, wenn ich wie ein Nilpferd durchs Unterholz gebrochen wäre.

An genau der Stelle, wo ich am Sonntag die beiden Männer gefunden hatte, tollten sie lachend herum wie junge Katzen.

Sie umarmten sich, knutschten, dann riss Miriam sich los und ließ sich kreischend wieder einfangen.

»Du bist mein Held«, sagte sie zu ihm nach einem besonders langen, leidenschaftlichen Kuss.

»Für meine Bitch tu ich alles, das weißt du doch.«

Innerlich betete ich darum, dass sie nicht auf die Idee kamen, Sex auf dem Waldboden zu haben, aber dazu war es ihnen wohl zu nass.

»Ja, das weiß ich«, gurrte Miriam. Sie fasste ihm in den Schritt, und er stöhnte auf. »Aber das, was du getan hast … Du musst mich wirklich lieben.«

Wieder lief sie ein paar Schritte weg, diesmal in meine Richtung. Sie bemerkte mich nicht, weil sie sich nach ihrem Verfolger umdrehte.

Jedenfalls nicht, bis ich sagte: »Achtung.«

Sie stoppte abrupt und strauchelte. Dann richtete sie sich auf und starrte mich an, genau wie TocToc, der mittlerweile herangekommen war.

»Was tust du denn hier?«, fragte sie mich, eher verdutzt als feindselig.

»Hier ist dein Ziehvater gestorben«, erwiderte ich. »Hier habe ich sie gefunden. Ihn und meinen Exfreund.«

»Exfreund?«

Ich nickte. »Hat deine Mutter dir nicht von unserem Gespräch erzählt? Ich will mit Dennis nichts mehr zu tun haben, nachdem er mich so dreist belogen hat. Außerdem ist er ein Mörder. Ich bin hier, um mich … na ja, ich will mich verabschieden. Ich werde in Zukunft nicht mehr herkommen. In Dennis' Haus habe ich nichts mehr verloren. Und ihr? Was tut ihr hier?«

»Wir?«, fragten sie synchron.

Sie wechselten verstohlene Blick wie Kinder, die mit der Hand in der Keksdose erwischt worden waren.

»Ist es etwa verboten, hier zu sein?«, blaffte TocToc mich dann an. »Wir können genauso hier sein wie du.«

»Weil ihr um Kevin trauert, nehme ich an.« Ich hoffte inständig, nicht allzu sarkastisch zu klingen.

»Genau.« Miriam schniefte theatralisch und wischte sich eine nicht existente Träne aus dem Augenwinkel. »Hier fühle ich mich ihm nah, weißt du? Ich vermisse ihn so.«

Hilfesuchend schmiegte sie sich an ihren Freund, der fürsorglich die Arme um sie schlang. Ich hörte gedämpfte Schluchzer.

»Ich wollte dich in deiner Trauer nicht stören«, sagte ich. »Ich gehe jetzt wieder. Ich … ich muss noch ein paar persönliche Sachen aus dem Haus holen. Bitte richte deiner Mutter meine Grüße aus.«

»Mach ich«, erwiderte sie schniefend. Dann hob sie den Kopf und sah mich kalt an. Ihre Augen waren staubtrocken.

Nachdenklich ging ich zurück zum Haus. War es wirklich so, dass Täter immer an den Ort ihres Verbrechens zurückkehrten? Ich beglückwünschte mich jedenfalls, dass ich die persönlichen Dinge erwähnt hatte, die ich angeblich noch holen wollte – konnte ja sein, dass sie mich beobachteten.

Dachten sie wirklich, ich hätte sie nicht lachen und kreischen gehört? Waren sie wirklich so dumm?

Sah ganz so aus.

Sofort rief ich Erwin an und erzählte von meiner Begegnung mit den beiden. »Auf mich hat es verdammt so gewirkt, als würden sie auf dem Grab des ungeliebten Ziehvaters Freudentänze aufführen«, sagte ich abschließend.

»Hm … Zieht es sie an diesen Ort, weil sie es erregend finden, dass Kevin dort gestorben ist? Oder weil sie selbst ihn dort umgebracht haben? Dieser TocToc dürfte sein letztes Video nicht ohne Grund dort gedreht haben«, erwiderte Erwin.

»Bäh, das ist so ekelhaft. Aber manche Mörder stehen ja auf

Trophäen. Und TocToc hat sich mit dem Video die ultimative Trophäe geschaffen, das muss ich ihm lassen.«

Erwin lachte leise. »Und weil es bei diesen Blitzbirnen ausschließlich um *Fame* und *Credibility* geht, werden die *Likes* wahrscheinlich durch die Decke gehen, sollte sich herausstellen, dass er tatsächlich der Täter war und am Ort des Verbrechens gedreht hat.«

Ruhm und Glaubwürdigkeit. Nun ja. Was Glaubwürdigkeit unter diesen Gangsta-Rappern auch immer bedeuten mochte. Um in diesen Kreisen ernst genommen zu werden, musste man vermutlich mindestens kleinkriminell sein. Konnte diese fragwürdige Anerkennung tatsächlich ein Motiv dafür sein, einen Mord zu begehen?

Doch, das würde zu TocToc passen, fand ich.

Kapitel 24

In ihrer Ungeduld wagt Loretta einen beherzten Schritt – ob es ein Schritt zu weit ist, muss sich noch herausstellen

»Sie haben sich ja erstaunlich lange zurückgehalten, Frau Luchs«, sagte Kommissarin Küpper.

»Bisher hatte ich Ihnen auch nichts zu bieten«, erwiderte ich freundlich. »Nichts Konkretes, jedenfalls.«

Ihre Brauen hoben sich. »Sie sind also nicht nur deshalb hier, um mir zu versichern, dass Ihr Freund unschuldig ist, weil Sie nicht an seine Schuld *glauben?*«

Ich seufzte innerlich.

Diese kleine Spitze hatte sie sich natürlich nicht verkneifen können. Aber immerhin hatte sie mich empfangen, um sich anzuhören, was ich ihr zu sagen hatte. Das war ziemlich entgegenkommend, wenn ich es recht bedachte. Ob Erwin ihr schon etwas gesteckt hatte, ohne dass ich davon wusste? Hatte er ihr gegenüber bereits angedeutet, dass ihr glasklarer, hieb- und stichfester Fall sich gerade in Rauch auflöste?

»Hat Erwin schon mit Ihnen geredet?«, fragte ich. »Oder Okko Harms?«

Mein Besuch hier war ein Alleingang, um ehrlich zu sein. Kurz vor Betreten des Präsidiums hatte ich Okko eine Textnachricht geschickt. Ich hatte verhindern wollen, dass er mich davon abhielt, mit der Küpper zu sprechen. Nicht sehr nett von mir, ich weiß. Aber ich hatte es einfach nicht mehr ausgehalten.

Theoretisch bestand also die Möglichkeit, dass er mit ihr telefoniert hatte, während ich vom Parkplatz zu ihrem Büro unterwegs gewesen war.

Aber ich erhielt keine Antwort. Mit unbewegtem Gesicht blickte sie mich abwartend an.

Ich räusperte mich ausgiebig. »Also, wir haben mittlerweile

Zeugen aufgetrieben, Frau Küpper. Zeugen für den Reifenwechsel an der Landstraße, den Dennis sich Ihrer Ansicht nach lediglich ausgedacht hat.«

»Er könnte Kevin Sosniak trotzdem umgebracht haben«, erwiderte sie.

Alles klar. So wenig überrascht konnte jemand an ihrer Stelle nur dann reagieren, wenn sie darüber schon Bescheid gewusst hatte. Egal.

»Ernsthaft, Frau Küpper? Hieß es nicht bisher, dass Dennis den Mann in den Wald gelockt hat und dass er sich diese Frau mit der Autopanne lediglich ausgedacht hat? Und jetzt *könnte* es sie doch gegeben haben, aber er hat Sosniak trotzdem in den Wald gelockt? Haben Sie denn versucht, diese Frau zu finden? Ich habe jedenfalls nichts davon gehört oder gelesen, dass nach ihr gesucht wurde. Kein Aufruf in der Tageszeitung, nichts. Immerhin könnte sie ja theoretisch eine Zeugin für die weiteren Vorkommnisse sein, oder?«

Sie zuckte nicht mit der Wimper. Sie sah mich einfach an, und als ich schon beinahe losgebrüllt hätte, sagte sie: »Was ist am letzten Sonntag Ihrer Meinung nach passiert, Frau Luchs?«

Gerade wollte ich loslegen, als es an der Tür klopfte. Auf ihre Aufforderung hin betrat Okko das Büro, warf mir einen eindringlichen Blick zu und setzte sich neben mich auf den zweiten Besucherstuhl.

»Guten Tag, Herr Harms«, säuselte die Küpper. »Frau Luchs wollte mir gerade erzählen, was ihre Theorie zum Tod des Herrn Sosniak ist.«

»Also gut«, sagte ich, fest entschlossen, mich von Okkos Anwesenheit nicht irritieren zu lassen. »Ich bin der Meinung, dass es sich um ein sehr geschickt geplantes und durchgeführtes Komplott handelt. Es diente dazu, Kevin Sosniak loszuwerden und Dennis die Schuld an seinem Tod in die Schuhe zu schieben. Kevin war Angie lästig geworden; ihr und ihrer Tochter Miriam. Denn Kevin war nicht mehr bereit, alle durchzufüttern. Er hat wohl von Miriam verlangt, sich eine Arbeit zu suchen. Ich bin weiterhin der *festen* Meinung, dass keine von Angies Behauptungen, Dennis habe sie bedrängt, eine Beziehung mit ihm anzufangen, der Wahrheit entspricht. Ich bin allerdings der Überzeugung, dass sie eine Affäre mit ihrem Nachbarn Ingo hat und …«

»Ach was? Wie kommen Sie darauf?«, fiel die Kommissarin mir ins Wort.

»Ich habe Angie besucht und die beiden zusammen *erlebt*, ihr Umgang miteinander war eindeutig.«

»Wie bitte? Sie haben die Frau besucht?«, fragte die Küpper verdutzt. »Warum?«

Oha – sollte ich ihr die Wahrheit sagen? Aber warum eigentlich nicht? Was hatte ich schon zu verlieren?

»Ich habe so getan, als würde ich ihre Lügen über Dennis glauben«, sagte ich also. »Ich wollte einfach mal die Lage sondieren. Und dort traf ich dann diesen Ingo an. Sie haben sich andauernd gegenseitig betascht. Jedenfalls so lange, bis Ingos Partnerin auftauchte. Bei der es sich übrigens um die Frau mit der Reifenpanne handelt. Allerdings glaube ich nicht, dass sie in den ganzen Plan eingeweiht war.«

Die Küpper blickte zu Okko, der erst mit den Schultern zuckte, dann aber nickte. Dann sah sie mich an. »Vorausgesetzt, das alles stimmt, Frau Luchs: Wie wollen Sie es beweisen?«

»Sie sind die Polizei, Frau Küpper«, gab ich zurück. »Sie müssen sich diese saubere Bande schnappen und in die Mangel nehmen. Beginnen Sie am besten mit dem schwächsten Glied in der Kette: Biggi.«

»Wer bitte ist Biggi?«, fragte sie.

»Ich weiß den Nachnamen nicht, aber den werden Sie mühelos herausfinden. Biggi und Ingo sind Angies Nachbarn: dasselbe Haus, dieselbe Etage«, erwiderte ich. »Biggi fährt einen roten Kleinwagen und wurde von unseren Zeugen als die Frau identifiziert, die sie mit Dennis an der Landstraße beim Reifenwechsel beobachtet haben. Bei ihr wurde sogar eine Warmhaltekanne gesehen. Sie erinnern sich? Dennis hat erzählt, sie habe ihm einen Tee aus so einer Kanne eingeschenkt. Und nachdem er den getrunken hatte, wurde er bewusstlos.«

»Was sind das für Zeugen?«, fragte die Küpper.

»Moment.« Okko zog aus seiner Aktentasche die Aussage der Köhlers und legte sie auf den Schreibtisch. »Das Ehepaar Köhler ist bereit, sich von Ihnen dazu befragen zu lassen.«

Die Kommissarin nahm das Blatt und las es sorgfältig durch. Mit gerunzelter Stirn blickte sie hoch. »Will ich wissen, wie Sie diese Leute aufgetrieben haben?«

»Wir haben sie gefunden, das muss reichen«, erwiderte ich. »Sie sind am Sonntag zur fraglichen Zeit dort vorbeigefahren.« Ich kramte mein Handy aus der Tasche, rief die Fotos von Biggi auf und hielt der Küpper das Display unter die Nase. »Das ist besagte Biggi mit ihrem roten Kleinwagen, von dem Dennis erzählt hat.«

Die Küpper nickte wie in Zeitlupe. »Und Sie sind ganz sicher, dass es sich bei ihr um die betreffende Frau handelt?«

»Das Ehepaar Köhler hat sie auf den Fotos erkannt, wie Frau Luchs bereits gesagt hat«, warf Okko ein. »Mir würde das reichen, um mich mit ihr zu unterhalten.«

Die Küpper stand auf und stellte sich ans Fenster. Mit dem Rücken zu uns starrte sie hinaus, völlig unbeweglich.

Schließlich drehte sie sich zu uns um. »Was haben Sie noch?« Sie setzte sich wieder an den Schreibtisch.

»Einen ganzen Haufen Indizien«, sagte ich.

Ich berichtete ihr ausführlich von meinem Besuch bei Angie und den vielsagenden Beobachtungen, die ich gemacht hatte, dem Gespräch mit Biggi und von den Rap-Songs, die Miriams Freund ins Netz gestellt hatte.

An dieser Stelle unterbrach sie mich. »*Rap-Songs?* Ist das Ihr Ernst?«

Erneut kramte ich in meiner Tasche und holte den Datenstick heraus, auf dem ich für sie ein kleines Best-of von TocTocs Werken zusammengestellt hatte.

»Der Rapper ist Miriams Freund. Er rappt darüber, wie sehr Kevin sie genervt hat und dass er sich mal lieber nicht mit ihnen anlegen solle. Der letzte Song handelt vom Mord an Kevin Sosniak. Der Track heißt: *Ein Männlein liegt im Walde.* Den sehen Sie sich am besten zuerst an.«

Die Küpper schnappte sich den Stick und steckte ihn in ihren Rechner. Sekunden später erklangen die mir mittlerweile wohlbekannten Songs. Sie lauschte konzentriert, dann sagte sie: »Das ist kein Beweis, das wissen Sie.«

Ich nickte. »Ja, das weiß ich. Aber es ist interessant, finden Sie nicht? Ich habe keine Ahnung, wer Kevin Sosniak erstochen hat, aber Dennis war es definitiv nicht.«

»Und damit sind wir wieder beim Beginn unseres Gesprächs«, erwiderte die Kommissarin. »Was ist Ihrer Meinung nach am Sonntag passiert, Frau Luchs?«

Ich hatte tatsächlich erreicht, dass sie sich meine Theorie anhören wollte. Dass Okko hier aufgetaucht war, betrachtete ich mittlerweile als Vorteil, immerhin hatte sie mich nicht aus ihrem Büro gejagt, weil ich ihr mal wieder die Zeit stahl.

»Gut, das wird jetzt ein längerer Vortrag«, begann ich. »Also: Biggi wird losgeschickt, um Dennis aus dem Haus zu locken und zu betäuben. Ich denke, man hat ihr etwas von einer Lektion erzählt, die man Dennis erteilen wolle. Sie glaubt übrigens ebenfalls an dieses Märchen, dass er Angie belästigt hat.«

»Damit beziehen Sie sich auf die Aussagen von Angelika und Miriam Riewer, nehme ich an«, sagte die Küpper. »Und welche Lektion wollte man Herrn Karger Ihrer Meinung nach erteilen?«

Ich zuckte mit den Schultern. »Keine Ahnung. Ich schätze aber, dass man ihr gesagt hat, Kevin wolle Dennis mal ein bisschen durchschütteln oder so.«

»Durchschütteln?« Die Kommissarin erlaubte sich tatsächlich ein kleines Grinsen.

Ich grinste zurück. »Sie wissen schon. So von Kerl zu Kerl. *Lass meine Frau in Ruhe, sonst brech ich dir alle Knochen.* So etwas in der Art. Also: Als Dennis ohnmächtig ist, gibt Biggi irgendwem Bescheid. Vielleicht den Rappern? Könnte sein. Dennis wird in den Wald geschleppt, damit ist Biggis Part erledigt, und sie fährt weg. Währenddessen liegt Kevin betäubt in einem anderen Auto, das irgendwo versteckt steht und in dem auf Biggis Nachricht gewartet wird. Wenn ich auch glaube, dass Angie die Drahtzieherin und Miriam eingeweiht war, kann ich mir einfach nicht vorstellen, dass die beiden Frauen alleine gehandelt haben, dafür sind sie nicht der Typ.«

»Ach nein?« Die Küpper hob die Brauen. »Welcher Typ sind die beiden Damen denn?«

»Ganz einfach: Sie brauchen andere Leute, die die Arbeit erledigen. Die sie instrumentalisieren können. So wie Biggi, die praktisch ihre Haussklavin ist. Dennoch, als Mitwisserin ist sie, glaube ich, mental nicht stabil genug. Ich halte diese Rapper-Bengel für Mittäter; immerhin können sie sich jetzt wie echte *Gangsta* fühlen. Oder nein: vielleicht doch eher nicht alle drei, auf jeden Fall aber dieser TocToc, Miriams Freund.«

Ich stand auf, atmete tief durch und lehnte mich an die Fensterbank. Okko und die Küpper sahen mich an, aber ich brauchte einen kurzen Moment Pause.

»Zwei bewusstlose Männer im Wald, einer kriegt ein Messer zwischen die Rippen, der andere kriegt die Tatwaffe in die Hand gedrückt«, fuhr ich schließlich fort. »Angie hatte vorher Kevin gezielt aufgehetzt, auf der Party Streit mit Dennis anzufangen. Und schon gab es jede Menge Zeugen für eine vermeintliche Feindschaft zwischen den beiden. Und für Kevins Forderung, Dennis solle gefälligst *endlich* die Finger von seiner Familie lassen – was wiederum zu der Geschichte passt, die Angie und Miriam erzählen. Ich versichere Ihnen, Frau Küpper: Dennis hatte keinerlei Absichten, mit Angie etwas anzufangen. Er hat mich *nicht* belogen. Er hatte *nicht* vor, mich zu verlassen. Und er hat Kevin *nicht* umgebracht.«

Die Küpper musterte Okko. »Was ist Ihre Meinung dazu, Herr Harms?«

Okko lächelte entwaffnend. »Ich weiß, dass es immer wieder Frauen gibt, die erst bei der Verhaftung ihrer Partner erfahren, dass diese sie seit Jahren hintergangen haben. Oder ein Doppelleben mit einer Parallel-Familie geführt haben. Es ist nicht unüblich, dass diese Frauen sich beharrlich weigern, an den Betrug ihres Partners zu glauben; das Gleiche gilt natürlich im umgekehrten Fall. Aber für Dennis Karger lege ich meine Hand ins Feuer, Frau Küpper. Er ist ein integrer, loyaler und charakterfester Mann. Wenn er sagt, er hat Sosniak nicht umgebracht, so glaube ich ihm. Wenn er sagt, er ist betäubt worden, so glaube ich ihm. Ich stehe absolut hinter allem, was Loretta Ihnen erzählt hat. Leider ist mir sehr bewusst, wie schwer seine Geschichte zu beweisen ist. Und«, er seufzte, »es wäre die schlimmste Niederlage meiner anwaltlichen Laufbahn, wenn mir nichts anderes übrig bliebe, als für Dennis das niedrigstmögliche Strafmaß rauszuholen, weil Sie uns nicht glauben, ihn weiterhin für einen Mörder halten und nicht noch in andere Richtungen ermitteln. Das wäre furchtbar.«

Im Raum herrschte Stille.

Die Küpper las noch einmal die Aussage der Köhlers, dann fragte sie Okko: »Was schlagen Sie vor?«

»Ich kann Ihnen nur sagen, was ich an Ihrer Stelle täte«, erwiderte Okko. »Ich würde Biggi mit der Aussage der Köhlers konfrontieren. Dann würde ich mir diesen Rapper schnappen und zu seinen Songs befragen. Beides möglichst zeitnah. Angie wird schwer zu knacken sein, schätze ich.«

»Den Rapper werden Sie wie ein dürres Zweiglein zerbrechen, Frau Küpper«, sagte ich. »Der packt sofort aus, wenn Sie ihn sich zur Brust nehmen.«

Das entlockte ihr ein winziges Lächeln.

»Bitte, Frau Küpper«, fuhr ich fort. »Könnten Sie nicht für einen kleinen Moment lang in Betracht ziehen, dass Dennis Ihnen die Wahrheit gesagt hat? Mir ist klar, dass Angies Version überzeugend wirkt, zumal sie von Miriam bestätigt wird. Sie hatten bisher keinen Grund, nach weiteren Verdächtigen zu suchen. Das verstehe ich. Aber lassen sich nicht auch die Dinge, die wir herausgefunden haben, zu einer schlüssigen Geschichte zusammenfügen? Was, wenn *unsere* Version die Wahrheit ist?«

»Ja, was dann?«, murmelte die Küpper nachdenklich. Sie sah erst mich, dann Okko an. »Ich danke Ihnen für Ihren Besuch und die Informationen. Ich werde mir alles gründlich durch den Kopf gehen lassen.«

»Aber …«, begann ich, doch sie hob die Hand.

»Frau Luchs, es ist mir ein Anliegen, dass kein Unschuldiger für etwas büßt, das er nicht getan hat. Sie werden mir ein wenig Zeit zugestehen müssen, alles gründlich zu überprüfen. Sie hören von mir.«

Damit waren wir entlassen.

Schweigend fuhren Okko und ich mit dem Aufzug ins Erdgeschoss, schweigend gingen wir durchs Foyer, schweigend verließen wir das Präsidium.

Draußen sagte er: »Das hätte auch gründlich schiefgehen können, das ist dir hoffentlich klar. Vermutlich war das gerade einer deiner legendären Alleingänge. Ich war nicht allzu begeistert, als ich deine Textnachricht bekam.«

»Du hast sie sofort angerufen, oder?«

»Natürlich. Ich wollte dabei sein, um ihr zu demonstrieren,

dass ich dich unterstütze. Irgendwie musste ich ja sicherstellen, dass sie dir zuhört.« Er schüttelte den Kopf. »Unglaublich, dass du einfach dort reinmarschierst und alles auf den Tisch packst. Du hast echt Eier in der Hose.«

Innerlich musste ich grinsen.

Hatte er überhaupt eine Ahnung, wie oft ich schon um die Aufmerksamkeit der Kommissarin gekämpft hatte? Und dass ich darin mittlerweile eine gewisse Routine hatte? Was mich allerdings nicht davor schützte, immer mal wieder von ihr aus dem Büro geworfen und ausgelacht zu werden.

Eier hin oder her.

»Welchen Eindruck hast du?«, fragte ich ihn. »Hat sie uns geglaubt? Sie sollte sich Biggi und den Rapper so schnell wie möglich vorknöpfen.«

»Was ist mit diesem Ingo? Angies neuem Lover? Hat er damit zu tun oder nicht?«

Ich seufzte. »Ich weiß es wirklich nicht, Okko. Wie würde er Angie mehr nutzen: als Komplize oder als jemand, der von ihrer Lügengeschichte absolut überzeugt ist? Ich glaube irgendwie nicht, dass Biggi und Ingo sich zu einem Mord überreden lassen würden. Ich bin jedenfalls froh, dass wir mit der Küpper geredet haben. Was, denkst du, wird sie unternehmen?«

Okko zuckte mit den Schultern. »Keine Ahnung. Hoffentlich das Richtige.«

»Auch wenn sie alles andere für Mumpitz hält – die Aussage der Köhlers müsste sie doch zumindest ins Grübeln bringen.«

Okko lachte. »Zum Grübeln hast du ihr einiges geliefert, kein Zweifel.«

Das war doch immerhin ein Anfang, fand ich, und durchaus ausbaufähig.

Ich war auf jeden Fall zufrieden.

Kapitel 25

Auch Zeugen aus der Vergangenheit können nützlich sein, zumal wenn sie selbst gekochten Pudding zu bieten haben

Am nächsten Morgen fuhr ich ins Callcenter, um dort nach dem Rechten zu sehen. Während der letzten drei Tage hatte ich immer nur kurz reingeschaut, das Nötigste erledigt und die Aufsicht ansonsten – inoffiziell – Doris überlassen. Bisher war alles reibungslos gelaufen, und ich hoffte, dass sich bis zu Dennis' baldiger Rückkehr – von der ich mittlerweile fest ausging – daran nichts ändern würde.

Im Eingangskorb lagen zwei Krankmeldungen, die ich rasch bearbeitete, damit sie nicht in Vergessenheit gerieten.

Erwin kam mit Diana herein. Sie setzten sich auf die Besucherstühle vor meinem Schreibtisch.

»Wie geht es dir?«, fragte Diana.

»Du warst gestern Nachmittag also bei Astrid«, sagte Erwin gleichzeitig.

»Ach, und sie hat mich gleich bei dir verpetzt?« Meine Stimme klang zickiger, als ich es beabsichtigt hatte.

Grinsend schüttelte er den Kopf. »Sie wollte natürlich wissen, wo und wie wir die Köhlers aufgetrieben haben.«

»Spielt das überhaupt eine Rolle?«, fragte Diana. »Es gibt sie, und sie haben Dennis mit Biggi zur fraglichen Zeit am Straßenrand gesehen, reicht das nicht?«

»Jein. Die Staatsanwaltschaft könnte glauben, dass es sich um eine Gefälligkeitsaussage handelt. Oder dass wir uns ihre Adresse auf illegalem Weg beschafft haben – was ja leider stimmt. Damit besteht die Gefahr, dass ihre Aussage vor Gericht nicht verwertbar ist beziehungsweise nicht zugelassen wird.« Erwin verzog das Gesicht und rieb sich das Ohr. »Der Hörer war rot glühend, als Astrid mit mir fertig war.«

»Komisch. Mir gegenüber hat die Kommissarin nicht mit der Wimper gezuckt.«

Diana grinste. »Du hattest Glück, dass Okko ebenfalls dort war. Seinetwegen hat sie sich zurückgehalten, soll Erwin dir ausrichten.«

Forschend sah ich ihn an. »Ist das alles, das du mir sagen sollst?«

Ich war enttäuscht. Aber womit hatte ich gerechnet? Dass sie mir ihre unendliche Dankbarkeit ausrichten ließ, weil ich den Fall gelöst hatte? Blödsinn. Tatsache war: Ich hatte ihr einen gigantischen Haufen Informationen und Indizien vor die Füße gekippt. Für sie hieß es jetzt: sortieren, bewerten, abwägen und dann gegebenenfalls handeln.

»Ja, im Moment ist das alles.« Er kniff die Augen zusammen und musterte mich nachdenklich. »Eigentlich finde ich deinen spontanen Besuch bei ihr nicht so genial, weißt du? Das hätte auch ins Auge gehen können. Wenn Astrid gestern einen schlechten Tag gehabt hätte ...«

»Hatte sie aber nicht.«

Erwin beugte sich vor. »Schwein gehabt, Frolleinchen. Ich hätte dem wahrscheinlich nicht zugestimmt, wenn du mich nach meiner Meinung gefragt hättest. Aber ich kann auch verstehen, dass du ungeduldig bist. Immerhin«, er lehnte sich wieder zurück, »*könnte* ihr die Aussage der Köhlers die Handhabe geben, den Beifahrersitz eines gewissen roten Kleinwagens nach DNA-Spuren deines Liebsten absuchen zu lassen.«

»Und Dennis sofort freizulassen, wenn seine Spuren gefunden werden?«, fragte Diana aufgeregt. »Ist doch super.«

»Nicht ganz so super, wie ihr glaubt, meine Lieben, denn das beweist mitnichten Dennis' Unschuld.«

»Das hat die Kommissarin auch gesagt«, murmelte ich bedröppelt. Mist.

»Hätte mich auch gewundert, wenn sie es nicht getan hätte.

Du musst verstehen, dass letztendlich die Staatsanwaltschaft entscheidet – und nicht etwa Astrid. Beziehungsweise der Haftrichter. Er kann durchaus zu dem Schluss kommen, dass die Frau mit der Autopanne nichts mit dem Tod von Kevin zu tun haben muss.«

»Wie bitte? Eine Frau hat eine Panne, und zufällig wird ihr Nachbar eine Viertelstunde später ganz in der Nähe von exakt dem Mann ermordet, der ihren Reifen gewechselt hat? Dieser Zufall wäre selbst mir zu schräg – und mein zweiter Vorname ist Zufall!«

Diana gackerte los, und Erwin brüllte vor Lachen – das immerhin hatte ich mit meinen Ausführungen erreicht.

»*Dein zweiter Vorname ist Zufall?*«, prustete er schließlich. »Wer oder was pflanzt dir bloß diese bekloppten Sprüche ins Hirn? Aber mal ernsthaft: Du hast es immerhin geschafft, dass Astrid tatsächlich an Angies und Miriams Geschichte zweifelt. Dass er vorgehabt haben soll, dich auf diese hinterfotzige Art und Weise abzuschießen …« Erwin zuckte mit den Schultern. »Nun ja, sagen wir so: Natürlich würde sie ohnehin lieber an Dennis' Unschuld glauben, allein schon uns zuliebe. Aber sie weiß auch, dass selbst Menschen wie Dennis in extremen Situationen zu extremen Handlungen fähig sind, dazu ist sie lange genug bei der Kripo. Dass sie ihn verhaftet hat, darfst du ihr nicht übel nehmen. Sie hatte keine Wahl.«

»Herrje, das weiß ich doch. Riesige, rot blinkende Pfeile haben auf ihn gezeigt, ich bin ja nicht blöd. Aber wenn ich an diese bizarre Szene denke, die ich gestern mit Miriam und TocToc am Tatort erlebt habe …«

»Dieser kleine Rapper, hm?«, sagte Erwin nachdenklich. »Ob er wirklich maßgeblich an der Sache beteiligt war? Allein dieser Song …«

»Der natürlich auch wieder kein Beweis ist«, fiel ich ihm ins Wort. »Trotzdem glaube ich, dass deine Astrid sich ihn nach

Biggi als Nächsten vorknöpfen sollte. Hat er überhaupt ein Alibi? Gab es für sie bisher einen Grund, ihn danach zu fragen? Wurde er über die Vorkommnisse bei der Party hinaus befragt? Dazu hat er übrigens bestimmt ausgesagt, dass Dennis ihm und Miriam gegenüber sehr aggressiv war. Erinnerst du dich an die Szene mit den Hühnchen? Wie sauer Dennis auf die beiden war?« Auf Erwins Nicken hin fuhr ich fort: »Der Bengel hat zwar eine reichlich große Schnauze, aber vor echter Autorität klappt er ratzfatz zusammen, da bin ich sicher. Die Kommissarin holt aus ihm ein Geständnis raus, ehe er überhaupt schnallt, was los ist.«

»Ich kann dir versichern: In diesem Moment denkt Astrid genau darüber nach«, sagte Erwin und stand auf. »Wenn was ist: Ich bin in meinem Büro. Astrid hat mich gebeten, mich zur Verfügung zu halten, falls sie noch Fragen hat. Wie positiv das für Dennis ist, muss ich euch nicht erklären.«

Er verließ mein Büro, und ich stöhnte. »Hoffentlich habe ich mit meinem Auftritt bei der Küpper nicht alles kaputtgemacht.«

»Unsinn.« Diana schüttelte den Kopf. »Ich muss dir etwas beichten: Du hast es mir zu verdanken, dass Okko dort aufgetaucht ist. Er ist echt ausgerastet, als er deine Nachricht bekommen hat. Ich habe ihn gedrängt, die Küppersche anzurufen und auf dich vorzubereiten. Sie hat ihn dann eingeladen, an eurem Gespräch teilzunehmen.«

»Zuerst fand ich es echt blöd, aber ich habe ziemlich schnell begriffen, dass durch ihn alles ein wenig … hm … *seriöser* wurde. Vermutlich hätte sie mich ohne ihn weniger ernst genommen.«

»Okay … was machen wir als Nächstes?«, fragte sie.

»Es gibt jemanden, mit dem ich noch nicht gesprochen habe«, erwiderte ich und durchforstete meine Hosentaschen, bis ich auf ein zusammengeknülltes Stück Papier stieß. Ich zog es heraus und faltete es auseinander. »Und zwar mit Bernd-Michael Graustiepel, auch bekannt als Zorro.«

»Noch nie von ihm gehört. Wer soll das sein?«

»Ein alter Freund von Dennis, der damals mit ihm zusammen auf Ibiza war. Keine Ahnung, ob es noch nötig ist, aber ich wollte ihn eigentlich wegen Angie befragen.« Unschlüssig starrte ich auf den Papierfetzen, dann tippte ich den Namen in eine Suchmaschine. »Na, das ging ja flott«, murmelte ich.

Diana kicherte. »Bei dem Namen kein Wunder. Gut, dass er nicht Stefan Meier heißt. Also: Wo wohnt er? Was macht er? Willst du ihn sofort anrufen?«

»Das ist vielleicht gar nicht nötig«, erwiderte ich. »Er betreibt ein Bistro in der Fußgängerzone. Es heißt *Zorro's,* was mich nicht sonderlich überrascht, um ehrlich zu sein. Ich bin schon oft daran vorbeigelaufen, war aber noch nie drin. Wie sieht es aus – Lust auf einen Snack?«

Das kleine Bistro war schlicht, aber geschmackvoll eingerichtet. Durch die riesigen Fenster – eher Schaufensterscheiben – konnten die Gäste die Einkaufszone beobachten. Der Frühstücksbetrieb war wohl vorbei, und außer Diana und mir hielten sich nur vier weitere Gäste im Laden auf, verteilt auf zwei Tische. In der einsehbaren Küche herrschte reges Treiben; offenbar liefen die Vorbereitungen fürs Mittagsgeschäft auf Hochtouren.

Ein langhaariger Mann um die Mitte 40 beschriftete gerade eine große Tafel mit der Tageskarte: Möhren-Ingwer-Suppe, Linseneintopf mit oder ohne Mettwurst, vegetarische Lasagne, Rindergulasch mit Kartoffelklößen. Wie früher in der Schule quietschte die Kreide manchmal.

Diana und ich setzten uns an den Tresen und sahen ihm fasziniert zu. Was gab es wohl als Tagesdessert? Aha: Es wurde echter, selbst gekochter Schokoladenpudding mit womöglich noch echterer, selbst gekochter Vanillesauce gereicht. Wie bei

Muddi. Mir lief das Wasser im Munde zusammen, und mir fiel ein, dass ich am Morgen nur ein Knäcke mit Käse gegessen hatte, bevor ich zum Callcenter gefahren war.

Der Mann legte die Kreide weg und wusch sich die Hände in einem kleinen Becken. Während er sie sich abtrocknete, drehte er sich zu uns um. »Oh, ich hatte Sie gar nicht bemerkt«, begrüßte er uns und grinste breit. »Herzlich willkommen im *Zorro's*. Was kann ich Ihnen anbieten?«

»Gibt es noch Frühstück?«, fragte ich.

»Das wäre klasse«, sagte Diana.

»Eigentlich nicht. Aber ich will mal sehen, was sich machen lässt«, erwiderte er. »Möchten Sie schon etwas zu trinken bestellen?«

Wir entschieden uns für Milchkaffee, und er wandte uns wieder den Rücken zu, um sich an der riesigen Kaffeemaschine zu schaffen zu machen.

»Und jetzt?«, wisperte Diana.

»Keine Ahnung. Vielleicht ist er ja gar nicht Zorro«, flüsterte ich zurück, obwohl es beim Radau der Maschine gar nicht nötig gewesen wäre, leise zu sprechen.

Er drehte sich zu uns um und servierte uns zwei Schalen Milchkaffee, der von einer perfekten, dicken Schaumschicht gekrönt war. Dazu stellte er einen kleinen Teller mit einer Auswahl Plätzchen und sagte: »Um die Wartezeit bis zum Frühstück zu überbrücken.«

Wir bedankten uns artig. Ich benutzte den Zuckerspender und sah zu, wie der Haufen Kristalle sich langsam einen Weg durch den Milchschaum in Richtung Kaffee bahnte.

»Sie sind nicht zufällig Zorro, oder?«, fragte Diana den Mann und lächelte strahlend.

Verblüfft hob er die Brauen. Vermutlich war er schon des Öfteren gefragt worden, warum sein Laden so hieß oder warum er als Chef keine schwarze Augenmaske trug, hihihi, aber sicherlich war eher selten jemand davon ausgegangen, dass er ihn nach sich selbst benannt hatte. »Ja, der bin ich tatsächlich. Darf ich erfahren, warum Sie das wissen wollen? Ich ... kennen wir uns irgendwoher?«

Prompt stupste Diana mich auffordernd in die Seite.

»Nein, wir kennen uns nicht«, erwiderte ich. »Aber Sie kennen Dennis Karger, oder? Von früher. Ibiza?«

Jetzt strahlte er über das ganze Gesicht. »Dennis! Na so was! Von dem habe ich ja seit Jahren nichts gehört oder gesehen! Was haben Sie mit ihm zu tun? Wie geht es ihm?«

»Ich bin seine Lebensgefährtin«, sagte ich. »Loretta. Und das hier ist Diana. Ich ... äh... wir sind eigentlich nicht hier, um über Dennis zu reden. Jedenfalls nicht in erster Linie.«

»Sondern?«, fragte er. »Jetzt haben Sie mich neugierig gemacht. Worüber möchten Sie denn mit mir sprechen?«

»Über Angie.« Ich atmete tief durch. »Erinnern Sie sich auch an sie?«

»Oha.« Er runzelte die Stirn. »Hat sie es bei Dennis etwa auch versucht? Augenblick. Ich lasse für Sie ein Frühstück zusammenstellen.« Er sprach mit einer jungen Frau, die hinter den Tresen getreten war.

Aufgeregt knuffte Diana mich in die die Seite. »Hast du gehört? Ob sie es bei Dennis auch versucht hat, will er wissen! Das ist doch irre!«

Zorro kam um die Theke herum. »Setzen wir uns doch in eine etwas ruhigere Ecke, einverstanden?«

Er führte uns an einen Tisch im hinteren Bereich des Gastraums, auf dem ein kleines *Reserviert*-Schild stand.

»Mein privater Tisch für Besprechungen«, erklärte er uns mit einem Grinsen. »Hier sind wir einigermaßen ungestört.« Abwartend sah er mich an.

»Sie haben also auch einen Brief von Angie bekommen? Beziehungsweise von Miriam?«

»Meiner angeblichen Tochter?« Er schnaubte. »Da hat sie sich aber den Falschen ausgesucht. Sie ist nicht meine Tochter. Sie *kann* es gar nicht sein.«

»Warum sind Sie so sicher?«, fragte Diana. »Dann waren Sie also so schlau, Gummis zu benutzen?«

Zorro grinste verlegen. »Das nicht gerade, wie ich gestehen muss. Aber ich bin trotzdem sicher: Die kleinen Jungs, die ich abfeuere, sind nämlich zu schlapp, um bis zum erwartungsvollen Ei durchzuhalten. Und in diesem speziellen Fall war ich verdammt froh darüber. Um die Sache abzukürzen, habe ich ihnen ein ärztliches Attest geschickt, und prompt war Funkstille.« Er blickte von mir zu Diana. »Sagt mal, wollen wir uns nicht duzen?«

Diana und ich nickten, dann fragte ich: »Du hättest dich also nicht darüber gefreut, eine Tochter zu haben?«

»Mit Angie?« Prustend schüttelte er den Kopf. »Wohl kaum. Mit jeder, aber nicht mit dieser Frau. Nichts für ungut, aber sie ist ein verlogenes Luder.«

»Verlogen?« Interessiert beugte Diana sich vor. »Erzähl doch mal.«

»Eurer Reaktion entnehme ich, dass Dennis sie anders in Erinnerung hat«, sagte Zorro kopfschüttelnd. »Oder sie sich aktuell anders präsentiert.«

Ganz im Gegenteil, dachte ich, sie ist noch immer ein verlogenes Luder.

»Dennis ist einfach zu gut für diese Welt«, fuhr Zorro fort. »Er hat damals vielleicht das eine oder andere Pfeifchen zu viel geraucht, das könnte ihm die Sinne vernebelt haben. Bei Leuten, die er mochte, hat er die schlechten Eigenschaften einfach ignoriert.« Einen Moment lang schien er sich in Erinnerungen zu verlieren. »Ihr wollt also etwas über Angie wissen? Okay. Sie hat sich genommen, was sie haben wollte, ohne Rücksicht auf Verluste. Sie hat Leute – sogar *Freunde* – beklaut und in unseren

Sachen herumgeschnüffelt. Daher hatte sie vermutlich auch meinen richtigen Namen; schließlich war ich auf Ibiza nur als Zorro bekannt. Sie hat mit zig Kerlen geschlafen, wisst ihr? Und *natürlich* hat Dennis auch so einen Brief bekommen. Er ist doch nicht etwa darauf reingefallen? Sagt mir *bitte*, dass er sofort auf einen Vaterschaftstest bestanden hat.«

»Im Unterschied zu dir hätte er sich durchaus über Familienzuwachs gefreut«, erwiderte ich und lächelte, obwohl es mir schwerfiel. »Ein Vaterschaftstest war selbstverständlich geplant, aber dazu ist es leider nicht mehr gekommen.«

»*Nicht mehr?*«, hakte er sofort nach. »Ihm ist doch nichts zugestoßen?«

Langsam schüttelte ich den Kopf. »Kann man so nicht sagen.« Obwohl ihm meiner Meinung nach natürlich sehr wohl etwas zugestoßen war. Eigentlich hatte ich nicht darüber reden wollen. Aber uneigentlich hatte ich mich blöderweise verplappert.

Wieder stieß Diana mich an. »Du musst es ihm erzählen«, zischte sie.

»*Was* erzählen?«, fragte Zorro. »Was ist passiert? Was hat Angie angestellt?«

Plötzlich stiegen mir Tränen in die Augen. »Ich kann nicht. Diana, bitte, könntest du …?«

Natürlich konnte sie.

Knapp und präzise schilderte sie dem von Minute zu Minute immer ungläubiger aus der Wäsche guckenden Zorro, was geschehen war.

»Allmächtiger, der arme Dennis«, sagte er, als Diana geendet hatte. »Wegen dieser Frau gilt er als Verdächtiger in einem Mordfall? Unglaublich. Und ihr versucht jetzt, ihn da rauszuhauen?«

Ich nickte und schluckte die Tränen herunter. »Wir haben schon einiges herausgefunden. Sie hat wohl einfach jemanden gesucht, der als Opfer herhalten konnte. Wenn nicht du, dann eben der Nächstbeste, also Dennis. Offenbar standen drei potenzielle Väter zur Auswahl; bereits vor Dennis konnten zwei davon – also auch du – ausgeschlossen werden. Sie suchte jemanden, auf den sie ihren Kerl eifersüchtig machen konnte, damit ihr Plan funktionierte.«

»Wenn ich irgendwie helfen kann?« Zorro zuckte mit den Schultern. »Ich weiß zwar nicht, wie, aber …«

»Hast du den Brief noch?«, fragte ich.

Zorro nickte. »Den kannst du gerne haben. Ich hole ihn rasch von oben.«

»Ich wüsste noch etwas, das du für uns tun kannst«, sagte Diana. »Nach dem Frühstück hätten wir gerne den Pudding.«

Kapitel 26

Vor dem Präsidium ist einiges los, und frische Infos gibt's auch, stellt Loretta begeistert fest

»Ich hab Lust auf einen Stadtbummel. Lass uns shoppen gehen, das lenkt dich ab«, sagte Diana, als wir nach dem Frühstück das *Zorro's* verließen. Prüfend blickte sie gen Himmel. »Es regnet nicht, das sollten wir ausnutzen.«

Nein, danach war mir nicht. Außerdem brannte der Brief mir ein Loch in die Tasche – ich musste ihn sofort zur Küpper bringen, unbedingt.

Auch er war natürlich kein Beweis für Dennis' Unschuld, aber er konnte dazu beitragen, ein helleres Licht auf Angies Charakter zu werfen, fand ich. Offenbar war sie eine notorische Lügnerin und Betrügerin – das musste die Küpper einfach interessieren.

»Shoppen?« Ich schüttelte den Kopf. »Dazu habe ich keine Lust. Aber geh ruhig bummeln, wir sehen uns dann später bei mir, okay? Ich muss mal wieder nach Hause. Hast du meinen Schlüssel dabei?«

Diana nickte. »Hab ich. Soll ich Kuchen mitbringen?«

Ich fasste es nicht. »Großer Gott – gerade eben erst haben wir uns bis zum Kragen vollgestopft, und du denkst schon wieder ans Essen? Willst du Erwin den Rang als offizieller Nimmersatt ablaufen?«

»Dafür lassen wir das Mittagessen ausfallen, Schatz.«

Wir umarmten uns, dann tänzelte sie beschwingt in die nächstbeste Boutique.

Ich ließ mein Auto im Parkhaus stehen und ging zu Fuß zum Präsidium. Sollte ich der Küpper wirklich schon wieder auf die Pelle rücken? Ob sie zwischenzeitlich wohl schon etwas unternommen beziehungsweise jemanden befragt hatte? Würde ich mich – falls ich sie tatsächlich zu fassen kriegte – zurückhalten können und sie *nicht* danach fragen? Vermutlich nicht, aber ich konnte es immerhin versuchen.

Als ich an einer Parkbank vorbeikam, setzte ich mich und rief Erwin an.

»Gibt es etwas Neues?«, fragte ich ihn, als er abhob.

»Soweit ich weiß, befragt Astrid gerade diese Biggi. Sie haben sie am Supermarkt abgepasst und gleich einkassiert. Außerdem müssten ein paar Uniformierte momentan unterwegs sein, um den Rapper zum Verhör zu holen.«

Ich runzelte die Stirn.

War das schlau? Wurden Angie und Miriam dann nicht gewarnt? Andererseits: Wichtig war, ob sie TocToc geknackt kriegte, bevor er sich mit den beiden Frauen absprechen konnte. Wenn er auspackte, zog er sie mit sich in den Abgrund. Hoffentlich. Was würde es ihnen dann noch bringen, alles zu leugnen oder die Schuld komplett auf den Bengel zu schieben? Aber nein – das würde nicht zu Biggis Geschichte passen.

»Loretta? Bist du noch dran?«, fragte er und riss mich damit aus meinen Gedanken.

»Ja, klar. Holt sie sich nur den Rapper? Was ist mit Angie und Miriam?«

Erwin seufzte. »Du weißt doch, dass sie mir rein gar nichts sagen darf.«

»Woher weißt du dann davon?«

»Von den Uniformierten natürlich, mein Schatz.« Erwin gackerte. »Ich werde mich hüten, Astrid danach zu fragen. Wir müssen ohnehin dafür beten, dass bei einer eventuellen Verhandlung gegen Angie und die anderen die Aussage der Köhlers nicht mehr benötigt wird, weil es hoffentlich mindestens ein Geständnis gibt.«

»Wieso das denn?«, fragte ich, obwohl mir die Antwort eigentlich hätte klar sein müssen.

»Muss ich dir das wirklich erklären? Dann käme zur Sprache, wie wir die Köhlers gefunden haben. Und dann wird es nicht nur eng für uns, sondern auch für die hilfsbereite Frau Koslowski von der Tankstelle. Und warum? Weil sie bei dem Gefallen, den sie uns getan hat, gegen sämtliche geltenden Datenschutzbestimmungen verstoßen hat. Hoffen wir also auf mindestens ein Geständnis. Am besten mehrere.«

Nachdem wir aufgelegt hatten, geriet ich wieder ins Grübeln.

Wie lange konnte Okko eigentlich noch bleiben? Was hatte er gesagt? Bis Ende der Woche? Heute war Freitag, und ich hoffte inständig, dass sich alles so schnell wie möglich aufklären würde. Momentan konnte Okko noch ständig präsent sein, mit der Kommissarin reden und Dennis persönlich Beistand leisten, aber wie würde es nächste Woche aussehen? Endlose Telefonkonferenzen?

Alles, was ich tun konnte, um die Angelegenheit zu beschleunigen, würde ich tun. Und dazu gehörte auch, der Küpper schon wieder auf die Pelle zu rücken.

Ich marschierte also weiter zum Präsidium. Gerade, als ich die breite Treppe zum Eingang hinaufsteigen wollte, kam eine vollkommen aufgelöste Biggi aus der Flügeltür geschossen und die Stufen heruntergaloppiert. Am Fuß der Treppe blieb sie stehen – ohne mich zu bemerken – und tippte hektisch auf ihrem Handy herum.

»Verdammt, warum geht denn keiner ans Telefon?«, plapperte sie aufgeregt. »Verdammt! Wo seid ihr denn alle?«

Im Optimalfall in verschiedenen Vernehmungsräumen, dachte ich und ging hinüber zu ihr.

»Biggi! Was tust du denn hier?«, fragte ich sie freundlich.

Sie zuckte sichtlich erschrocken zusammen. »Ich … also … äh … ich …«, stammelte sie los, dann fragte sie: »Und warum bist du hier?«

Lässig zuckte ich mit den Schultern. »Diese Kommissarin hat noch ein paar Fragen, hat sie gesagt. Keine Ahnung, was ich ihr noch sagen könnte. Aber was wollte sie denn von dir, um Himmels willen?«

Biggi glubschte mich so schuldbewusst an wie ein Welpe, der auf den guten Teppich gepinkelt hat. »Ich … äh … weißt du, tja, diese Sache am Sonntag …« Sie brach ab und rang die Hände.

»Du meinst den Mord an Kevin?«, fragte ich. »Weißt du denn was darüber?«

»Ich? Nein! Wieso? Ich weiß *gar nichts* über den Mord! Ich dachte doch …«

Ihr gehetzter Blick irrte weg, als vor den Stufen ein Polizeitransporter hielt. Ein Uniformierter hüpfte schneidig vom Beifahrersitz und öffnete die Tür an der Seite. Und wer stieg aus? Zwei weitere Uniformierte, dann folgten Angie und Miriam, na so was. Beide wirkten wenig amüsiert, gaben sich aber betont gelangweilt.

Biggi schnappte nach Luft, als sie die beiden sah. Dann schrie sie: »Ich habe nichts verraten – die Kommissarin wusste schon alles! Du wolltest doch nicht, dass Kevin was passiert, oder? Das habe ich der Kommissarin geschworen! Ich hätte dichtgehalten, das schwöre ich, Angie! Wie ich es dir versprochen hatte!«

Der gelangweilte Ausdruck verschwand aus Angies Miene. Jetzt wirkte sie alarmiert, während Miriam wie unbeteiligt neben ihr stand.

»Halt die Klappe, du blöde Nuss«, zischte Angie. Ihr Blick ging zu mir. »Ingo hat sofort gewusst, dass dir nicht über den Weg zu trauen ist.«

Ich zuckte mit den Schultern. »Du hättest auf ihn hören sollen, Angie. Vielleicht sind Biggi und er nicht halb so dämlich, wie du denkst.«

»Ihm war sofort klar, dass du *mir* die Schuld in die Schuhe schieben willst«, sagte Angie. »Und er zweifelt noch immer nicht an meiner Unschuld. Egal, was du dir an gemeinen Lügen über mich ausgedacht hast, Loretta: Das wird Dennis nichts nutzen!«

Die Polizisten, die unserem kleinen Schlagabtausch interessiert zugehört hatten, geleiteten Angie und Miriam freundlich, aber bestimmt ins Gebäude.

»Ogottogottogott!«, jammerte Biggi und blickte ihnen verzweifelt hinterher. »Sie ist sauer auf mich! Aber die Kommissarin wusste doch alles schon! Ich hab nichts verraten, ehrlich nicht!«

»Ganz ruhig bleiben«, sagte ich, innerlich frohlockend. »*Was* wusste die Kommissarin schon?«

Sie wich meinem Blick aus und seufzte. »Das mit der angeblichen Autopanne. Ich sollte Dennis rauslocken und ihm diesen Tee geben. *Der soll sich genau so hilflos fühlen wie ich,* hat Angie gesagt.«

»Hilflos? Verstehe ich nicht.«

»Na ja, diese Anrufe immer. Mitten in der Nacht. Er hat sie bedrängt, obwohl sie ihm immer wieder gesagt hat, dass er das lassen soll, weil sie glücklich mit Kevin ist.«

Mitten in der Nacht? Interessant. »Hast du diese Anrufe auch mitgekriegt?«, fragte ich sie sanft.

»Nein, die kamen doch nachts«, erwiderte sie in einem Tonfall, als hätte ich die dämlichste Frage der Welt gestellt.

Wirklich interessant – ob Angie wohl Miriam dafür benutzt hatte, damit diese nächtlichen Anrufe stattfanden? Miriam ruft an, Angie schauspielert ein Gespräch mit Dennis, bei dem sie verlangt, dass er sie endlich in Ruhe lassen soll, und Kevin dreht immer mehr am Rad.

»Sie hat gesagt, dass sie richtig Angst vor ihm hat«, fuhr Biggi fort. »Deshalb sollte Dennis mal am eigenen Leib erfahren, wie das ist, wenn man Angst hat, wenn er mitten im Wald aufwacht und Kevin ihn zur Rede stellt.« Sie packte mich an den Armen und schrie: »Es konnte doch keiner damit rechnen, dass er Kevin ersticht!«

Tja, und genau an dieser Stelle irrte die Gute ganz gewaltig.

»Das hat er auch nicht«, sagte ich und schüttelte ihre Hände ab. »Dennis hat ihm kein Haar gekrümmt. Als ich die beiden fand, war Dennis immer noch bewusstlos. Kapierst du? Dennis *konnte* ihn gar nicht erstechen.«

Unwillkürlich trat sie einen Schritt zurück. »Was sagst du denn da? Wer soll es denn sonst gewesen sein?«

Ich zuckte mit den Achseln. »Wer war zu diesem Zeitpunkt denn sonst noch da? Einer von denen dürfte es gewesen sein, denkst du nicht auch?«

Sie starrte mich wütend an, dann schrie sie: »Du lügst! Du willst nur deinen Mann retten, und deshalb behauptest du, dass er noch ohnmächtig war, als du ihn gefunden hast. Ich glaube dir kein Wort. Angie würde so etwas niemals tun! Sie ist eine gute, reine Seele! Sie ist *Buddhistin!*«

An dieser Stelle konnte ich mich nicht mehr beherrschen und kriegte einen kapitalen Lachanfall.

Biggi kniff die Augen zusammen und fauchte: »Das wirst du noch bereuen. Damit kommst du nicht durch.«

Sie drehte sich auf dem Absatz um und stolzierte von dannen, während ich versuchte, mich wieder zu beruhigen.

Tatsächlich hatte die Kommissarin Zeit für mich, aber nur ein paar Minuten, wie der Hüter der Pforte des Präsidiums mir nach einem kurzen Telefonat mit der Küpper beinahe drohend mitteilte.

Ich betrat ihr Büro und sagte sofort: »Ich habe Biggi unten getroffen. Die Damen Riewer habe ich auch gesehen.«

Die Küpper hob die Brauen. »Das scheint ja Ihr Glückstag zu sein, Frau Luchs.«

»Noch ist der Tag nicht zu Ende. Biggi hat mir sämtliche Vermutungen über ihre Rolle im bösen Spiel bestätigt. Aber sie denkt nach wie vor, dass Angie und die anderen nichts mit dem Mord zu tun haben.« Ich grinste. »Immerhin ist Angie Buddhistin, müssen Sie wissen, und Buddhisten sind keine Killer. Niemals. Ein schlagender Beweis für ihre Unschuld. Wo Sie doch dringend auf der Suche nach Beweisen sind.«

»Das muss ich nicht verstehen, oder?«, fragte die Küpper amüsiert. »Aber mir scheint, Sie wittern Morgenluft, Frau Luchs.«

»Haben Sie schon mit TocToc geredet? Dem Rapper?«, fragte ich.

Sie zögerte lange, dann erwiderte sie: »Er sitzt gerade im Vernehmungsraum. Und ja, ich habe schon mit ihm gesprochen. Aber das ist absolut alles, was ich Ihnen dazu sagen werde. Über Inhalt und Ergebnis meiner Unterhaltung mit dem jungen Mann rede ich höchstens mit Herrn Harms.«

»Geht für mich vollkommen in Ordnung. Ich will Sie auch nicht länger aufhalten, aber ich habe etwas für Sie.« Ich zog Miriams Brief an Zorro aus der Tasche und legte ihn auf den Schreibtisch. »Offenbar hat Miriam nicht nur Dennis gegenüber behauptet, seine Tochter zu sein. Ich habe heute mit dem Empfänger dieses Briefes gesprochen. Bernd-Michael Graustiepel, genannt Zorro. Besagter Zorro war vor 20 Jahren ein guter Kumpel von Dennis und zusammen mit ihm auf Ibiza.«

Sie musterte den Brief, als wäre er ein Insekt. Dann sah sie mich an. »Und das ist jetzt aus *welchem* Grund für mich von Interesse?«

»Wäre Zorro nicht unfruchtbar, würde er vielleicht jetzt statt Dennis im Knast sitzen.«

»Tut er aber nicht. Wie könnte der Herr ansonsten nützlich sein?«

»Sollten Sie – warum auch immer – jemanden benötigen, der Ihnen über Angelika Riewers Charakter Auskunft gibt«, ich tippte aufs Kuvert, »hier ist er.«

»Wirklich, Frau Luchs?« Ihre Brauen hoben sich. »Von allen Vorwänden, die Sie jemals bemüht haben, um mich heimzusuchen und auszuhorchen, ist das hier mit Abstand der lahmste.«

»Verstehen Sie denn gar nicht, dass ich ungeduldig bin? Ja, der Brief ist ein Vorwand, aber ich konnte auch nicht ahnen, dass ich Biggi draußen treffen würde. In sehr redseliger Laune. Und gerade, als Biggi und ich so nett plauderten, fuhren Ihre Kollegen mit Angie und Miriam vor. Sehr interessant, was dann passierte ...«

Ich sah sie abwartend an, und sie sagte: »Kommen Sie schon, Frau Luchs. Was ist passiert?«

Ich schilderte ihr die Szene, die sich vor dem Präsidium abgespielt hatte, und sie nickte nachdenklich.

»Tatsächlich erschien die Frau mir glaubwürdig, als sie vehement abstritt, irgendetwas über den Mord zu wissen. Das haben Sie mir gerade bestätigt.«

»Die haben Biggi nur benutzt«, sagte ich. »Aber sie ist stinksauer auf *mich.*«

Die Küpper grinste. »Manchmal ist das Leben ungerecht, nicht wahr? Und jetzt entschuldigen Sie mich bitte. Ich habe noch einige wichtige Gespräche zu führen.«

Beschwingt verließ ich das Präsidium und ging zum Parkhaus, in dem ich mein Auto abgestellt hatte. Dann fuhr ich zu Franks Laden, um ein paar Dinge fürs Abendessen einzukaufen. Diesmal traf ich nur Bärbel an; Frank war im Großmarkt.

Da sie mit Kunden beschäftigt war, ging ich mit meinem Einkaufskorb hinaus und checkte das Angebot. Der Wirsing lachte mich an, und ich entschied, einen Eintopf zu kochen. Zu Wirsing und Kartoffeln packte ich noch ein paar Äpfel, dann ging ich wieder hinein.

Bärbel kassierte gerade ab, und ich schlenderte zur Frischetheke, in der ich köstlich aussehende Mettwürstchen entdeckte. Na, das passte doch.

Bärbel kam heran und umarmte mich. »Gibt es Neuigkeiten?«, fragte sie und ging hinter die Theke.

Das dürfte während der letzten Tage die mit Abstand meistgestellte Frage gewesen sein, dachte ich.

Während sie mir sechs Mettwürstchen einpackte – »Ganz frisch vom Biometzger!« – und danach ein paar Scheiben Käse schnitt, brachte ich sie auf den aktuellen Stand der Dinge.

»Aber das klingt doch wunderbar!«, sagte sie.

»Ich traue mich noch nicht so recht, mich zu freuen«, erwiderte ich. »Aber wir haben es immerhin geschafft, dass die Küpper einen anderen Ablauf der Ereignisse in Betracht zieht. Momentan verhört sie Miriams Freund. Wenn ich ihn richtig einschätze, ist er ein Kandidat für ein Geständnis. Angie und Miriam sind später auch noch dran.«

»Miriam«, murmelte Bärbel und schüttelte den Kopf. »Der arme Dennis tut mir leid. Da findet er seine Tochter – oder besser gesagt: sie findet ihn –, und dann versucht sie, ihm einen Mord in die Schuhe zu schieben? Das muss für ihn wirklich grauenvoll sein.«

Betroffen starrte ich sie an. Ich war dermaßen auf Angies Intrigen und deren Aufdeckung fixiert gewesen, dass mir dieser Aspekt der Situation nicht ein einziges Mal in den Sinn gekommen war.

»Vielleicht ist sie ja überhaupt nicht seine Tochter. Das *darf* einfach nicht sein«, erwiderte ich lahm. »Er muss unbedingt einen Vaterschaftstest machen, und zwar so schnell wie möglich.«

»Ja, das solltet ihr tun. Er braucht Gewissheit. Und ganz viel Stärke, falls er …« Sie brach ab.

»Falls er wirklich ihr Vater ist.« Ich stöhnte. »Ich hatte mich für ihn gefreut, ehrlich. Aber jetzt? Wenn sie seine Tochter ist, wird er sich psychisch nicht so schnell davon befreien können.«

»Du bist an seiner Seite«, sagte Bärbel lächelnd. »Und du wirst ihm dabei helfen, falls nötig.«

Falls nötig … ich konnte nur beten, dass ihm dieses dramatische Finale erspart bleiben würde.

Und mir auch.

Kapitel 27

Jetzt kann Loretta nur noch warten, was nicht gerade zu ihren Lieblingsbeschäftigungen gehört

Baghira hob den Kopf und blickte mich aus geschlitzten Augen an. Er hatte tief geschlafen, und nun schien er zu überlegen, ob mein Eintreffen die Mühe wert war, seinen Schlafplatz hoch oben auf dem Kratzbaum zu verlassen und die unendliche Mühsal des Abstiegs auf sich zu nehmen.

»Schlaf weiter, Dicker«, sagte ich. »Wir reden später.«

Prompt erhob er sich, machte einen monumentalen Buckel, führte diverse Streck- und Dehnübungen durch und sprang dann von Plattform zu Plattform herunter, bis er den Fußboden erreicht hatte. Maunzend strich er mir um die Beine und schnupperte wie beiläufig an der Einkaufstasche.

Hmmm … Mettwürstchen, meinte ich aus seinem sofort einsetzenden knatternden Schnurren herauszuhören.

Er folgte mir in die Küche und sah mir dabei zu, wie ich das Paket mit den Würstchen in den Kühlschrank legte.

Hey, was soll das? Ich bin extra aufgestanden!, sagte sein vorwurfsvoller Blick, dann wandte er sich ab und marschierte zur Terrassentür.

Mich amüsierte es stets, wenn er die Klinke anstarrte und auffordernd miaute, als sei sein Geschrei eine Art Sesam-öffne-dich, eine Beschwörungsformel, um die Tür wie von Geisterhand aufgehen zu lassen. Natürlich konnte er sich darauf verlassen, dass die Geisterhand in meiner Person auftauchen und ihm öffnen würde.

Er trippelte hinaus auf die gepflasterte Terrasse und reckte seine Nase in die Luft, um ausgiebig zu schnuppern. Ob er den Frühling wohl riechen konnte? Noch immer machte der Regen Pause; wenn auch mittlerweile dunkle Wolken die Sonne drohend umzingelten. Gewissenhaft erledigte Baghira seine Patrouille – immer an der dichten Hecke entlang –, dann legte er sich auf die warmen Steine und streckte sich der Länge nach auf der Seite aus.

Ich ging hinein, um mir einen Espresso zu machen. Während er durchlief, stattete ich einen Lehnstuhl draußen mit Sitzkissen aus – mein Kater hatte mich inspiriert, mich in die Sonne zu setzen. Zumindest, solange sie noch schien.

Ein paar Minuten lang genoss ich die Wärme, dann packte mich wieder die Unruhe, die mich während der letzten Tage nie ganz verlassen hatte. Passiv auf weitere Entwicklungen zu warten, gehörte nicht zu meinen Lieblingsbeschäftigungen.

Ich holte mein Handy und rief Okko an.

»Gibt es Neuigkeiten?«, fragte ich sofort. »Wo bist du denn gerade?«

»Bei Erwin. Es ist noch viel zu früh, um zu jubeln, aber es scheint sich etwas zu tun«, sagte er. »Ich habe vorhin mit Kommissarin Küpper gesprochen. Sie lässt sich natürlich nicht wirklich in die Karten gucken, aber sie hat durchblicken lassen, dass sie neue Erkenntnisse gewonnen hat.«

Ich schnappte nach Luft. »Was … was meint sie damit?«

»Ich kenne sie nicht so gut wie ihr, aber Erwin ist der Meinung, dass sie über Erkenntnisse spricht, die unsere Geschichte unterstützen.«

Das Gefühl der Erleichterung war derart stark, dass ich garantiert mit weichen Knien umgekippt wäre, hätte ich nicht gesessen. »Weißt du, ob TocToc schon gestanden hat?«

»Nein, keine Ahnung.«

»Sie hatte ihn gerade in der Mangel, als ich sie vorhin im Präsidium kurz erwischt haben. Davor hatte sie bereits Biggi befragt, und die …«

»Hat die Kommissarin mir erzählt«, fiel er mir ins Wort. »Biggi hat zwar ausgepackt und die Betäubung von Dennis zugegeben, aber das reicht noch immer nicht, um ihn von jeglichem Verdacht freizusprechen. Leider kann sie nichts dazu sagen, was im Wald wirklich vorgefallen ist.«

»Einer von den anderen *muss* auspacken, und meiner Meinung nach kommt dafür nur TocToc infrage. Wie es der Zufall will, durfte ich mitansehen, wie Angie und Miriam von der Polizei zur Befragung gebracht wurden.«

Okko seufzte. »Hoffen wir das Beste. Ich bin jedenfalls schon dabei, einen Eilantrag aufzusetzen.«

»Eilantrag?«, fragte ich verständnislos. »Wofür?«

Okko lachte leise. »Na, für Dennis' umgehende Entlassung aus der Untersuchungshaft natürlich, was dachtest du denn? Er soll keine *Sekunde* länger als nötig hinter Gittern sitzen. Drück die Daumen, dass der Rapper mehr weiß als Biggi. Und dass er in Plauderlaune ist. Bis später.«

»Mach ich«, erwiderte ich, »bis später.«

Wie betäubt saß ich da.

Ich hatte keine Ahnung, was ich denken, fühlen oder tun sollte. Zack – das Gehirn hatte abgeschaltet, wie unter einem Schock. Während ich leeren Blickes in die Botanik glotzte, wurde der Kaffee in der Tasse neben mir kalt. So lange hatte ich wie erstarrt dagesessen, wie ich feststellte, als ich halbwegs aus meiner Trance erwachte und nach der Tasse griff. Kalt. Kalter Kaffee.

Ich fing an zu weinen und hörte erst damit auf, als es an meiner Tür klingelte. Dem Klingeln folgte das leise Geräusch eines Schlüssels, der ins Schloss gesteckt und umgedreht wurde, also musste es Diana sein. Ich hörte sie nach mir rufen und rief von der Terrasse zurück. Beschwingt und etliche Tüten schwenkend kam sie heraus und hielt bestürzt inne, als sie mein verheultes Gesicht sah.

Sie ließ die Tüten fallen und setzte sich neben mich. »Was ist passiert? Ist was mit Dennis?«

Schniefend schüttelte ich den Kopf, während mir der Rotz noch immer aus der Nase lief.

Diana sprang auf, rannte hinein und kam mit einer Box Papiertaschentücher zurück, die sie mir in die Hand drückte. Ich zog ein paar Tücher heraus, trocknete mein tränennasses Gesicht und schnäuzte mich donnernd, was Baghira aus seligem Schlummer weckte und erschrocken aufspringen ließ. Wild stierte er um sich, erkannte, dass keine unmittelbare Gefahr drohte, und schlenderte dann betont lässig ins Haus.

Diana war sichtlich amüsiert. »So ein Poser. Genau wie unser Heini. Aber jetzt will ich wissen, warum du geweint hast.«

»Das weiß ich doch selbst nicht. Ich habe vorhin mit Okko gesprochen.« Ich schüttelte den Kopf. »Er ... Es könnte vielleicht sein, dass dieser ganze Mist bald vorbei ist. Und das hat mich einfach ... ich weiß nicht ... total überwältigt. Und dann kriegte ich Panik.«

»Warum das denn?«

»Panik davor, dass ich mich zu früh freue. Klar spricht die Küpper heute noch mit Angie, Miriam und TocToc. Aber was, wenn doch niemand gesteht? Was, wenn alle mauern und die Befragungen nichts bringen? Was, wenn es doch zu einer Verhandlung gegen Dennis kommt? Was, wenn er aufgrund all dieser Indizien verurteilt wird? Was, wenn ...«

»Stopp, es reicht«, fiel Diana mir rigoros ins Wort. »Hör damit auf, Loretta. Ich weiß von Okko, dass er bereits an einem Schriftsatz arbeitet, um Dennis rauszuholen.«

»Der vielleicht zerknüllt im Papierkorb landet, weil er doch nicht benötigt wird.«

»Glaub mir – Okko macht nichts ohne Grund. Er würde diesen Eilantrag nicht verfassen, wenn er nicht der Meinung wäre, ihn eventuell zeitnah einsetzen zu können. Möglich, dass er längst mehr weiß, als er dir und mir erzählt hat. Die Situation kann sich jede Minute ändern, Loretta. Zu Dennis' Gunsten.«

Oder aber zu seinen Ungunsten, dachte ich, behielt es aber für mich. Diana hatte recht: Pessimismus brachte uns jetzt nicht weiter.

Ich deutete auf die Tüten. »Zeig mal, was da drin ist.«

Wie ein kleines Mädchen klatschte sie fröhlich in die Hände. »Ah, du wirst staunen. Wir sind von Weihnachten zwar weit entfernt, aber …« Sie überreichte mir eine der Tüten. »Das ist für dich, mein Schatz. Er hat nach dir gerufen.«

Neugierig spähte ich in die mit dem Logo einer Boutique bedruckte Papiertüte und zog einen geringelten Pullover heraus. Er war wunderschön: Leinenstrick, schmale Streifen in Olivgrün und mattem Türkis, lange Ärmel, Rundhalsausschnitt.

»Der ist ja wie extra für mich gemacht«, murmelte ich gerührt. »Danke.«

»Sag ich doch: Er hat nach dir gerufen«, erwiderte sie strahlend. Nacheinander packte sie die anderen Tüten aus: Zwei Pullis und ein Hemd für Okko, zwei geblümte Kleider für sich selbst und zuletzt eine grauenhaft schrill gemusterte Krawatte, die so breit war wie ein handelsübliches Schneidebrett. »Die ist für Dennis. Ich habe sie in einem Secondhandladen gefunden. Denkst du, sie gefällt ihm?«

»Aber ja, auf jeden Fall.«

Insgeheim hoffte ich allerdings, dass er das gute Stück nicht bei seiner Verhandlung tragen würde.

Diana lehnte sich im Stuhl zurück und blinzelte in den Himmel, an dem gerade einige graue Wolken vor die Sonne zogen. Missbilligend schnalzte sie mit der Zunge. »Wäre ja auch zu schön gewesen, wenn das sonnige Wetter sich gehalten hätte. Blöde Wolken.«

Ich zuckte mit den Schultern. »Es ist halt April. Ich finde, das Wetter passt exakt zur momentanen Situation, die sich ja auch ständig ändert. Wir haben keine Ahnung, was uns die nächste halbe Stunde bringen wird. Werden wir jubeln? Wird es uns traurig machen?«

»Jetzt reicht es aber. Kommen wir zu etwas ganz anderem: Hast du dir schon Gedanken über das heutige Abendessen gemacht?«

Gab es eine bessere Ablenkung, als ein Essen zu planen und zu kochen?

»Ich habe bei Bärbel und Frank eingekauft. Ich will einen Wirsingeintopf machen.«

»Perfekt.« Diana stand auf und sah mich auffordernd an. »Lass uns reingehen und für unser leibliches Wohl sorgen.«

»Willst du auch einen Espresso?«, fragte Diana, als wir die Küche betraten.

»Ist TocToc ein schlechter Rapper?«, schoss ich zurück.

Amüsiert hob sie die Brauen. »Ich sehe, dein Humor kehrt allmählich zurück. Sehr gut.«

Während sie sich um die Zubereitung des Kaffee kümmerte, legte ich ein paar Zwiebeln zum Kohl und den Kartoffeln, die bereits auf der Arbeitsplatte darauf warteten, zerschnibbelt und gekocht zu werden.

»Kartoffeln oder Zwiebeln?«, fragte ich sie.

»Kartoffeln, wenn du erlaubst. Beim Zwiebelschneiden muss ich immer heulen.«

»Ganz genau so wie jeder andere Mensch in diesem Universum«, erwiderte ich spöttisch. »Aber ich will mal nicht so sein. Erstens hast du mir einen superschönen Pullover geschenkt, und zweitens war ich so blöd, dir diese Frage zu stellen und dir damit die Wahl zu lassen.«

Kichernd goss Diana den dampfenden Espresso in zwei Tassen. Mit Todesverachtung pellte und würfelte ich die Zwiebeln, und Diana nahm den Sparschäler für die Kartoffeln zur Hand.

Eine Zeit lang werkelten wir schweigend, dann sagte sie:

»Ich glaube übrigens fest daran, dass TocToc gestehen wird. Wenn nicht heute, dann morgen oder übermorgen.«

»Warum bist du so sicher?«

»Weil er eine hohle Blitzbirne ist. Und ein Angeber. Und weil er davon träumt, als superharter Gangsta-Rapper Karriere zu machen.« Sie ließ eine geschälte Kartoffel in den Topf mit Wasser plumpsen, stemmte die Hände in die Seiten und sah mich an. »Was also braucht er, um unter seinesgleichen und beim Publikum Anerkennung zu finden? Kann ich dir sagen: *Glaubwürdigkeit.*«

»Das ist interessant ... Erwin hat gestern was ganz Ähnliches gesagt. Dass es TocToc primär um Ruhm und Glaubwürdigkeit geht.«

»Siehst du? Womit könnte er besser Werbung für sich machen als mit einem echten Mord? Was also könnte ihn zu einem Geständnis veranlassen? Reue? Ein schlechtes Gewissen Dennis gegenüber?« Sie schüttelte den Kopf. »Nie im Leben. Aber wenn die Küpper ihm seine eigenen Filmchen vor den Latz knallt und so tut, als wären es Beweise für seine Schuld, wird er die Flucht nach vorne antreten und damit prahlen. Großmäulig und breitbeinig. Weil er doch so gerne ein ganz harter Typ wäre.«

»Unter Umständen könnte es sogar eine gute Taktik sein, wenn sie vorgibt, ihm die Tat *nicht* zuzutrauen. So etwas könnte ich mir bei ihr vorstellen, weißt du?«

»Du magst sie.« Diana grinste.

»Auch wenn wir schon oft aneinandergeraten sind, ist sie eine verdammt gute Ermittlerin. Ja, ich mag sie. Ich respektiere ihre Arbeit. Übrigens habe ich heute zufällig Biggi getroffen, als die Küpper gerade fertig mit ihr war.«

»Echt? Und?«

Interessiert lauschte Diana meiner Schilderung der Begegnung, und als ich dazu kam, wie Biggi und Angie aufeinandergetroffen waren, geriet sie schier aus dem Häuschen.

»Das hätte ich zu gern live miterlebt! Schreien die sich quer über den Vorplatz des Präsidiums an – das muss epochal gewesen sein. Und Miriam hat keine Miene verzogen?«

Ich schüttelte den Kopf. »Null. Als hätte sie mit nichts was zu tun. Genau wie TocToc geht es ihr nur um die coole Pose.«

Diana nickte gedankenverloren und konzentrierte sich auf die nächste Kartoffel. Dann sah sie hoch. »Glaubst du eigentlich, dass sie *wirklich* seine leibliche Tochter ist? Ich nämlich nicht. Sie ist so ein abgezocktes Biest, das hat Dennis einfach nicht verdient. So ein Aas kann, nein: *darf* einfach nicht von ihm abstammen.«

Ich dachte daran, was Bärbel mir vorhin zu dem Thema gesagt hatte. »Jedenfalls *wünsche* ich ihm, dass sie nicht seine Tochter ist, das kannst du mir glauben.«

»Was für eine Bande von Arschlöchern. Diese Biggi hockt jetzt bestimmt zuhause und kaut ihre Fingernägel bis zum Ellbogen ab. Das Schlimmste für sie ist wahrscheinlich ihre Panik davor, dass Angie sie nicht mehr liebhat.« Diana lachte auf. »Aber eigentlich müsste sie sich darüber doch gar keine Gedanken machen: Verzeihen gehört bei Buddhisten schließlich zum guten Ton.«

Das ließ mich mit den Augen rollen. »Glaub mir: Wenn ich diesen Buddhismus-Mist noch einmal höre, raste ich aus. Wenn diese Frau Buddhistin ist, fresse ich einen Besen. Nein: eine komplette Kehrmaschine.«

»Mach keine Versprechungen, die du nicht halten kannst«, sagte Diana lachend. »Aber Biggi glaubt trotz allem noch immer an Angies Unschuld, oder?«

»Kadavergehorsam nennt man das wohl.« Ich nickte. »Ihrer Meinung nach ist Angie ohne Fehl und Tadel. Die Ärmste wird die Welt nicht mehr verstehen, wenn die Wahrheit herauskommt. Sie tut mir beinahe leid. Für Angie war sie eine leicht zu spielende Marionette. Ein Opfer.«

»Ich höre wohl schlecht. Spar dir dein kostbares Mitleid gefälligst für Menschen auf, die es verdient haben! Wenn Biggi zu dumm ist, um Angie zu durchschauen, ist das nicht dein Problem.«

Sie hatte alle Kartoffeln geschält und gewürfelt. Auch ich war fertig mit den Zwiebeln, also zerteilte ich den Wirsing und reichte ihr eine Hälfte hinüber. Synchron machten wir uns daran, ihn in Streifen zu schneiden.

»Weißt du, ich glaube nicht einmal, dass Biggi besonders dumm ist«, sagte ich. »Sie ist einfach naiv und leichtgläubig. Ein wenig esoterisches Gelaber, und schon ist sie beeindruckt, weil Angie und Miriam anders sind als alle Menschen, die sie bisher kannte. Viel exotischer. Und vermeintlich so viel klüger. Biggi ist einfach ein netter Mensch.«

»Ach ja?« Mit gehobenen Brauen sah Diana mich an. »Nicht nett genug, um dir *nicht* zu drohen, weil du mit deinen Lügen versuchst, ihre angebetete Angie in den Knast zu bringen. Sie hat dir doch gedroht? Vor dem Präsidium? Hast du vorhin erzählt. Na also.«

Ich winkte ab. »Ich bitte dich. *Das wirst du noch bereuen …* Was will sie mir denn antun? Mir in ihrem Supermarkt Hausverbot erteilen?«

»Auch wieder wahr.« Diana zuckte mit den Schultern. »Hast du Sahne?«

»Im Kühlschrank.«

Diana öffnete ihn und starrte hinein. »Keine Sahne. Oder du hast sie wirklich gut versteckt.«

In Gedanken ging ich meinen Einkauf bei Bärbel durch. Kartoffeln, Käse, Mettwürstchen, Wirsing … keine Sahne, tatsächlich. »Mist, die habe ich vergessen.«

»Ich laufe rasch zu Frank und Bärbel und hole welche. Dauert ja nur ein paar Minuten.«

Ehe ich protestieren oder sonst etwas sagen konnte, hörte

ich bereits die Wohnungstür hinter ihr ins Schloss fallen. Ich säbelte weiter den Wirsing in Streifen.

Draußen begann es zu regnen. Rasch flitzte ich auf die Terrasse, um die Sitzpolster in Sicherheit zu bringen.

Hoffentlich hatte Diana den Laden schon erreicht. Die Chancen standen gut, dorthin waren es nur einige Gehminuten. Und für den Rückweg konnte sie sich bei Bärbel bestimmt einen Schirm leihen. Gerade wollte ich damit beginnen, die Zwiebeln anzudünsten, als es an der Tür klingelte. War Diana schon zurück und hatte den Schlüssel vergessen?

Ich ging zur Tür und öffnete.

Biggi und Ingo waren stinksauer, das sah ich auf den ersten Blick.

Kapitel 28

Nicht nur Frank kann Kampfsport, und jemand verplappert sich – auf Loretta wartet ein aufregender Abend

Unwillkürlich wich ich vor ihnen zurück, und schon standen sie in meiner Wohnung. Jetzt, da er sich mit verschränkten Armen direkt vor mir aufgebaut hatte, wurde mir bewusst, wie groß und breit Ingo war. Er überragte mich um Haupteslänge und sah mit zusammengekniffenen Augen auf mich herunter. Biggi stand neben ihm und glühte vor Zorn.

Was sollte dieser Scheiß?

»Was verschafft mir das Vergnügen?«, fragte ich schließlich, als mir dieses stumme Herumgestehe und Angestarre zu blöd wurde.

»Vergnügen?«, keifte Biggi. »Das werden wir noch sehen, du verlogene Kuh.«

»Ich lüge nicht«, erwiderte ich so würdevoll, wie es mir in dieser Situation möglich war.

»Bitte?«, zischte Biggi und kam einen Schritt näher. »Du hast der Kommissarin Lügen aufgetischt, und deshalb hat sie Angie und Miri verhaftet. Du bist schuld!«

Verhaftet? Wirklich?

Wusste sie etwa mehr als ich? Oder betrachtete Biggi die Tatsache, dass Angie und Miriam im Präsidium befragt wurden, bereits als Verhaftung?

»Das ist doch Mumpitz«, sagte ich. »Niemand wird verhaftet, nur weil ich irgendetwas *erzähle*. Denk doch bitte mal nach, Biggi. Wenn sie verhaftet wurden, haben sie Dreck am Stecken.«

»Lüge!«, kreischte Biggi.

Wieder trat sie einen Schritt näher, und ich wich zurück. Währenddessen verharrte Ingo unbeweglich wie ein Standbild und beobachtete alles. Komischerweise fühlte ich mich dadurch relativ sicher. Er war bestimmt hier, um aufzupassen, dass sein Frauchen nicht komplett durchdrehte.

Ich verlor die Geduld. »Und jetzt?«, fragte ich. »War's das? Okay. Hat mich gefreut. Vielen Dank für euren Besuch. Raus mit euch, aber flott.«

»Das war es noch lange nicht!«, schrie Biggi und trat mir mit voller Wucht gegen die Hüfte.

Eher verdutzt als verängstigt fand ich mich auf dem Fußboden liegend wieder. Niemals, nicht in tausend kalten Wintern, hätte ich mit einem körperlichen Angriff von ihr gerechnet. Sie hatte zugetreten wie ein Kampfsportler, völlig aus dem Nichts. Die sanfte, naive Biggi! Wer hätte das gedacht?

Ich hatte keine Zeit, einen einigermaßen klaren Gedanken zu fassen, denn Biggi stürzte sich auf mich, setzte sich rittlings auf meinen Brustkorb, legte mir die Hände um den Hals und drückte zu.

»Lass dat!«, rief Ingo und zerrte sie herunter von mir. »Wir brauchen die Alte noch.«

Schwer atmend blieb sie neben ihm stehen, während er umständlich ziemlich lange Kabelbinder aus der Jackentasche zog.

»Was wird das denn?«, fragte ich. »Wollt ihr mich als Geisel nehmen? Oder mir auch eine Lektion erteilen? Ist das alles, was ihr draufhabt? Willst du dich noch strafbarer machen, als du es ohnehin schon getan hast, Biggi? Für dieses *Weib,* das dich nur benutzt? So dämlich kannst du nicht sein.«

»Wir halten dich so lange fest, bis du bei die Kommissarin deine verfluchten Lügen über die Äintschie zurücknimms«, sagte Ingo barsch.

»Dazu wollt ihr mich gewaltsam zwingen?«, fragte ich. »Und dann? Denkt ihr etwa, dass ich niemandem davon erzähle? Und glaubt ihr ernsthaft, dass Angie dann freikommt?«

»Sie ist unschuldig!«, schrie Biggi.

»Dann kann ihr ja nichts passieren«, erwiderte ich. »Niemand, der unschuldig ist, kommt für etwas in den Knast, das er nicht getan hat.«

Ingo zuckte mit den Schultern. »Bei deinen Dennis hat dat doch auch funktio…«

Erschrocken klappte er den Mund zu.

Kurz blieb mir die Spucke weg; damit hatte ich nun wirklich nicht gerechnet. »Großer Gott, *du weißt Bescheid*«, sagte ich dann. »Ich dachte wirklich, du weißt von nichts.«

»Wovon redet die Schlampe?«, quäkte Biggi, während Ingo gleichzeitig dröhnte: »Na und? Was ändert das schon?«

»Warst du dabei, als sie Kevin umgebracht haben?«, fragte ich Ingo. »Oder hast du es selbst erledigt?«

»Halt gefällichs dein dreckiget Lügenmaul«, sagte Ingo gefährlich leise.

»Deine Biggi mag noch glauben, dass ich lüge«, erwiderte ich, »aber du *weißt*, dass ich es nicht tue, richtig? Wie weit wollt ihr euch noch von Angie reinziehen lassen? Rafft ihr es nicht? Andere Menschen bedeuten ihr nichts. Sie denkt nur an sich und ihre kostbare Miriam. Biggi, du tust mir wirklich leid. Das meine ich ernst.«

»Hör nich auf die Alte, Biggi.« Ingo beugte sich über mich, packte mich an den Armen und zerrte mich hoch.

Ich riss mich von ihm los. »Warum soll sie nicht auf mich hören, Ingo? Weil ich ihr Dinge von dir und Angie erzählen könnte, die …«

Ich kam nicht weiter, denn er hatte ausgeholt und mir eine gescheuert, aber mit Schmackes. Armrudernd taumelte ich rückwärts durchs halbe Zimmer, bis ich mit dem Hintern an den Esstisch stieß.

»Du weißt gannix!«, blökte Ingo.

»Ich musste euch nur einmal zusammen sehen, und mir war alles klar«, gab ich zurück. »Wie ihr euch gegenseitig befummelt habt … Du fickst sie!« Ich drehte mich zu Biggi um.

»Dein Mann fickt deine Freundin Angie. Das solltest du wissen, finde ich. Entschuldige meine derbe Ausdrucksweise, aber dafür, was die beiden dir hinter deinem Rücken antun, gibt es keine hübschen Formulierungen.«

»Wann hast du die beiden zusammen gesehen?«, wisperte Biggi, die mich wie hypnotisiert anstarrte.

»An dem Tag, als wir uns bei Angie begegnet sind«, erwiderte ich ruhig. »Bevor du Feierabend hattest und ebenfalls dort aufgetaucht bist. Ab dann haben sie natürlich Abstand voneinander gehalten, aber vorher …« Ich zuckte mit den Schultern. »So wie die beiden fassen sich keine guten Freunde an. Ich käme nie auf die Idee, einem guten Freund den Oberschenkel zu kneten. In fünf Zentimetern Entfernung von seinem Dödel. Hättest du Kevin so angefasst, Biggi? Wohl kaum. Aber das scheint für die beiden so normal zu sein, dass ihnen sogar meine Anwesenheit egal war.«

Ingo lief dunkelrot an und blökte: »So 'n Schwachsinn! Hör nich auf die Schlampe, Biggi!«

Ich fuhr zu ihm herum. »Wenn es nur Schwachsinn ist, kannst du mich doch einfach labern lassen! Ich frage dich noch einmal: Warum soll sie denn nicht auf mich hören, Ingo? Weil Angie einkassiert wurde und du jetzt doch bei Biggi bleiben musst? Natürlich nur, wenn du nicht wegen Beihilfe ebenfalls in den Knast wanderst. Was würdest du vorziehen, hm? Knast oder Biggi?«

Ingo starrte mich nur an, er wirkte ertappt. Hatte ich also ins Schwarze getroffen. Selbst Biggi schien es bemerkt zu haben, denn plötzlich änderte sich die Atmosphäre im Zimmer.

»Stimmt das, Ingo?«, fragte sie ihn mit unsicherer Stimme.

Sein Lachen klang gezwungen. »Quatsch. Die Alte will nur 'n Keil zwischen uns treiben. Has du etwa vergessen, warum wir hier sind? Um die Äintschie rauszuholn!«

»Fickst du sie, Ingo?«, fragte Biggi weiter. Tränen liefen ihr über die blassen Wangen. »Betrügst du mich mit ihr? Während ich hart arbeite, damit wir ein Auskommen haben?«

Das war der Moment, in dem Ingo der Draht aus der Mütze flog. Er stieß ein Brüllen aus wie Hulk, wenn er grün wird und ihm die Klamotten in Fetzen vom aufgepumpten Leib explodieren.

Mit ausgestreckten Armen stürzte er sich auf mich, und ich kriegte es gerade noch hin, mich wegzuducken und ihm für den Moment zu entkommen. Aber Ingo gab nicht auf: Sofort setzte er mir nach, dann schaffte er es, mir ein Bein zu stellen. Ich knallte der Länge nach hin.

Von dort unten sah ich das Schönste, das ich je erblickt hatte: Die Wohnungstür öffnete sich, und ich erkannte Franks derbe Boots, die in Blitzgeschwindigkeit an mir vorbeitrampelten.

Während Diana mir auf die Füße half, hörte ich hinter mir Kampfgeräusche, Poltern und Schreie, dann ging jemand zu Boden, und Biggi kreischte: »Ingo!«

Ich musste mich nicht erst vergewissern: Frank hatte Ingo überwältigt und ins Reich der Träume geschickt.

»Irgendwo hier müssten Kabelbinder rumfliegen«, sagte ich schnaufend, »damit wollten sie mich eigentlich fesseln. Lasst uns die Polizei rufen.«

Frank sah sich kurz um und fand die Kabelbinder, die Ingo wohl fallen gelassen hatte, als er die Fassung verloren hatte. Mit beachtlichem Geschick fesselte er nicht nur Ingos Hände, sondern auch die Füße.

»Längst erledigt«, erwiderte Diana, »die tauchen jede Sekunde hier auf.«

Tatsächlich konnten wir bereits die Sirene eines Streifenwagens hören.

Biggi, die ich vollkommen vergessen hatte, stand erstarrt da; nur ihre Augen waren in Bewegung. Panisch suchte sie nach einer Fluchtmöglichkeit. Der Weg aus der Wohnungstür war durch Diana und mich versperrt, außerdem musste sie damit rechnen, dort der Polizei direkt in die Arme zu laufen.

Also warf sie sich herum wie ein scheuendes Wildpferd und flüchtete aus der immer noch offen stehenden Terrassentür. Klatschnass stand sie dann im strömenden Regen und musste feststellen, dass es durch die dichte, zwei Meter hohe Hecke, die meine Terrasse lückenlos umschloss, kein Entkommen gab.

»Herrje, komm wieder rein, Biggi«, rief ich ihr zu. »Es sei denn, du bist Stabhochspringerin und findest einen geeigneten Stab, um über die Hecke zu setzen. Ansonsten hast du keine Chance, hier rauszukommen.«

Das Heulen des Martinshorns brach in unmittelbarer Nähe ab, und zwei uniformierte Polizisten betraten meine Wohnung. In der Tür blieben sie stehen und sahen uns fragend an.

Klar – aus ihrer Sicht präsentierte sich ihnen ein Rätsel: Ein Mann lag gefesselt am Boden, und drei Frauen – eine von ihnen sehr nass – sowie ein weiterer Mann standen um ihn herum.

»Haben Sie uns gerufen?«, fragte der ältere der beiden Polizisten.

Diana hob die Hand. »Das war ich. Ich wusste, meine Freundin«, sie deutete auf mich, »ist in akuter Gefahr.«

»Und wer ist das da?«, fragte der zweite Polizist. Er meinte Ingo, der gefesselt und bewusstlos am Boden lag. »Was ist los mit ihm?«

»Den habbich ma wacker ausgenockt«, erwiderte Frank. »Als ich reinkam, hatte der die Loretta inne Mangel, dat brutale Schwein. So 'n Riesenkerl geht auf so 'ne kleine Frau los. Wat 'n Aasch.«

»Der Mann am Boden hat mich angegriffen«, sagte ich. Mit dem Kopf deutete ich auf die tröpfelnde Biggi. »Zusammen mit ihr. *Beide* haben mich körperlich angegriffen. Sie hat mich getreten und gewürgt, er hat mich massiv geschlagen. Das Eintreffen meiner Freunde hat Schlimmeres verhindert.«

»Sind das Würgemale an Ihrem Hals?«, fragte mich der zweite Polizist.

Ich zuckte mit den Schultern. »Kann schon sein. Hab mich noch nicht im Spiegel angeguckt.«

»Hm.« Der Polizist nahm seine Mütze ab und kratzte sich am Kopf. »Wollen Sie Anzeige erstatten?«

»Darauf können Sie Gift nehmen«, antworteten Diana und ich synchron.

Im Konvoi brachen wir zum Präsidium auf, Diana und ich fuhren bei Frank mit. Im Wegfahren sah ich, dass Biggis roter Wagen ein Stück von meinem Haus entfernt am Straßenrand geparkt war.

»Wieso seid ihr eigentlich zu zweit?«, fragte ich die beiden.

»Die Diana war doch im Laden, und da fing dat an zu plästern wie Sau«, erwiderte Frank. »Da bisse doch ratzfatz klatschnass, sachich zur Diana, wennde 'n paar Minütkes wartes, bring ich dich eben rum.«

Diana nickte. »Das habe ich natürlich gerne angenommen, und Biggis Nuckelpinne vor dem Haus hat sofort meine Alarmglocken schrillen lassen. Immerhin hatte sie dir gedroht. Also hab ich sicherheitshalber die Bullen angerufen.«

Ich war heilfroh darüber – wäre nur Diana gekommen, hätte die Sache ganz anders enden können. Sie hätte zwar auch dann den Wagen gesehen und ihre Schlüsse gezogen, aber körperlich wäre sie Ingo unterlegen gewesen. Er hätte also bis zum Eintreffen der Polizei noch etwas Zeit gehabt, seine Wut an mir auszulassen.

»Erst der schöne Pullover, und dann auch noch das«, sagte ich zu Diana. »Du bist die Beste.«

Die Formalitäten im Präsidium zogen sich eine Zeit lang hin. Ein Amtsarzt wurde gerufen, um meine Verletzungen zu dokumentieren: Neben den Würgemalen am Hals war die Gesichtshälfte, auf die Ingo mich geschlagen hatte, sichtlich geschwollen, außerdem prangte dank Biggis Tritt auf meiner rechten Hüfte ein riesiger Bluterguss. Mein Sturz, nachdem Ingo mir ein Bein gestellt hatte, schien keine sichtbaren Spuren hinterlassen zu haben, aber Knie und Ellbogen schmerzten beidseitig. Nun ja.

Am Rande bekam ich mit, dass Frank mit Bärbel telefonierte, da er nun doch länger als ein paar Minuten wegbleiben würde. Diana versuchte, Okko zu erreichen, konnte aber nur auf dessen Mailbox sprechen. Soweit ich es mitbekam, wurden Biggi und Ingo bis zu ihrer Vernehmung getrennt voneinander in Zellen verfrachtet.

Ein Beamter erschien, um mich zur Befragung mitzunehmen, und meine Freunde versprachen, auf mich zu warten.

»Müsst ihr nicht«, sagte ich. »Ich nehme mir später ein Taxi. Wer weiß, wie lange das dauert.«

»Bei dir hackt's wohl. Wir lassen dich hier jetz doch nich alleine!«, erwiderte Frank empört, und Diana nickte.

Der Beamte führte mich in ein Büro. Bevor wir mit meiner Aussage begannen, bat ich darum, Kommissarin Küpper zu informieren.

»Warum sollten wir das tun?«, fragte der Beamte mich.

»Weil dieser Überfall auf mich mit einem Fall zusammenhängt, in dem sie gerade ermittelt«, sagte ich. »Es geht um den Mordfall Kevin Sosniak. Glauben Sie mir: Wenn sie im Haus ist und gerade ein paar Minuten Zeit hat, wird sie mit mir reden wollen.«

»Augenblick.« Er ging hinaus, und als er wenige Minuten später zurückkehrte, nickte er mir zu. »Sie hatten recht. Sie kommt gleich runter.«

Es dauerte eine Weile, während der ich dem Beamten schilderte, was passiert war, aber dann klopfte es, und die Kommissarin trat ein.

»Frau Luchs«, sagte sie. »Da sind Sie ja schon wieder. Wie man mir mitteilte, hat man Sie überfallen?«

Noch einmal erzählte ich alles, und sie schüttelte sichtlich verdattert den Kopf. »Sie sollten mich anrufen, um Ihre Aussage zu widerrufen? Was für ein Blödsinn ist das denn?«

Ich zuckte mit den Schultern. »Keine Ahnung. Ich bin zu erschöpft, um den Unfug nachzuvollziehen, der denen den lieben langen Tag lang durch die hohlen Murmeln rauscht. Aber es ist mir gelungen, bei Biggi Zweifel an ihrem Ingo zu wecken. Und noch etwas: Ihm ist aus Versehen eine Kleinigkeit rausgerutscht, die Sie interessieren dürfte.«

»Nämlich?«

»Als ich in Bezug auf Angie sagte, dass niemand ins Gefängnis kommt, der nichts angestellt hat, sagte er – ich zitiere wörtlich: *Bei deinem Dennis hat es doch auch funktioniert.* Frau Küpper – er weiß Bescheid. Vielleicht war er nicht aktiv beteiligt, aber er ist ein Mitwisser.«

»Das interessiert mich in der Tat, Frau Luchs. Vielen Dank.« Sie drehte sich um und öffnete die Tür.

»Hat der Rapper gestanden?«, rief ich ihr nach, aber die Tür fiel ins Schloss, ohne dass ich eine Antwort bekam.

Als ich endlich fertig war mit der Anzeige und dem Protokoll, fand ich Diana und Frank im Wartebereich.

Diana zog ihr Handy raus, wählte eine Nummer und sagte nur: »Wir sind unterwegs.«

Das dürfte Okko gewesen sein, der sich vermutlich schon wunderte, wo wir steckten.

»Allet klar?«, fragte Frank und stand auf. »Wo darf ich die holden Damen hinkutschiern?«

»Zu mir«, sagte ich. »Ich habe einen Mordshunger.«

Es war schon dunkel. Diana und ich gähnten um die Wette, während Frank uns durch die erleuchtete City zu mir chauffierte. Auf den Straßen war einiges los an diesem Freitagabend. Die halbe Stadt schien irgendwohin unterwegs zu sein – ins Kino, in die Kneipe, in die Disco oder in irgendein Restaurant.

»Soll ich anne Dönerbude halten?«, fragte Frank. »Wollter wat zu picken holn?«

»Nee, lass mal«, sagte ich. »Das Essen war bereits vorbereitet, als die beiden Idioten bei mir aufgetaucht sind. Wir müssen nur noch alles in einen Topf werfen und ein paar Minuten köcheln lassen.«

»Wat giptet denn Leckeret?«

»Wirsing-Eintopf. Willst du mit uns essen?«

»Nee, die Süße zieht mir den Hosenboden stramm, wennich nich bald zuhause auftauch. Sonz immer gerne, wisster ja.«

»Ja, wissen wir«, murmelte Diana, die wirkte, als würde sie gleich einschlafen.

Als Frank vor meinem Haus hielt, war sie abrupt wieder hellwach. Wir stiegen aus, bedankten uns artig, und er brauste davon.

»Wenn wir Glück haben, ist das Essen fertig«, sagte sie.

»Ich kann mich gar nicht erinnern, dass ich Okko einen Schlüssel gegeben habe.«

»Musst du wohl.«

Ich schloss die Haustür auf, und die ganze Wohnung duftete würzig nach Eintopf. Wir gingen in die Küche, um Okko zu begrüßen, der mit umgebundener Schürze am Herd stand und in einem großen Topf rührte.

»Im Kühlschrank ist kaltes Bier«, sagte er zu mir und zog seine Liebste in die Arme.

Ich musste erst einmal etwas trinken – ausquetschen konnte ich ihn später immer noch.

Ich holte mir eine Flasche aus dem Kühlschrank, öffnete sie und trank ein paar große Schlucke, während ich hinüber zum Esstisch schlenderte, der bereits gedeckt war.

»Warum hast du denn für vier Leute gedeckt?«, rief ich in die Küche.

»Weil wir vier Personen sind«, sagte Dennis hinter mir.

Kapitel 29

Ende gut, alles gut – aber die Antwort auf eine wichtige Frage steht noch aus

Der verblüffend warme Sonnentag bot uns die Gelegenheit, beim Essen draußen zu sitzen, auf Doris' und Erwins großer, überdachter Terrasse. Am frühen Nachmittag wollten Diana und Okko zurück an die Nordsee fahren; ihre Koffer und Taschen – sowie die Einkaufstüten, die dank Dianas Shoppingrausch dazugekommen waren – lagen bereits im Auto. Frank und Bärbel fehlten noch, aber sie mussten jede Minute eintreffen.

Eigentlich war es wie immer: Die Frauen werkelten in der Küche, die Männer standen breitbeinig um den Grill. Und ich stellte einmal mehr fest, dass ich genau diese Aufteilung mochte. Das Radio dudelte, und es herrschte beste Laune.

Kein Wunder – schließlich war Dennis wieder frei.

Am Freitag, als er so unerwartet hinter mir gestanden hatte, waren mir vor Glück – und Schreck! – glatt die Knie weich geworden, und es hätte nicht viel gefehlt, mich zum dritten Mal an diesem Tag zu Boden zu schicken. Aber mein Liebster hatte mich aufgefangen, und wir hatten uns sehr, sehr lange umarmt. So lange, bis Diana dezent an meine Schulter tippte und uns darauf hinwies, dass unser Essen bereits seit einigen Minuten auf dem Tisch stand.

Natürlich stellte sich heraus, dass sowohl Diana als auch Frank längst von Dennis' Entlassung gewusst hatten.

Sie hatten es von Okko erfahren, während ich meine Aussage gemacht und mit der Küpper geredet hatte. Allerdings waren sie von Dennis darum gebeten worden, mir nichts zu verraten, da er mich überraschen wollte. Und ich hatte ihnen tatsächlich nicht das Geringste angemerkt.

Von wegen, ich hätte Okko wohl doch einen Schlüssel gegeben! Allerdings hatte meine Verwunderung darüber, dass er schon im Haus war, den schönen Plan beinahe noch platzen lassen.

Ich hatte geheult wie ein Schlosshund, dass ich Dennis endlich wieder in den Armen halten konnte, und er hatte auch ein paar Tränen verdrückt.

Als ich ihm von Biggis und Ingos Überfall erzählt hatte, hatte er den Kopf geschüttelt. »Loretta, du musst unbedingt aufhören, dich verprügeln zu lassen. So kann das einfach nicht weitergehen. Es wird Zeit, dass du irgendeinen Kampfsport lernst.«

Er hatte ja recht: Es war leider nicht das erste Mal, dass ich eine meiner Amateur-Ermittlungen mit körperlichen Blessuren beendete.

Es passierte beileibe nicht jedes Mal, aber es kam vor; einmal war ich sogar im Krankenhaus gelandet. Interessant fand ich allerdings, dass er mich nicht von eventuellen zukünftigen Ermittlungen abhalten wollte. Nein, ihm ging es darum, dass ich mich wehren konnte.

Nach dem Essen hatten Diana und Okko sich verabschiedet und waren gefahren, um in Dennis' Haus zu übernachten, und wir waren endlich allein.

Am nächsten Tag hatten wir lange ausgeschlafen und nur einen kleinen Happen gefrühstückt. Nach einer Stippvisite bei Erwin und Doris waren wir ins *Zorro's* gegangen, um dort nicht nur Mittag zu essen, sondern vor allen Dingen Dennis' alten Freund zu besuchen, der vor Begeisterung völlig aus dem Häuschen geriet.

Tatsächlich hatte ich das Vergnügen, knapp zwei Stunden lang den Geschichten aus ihrer wilden Zeit zu lauschen, wobei sie das Kunststück fertigbrachten, Angie mit keiner Silbe zu erwähnen. Erstaunlich, wie ich fand. Aber sie verabredeten sich gleich zu einem ›Männertreffen‹ – ich rollte innerlich mit den Augen –, und bei der Gelegenheit würden sie dieses Thema sicherlich ausführlich besprechen. Dabei durften sie gerne unter sich sein, fand ich.

Unsere kleine Tour durch die Gemeinde führte uns dann zu Bärbel und Frank. Enthusiastisch bedankte Dennis sich bei Frank dafür, dass er mich aus den Klauen des brutalen Unholds gerettet hatte, und wie üblich winkte Frank bescheiden ab. Wir überbrachten die Einladung zum sonntäglichen Grillen bei Doris und Erwin und plauschten ein wenig, dann zogen wir weiter.

»Himmel, ich kann es kaum glauben«, sagte Dennis, als wir in den Weg einbogen, der zu seinem Haus führte. »Es kommt mir wie eine Ewigkeit vor, seit ich zuletzt hier war.«

»Die vermutlich aufregendsten und längsten fünf Tage unseres Lebens«, erwiderte ich. »Ich dachte, ich drehe durch.«

»Und ich hatte zwischendurch tatsächlich Angst, das alles hier erst in ein paar Jahren wiederzusehen. Mein Haus, meine süßen Hühnchen …«

»Damit dürfte ich wohl an dritter Stelle deiner persönlichen Hitliste stehen.« Ich seufzte theatralisch. »Nun ja. Gut zu wissen.«

Er stellte den Wagen vor dem Haus ab und sah mich mit gespieltem Ernst an. »An vierter. Erst kommt noch das Callcenter. Nichts für ungut, Schatz.«

»Blödmann.« Ich kicherte und deutete auf die Haustür. Eine aus bunten und glänzenden Buchstaben bestehende Girlande hing darüber und verkündete: *Willkommen.* »Hast du die schon bemerkt?«

Er wandte sich mir zu, in seinen Augen standen Tränen. »Warst du das?«

Lachend schüttelte ich den Kopf. »Wann denn wohl, du Honk? Hast du mich, seit du entlassen wurdest, auch nur eine

Minute von deiner Seite gelassen? Außer, wenn einer von uns aufs Klo musste? Siehste. Nee, das waren meine beste Freundin und dein Anwalt. Dafür brauchen die mich nicht.«

»Mein Anwalt …«, murmelte er und atmete tief durch. »Wenn ich Okko nicht gehabt hätte, wäre ich im Knast verrückt geworden. Ständig hat er mich aufgebaut und mir von euren verrückten Aktionen berichtet. Ich habe keine Ahnung, wie ich ihm je dafür danken kann.«

»Das erwartet er gar nicht, glaub mir. Er hat es für uns alle getan. Wenn er nicht ohnehin sofort aktiv geworden wäre, hätte Diana ihm die Hölle heiß gemacht.«

Die Haustür flog auf, und Diana kam herausgeschossen, gefolgt von Okko. Beide strahlten über das ganze Gesicht, und für einen kurzen, seltsamen Moment kam es mir vor, als wären in Wirklichkeit sie die Bewohner dieses Hauses und nicht Dennis.

Er schien den gleichen Eindruck zu haben, denn er flüsterte mir zu: »Total verrückt – ich komme mir gerade vor wie *Besuch*. Mein Haus steht ihnen echt gut.«

Während Diana und ich Kaffee tranken, gingen Dennis und Okko hinaus. Durchs Fenster sahen wir sie am Hühnergehege hocken.

»Okko denkt ernsthaft darüber nach, sich diese explodierten Zierkissen auch anzuschaffen«, sagte Diana. »Er ist von ihnen geradezu besessen.«

»Das könnte Heini auch passieren«, erwiderte ich. »Als Terrier verfügt er über einen ausgeprägten Jagdtrieb, wie ich aus eigener Erfahrung weiß. Zwergseidenhühner dürften perfekt in sein Beuteschema passen, allein von der Größe her. Könnte spannend werden.«

»Hab ich Okko auch schon gesagt.« Diana seufzte. »Aber er ist überzeugt davon, Heini beibringen zu können, dass er sie zufriedenlässt.«

»Sicher. Auf Strandspaziergängen rennt Heini ja auch nicht wie bekloppt hinter allem her, das sich bewegt. Selbst, wenn die Hühner im Gehege bleiben, wird er so lange davorstehen und kläffen, bis er vor Erschöpfung tot umfällt.«

»Oder die Hühner«, sagte Diana.

»Oder beide«, gab ich zurück.

Abends lud Dennis uns dann in ein schickes Restaurant ein, um bei einem piekfeinen Essen – ›affiget Gedöns mit Firlefanz und eine Erbse‹ hätte Frank es wohl genannt – den glücklichen Ausgang dieser unseligen Angelegenheit zu feiern.

Die Nacht verbrachten Dennis und ich wieder bei mir, und es war eine wirklich schöne Nacht.

Und jetzt war es Sonntagmittag.

Ich mochte gar nicht daran denken, dass Diana und Okko schon in ein paar Stunden weg sein würden. Trotz der schlimmen Situation hatte ein Teil von mir Dianas Anwesenheit genossen; in manchen Momenten war es wie zu der Zeit gewesen, als wir beide im Callcenter gearbeitet, zusammengewohnt und jede Menge Spaß gehabt hatten. Dann war Okko aufgetaucht, und zack – schon hatte ich sie nur noch von hinten gesehen. Wenn ich jemals bei zwei Leuten das Klischee erlebt hatte, dass die Liebe wie ein Blitz einschlug, dann bei ihnen.

Es war an der Zeit, den Tisch zu decken. Das übernahm ich, denn bei jedem Gang hinaus auf die Terrasse konnte ich mich insgeheim vergewissern, dass ich nicht träumte und mein Liebster noch immer am Grill stand. Ich weiß, das klingt bescheuert, aber so war es nun einmal.

Immer, wenn unsere Blicke sich begegneten, zwinkerte er mir zu, und mir wurde warm ums Herz.

Der Tisch war gerade fertig gedeckt, als Bärbel und Frank eintrafen.

Frank trug eine gigantische Schüssel in die Küche und verkündete strahlend: »Ich hab mal 'n bissken *Mussoschokkola* mitgebracht, Herrschaften. Ich dachte, dat kannze immer noch schnabuliern, wennde einklich schon pappsatt bis.«

Ein bisschen? Das waren mindestens 20 Portionen, und zwar 20 *große* Portionen.

»Danke, du Schatz!«, flötete Doris. »Essen hält Leib und Seele zusammen, und Schokolade ganz besonders. Die reine Medizin für meinen armen Jungen.«

Mein armer Junge – das war ihre momentane Bezeichnung für Dennis, die er sich gutmütig gefallen ließ.

Etliche Essenstransporte später – sowohl aus der Küche als auch vom Grill – saßen wir endlich alle um den Tisch und luden uns die Teller voll. Tatsächlich hatte ich noch darüber nachgedacht, ob ich einen Platz neben ihm oder ihm gegenüber wählen sollte: Wollte ich ihn lieber ansehen oder an meiner Seite spüren? Am liebsten beides, aber dafür hätte es ihn – oder mich – zweimal geben müssen. Schließlich entschied ich mich für gegenüber.

Die unausgesprochene Regel bei unseren Treffen lautete: Erst essen, dann reden. Andernfalls hätte Okko wohl keinen Bissen runtergekriegt, denn natürlich war er – neben Dennis – die Hauptperson am Tisch. Besser gesagt: Die Hauptinformationsquelle. Aber wir hatten Zeit: Dennis saß mit uns am Tisch und nicht mehr im Knast, also war das Wichtigste ohnehin geklärt.

Kaum hatte Okko seinen Teller geleert, fragte Bärbel ihn: »Wie hast du es eigentlich geschafft, Dennis so schnell aus dem Gefängnis zu holen?«

»Erwin hat sich eingeschaltet.« Okko grinste. »Ich hatte den Eilantrag für Dennis' Entlassung zwar schon fertig in der Tasche, aber unter normalen Umständen …«

»… und ohne Erwins und Astrids hervorragende Verbindungen«, warf Doris ein und strahlte ihren Gatten verliebt an.

»Stimmt«, erwiderte Okko. »Erwin hat die Kommissarin

bearbeitet, und sie hat tatsächlich hinter den Kulissen für uns ein paar Strippen gezogen. Sonst hätte es bis morgen früh gedauert. Allzu viele Beamte sind freitagabends nämlich nicht mehr im Dienst. Außer unserer unermüdlichen Kommissarin Küpper, versteht sich.«

Erwin nickte. »Immerhin stand seine Unschuld zu diesem Zeitpunkt schon fest. Ich habe ihr klargemacht, dass er keine Minute länger eingesperrt bleiben darf. Wie genau sie es dann gedeichselt hat, weiß ich nicht.«

»Ist auch egal«, jubilierte Doris, »Hauptsache, mein armer Junge ist wieder frei!«

»Auf *Küpper, die Kobra!*«, rief Frank und hob sein Getränk. Unter allgemeinem Gelächter tranken wir auf die Kommissarin, dann fragte Frank: »Der dusselige kleine Hippihopper hat also ausgepackt? War mir gleich klar, dat der dumme Bengel keine Eier inne Hose hat.«

»Ganz im Gegensatz zu mir, wie Okko festgestellt hat«, sagte ich stolz und nickte Okko zu, der mir mit der Bierflasche zuprostete.

Dennis beugte sich über den Tisch zu mir und raunte: »Wenn einer Eier in der Hose hat, dann du, Liebste. *Ich* weiß das schon lange.«

»Und trotzdem hast du keine Angst vor mir«, flüsterte ich zurück. »Das wiederum beweist eindrucksvoll, dass *du* Eier in der Hose hast.«

Frank, der neben mir saß, musterte uns amüsiert. »Klasse, dat ihr dat jetz geklärt habt. Und jetz weiter: Hat der Hippihopper denn nun gesungen oder nich?«

»Hat er.« Okko nickte. »Die Kommissarin hatte keine besondere Mühe mit ihm. Zuerst hat er natürlich den harten Macker gegeben und so getan, als würde er sich nicht einschüchtern lassen, von einer *Bitch* erst recht nicht. Diese Bezeichnung hat sie allerdings, klug wie sie ist, kommentarlos an sich abtropfen lassen. Sie hat ihm dann seine eigenen Videos gezeigt und behauptet, diese seien klare Beweise dafür, dass er Kevin umgebracht habe oder zumindest am Komplott beteiligt gewesen sei. Dann hat sie das Verhör unterbrochen und ihn alleine im Vernehmungsraum schmoren lassen.«

Das musste genau zu dem Zeitpunkt gewesen sein, als ich mit ihr gesprochen und von meiner Begegnung mit Biggi, Angie und Miriam vor dem Präsidium erzählt hatte.

»Als sie schließlich zu ihm zurückkehrte, war er schon kleinlauter«, fuhr Okko fort. »Sofort hat sie ihm vor den Latz geknallt, dass Angie und Miriam durch uniformierte Beamte ins Präsidium gebracht worden waren, dann ist sie erneut rausgegangen. Er musste denken, dass sie zu Angie gehen und sie vernehmen würde. Das hat ihn, so glaubt die Kommissarin, ins Grübeln gebracht. Vermutlich hatte er Angst, dass die beiden Frauen versuchen könnten, ihm die ganze Schuld in die Schuhe zu schieben, also hat er ausgepackt.«

»Ich übernehme mal«, sagte Erwin, der wohl Okkos sehnsüchtigen Blick zu den Steaks bemerkt hatte – wir hatten munter weitergespeist, während er erzählt hatte. »Also, es hat sich offenbar ziemlich genau so abgespielt, wie wir vermutet hatten: Biggi war die Vorhut, war aber nicht weiter beteiligt. In einem zweiten Auto warteten Angie, Miriam, Ingo und der Rapper, außerdem lag der ohnmächtige Kevin im Kofferraum. Sie haben beide Männer in den Wald geschleppt.«

»Ingo war dabei?«, fragte ich erstaunt. »Das hätte ich nicht gedacht. Aber wer von der Bande hat Kevin denn nun umgebracht?«

Okko ließ die Gabel sinken und blickte in die Runde. »Jetzt kommt der Klassiker, Freunde: Jeder beschuldigt jeden. Oder *fast* jeden. Angie beschuldigt Ingo, der Rapper zeigt auf Angie, Ingo behauptet, es sei der Rapper gewesen. Nur Miriam scheint raus aus der Nummer.«

»Nicht, dass sie es verdient hätte«, sagte Erwin. »Aber eigentlich ist es auch fast schon wurscht, denn sie hat sich auf jeden Fall strafbar gemacht. Wer letztendlich zugestochen hat, kann uns momentan egal sein. Bestätigt ist ja, dass es ein Mordkomplott gab und wer daran beteiligt war.«

»Und dass Dennis – und das ist die Hauptsache – zu keinem Zeitpunkt damit zu tun hatte, sondern ihr Opfer war«, schnurrte Diana und schmiegte sich an Okko. »Ich bin so stolz auf dich, Schatz.«

»Auf mich?« Okko hob die Brauen. »Zu viel der Ehre, Liebste. Ich konnte lediglich versuchen, den Schaden zu begrenzen. Und dabei wäre es auch geblieben, wenn Loretta und Erwin nicht Gas gegeben und ein Indiz nach dem anderen rangeschleppt hätten. Von den wichtigen Zeugen ganz zu schweigen.«

Doris schüttelte den Kopf. »Ich kann immer noch nicht begreifen, Loretta, dass du diese Natter besuchen und mit ihr Schönwetter machen konntest, ohne ihr das Gesicht zu zerkratzen.«

»Das ist mein Mädchen. Du hast einen Oscar verdient«, sagte Dennis stolz und warf mir über den Tisch ein schmelzendes Lächeln zu, das ich mit einer Kusshand erwiderte.

»Es ist mir verdammt schwergefallen«, sagte ich dann zu Doris, »und irgendwie war es auch völlig absurd: Das Duell der Lügnerinnen, wenn du so willst. Ich wusste ja, dass sie log – ob sie es bei mir auch ahnte, weiß ich nicht.«

Ich hielt inne, als mir die schlimmen Dinge einfielen, die Dennis über mich gesagt haben sollte – und wie weh es mir getan hatte. Trotz meiner festen Überzeugung, dass sie sich alles nur ausgedacht hatte.

»Auf jeden Fall is jetz allet wieder gut«, trompetete Frank fröhlich. »Obwohl ich diesma nix dazu machen konnte.«

»Doch, konntest du«, sagte Bärbel liebevoll. »Du hast Loretta davor bewahrt, von diesem Typen nach Strich und Faden verprügelt zu werden.«

»Oder Schlimmeres«, fügte ich hinzu. »Wenn du nicht rechtzeitig eingegriffen hättest, würde ich jetzt vielleicht nicht hier mit euch sitzen.«

Frank strahlte über das ganze Gesicht. »Gern geschehen. Wie is, Herrschaften – hat einer Bock auf *Mussoschokkola?*«

Wenn einer rhetorische Fragen stellen konnte, dann Frank.

Doris sah Dennis an. »Ist das Mädchen denn nun deine Tochter oder nicht?«

Einen winzigen Moment lang verdüsterte sich Dennis' Miene, aber dann lächelte er in die Runde. »Das ist die letzte Frage, die es noch zu klären gilt. Das schaffen wir jetzt auch noch.«

Epilog

Drei Wochen später

Nachdem der Alltag wieder Einzug in unser Leben gehalten hatte, beschlossen Dennis und ich, ein paar Tage an der Nordsee zu verbringen. Allerdings wohnten wir diesmal nicht bei Diana und Okko im Gästezimmer, sondern hatten ein schnuckeliges Ferienhaus gemietet.

Gleich nach unserer Ankunft holten wir Heini ab, um ihn zu einem Strandspaziergang mitzunehmen.

Das Wetter war so herrlich, wie es in der ersten Maihälfte nur sein konnte: Die durchaus steife Brise duftete nach Salz und war beinahe lau, über den blauen Himmel flitzten possierliche Schäfchenwolken, und die leicht kabbelige See rauschte rhythmisch an den Strand, wo sie bei ihrem Rückzug wellenförmige Linien aus weißer Gischt hinterließ. Da gerade Ebbe einsetzte, war der Schaumstreifen jedes Mal eine Winzigkeit breiter, und es zeigte sich bereits der geriffelte Wattboden.

Immer wieder schleuderte Dennis ein Stückchen Treibholz durch die Gegend, und unermüdlich raste Heini frenetisch kläffend hinterher, um es dann mit stolzgeschwellter Brust vor Dennis' Füßen abzulegen und auffordernd zu bellen.

»Bäh«, sagte Dennis, nachdem er das Stöckchen wieder einmal so weit geworfen hatte, wie er konnte. »Der Hund sabbert.«

»Wirf das Ding doch beim nächsten Mal ins Wasser«, erwiderte ich, »dann kannst du wenigstens die Hundespucke nicht vom Meerwasser unterscheiden.«

»Bomben-Tipp.« Dennis rollte mit den Augen. »Ich sehe es schon vor mir: Ich schmeiße den Knüppel ins Meer, Heini wirft sich in die Wogen und schafft es nicht mehr zurück zum Strand, weil der Sog des ablaufenden Wassers zu stark für den

Winzling ist. Möchtest du Okko sagen, dass sein Ein und Alles tot in der kalten Nordsee treibt?«

Der bloße Gedanke ließ mich erschauern. »Bloß nicht. Du hechtest natürlich hinterher und wirst ihn retten.«

»Pff. Vielleicht könnte ich es ja sogar schaffen und nicht ersaufen, aber das halte ich für unwahrscheinlich. Ich schlage vor, wir drei bleiben lieber auf dem Trockenen.«

Während Dennis mit Heini alle Hände voll zu tun hatte, ging ich meiner Lieblingsbeschäftigung nach, wenn ich am Strand war: Ganz langsam schlenderte ich am Flutsaum entlang und hielt Ausschau nach besonders schönen Muschelschalen, von Einsiedlerkrebsen verlassenen Schneckenhäusern und hübschen, vom Wasser geschliffenen Steinchen. Ab und zu fand ich etwas und steckte das feuchte Fundstück in die Tasche meines Anoraks, dann wieder stand ich einfach nur am Ufer, schaute auf das wogende dunkelblaue Meer hinaus und atmete tief durch.

Dennis trat neben mich und legte mir den Arm um die Schultern. »Es ist wunderschön hier.«

»Möchtest du hier leben?«

Er zuckte mit den Schultern. »Vielleicht später, wenn wir alt und grau sind.«

»Ich hör wohl schlecht. Wir werden höchstens alt und bunt sein. Ich immer noch bunt geringelt und du … ich weiß nicht … irgendwie schrill und psychedelisch, wie ich mal stark annehme. Das hoffe ich jedenfalls.«

»Ich auch«, murmelte er und zog mich enger an sich.

Heini kam herangehechelt und ließ sich zu unseren Füßen in den Sand plumpsen. Mit Hingabe knurpselte er an seinem Stöckchen herum und zerbiss es langsam, aber sicher zu kleinen Fetzen. Ich korrigiere: Das schaffte er in einer Geschwindigkeit, die auf Routine schließen ließ. Diana beschwerte sich regelmäßig darüber, dass er seine Stöcke manchmal nach dem

Spaziergang mit nach Hause nahm und dann die Holzspäne im gesamten Haus verteilte.

Ich genoss es, schweigend mit Dennis am Strand zu stehen, aufs Meer zu gucken und mir vorzustellen, wie wir – alt und bunt – gemeinsam unseren Lebensabend verbrachten. Herrje, ich wurde ja geradezu sentimental! Passte gar nicht zu der Loretta, die ich kannte.

»Setzen wir uns«, sagte Dennis plötzlich und ließ sich mit gekreuzten Beinen im Sand nieder.

Überrascht sah ich ihn an. Warum klang er so ernst?

Ich setzte mich neben ihn. »Was ist los?«

»Ich muss noch etwas erledigen«, erwiderte er. Dann griff er in die Innentasche seiner Jacke und zog ein schmales Kuvert heraus. »Das hier.«

Zuerst kapierte ich nicht, aber dann fiel der Groschen. »Das ist das Ergebnis des Vaterschaftstests, richtig?«

Er nickte langsam und starrte den Briefumschlag an.

»Seit wann hast du ihn schon, Dennis? Trägst du ihn etwa seit Tagen mit dir herum?«

»Nein. Er kam heute Morgen. Als ich unser Gepäck im Auto verstaut habe, hat der Briefträger ihn mir gegeben. Ich … ich wollte ihn nicht sofort öffnen. Erst, wenn wir hier sind.«

Er hatte Angst, das spürte ich.

Noch immer klebte sein Blick an diesem harmlos aussehenden weißen Kuvert. Als könnte das Ding explodieren, wenn er wegguckte.

»Soll ich ihn öffnen?«, fragte ich leise.

»Auf keinen Fall.« Er schüttelte den Kopf. »Das ist meine Aufgabe.«

Dennis holte tief Luft und trennte den Umschlag mit dem Daumen auf. Er zog den Brief heraus, faltete den Bogen auseinander und las. Dann ließ er das Blatt los, schlug die Hände vors Gesicht und ließ sich rücklings in den Sand fallen.

Mir wurde übel.

Instinktiv versuchte ich noch, den davonflatternden Brief zu fangen, aber ich hatte kein Glück. Der Wind riss den weißen Bogen erst hoch in die Luft und ließ ihn ein paar papierdrachenmäßige Kapriolen schlagen, dann blies er ihn aufs Meer hinaus.

Dennis, die Hände vorm Gesicht, lag bewegungslos im Sand. Ich wusste nicht, was ich tun sollte.

Endlich richtete er sich auf. Er hatte Tränen in den Augen. »Sie ist nicht meine Tochter.«

Weinte er, weil er sich freute? Oder weil er enttäuscht war? Ich war verwirrt.

»Ich weiß gerade nicht, was ich sagen soll«, murmelte ich. »Du hattest dich so über die Vorstellung gefreut, eine Tochter zu haben.«

Ungläubig sah er mich an. »Nicht dein Ernst. Das war, bevor sie versucht hat, mich als Mörder in den Knast zu bringen.« Er schnaubte. »Oder zumindest ihrer eiskalten Mutter dabei geholfen hat. Ich bin unendlich erleichtert, Loretta.« Er schüttelte den Kopf, aber er grinste dabei. »Bist du betrunken, Weib? Unfassbar, dass du auch nur eine *Sekunde* lang den *Hauch* einer Möglichkeit in Betracht gezogen hast, ich könnte mir wünschen, dass dieses schreckliche Mädchen meine Tochter ist.«

Ich grinste zurück. »Hättest du eine bessere Meinung von mir, wenn ich sagen würde, dass ich stockbesoffen bin? Dann bin ich es natürlich.«

»Olle Schleimerin.«

Er umarmte mich stürmisch, und wir fielen zusammen in den Sand. Eng umschlungen blieben wir ein paar Minuten dort liegen.

»Weißt du, auch wenn das schrecklich pathetisch klingt: Erst jetzt fühle ich mich endgültig wieder frei«, murmelte er dann in mein Haar. »Die ganze Zeit schwebte dieser Test wie ein Damoklesschwert über mir. Bei der bloßen Vorstellung, ich könnte über das Mädchen zwangsweise mit dieser furchtbaren Frau verbunden bleiben, wurde mir übel.«

»Tatsächlich? Das habe ich dir nicht angemerkt. Du kannst dich gut verstellen«, erwiderte ich.

Dennis lachte und küsste mich. Dann sagte er: »Du bist halt nicht die Einzige, die einen Oscar verdient.«

Dem hatte ich nichts hinzuzufügen.

Miriam, die offenbar fest mit ihrem Smartphone verwachsen ist, erklärt Dennis, dass sie Influencer(in) werden will. Alles, was nicht bei drei auf dem Baum ist, wird von ihr gefilmt, kommentiert und auf ihrem Account veröffentlicht.

Aber was genau ist ein Influencer?

Zunächst: Klingt wie eine Grippe, ist es aber nicht. Bei einer Influenza handelt es sich um eine höchst unangenehme Krankheit mit Schüttelfrost, Fieber, Schnupfen, Husten und einigem mehr. Influencer kommt vom englischen ›to influence‹, was ›beeinflussen‹ bedeutet.

Nun mag manch einer angesichts eines Influencer-Accounts bei Instagram, YouTube oder dergleichen zwar spontan Schüttelfrost bekommen, aber diese Herrschaften gelten als Meinungsmacher und sind somit als Werbebotschafter für große Firmen interessant. Das allerdings nur, wenn man viele ›Follower‹ hat, also Menschen, die den Account abonniert haben (= ihm folgen) und somit die Dinge sehen, die dort gepostet werden.

Miriam ist mit ihren paar Tausend Followern Lichtjahre davon entfernt, tatsächlich eine Influencer-Karriere zu machen. Es sei denn, sie schafft es, Hunderttausende oder gar Millionen Menschen davon zu überzeugen, ihren Account zu abonnieren.

Und damit sind wir auch schon beim größten Problem: Warum sollten diese vielen Menschen sich für Miriam interessieren? Viele Influencer waren schon vorher ›bekannt aus Funk und Fernsehen‹, wie es so schön heißt – Schauspieler, Musiker, Sportler, Politiker oder Journalisten.

Wenn zum Beispiel auf Instagram ein berühmter Fußballspieler einen bestimmten Rasierer in die Kamera hält oder Reality-TV-Stars vom Grießpudding der Marke soundso schwärmen, kann man getrost davon ausgehen, dass sie Geld dafür bekommen – und zwar nicht wenig, denn diesen Influencern wird großer Einfluss auf die Konsumgewohnheiten der Menschen in ihrem Netzwerk zugeschrieben.

Für die werbenden Firmen eine Win-win-Situation: Ihre Werbung wird nicht mehr über Plakatwerbung oder Anzeigen in Magazinen zufällig gestreut, sondern kann zielgruppenspezifisch an die Frau und an den Mann gebracht werden. *Ach, XY benutzt diesen stylishen Thermobecher und ist davon total überzeugt? Na, dann will ich den auch haben.* Ka-tsching – und schon klingelt es in der Kasse des jeweiligen Influencers, denn praktischerweise kann man fast immer einen Internet-Link zum Anbieter des Produkts anklicken und (versüßt mit einem Rabattcode) auch gleich bestellen. Wie gesagt: win-win.

Ein Teil der Influencer hat sich auf bestimmte Themen spezialisiert: Fitness, Kosmetik, Mode, Wohnungseinrichtung oder Handarbeiten – das sind nur einige Beispiele. Leider reicht es bei Weitem nicht aus, hübsche Fotos von seinem ›hyggeligen‹ Wohnzimmer zu posten oder von einem Lippenstift zu schwärmen. Nein, das Leben eines Influencers ist hart und arbeitsreich, außerdem gilt es, seine einmal erreichte Position zu halten und gegen die (stets zahlreich nachrückende) Konkurrenz zu verteidigen.

Ununterbrochen muss das Publikum gefüttert und umworben werden, was zum Teil mit beträchtlichem Aufwand verbunden ist. Wer sich auf Kosmetik spezialisiert hat, muss zum Beispiel ständig kleine Filmchen produzieren, in denen die Produkte benutzt und erklärt werden. Mode-Blogger müssen stets am Puls der Zeit sein, Trends vorausahnen und einschlägige Veranstaltungen besuchen. Cooler Job, auf Modeschauen herumzuhängen, mag man spontan denken. Aber was bedeutet es in Wirklichkeit? Arbeit. Notizen machen, die richtigen Fotos posten (auch eine Kunst für sich), zur richtigen

Zeit am richtigen Ort sein, mehrmals täglich das eigene Publikum mit Informationen versorgen. Klingt dann doch nicht mehr so entspannt.

Miriams Berufswunsch würde also vermutlich – und das nicht nur aus den oben genannten Gründen – für immer unerfüllt bleiben. Auch ob ihr Freund *TocTocSeven* es jemals geschafft hätte, mit seinen künstlerischen Ergüssen zum Star zu werden, darf stark bezweifelt werden. Vielleicht im Genre ›Knast-Rap‹. Gibt es das eigentlich? Bestimmt.

Und machen wir uns nichts vor: Mehr *Credibility* ginge nun wirklich nicht …